# Cortos de cine

D0147827

This enhanced edition invites you to connect to the Hispanic world through six short, high-interest videos:

1. *"Ana y Manuel"* (Spain)
2. *"Un juego absurdo"* (Argentina)
3. *"Lo importante"* (Spain)
4. *"El árbol de la música"* (Mexico)
5. *"Minería contaminante a cielo abierto en Colombia"* (Colombia)
6. *"Un producto revolucionario"* (Spain)

Since these videos were made for the Spanish-speaking public, you will probably not understand every word. However, the accompanying exercises and activities will help you comprehend and explore them. You will also practice a variety of skills, including:

| | |
|---|---|
| building vocabulary | guessing meaning from context |
| recognizing cognates | analyzing film techniques |
| making deductions | expressing opinions |
| starting a conversation | summarizing |

Make sure to read the instructions for each activity before watching the video.

The authors hope you enjoy these short, creative films from various parts of the Hispanic world!

 ## ANA Y MANUEL

**Metas** aumentar el vocabulario, hacer deducciones, hacer un resumen, expresar opiniones

**Preparación** Este video corto trata de una joven (Ana), su ex novio (Manuel) y un gran perro (Man). Tiene lugar en España.

**A primera vista** Ana vive cerca de sus padres y celebra los días de fiesta con ellos. En esta escena, Ana está con su familia el 24 de diciembre. Su familia no sabe que Manuel la dejó. ¿Cree usted que Ana está contenta? ¿En quién está pensando, probablemente?

¿Ve usted a menudo a su familia? ¿Vive en la misma ciudad que ellos? Cuando tiene un problema con su novio(a), ¿habla de eso con algún miembro de su familia? Si es así, ¿con quién habla?

Directed by Manuel Calvo

## VOCABULARIO ÚTIL

| | |
|---|---|
| deshacerse de | to get rid of |
| echar de menos | to miss |
| genial | brilliant |
| hartarse | to get tired or fed up |
| Me daba vergüenza. | It made me feel bad, embarrassed (literally, "ashamed"). |
| Me sentía fatal. | I felt terrible. |
| el mercadillo | small market |
| Ni rastro. | Not a trace. No sign of him (her, it). |
| la pesadilla | nightmare |
| Se merecía algo más. | He (She, It) deserved something more. |
| la tortuga | turtle |

**La pequeña mascota (pet).** Complete el párrafo con palabras de la lista.

Todos los domingos voy al (1) _____ que está cerca de mi casa. Un día vi una pequeña (2) _____ verde allí y tuve la (3) _____ idea de comprármela. Después de unos meses, empecé a (4) _____ me. Me daba (5) _____ admitirlo, pero me parecía que se (6) _____ algo más que vivir en un acuario. Entonces, decidí (7) _____ me de ella. La llevé a un río y la dejé allí. Cinco minutos después de dejarla ir, cambié de opinión. Volví al río pero ni (8) _____. Tuve que admitir que la iba a (9) _____ de menos. Anoche tuve una (10) _____ en la cual un pájaro grande perseguía (was chasing) a la tortuguita y… ¡Zas! Se la comió. Cuando me desperté, me (11) _____ fatal. Pero quizás mi pequeña mascota vive feliz en el río ahora. ¡Espero que sí!

## Mientras vemos

A. **Visión general.** Mire el video y subraye (underline) la mejor respuesta para completar las oraciones.

1. Cuando Manuel la dejó, Ana tuvo la "genial idea" de comprarse un perro porque (le gustaban mucho los animales / quería sustituir o reemplazar a Manuel).

2. Después de varios meses conviviendo con el perro, Ana empezó a hartarse y decidió (deshacerse de él / comprar un gato).

B. **¿Verdadero o falso?** Lea las siguientes oraciones. Después, mire el video otra vez y conteste **V** (verdadero) o **F** (falso). Corrija las oraciones falsas.

____ 1. Ana tenía pesadillas en las cuales un pájaro gigante la perseguía por toda la casa.

____ 2. Ana escogió el nombre Man porque era monosílabo (one syllable), era la mitad de <u>Man</u>uel y quiere decir **hombre** en inglés.

____ 3. Según la canción que Ana escuchaba, ser joven y tener un gran perro para no estar solo es un "aviso de derrota" (sign of defeat).

____ 4. A Ana le toca (It's Ana's turn) dar un regalo de Navidad a su madre.

_____ 5 Para encontrar a Man, Ana puso carteles *(signs)* por todo el barrio.

_____ 6. Man arrastró *(dragged)* a Manuel a la casa de Ana, pero Manuel no quería entrar.

_____ 7. Manuel le dijo a Ana que la echaba de menos y que quería volver a estar con ella.

_____ 8. Según Ana, el nombre Max era la tercera parte de M̲anuel y una parte "X" desconocida que juntó a los tres.

## Después de ver

**A.** **Deducciones.** Primero, ponga las oraciones en orden. Después, conteste las preguntas haciendo deducciones sobre lo que pasa en el video.

Ana…

_____ **a.** decidió deshacerse del perro para poder ser libre.

_____ **b.** convenció a Manuel de llevar la tortuga a un río y dejarla allí.

_____ **c.** compró un perro por venganza *(revenge)* después de que Manuel la dejó.

_____ **d.** perdió el perro y pensaba que debía estar contenta.

_____ **e.** estaba muy triste, más triste que cuando Manuel la dejó.

_____ **f.** dejó el perro en el coche el 24 de diciembre.

**1.** En el momento de dar los regalos el 24 de diciembre, Ana bajó al coche por Man. ¿Qué pensaba hacer con él, probablemente? ¿Por qué?

**2.** Al final del video, ¿cómo ha cambiado Ana? ¿Qué papel tuvo Man en esta historia? ¿Cree usted que las mascotas pueden enseñarles cosas a los seres humanos?

**B.** **Resumen:** En sus propias palabras, escriba un párrafo haciendo un pequeño resumen de esta historia.

Cuando su novio, Manuel, la dejó, Ana decidió comprar un perro. …

## Temas

**1.** De niño(a), ¿tenía usted un perro, un gato u otra mascota familiar? Si es así, descríbalo(la). (Si no tiene ninguna experiencia personal con un animal doméstico, describa la mascota de alguien que conoce.) ¿Cómo se llamaba? ¿Era un animal cariñoso? ¿Parecía que era miembro de la familia? ¿Ayudó a la familia de alguna manera? ¿Cómo? ¿Causó problemas a veces? ¿Cómo? Cuente una anécdota sobre él o ella.

**2.** Ana dice que no le gusta la idea de tener animales en casa: "Me parecía cruel para el animal y poco higiénico para las personas". ¿Está usted de acuerdo? ¿Por qué sí o por qué no? ¿Cree que es cruel tener animales en jaulas *(cages)* o peces en acuarios? ¿Por qué sí o por qué no?

**3.** ¿Cree usted que Ana tiene temor *(fear)* a las responsabilidades prolongadas o al compromiso *(commitment)* en general? ¿Por qué sí o por qué no?

**4.** Se ve que Ana tiene un árbol de Navidad en casa y que envuelve un regalo. Describa la celebración con su familia. ¿Quién hace un sorteo *(lottery, drawing of straws)* para decidir quién regala a quien? ¿Qué hace usted para celebrar las fiestas de diciembre?

# UN JUEGO ABSURDO

Instituto Nacional de Cines y Artes Audiovisuales

**Metas** aumentar el vocabulario, reconocer cognados, iniciar una conversación, adivinar el significado de una palabra por el contexto, analizar algunas técnicas cinematográficas, expresar opiniones

**Preparación** Este video corto tiene lugar en Argentina hace muchos años. Los personajes principales son "Él" y "Ella", dos jóvenes que están en una fiesta.

**A primera vista** Él siente una gran atracción por Ella, pero no ha podido hablarle. En esta escena, Él ve que Ella está bailando con otro. ¿Cómo se sentirá ahora Él?

¿Es difícil a veces empezar una conversación o iniciar una relación amistosa con alguien? ¿Qué le podría decir Él a Ella para iniciar una conversación en la fiesta?

## VOCABULARIO ÚTIL

| | |
|---|---|
| **el, la amante** | *lover* |
| **apagar** | *to turn off* |
| **Basta de cobardía.** | *Enough of this cowardice.* |
| **el chaleco** | *vest* |
| **dejar de ser** | *to no longer be* |
| **el escote** | *neckline* |
| **Esta música apesta.** | *This music stinks.* |
| **experimentado(a)** | *experienced* |
| **flaco(a)** | *thin* |
| **ineducado(a)** | *uneducated (person)* |
| **la tela** | *fabric* |
| **parecido(a)** | *similar* |
| **sensible** | *sensitive* |
| **suave** | *soft* |

**¡OJO!** En Argentina se usa la forma **vos** en vez de la forma **tú** para la conversación informal (o sea, **vos sos** en vez de **tú eres**, **vos tenés** en vez de **tú tienes**, **vos pensás** en vez de **tú piensas**). Otros ejemplos del video: **¿Qué hacés acá? Mirá, vos a mí me gustás. Vos no ayudás.**

**A. Breves conversaciones.** Complete las conversaciones, subrayando *(underlining)* las palabras correctas.

**A:** ¿Te gusta este suéter de casimir *(cashmere)?*

**B:** Sí, es muy elegante. Parece muy (1. suave / sensible). Oye, creo que voy a comprar este (2. chaleco / parecidos) gris. Cuando lo llevo no parezco tan (3. flaco / fuerte). ¿Qué piensas?

**A:** Hmmm… Me gusta (4. el escote / la tela), pero ¿no lo tienen en otro color?

\* \* \*

**A:** Voy a hablar con mi jefe hoy mismo. Basta de (5. valor / cobardía). Soy un trabajador (6. ineducado / experimentado) y necesito ganar más dinero.

**B:** ¡Suerte, amigo!

*   *   *

**A:** Marta, (7. apaga / apoya) la radio, por favor. Esa música (8. apesta / encanta).

**B:** ¿Cómo? A mí me gusta mucho. Cuenta la historia de dos personas que dejaron de ser (9. parientes / amantes) y se convirtieron en verdaderos amigos.

**B. Cognados.** Al principio del video, Él habla de la relación entre la distancia y el deseo. Lea lo que dice. Las palabras subrayadas son cognados; tienen un equivalente en inglés. ¿Qué quieren decir? Las respuestas están abajo.

"(1) La distancia es el asunto primordial. (2) La intensidad de la pulsión *(urge, impulse)* es proporcional a la distancia a la que se encuentra el objeto deseado. (3) El deseo es esa distancia. (4) Algunas veces ocurre a la inversa y se amplifica a medida que se da una aproximación *(at the same time as there is a nearness, proximity)*, a medida que los cuerpos se acercan. (5) Pero siempre existe un límite autoimpuesto *(self-imposed)* porque la consumación *(fulfillment)* es la enemiga del deseo".

4. occurs, inverse (opposite), amplifies 5. limit, enemy, desire
1. distance, primordial (essential) 2. intensity, proportional, distance, object, desired 3. desire, distance

# Mientras vemos

**A. Visión general.** Mire el video y subraye la expresión correcta.

**1.** Él dice que siente una atracción por Ella porque Ella (es muy inteligente / lo hace sufrir).

**2.** El "juego absurdo" se refiere (al amor / a un baile popular de hace muchos años).

**B. ¿Él o Ella?** Lea las siguientes descripciones y después mire el video otra vez. ¿Se refieren a Él o a Ella? Escoja la respuesta correcta.

| | | |
|---|---|---|
| **1.** Siente hiperventilación, palpitaciones, ansiedad *(anxiety)*. | Él | Ella |
| **2.** Piensa en su mamá. | Él | Ella |
| **3.** Lleva un chaleco para no parecer flaco(a). | Él | Ella |
| **4.** Dice que no quiere bailar. | Él | Ella |
| **5.** Dice que el disco que tocan es suyo. | Él | Ella |
| **6.** Al final decide hablar francamente y expresar sus verdaderos sentimientos. | Él | Ella |

**C. Para iniciar una conversación.** Mire la última parte del video otra vez, desde la escena en la que Él decide ir a hablar con Ella (6:15, aproximadamente). ¿Qué expresiones utiliza Él para tratar de iniciar una conversación con Ella? Hay tres respuestas correctas.

_____ **1.** "Buenas tardes. Me llamo Juan. ¿Y tú?"

_____ **2.** "Discúlpame. Linda fiesta, ¿no?"

_____ **3.** "Lástima la música".

_____ **4.** "¿Sabés cómo se llama esta canción?"

_____ **5.** "¿Querés tomar algo?"

_____ **6.** "¿Querés bailar?"

## Después de ver

**A. Adivinando el significado de una palabra por el contexto.** ¿Qué significa la palabra o frase en negrita *(bold)*, probablemente? Subraye la respuesta correcta.

1. "… yo soy un joven sensible, capaz de emocionarse hasta el llanto *(be moved to tears)* con un buen libro, pero al mismo tiempo de ser un experimentado amante. Aunque mi experiencia en el tema es poca. Es decir, **nula**". **Nula** quiere decir (inexistente / extensa).

2. "¿Por qué no me gusta esa que se acaba de ir? ¿Por qué no le **di bola**? ¿Y por qué me gusta la otra, eh?" En Argentina, **dar bola** quiere decir (jugar básquetbol / prestar atención).

3. "¿Suave? Debe pensar que soy un **psicópata**". Un **psicópata** es una persona (loca / extranjera).

4. "Mirá, vos a mí me gustás, pero no te puedo hablar porque me pongo **boludo**…. ¿Qué te pensás, que vengo por los sandwichitos, **boluda**?" En Argentina, **boludo(a)** es una palabra vulgar que quiere decir (guapo[a] / tonto[a]).

5. "Por las **minas** como vos, que no dejan de mirarse el ombligo *(navel;* i.e., que son egocéntricas)". En Argentina, una **mina** es una (mujer / trabajadora).

**B. Análisis de algunas técnicas cinematográficas**

1. Hay personajes que probablemente no están en la fiesta sino en la imaginación de Él. ¿Cuáles son? ¿Por qué aparecen en el video?

2. A veces Él nos mira a los espectadores (a la audiencia) y habla con nosotros. ¿Por qué utiliza el director esta técnica?

3. A veces, Él se confunde *(gets confused)* y no sabe si ha dicho algo en voz alta o si solamente lo pensaba. Los espectadores sí lo sabemos porque lo estamos mirando. ¿Cuál es el efecto de esta técnica de parte del director, en su opinión?

4. A veces Él grita algo con exasperación. ¿Qué pasa cuando hace eso?

5. ¿Qué papel tiene el cantante, Sergio Pángaro, en el video? ¿Qué dice al final?

## Temas

1. ¿Cuáles son las diferencias entre la fiesta del video y una fiesta contemporánea entre chicos y chicas en la cultura de usted? (Ideas: la comida, la bebida, la ropa, la música, la forma de bailar…)

2. ¿Se identifica usted con Él? Es decir, ¿a veces se siente frustrado(a) porque quiere hablar con alguien y no puede (o le habla y no dice lo que quiere decir)? Si es así, dé un ejemplo.

3. Él expresa una serie de emociones: deseo, decepción *(disappointment),* ira, vergüenza, exasperación. Al final, ¿cómo está Él? ¿Y Ella? En tres o cuatro oraciones, cuente la historia desde el punto de vista de Ella.

**Predicciones.** Utilizando el tiempo futuro de los verbos (y un poco de imaginación), haga por lo menos tres predicciones sobre Él y Ella.

🌼 **MODELO** *Él y Ella se casarán en cinco años…*

# LO IMPORTANTE

**Metas** aumentar el vocabulario, aprender palabras para animar a alguien a hacer algo, expresar opiniones

**Preparación** Este video corto trata de un niño, Lucas, y de un equipo de fútbol. Tiene lugar en España. En ese país, como en Hispanoamérica, el fútbol es un deporte muy popular, casi una religión, con millones de aficionados devotos.

**A primera vista** En la foto, se ve a Lucas sentado en el banco mirando un partido. ¿Parece contento? ¿Por qué estará allí?

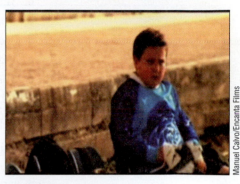

Manuel Calvo/Encanta Films

¿A usted le gusta el fútbol? En general, ¿le gustan los deportes que se juegan en equipo o prefiere los deportes que se juegan individualmente?

## VOCABULARIO ÚTIL

| | |
|---|---|
| **animar (a los compañeros)** | *to encourage (your team- or classmates)* |
| **el árbitro (la árbitra)** | *referee* |
| **el entrenador (la entrenadora)** | *coach* |
| **el portero (la portera) suplente** | *substitute goalie* |
| **recoger balones** | *to pick up balls* |
| **suspender el partido** | *to stop the game* |

**Un partido memorable.** Complete el párrafo con palabras de la lista.

A mi hermano le gusta mucho jugar al fútbol. Su (1) _____ es un hombre muy amable, que lo ha ayudado mucho a mejorar sus habilidades en el deporte. Un día, durante un partido, el portero se lastimó, y a mi hermano le dieron la oportunidad de ser portero (2) _____. Estaba muy emocionado. Su novia estaba allí para (3) _____ lo. Su equipo ganaba y todo iba muy bien cuando de repente empezó a llover muy fuerte. Después de media hora bajo una lluvia intensa, el (4) _____ decidió (5) _____. Los jugadores recogieron los (6) _____ y todos fueron a casa. Pero mi hermano siempre se acuerda de esa experiencia, de la oportunidad que tuvo. Sueña con ser futbolista profesional—y quizás portero— algún día.

## Mientras vemos

**A.  Visión general.** Mire el video y subraye *(underline)* la respuesta correcta.

**1.** El video tiene lugar en un (parque público / colegio).

**2.** Lucas es un chico muy (atlético / persistente).

**B.** **En orden.** Mire el video otra vez y ponga las expresiones en orden.

     \_\_\_\_ **a.** "¿Hay alguien que quiera perder?"

     \_\_\_\_ **b.** "¿Lo ha visto, entrenador?"

     \_\_\_\_ **c.** "Hasta que pite *(blows the whistle)* el árbitro, todo vale".

     \_\_\_\_ **d.** "No, no, me fastidia *(that's a pain),* que yo quiero un sábado libre".

     \_\_\_\_ **e.** "Voy a llamar a mi madre para que me venga a recoger".

     _1_ **f.** "¿Lo de no mear en la ducha *(peeing in the shower)*?"

**C.** **¿Quién lo dijo?** Mire el video una vez más, si es necesario. Escoja la mejor respuesta: (a) el entrenador, (b) Lucas, (c) el árbitro.

     _a_ **1.** "¿Hay alguien que quiera perder?"

     \_\_\_\_ **2.** "¿Lo ha visto, entrenador?"

     \_\_\_\_ **3.** "Hasta que pite el árbitro, todo vale".

     \_\_\_\_ **4.** "No, no, me fastidia, que yo quiero un sábado libre".

     \_\_\_\_ **5.** "Voy a llamar a mi madre para que me venga a recoger".

     \_\_\_\_ **6.** "¿Lo de no mear en la ducha?"

## Después de ver

### Comprensión

1. ¿Qué quiere hacer Lucas? ¿Por qué está en el colegio de noche?
2. ¿Qué había dicho el entrenador a principios de curso?
3. ¿Qué le pasa al portero? ¿Cómo reacciona el entrenador? ¿Qué quiere que el chico haga?
4. ¿Qué es "lo importante" para el entrenador?
5. Al final, ¿qué hace Lucas? ¿Por qué? ¿Quién le enseña una lección a quién? ¿Cree usted que lo que Lucas hizo se puede justificar? ¿Por qué sí o por qué no?

**Expresiones para animar a alguien a hacer algo.** ¿Qué expresiones utiliza el entrenador para animar a los jugadores? Haga una lista. ¿Qué otras expresiones se podrían utilizar?

## Temas

1. En la escuela primaria o secundaria a la que usted asistió, ¿había mucho estrés en la vida de los estudiantes, en general? ¿Sentía usted presión para ganar competencias o para participar en representaciones teatrales u otras actividades? O sea, ¿había situaciones paralelas a la de Lucas en otros campos (asignaturas): música, teatro, ciencias (e.g., *science fairs*), etc.? Dé un ejemplo de su vida personal o describa una situación que conozca.
2. El fútbol vs. el fútbol americano: ¿Cuál prefiere usted? ¿Por qué? ¿Cómo se diferencian? Según estudios recientes, muchos jóvenes que juegan fútbol americano sufren daños permanentes, tanto mentales como físicos. ¿Qué se puede hacer para evitar este problema? ¿Se debe cambiar las reglas del juego, por lo menos al nivel no profesional? Si es así, ¿cómo?

3. Con la ley "Que ningún niño quede atrás" (*"No Child Left Behind"*) de Estados Unidos, muchos maestros han empezado a enseñar lo que estará en el examen anual en vez de enfocarse en "lo importante" desde otras perspectivas (e.g., la participación en clase, la creatividad, las habilidades artísticas o musicales, etc.). ¿Qué piensa usted de esa ley? ¿Ha influido en su educación? Si es así, ¿de qué manera?

4. El entrenador es el ejemplo perfecto de la hipocresía: dice una cosa a los jóvenes mientras sus acciones enseñan una lección contradictoria. ¿Recuerda usted alguna experiencia semejante (e.g., con algún maestro o pariente que decía una cosa pero que hacía otra)? Si no tiene un ejemplo de su vida personal, puede tomarlo de una novela o de una película. ¿Qué decía esa persona? ¿Qué hacía en realidad?

# EL ÁRBOL DE LA MÚSICA

**Metas** aumentar el vocabulario, analizar algunas técnicas cinematográficas, expresar opiniones

**Preparación** Este video nos lleva al estado de Tabasco, México. Tabasco está en el golfo de México, cerca de Guatemala; su capital es Villahermosa (ciudad que se menciona en el video). Tiene un clima tropical con una gran diversidad de flora y fauna. Una niña camina por un pueblo pequeño con su gallina *(hen)*, Josefina. Se ven escenas de la vida diaria local por los ojos de la niña. Cuando un violinista llega de visita al pueblo y da un concierto de música clásica, ocurre algo "muy maravilloso"…

Mexican Film Institute

**A primera vista** En esta escena, la niña llega al lugar que está cerca del río, donde el músico da el concierto. ¿Cree usted que a la niña le va a gustar la música clásica? Para usted, ¿es importante la música? Si es así, ¿qué clase de música le gusta escuchar?

## VOCABULARIO ÚTIL

| | |
|---|---|
| **el arco** | *bow (e.g., of a musical instrument)* |
| **canijo(a)** | *bad-natured, difficult (Mexico, parts of Central America)* |
| **Entre más grande, más canijo.** | *The older they are, the more difficult they are.* |
| **con tamaño susto** | *very scared, worried sick (literally, "with a sizeable fright")* |
| **el chamaco (la chamaca)** | *boy (girl), kid (Mexico, parts of Central America, Cuba, Puerto Rico)* |
| **la escolta** | *escort; group of students who accompany the flagbearer at a school function* |
| **el grillo (grillito)** | *cricket* |
| **la lechuza** | *owl* |
| **la lonchería** | *small eatery (anglicism, from "lunch", used in Mexico and parts of Latin America)* |
| **el oído finísimo** | *very sharp ear* |
| **el puente** | *bridge* |
| **sonar (ue)** | *to sound, to make a sound* |
| **Sopla el viento.** | *The wind blows.* |

**A. Conexiones.** Conecte la palabra de la columna izquierda con su definición o descripción en la columna derecha.

_____ **1.** canijo(a)          **a.** pájaro que sale de noche

_____ **2.** chamaco(a)          **b.** construcción sobre un río, por ejemplo

_____ **3.** grillo          **c.** pequeño restaurante, en México

_____ **4.** lechuza          **d.** de mal carácter o problemático, en México

_____ **5.** lonchería          **e.** muchacho(a), niño(a)

_____ **6.** puente          **f.** pequeño insecto que canta

**B. Breves conversaciones.** Complete las conversaciones con palabras de la siguiente lista:

arco          escolta          oído          sopla          suena          susto

**A:** ¿Dónde estuviste, niña? Toda la tarde con tamaño (1) _____ por ti.

**B:** Estaba en casa de la tía Adela. ¿Por qué te preocupas *(worry)* tanto, mamá?

＊　＊　＊

**A:** ¿Vamos a caminar aquí, cerca del río?

**B:** No, vámonos de aquí porque el viento (2) _____ muy fuerte.

＊　＊　＊

**A:** ¿Por qué no quieres seguir con las lecciones de violín? Tienes un (3) _____ finísimo para la música.

**B:** Es que no tengo tiempo. Además, el (4) _____ está roto *(broken)*.

＊　＊　＊

**A:** Oye, esa canción es una cumbia, ¿no?

**B:** No, es un merengue. La cumbia (5) _____ distinto.

＊　＊　＊

**A:** ¿Adónde vas?

**B:** A la Biblioteca de Líster. ¿Me quieres acompañar?

**A:** No, no puedo. Tengo que participar en la práctica de la (6) _____.

## Mientras vemos

**A. La idea principal.** Mire el video por primera vez. De las siguientes oraciones, ¿cuál parece ser la idea principal?

_____ **1.** Es muy difícil aprender a tocar un instrumento musical.

_____ **2.** Hay música por todas partes, pero hay que saber oírla.

_____ **3.** Sin dinero o maestro, es imposible aprender a hacer música.

**B. ¿Qué dijeron?** Mire el video otra vez y subraye *(underline)* la palabra correcta.

**1.** "Esa semana no estaba yo en la (lonchería / escolta) y no más pasamos por allí".

**2.** "¡Qué cabrón! *(What a damn pain! [vulgar])*… ¿Se va a poner más (viejo / pobre) por darme una clase de su música?"

3. "Vamos a comer un trocito *(small piece)* de este tubérculo *(root, tuber)* (picante / dulce)".

4. "Mastícalo *(Chew it)* (despacito / rápido)".

5. "El viento es un arco; el mundo es su (guitarra / violín)".

6. "Sopla el viento, la tierra (mueve / suena)".

## Después de ver

**A.  Comprensión.** Conteste las preguntas haciendo deducciones sobre lo que pasa en el video.

1. ¿Cómo reaccionan los clientes al concierto del violinista en la lonchería de doña Lencha?

2. ¿Qué quiere aprender la niña? ¿Por qué tendría que ir a Villahermosa para aprender eso? ¿Está cerca Villahermosa?

3. ¿En qué partes del video se ve que el músico sabe lo que la niña piensa, aunque ella solo se habla a sí misma?

4. ¿Por qué empieza a preocuparse la niña? ¿En quién piensa y por qué?

**B.  Análisis de algunas técnicas cinematográficas.** Subraye la palabra o expresión correcta.

1. Al principio del video, se ve un panorama de la región, pero después se acerca *(zooms in)* la cámara y se ve a (una niña / un músico).

2. En la escena con el árbol de la música, se usa un efecto especial de luces. El árbol parece ser (una estrella / un instrumento musical).

3. Al final del video, se ve a la niña de cerca, y después la cámara se aleja *(zooms out)* y se ve (el área local / al músico) otra vez, como al principio.

## Temas

1. El músico le dice a la niña que él viaja de pueblo en pueblo y hasta de planeta en planeta. "Es bueno cruzar puentes", le dice. En el contexto del video, ¿qué podría significar "cruzar puentes"? ¿Qué descubre la niña cuando cruza el puente para volver al pueblo?

2. Cuando no existían instrumentos musicales modernos y complejos como el violín, se hacía música con instrumentos sencillos *(simple)*. Note que el video se hizo con la colaboración del Laboratorio de Teatro Campesino e Indígena de Tabasco. Describa alguna música de las Américas en la que se utilizan instrumentos sencillos. ¿De dónde es? ¿Qué instrumentos se utilizan (e.g., tambor, flauta, pito *[whistle]*, maracas, sonajero *[rattle]*)? ¿Es buena para bailar? ¿Y para cantar? ¿A usted le gusta esa clase de música? ¿Por qué sí o por qué no?

3. ¿Hay elementos fantásticos o mágicos en el video? Por ejemplo, el violinista le da un trocito de tubérculo dulce a la niña: ¿por qué? ¿Qué es el "árbol de la música"? ¿Cómo explica el músico el hecho de que él sabe lo que ella piensa?

# MINERÍA CONTAMINANTE A CIELO ABIERTO EN COLOMBIA

Minería Colombiana from Razon Publica

**Metas** comprender un anuncio pro-ambiental, aumentar el vocabulario, notar la relación entre infinitivos y sustantivos correspondientes, expresar opiniones

**Preparación** Este video corto nos lleva a Colombia, un país que tiene una gran diversidad de regiones geográficas, y de flora y fauna. Aunque es famoso mundialmente por sus exportaciones de café, flores y frutas tropicales, Colombia también tiene grandes reservas de recursos mineros como el petróleo, el carbón *(coal)*, el gas natural, las esmeraldas y el oro.

**A primera vista** Mire la escena del video. ¿Cuál es <u>un</u> problema ambiental que el video tratará, probablemente?

¿Qué problemas se asocian con la minería *(mining)* en este país?

## VOCABULARIO ÚTIL

| | |
|---|---|
| a cielo abierto, en lo abierto | *in the open, open-air* |
| el acueducto | *aqueduct* |
| Los aljibes se secan. | *The wells dry up.* |
| contaminar | *to contaminate, pollute* |
| el desafío | *challenge* |
| explotar | *to exploit* |
| generar | *to generate* |
| la herencia | *inheritance, legacy* |
| irrisorio(a) | *laughable, ridiculous, insignificant* |
| ocasionar | *to cause* |
| el páramo | *barren plain* |
| producir | *to produce* |
| proteger | *to protect* |
| el riego agrícola | *(agricultural) irrigation* |
| sacrificar | *to sacrifice* |
| el subsuelo | *subsoil, underground* |

**A. Infinitivos.** Dé el infinitivo que corresponde al sustantivo.

⚙ **MODELO**    la contaminación
                *contaminar*

**1.** la explotación       **3.** la ocasión       **5.** la generación

**2.** el sacrificio        **4.** la producción     **6.** la protección

**B. Un problema local.** Complete el párrafo con palabras de la lista.

Vivo en un (1) _____ donde no llueve mucho y donde los (2) _____ se están secando poco a poco. Hay un río que abastece *(supplies)* el (3) _____ que lleva el agua a los campos para los (4) _____ agrícolas. Desafortunadamente, hay una fábrica *(factory)* de cemento con operaciones a (5) _____ abierto cerca del río, y esa fábrica contamina el aire, el agua y el (6) _____ del lugar. Un grupo de ciudadanos ha hablado con el dueño acerca del problema, pero él no quiere hacer los cambios necesarios para reducir la contaminación. Dice que su fábrica genera empleos y contribuye a la economía local. Sin embargo, los costos de los servicios médicos ocasionados por las enfermedades que la contaminación causa son muy altos. ¡Y los impuestos *(taxes)* que el dueño paga son (7) _____! Nuestro (8) _____ es cambiar la legislación para proteger el medio ambiente local y así poder dejarles a nuestros hijos agua limpia y aire puro, una (9) _____ vital.

## Mientras vemos

**A. La idea principal.** ¿Cuál es la idea principal del video?

_____ **1.** En Colombia, la deforestación de los páramos es un problema muy grave.

_____ **2.** Las grandes compañías petroleras están explotando a los mineros colombianos.

_____ **3.** La minería a cielo abierto en Colombia causa mucha contaminación del aire y del agua.

**B. ¿Verdadero o falso?** Conteste **V** (verdadero) o **F** (falso). Corrija las oraciones falsas.

_____ **1.** En el mapa del video se puede ver que muchas zonas de Colombia están siendo solicitadas *(are being solicited or applied for)* para la explotación minera.

_____ **2.** En un día de explotación de oro se usa la misma cantidad de agua que necesita por mes una ciudad de 600.000 habitantes.

_____ **3.** La minería de oro utiliza elementos tóxicos de altísimo peligro como el mercurio *(mercury)* y el cianuro *(cyanide)*, y además libera arsénico *(it releases arsenic)*.

_____ **4.** El mercurio puede producir envenenamiento *(poisoning)* y causar malformaciones genéticas irreversibles en los niños.

_____ **5.** La industria minera genera el 10 por ciento del empleo en Colombia.

_____ **6.** La actividad minera en la selva colombiana está prohibida.

## Después de ver

### Comprensión

1. ¿Tiene Colombia mucha diversidad biológica? Después de mirar a la gente que participó en el video, ¿cree usted que el país tiene mucha diversidad étnica?
2. Según el video, ¿paga mucho en impuestos *(taxes)* la industria minera en Colombia? ¿Genera un gran porcentaje de los empleos del país?
3. ¿A quiénes les pertenece *(belong)* el agua de Colombia por derecho constitucional?

## Temas

1. "El agua no es negociable. La vida no es negociable". La población mundial está creciendo, pero el consumo de agua está creciendo mucho más rápidamente: en usos domésticos, en la industria, en la agricultura, en la creación de electricidad. ¿En qué áreas del mundo o de este país hay problemas de falta de agua? ¿Cree usted que el agua será el petróleo del futuro? ¿Qué podemos hacer para proteger y conservar el agua limpia?
2. Ahora hay mucha controversia sobre la fractura hidráulica *(hydraulic fracturing, fracking)* para extraer petróleo o gas natural de la tierra. En este proceso se inyectan a presión productos tóxicos y grandes cantidades de agua para ampliar *(widen)* las fracturas existentes en el subsuelo. ¿Se debe parar esta práctica hasta que haya más estudios científicos? Comente.
3. ¿Qué formas de energía renovable hay en este país? ¿Cree usted que el gobierno debe subvencionar *(subsidize)* la explotación de estas fuentes de energía? ¿Por qué sí o por qué no?

# UN PRODUCTO REVOLUCIONARIO

**Metas** comprender un anuncio comercial, aumentar el vocabulario, adivinar el significado de una palabra por el contexto visual, reconocer cognados, expresar opiniones

**A primera vista** Este video corto, de España, toma el formato de un anuncio comercial. Mirando la foto, describa al presentador. ¿Qué edad tendrá? ¿Está vestido formalmente? Mirando el título, ¿de qué va a hablar? Para usted, ¿qué significa la palabra "revolucionario"? Dé un ejemplo de algún producto que se consideró "revolucionario" en su tiempo.

**Un producto misterioso.** Complete el párrafo con palabras de la lista.

## VOCABULARIO ÚTIL

| | | | |
|---|---|---|---|
| almacenar | *to store* | la hoja | *sheet; leaf* |
| el aparato | *appliance, device* | portátil | *portable* |
| el dispositivo | *device* | recargarse | *to recharge, to be recharged* |
| el fabricante | *manufacturer* | la ruptura | *breakthrough* |

Hace una semana vi un anuncio en Internet para un aparato, o (1) _____, para ayudar a la gente que está a dieta; emite impulsos eléctricos que controlan el deseo de comer. Según los (2) _____ del producto, es cien por ciento (100%) seguro. El aparato se puede usar en cualquier lugar: es (3) _____. Según el anuncio "es una revolucionaria (4) _____ tecnológica: pequeño y fácil de (5) _____". Como no tiene batería, no necesita (6) _____. Quiero bajar de peso, así que lo pedí. Cuando abrí el paquete ayer, vi que incluía una (7) _____ de papel con las instrucciones. Pero estaban en chino y por eso no tengo ni idea de cómo usarlo.

## Mientras vemos

**A.** **Visión general.** Mire el video por primera vez. ¿Cuál es el producto que se anuncia? ¿Cuál es su "nombre comercial"?

**B.** **¡Ojo al contexto visual!** El presentador muestra tres accesorios opcionales del producto. ¿Cuáles son?

_____ **1.** cables      _____ **4.** marcapáginas

_____ **2.** circuitos eléctricos      _____ **5.** lapicero

_____ **3.** batería      _____ **6.** atril

¡**OJO!** Note que en España la letra **c** se pronuncia como **th** (en *thin*) en inglés antes de **e** o **i** (e.g., **cien**, **experiencia**, **cerebro**).

**C.** **Cognados.** Hay muchos cognados en la descripción del producto. Lea la siguiente actividad y, si es necesario, mire el video una vez más. ¿Qué función tienen las siguientes cosas (a-e), según el anuncio? Los cognados están subrayados. ¡Ojo!: Como se ve en el video, la palabra **carpeta** es un cognado falso.

  _c_ **1.** <u>Mantiene</u> las <u>páginas</u> en su <u>orden</u> <u>correcto</u>.      **a.** el atril

_____ **2.** <u>Señala</u> la <u>localización</u> <u>exacta</u> de cualquier <u>información</u> <u>seleccionada</u>.      **b.** el lapicero

                                **c.** la carpeta

_____ **3.** <u>Permite</u> abrir el BOOK en el <u>punto</u> <u>exacto</u> en el que fue dejado en la <u>sesión</u> <u>previa</u>.      **d.** el índice

                                **e.** el marcapáginas

_____ **4.** <u>Permite</u> hacer <u>notas</u> <u>personales</u> junto a las entradas de <u>texto</u> de BOOK.

_____ **5.** <u>Permite</u> la <u>correcta</u> colocación de BOOK para su cómoda lectura sin <u>necesidad</u> de <u>usar</u> las manos.

NB: Note la pronunciación de **lapicero** e **índice**. ¿Cómo se pronuncian estas palabras en España? (En España **lapicero** quiere decir *mechanical pencil*, aunque en general en Hispanoamérica quiere decir *ballpoint pen*.)

## Después de ver

**A. Características del producto.** ¿Qué características tiene el producto, según el anuncio? Escoja las seis respuestas correctas.

_____ **1.** Hasta un niño puede manejarlo.

_____ **2.** Es compacto y portátil.

_____ **3.** Requiere que se tenga disponible (*available*) una toma de corriente (*electrical outlet*).

_____ **4.** Tiene hojas de metal numeradas secuencialmente.

_____ **5.** Cada página es escaneada ópticamente registrando la información directamente en el cerebro.

_____ **6.** Incluye una función de índice.

_____ **7.** No se cuelga. (*It doesn't freeze.*)

_____ **8.** Nunca necesita ser reiniciado (*restarted*).

_____ **9.** Está compuesto de materiales no reciclables.

**B. Preguntas.** Conteste las preguntas haciendo deducciones sobre lo que pasa en el video.

**1.** ¿Qué clase de lenguaje utiliza el presentador, en general? Al final, ¿qué está haciendo, acostado sobre una pelota de Pilates? ¿Cree usted que el video es una parodia de un anuncio para otra clase de producto? Comente.

**2.** Al final del video, se ve "leerestademoda", que se puede encontrar en Internet (leerestademoda.com). ¿Cuál es el objetivo del video, en su opinión?

## Temas

**1.** ¿Qué piensa usted de lo siguiente: "Bienvenido a la era que transformará tu manera de entender el mundo"? ¿Cree que los libros pueden ser, en realidad, "revolucionarios"? ¿Hay algún libro que haya tenido un gran impacto en su vida o en su manera de pensar? Si es así, ¿cuál (o cuáles)?

**2.** Según el anuncio, BOOK es "respetuoso (*respectful*) con el medio ambiente", "a la vanguardia en cuanto a compromiso ecológico". ¿Está usted de acuerdo? ¿Por qué sí o por qué no?

**3.** ¿Qué piensa del proyecto *Google Books*, que pone millones de libros en Internet? ¿Por qué hay tanta gente en contra?

# En contacto
## Gramática en acción

## Enhanced Ninth Edition

**Mary McVey Gill**

**Brenda Wegmann**
*University of Alberta, Extension*

**Teresa Méndez-Faith**
*Saint Anselm College*

CENGAGE
Learning®

Australia • Brazil • Japan • Korea • Mexico • Singapore • Spain • United Kingdom • United States

En contacto: Gramática en acción,
Enhanced Ninth Edition
Mary McVey Gill, Brenda Wegmann,
Teresa Méndez-Faith

Product Director: Beth Kramer

Senior Product Manager: Lara Semones

Managing Developer: Katie Wade

Content Coordinator: Joanna M Alizio

Associate Media Developer: Patrick Brand

Executive Market Development Manager:
Ben Rivera

Rights Acquisitions Specialist: Jessica Elias

Manufacturing Planner: Betsy Donaghey

Art and Design Direction, Production
Management, and Composition:
PreMediaGlobal

Cover Image: © Sajid Shafi que/Getty
Images; © Jim Atherton/Getty Images

For product information and technology assistance, contact us at
**Cengage Learning Customer & Sales Support, 1-800-354-9706**

For permission to use material from this text or product,
submit all requests online at **www.cengage.com/permissions**.
Further permissions questions can be emailed to
**permissionrequest@cengage.com.**

Library of Congress Control Number: 2013946918

Student Edition:

ISBN-13: 978-1-285-46154-0

ISBN-10: 1-285-46154-1

**Cengage Learning**
200 First Stamford Place, 4th Floor
Stamford, CT 06902
USA

Cengage Learning is a leading provider of customized learning solutions
with office locations around the globe, including Singapore, the United
Kingdom, Australia, Mexico, Brazil, and Japan. Locate your local office at
**www.cengage.com/global.**

Cengage Learning products are represented in Canada by
Nelson Education, Ltd.

To learn more about Cengage Learning Solutions, visit
**www.cengage.com.**

Purchase any of our products at your local college store or at our
preferred online store **www.cengagebrain.com.**

Printed in Canada
1 2 3 4 5 6 7 17 16 15 14 13

# DEDICATION

We dedicate this book to our families, our students, and our vivacious Hispanic friends, who provide us with unfailing support, insights and inspiration.

# BRIEF CONTENTS

# CONTENTS

## CAPÍTULO 8 • DIMENSIONES CULTURALES    175

## CAPÍTULO 9 • UN PLANETA PARA TODOS    199

# PREFACE TO THE STUDENT

## ¡Bienvenido(a)!

As you open this book, we hope you are *excited* about learning Spanish. We can assure you that learning this language will open many doors for you over the course of a lifetime, whether your goal is travel, communication with the many Spanish speakers in the United States and Canada, understanding the superb literature or music or movies in Spanish, professional development, or simply the joy of learning about a vibrant and diverse culture and its people.

So, welcome to the *En contacto* program! This complete intermediate Spanish program features three main components, all of which are coordinated together chapter-by-chapter by theme, grammar topics, and vocabulary to integrate your learning experience and yet provide options for addressing your specific goals.

*Gramática en acción:* This text includes not only grammar review but also a presentation of language functions (in a section called **Lengua viva**), with audio and video illustrating aspects of language such as asking for directions, ordering in a restaurant, or responding to an invitation. There is a strong emphasis on high-frequency vocabulary throughout each chapter. *Gramática en acción* also features **Videocultura**, short videos that present cultural points and related activities.

*Lecturas intermedias:* This text offers both cultural and literary selections and emphasizes reading, writing, and discussion strategies along with a structured program of vocabulary acquisition. Each chapter opens with a provocative introductory essay called **Enfoque del tema,** followed by two authentic selections and accompanying activities. Towards the end of the chapter there is a process-writing section that breaks a challenging assignment into small steps, for which students can be given credit step by step. Finally, a piece of fine art related to the chapter theme is presented in **En contacto con el arte.**

**Student Activities Manual (*Cuaderno de ejercicios y Manual de laboratorio*):** The activities in the *Cuaderno de ejercicios* provide additional writing practice, while the lab section and accompanying audio program provide extra oral practice. A QUIA™ online version is available.

# Gramática en acción
# Chapter Organization

## Metas

Each chapter begins with **metas**, or goals, which will give you specific information about what it and the corresponding *Lecturas intermedias* chapter will cover.

## Presentación del tema

A short reading, **Presentación del tema**, presents the chapter theme and some of the vocabulary. You can share your views in the discussion questions. Next comes the **Vocabulario útil**, an active vocabulary list. These lists are thematic because it's easier to learn words that are grouped by meaning. You'll use the words immediately in the activities that follow, and the words will be reinforced later on in the chapter and in the book.

## Lengua viva

The **Lengua viva** section includes **Audioviñetas** and **En otras palabras** and focuses on the functional language of the chapter (greetings, good-byes, expressing sympathy, and so on). The **Audioviñetas** are recorded conversations on the audio CD and also at the text website that give you practical, functional language (and also present the chapter's theme, vocabulary, and, in most cases, grammar). If you do the accompanying listening comprehension activities at home or in the lab, follow the instructions; for instance, listen all the way through the first time to get the gist.

After you have heard some of the functional expressions in the **Audioviñetas**, you will see and use them in the **En otras palabras** sections. These sections focus on two or more language functions and provide explanations, examples, and activities. After you have read over the section in the book, you can view the videos that illustrate the functions and do the corresponding activities on the text website.

## Gramática y vocabulario

Grammar explanations are designed to go beyond the grammar you learned in a first-year text without introducing too much detail. The Spanish examples reinforce chapter vocabulary and in many cases provide cultural information about the Spanish-speaking world. The following **Práctica** sections contain a wide variety of oral and written activities arranged in order of increasing difficulty; they are based directly on the chapter theme and vocabulary as well as the structures. We hope you enjoy working with your peers on the pair and small-group activities.

## En contacto

The **En contacto** section includes **Videocultura**, **Síntesis**, and **Composición**.

**Videocultura.** The **Videocultura** section is based on videos that coordinate with the text chapters by theme and content. The majority of the segments consist of interviews with native speakers in Spain, Latin America, and the United States; others are cultural narratives or conversations offering unique insights into the Spanish-speaking world. Each segment begins with a preview question involving a main idea or concept. We hope you will express your own opinions in the discussion questions that follow.

**Síntesis.** This section of activities and games is based on the chapter theme, vocabulary, and grammar and serves as a synthesis of the preceding sections.

**Composición.** A guided writing assignment, **Composición**, concludes the chapter. The assignment draws from the vocabulary and thematic material presented in the chapter and typically involves use of the structures in some way. Many of the preceding activities in the chapter will help prepare you for the composition assignments. If your instructor is using a process approach, you will brainstorm ideas with other students and review and peer edit each others' work.

## Appendices/End Vocabulary/Maps

Make sure to look at the appendices after **Capítulo 12**. They provide an important resource, covering capitalization, punctuation, and word stress; information on numbers, dates, and time; use of prepositions after certain infinitives; and verb charts. In addition, there is a complete Spanish-English end vocabulary and a grammar index. See the introduction to the latter to become familiar with how words are listed. Also, note that there are maps of the Spanish-speaking world at the beginning of the book.

## Icons

Notice these icons in the program:

This material is the recorded audio and on the text's Premium Website.

This material is on the video program accompanying the book.

**L** This material refers to the *Lecturas intermedias*.

## Unas recomendaciones

An important part of language learning is vocabulary acquisition. Try various ways of increasing your vocabulary (your instructor can help you with this). Some people listen to their MP3s, make flashcards, put notes on the bathroom mirror, watch television or listen to the radio in Spanish, go to Spanish or Latin American films or restaurants, read magazines, or find a keypal. Most important, if you have the opportunity, practice with native Spanish speakers. Don't be afraid to make errors—the important thing is to try to express yourself. You'll find that, in general, Spanish speakers very much appreciate someone who makes an effort to communicate. Instead of thinking about things you don't know how to say, think of things you *do* know how to say . . . and practice saying them! We hope you have an enjoyable experience.

M.M.G.
B.W.
T.M.F.

# ACKNOWLEDGMENTS

We are especially grateful for the assistance of the very talented group of editors with whom we were fortunate to work:

Lara Semones, acquisitions editor at Heinle/Cengage, who initiated and supported the new edition and whose insights and suggestions have been invaluable throughout; Karin Fajardo, developmental editor, who gave us many superb ideas and contributed in countless ways to the creation of the manuscript; Esther Marshall, senior content project manager, who supervised all areas of production including art, editing, and design with amazing dedication and attention to detail; Luz Galante, our native reader, and Margaret Hines, copyeditor, both of whom have eagle eyes and a keen ear for language; Melissa Sacco, PreMediaGlobal project manager, and Lupe Ortiz, proofreader, for their dedicated work; Patrick Brand, of Heinle/Cengage, who edited the testing program and helped in the design of the new video activities. We would also like to thank Joanna Alizio for her excellent work editing the enhanced edition.

Special thanks to Anna Pérez for her excellent work on new video for the project and for supplying the photos that accompany the new video segments. We also wish to express our appreciation to Linda Jurras and the Heinle/Cengage art and design team, who created a stunning new look for the ninth edition. Thanks to Ingrid de la Barra, Myriam Castillo, Yolanda Magaña, Luz Sánchez, and Andreu Veà-Baró for help with materials and linguistic advice. We very much appreciate Llanca Letelier's expertise on the literary permissions, Scott Rosen's expertise on photo research, and John Gill's help with computer files for the end vocabularies. We would also like to thank friends who supplied photos from their personal files: Marina Brodskaya, Alana Budak, Edward Faith, Andreu Veà-Baró, Robin and Leslie Webster, and Bogdan Zlatkov.

A debt of gratitude is also owed to the following: Mónica Cañellas Scoscería for giving us permission to reprint the captivating stories of her mother, Lucía Scoscería; Tere Rubio and Dr. Eric Peña for clarifying certain aspects of the Mexican educational system; Naldo Lombardi for technical and linguistic advice; Ray Faith, Edward Faith, and Liz Gill for their artistic contributions to the illustration of certain texts; Daniel Braun, instructional designer from the Learning Engagement Office at the University of Alberta Extension Department for tips on reliable methods of assessment; and Dr. Olenka Bilash, coordinator of Second Languages and International Education at the University of Alberta, for her inspiration and creative suggestions regarding materials that spark motivation.

Our thanks also go to the following contributors: iLrn diagnostics and media grid: Max Ehrsam; Web quizzes: Teresa Arrington; Web activities: Francisco Gago-Jover; Sample syllabi: Elizabeth O'Connell-Inman and Helen Freear-Papio; and Transition Guide: Marisa Garman.

Finally, we are sincerely grateful to the following reviewers whose critiques and suggestions helped shape the ninth edition:

Teresa Arrington, Blue Mountain College

Bárbara Ávila-Shah, *SUNY Buffalo*

Gabriel Barreneche, *Rollins College*

Nancy María Blain, *McNeese State University*

Kristy Britt, *University of South Alabama*

Robert L. Colvin, *Brigham Young University, Idaho*

Deborah A. Dougherty, *Alma College*

Cynthia B. Doutrich, *York College of Pennsylvania*

Deanne Flouton, *Nassau Community College*

Francisco Gago-Jover, *College of the Holy Cross*

Pablo García, *West Virginia University*

Jill R. Gauthier, *Miami University, Hamilton*

Ana Gómez-Pérez, *Loyola University Maryland*

Frederick Langhorst, *Spelman College*

Cecilia Mafla-Bustamante, *Minnesota State University*

Juan Martin, *University of Toledo*

Geoff Mitchell, *Maryville College*

Iani Moreno, *Suffolk University*

Anne Porter, *Ohio University*

Lea Ramsdell, *Towson University*

Albert Shank, *Scottsdale Community College*

Ángel T. Tuninetti, *Lebanon Valley College*

M.M.G.
B.W.
T.M.F.

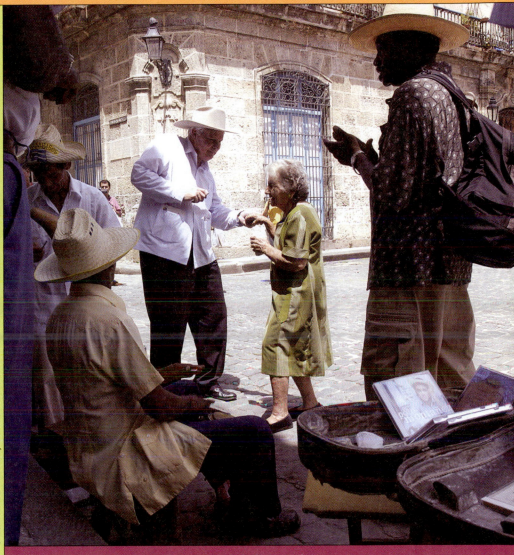

# CAPÍTULO 1

# En busca de la felicidad

## METAS *(Goals)*

En este capítulo vamos a aprender a...

▶ saludar, presentarnos, iniciar una conversación e intercambiar datos de contacto

▶ expresar gustos

▶ hablar sobre diversiones, pasatiempos y deportes

© Fabrik Studios/Photo Library

La gente baila y se divierte en las calles de La Habana, Cuba.

### LENGUA VIVA

Saludos y presentaciones; iniciar una conversación e intercambiar datos de contacto

### GRAMÁTICA

**Gustar**

El tiempo presente

Pronombres reflexivos

Sustantivos y artículos

### VOCABULARIO

Fiestas y festivales

Actividades del fin de semana

Deportes y otras diversiones

### Ⓛ LECTURAS

«Los tres (¿o más?) secretos de la felicidad»

«San Fermín y los toros» de Carlos Carnicero

«Entrevista a Daddy Yankee» de *El nuevo día*

# Presentación del tema

## ¿Encontramos felicidad en las fiestas?

La mayor expresión de alegría de un pueblo hispano es el Carnaval. El Carnaval es un festival que se celebra, con pasión, en casi todo el mundo hispano. Tiene elementos cristianos y elementos paganos. ¿Qué pasa durante la fiesta? La gente baila, canta, toca o escucha música, bebe, come y disfruta del momento. Para muchas personas, las celebraciones sirven como escape de la rutina y como una forma de renovación espiritual. También reúnen a los miembros de una comunidad, con sus tradiciones y costumbres particulares. ¡Viva la felicidad! ¡Viva el Carnaval!

AP Photo/Marcelo Hernandez

Durante el Carnaval en Montevideo, Uruguay, la gente celebra las Llamadas con música afro-americana y bailes exuberantes. La celebración tiene su origen en las tradiciones bantúes de los esclavos *(slaves)* de los siglos XVI a XIX. En la fiesta no importan diferencias de raza, religión o posición económica. ¡Todos gozan juntos!

You Tube Busque «las Llamadas Montevideo» para ver videos de esta celebración.

### 1-1 Preguntas

1. ¿Dónde se celebra el Carnaval?
2. ¿Qué pasa durante la fiesta?
3. ¿Para qué sirven las celebraciones como el Carnaval? ¿Cree usted que necesitamos este tipo de celebración de vez en cuando? ¿Por qué sí o por qué no?
4. ¿Dónde y cómo se celebran las Llamadas?
5. ¿Hay algunas celebraciones especiales en la ciudad o región donde usted vive? ¿Qué hace para celebrarlas? ¿Encontramos felicidad en estas celebraciones?

## VOCABULARIO ÚTIL

### FIESTAS Y FESTIVALES

| | |
|---|---|
| **bailar** | *to dance* |
| **beber, tomar** | *to drink* |
| **cantar** | *to sing* |
| **celebrar** | *to celebrate* |
| **charlar** | *to talk, chat* |
| **comer** | *to eat* |
| **el cumpleaños** | *birthday* |
| **el día de fiesta** | *holiday* |
| **disfrutar (de), gozar (de)** | *to enjoy* |
| **escuchar música (del reproductor de MP3); escuchar discos compactos** | *to listen to music (on the MP3 player); to listen to compact discs* |
| **la felicidad; la alegría** | *happiness; joy, fun* |
| **la fiesta** | *party, celebration* |
| **el regalo** | *present* |
| **saludar a los amigos (a la gente)** | *to greet friends (people)* |
| **tocar música (la guitarra, el piano)** | *to play music (guitar, piano)* |
| **tomar una copa (un vino, una cerveza)** | *to have a drink (a glass of wine, a beer)* |

### OTRAS EXPRESIONES

| | |
|---|---|
| **los ratos libres** | *free time* |
| **Tengo que estudiar (manejar, trabajar).** | *I have to study (drive, work).* |

### ¡OJO!

**asistir a** *to attend* / **ayudar** *to help, assist*

**saber** *to know (facts, something memorized), to know how* / **conocer (zc)** *to know, be acquainted with (a person, place, etc.); to meet for the first time*

**tocar** *to play (music), to touch* / **jugar (ue) a** *to play (a sport or game, to gamble)*

## PRÁCTICA

**1-2 Sinónimos.** Dé un sinónimo de la palabra subrayada (*underlined*).

1. Hay que <u>disfrutar</u> de la vida.
2. Voy a <u>hablar</u> con ella más tarde.
3. ¿A qué hora vamos a la <u>celebración</u>?
4. ¿Quieres <u>beber</u> algo?
5. ¡Qué <u>alegría</u>!

**1-3 Opciones.** Trabaje con un(a) compañero(a), usando las preguntas que siguen. Escoja el verbo apropiado. Turnándose *(Taking turns)*, una persona hace la pregunta y la otra le contesta con una oración completa.

1. ¿Tocas/Juegas la guitarra, el piano o algún instrumento musical?
2. ¿Conoces/Sabes un buen lugar para escuchar música?
3. ¿Conoces/Sabes bailar la cumbia?
4. ¿Tocas/Juegas al tenis?
5. ¿Asistes/Ayudas a tus compañeros cuando tienen problemas?

# LENGUA VIVA

**¡OJO!** You don't have to understand every word of the conversation. Listen all the way through the first time and try to get the gist.

Mike Martin es de Chicago, Illinois. Estudia en la Universidad de los Andes en Bogotá, Colombia.

Julia Gutiérrez es de Bucaramanga, Colombia, pero vive y estudia en Bogotá.

Ramón Fonseca es de Bogotá, Colombia. Es amigo de Mike y de Julia.

## Audioviñetas: En la fiesta

CD 1, Track 2

**Conversación 1: Saludos y presentaciones.** Mike Martin, un estudiante norteamericano, va a una fiesta en casa de un amigo colombiano.

**1-4** Escuche la **Conversación 1** y conteste las preguntas.

**1.** En la fiesta, Mike conoce a alguien por primera vez. Esta persona es...
   a. Ramón.
   b. la madre de Ramón.
   c. Julia.

**2.** Parece que Ramón es...
   a. simpático.
   b. indiferente a los invitados *(guests)*.
   c. insociable.

**1-5**  Escuche la **Conversación 1** otra vez. ¿Qué cosas se mencionan (*are mentioned*)?

_____ **1.** un disco       _____ **4.** una cerveza

_____ **2.** una mesa       _____ **5.** un radio

_____ **3.** una copa       _____ **6.** un vino

**1-6**  Escuche la **Conversación 1** una vez más. Escoja la mejor respuesta.

**1.** Para saludar, Ramón y Mike usan la forma...

  a. tú.

  b. usted.

  c. vosotros.

**2.** Mike no acepta cerveza o vino porque...

  a. ya está borracho *(drunk).*

  b. tiene que manejar.

  c. no le gustan las bebidas alcohólicas.

**3.** Julia cree que los gringos son...

  a. prudentes.

  b. pacientes.

  c. prácticos.

CD 1, Track 3

**Conversación 2: Para iniciar una conversación.** Mike habla con Julia en la fiesta.

**1-7**  Escuche la **Conversación 2** y conteste las preguntas.

**1.** En esta conversación, Julia parece...

  a. aburrida.

  b. contenta.

  c. preocupada por sus clases.

**2.** Parece que a Julia le gusta...

  a. cantar.

  b. tomar mucho.

  c. bailar.

**1-8**  Escuche la **Conversación 2** otra vez. ¿Qué personas o qué cosas se mencionan?

_____ **1.** los estudios       _____ **5.** un amigo mutuo

_____ **2.** la música       _____ **6.** la cumbia

_____ **3.** la economía       _____ **7.** un programa de televisión

_____ **4.** el libro *Voces de Colombia*       _____ **8.** la película *La salsa*

## En otras palabras

**Para saludar a la gente, presentarse, iniciar una conversación, intercambiar datos de contacto**

Here are some expressions for greeting someone, making introductions, starting a conversation, and asking for and giving personal information.

Mire el video en el sitio **www.cengagebrain.com/shop/ISBN/0495912654** y haga las actividades que lo acompañan.

Rafael es un nuevo estudiante. ¿Dónde está y a quiénes conoce?

1. You meet a friend on the street.

> **¡Hola! ¿Qué tal? ¿Qué pasa? ¿Qué hay de nuevo? ¿Qué hay?**
>
> **¡Qué alegría verte! ¡Cuánto gusto de verte!**
>
> **¿Cómo te va?** *How's it going?*
>
> **¡Qu' húbole! ¿Qué onda?** *Hi! What's up? (colloquial, most of Latin America)*
>
> **¿Cómo estás? ¿Cómo has estado?**

(Or for someone older or someone to whom you do not feel close enough to use the **tú** form: **¿Cómo le va? ¿Cómo está usted? ¿Cómo ha estado?**) When someone says, **¿Qué tal?,** you don't always have to say **¡Muy bien, gracias!** You can say:

> **Bastante bien. Más o menos. Regular.**
>
> **(Muy) Mal.**
>
> **Estoy cansado(a).** *I'm tired.*
>
> **Por aquí (estudiando, trabajando).** *(I'm) Just here (studying, working).*

Note that **¿Qué tal… ?** is very useful for starting conversations. Besides its general meaning of *How are things?* it can be used to ask about almost anything, singular or plural: **¿Qué tal el concierto? ¿Qué tal los estudios?**

2. You pass a stranger on the street.

> **Buenos días. Buenas tardes. Buenas noches.**

From noon until about sunset, you can use **Buenas tardes,** often heard as simply **Buenas.**

3. You meet someone at a party for the first time.

> **Hola. Me llamo…**
>
> **Mucho gusto. Encantado(a). ¡Qué gusto conocerlo(la)!**
>
> **El gusto es mío.**

**4.** You introduce one person to another.

> **Esta es..., una amiga mía.**
> **Déjeme (Déjame) presentarle(te) a...**
> **Quiero que conozca(s) a...** *I want you to meet . . .*

**5.** You welcome someone to your home.

> **Bienvenido(a).**   **Está en su casa. (Estás en tu casa.)**

**6.** You ask for someone's e-mail address and phone number and give him or her yours.

> **¿Cuál es su (tu) dirección electrónica?**
> **Si me das tu número de teléfono, te llamo más tarde. (tú** *form)*
> **Mi número de teléfono es...**
> **Mi dirección electrónica es** johnsmith@account.com.
>
> The symbol @ = **arroba** and *dot* = **punto**. The above address would be said as: John Smith **arroba** account **punto** com.

## PRÁCTICA

**1-9 Mi compañero(a).** Preséntese a un(a) compañero(a) y pregúntele cómo se llama. Hágale por lo menos una pregunta a su compañero(a) y conteste la pregunta que su compañero(a) le hace. Intercambien direcciones de correo electrónico (verdaderas o ficticias). Después, en grupos de cuatro personas, preséntele a su compañero(a) al grupo.

**1-10 Saludos y presentaciones.** Mire los tres dibujos. ¿En cuál se necesita un saludo informal? ¿un saludo formal? ¿la forma plural del saludo? Trabajando solo(a) o con un(a) compañero(a), invente usted un pequeño diálogo (de tres o cuatro preguntas y respuestas) para cada dibujo.

**1.**

El señor    Mario
Prieto      Vargas

**2.**

Natalia    Teresa
Bartoli    Mendoza

**3.**

Alonso y Estela    Eduardo
Benavides          Díaz

# GRAMÁTICA Y VOCABULARIO
## Gustar

| ¿A ti… | A mí… | A él/ella/usted… |
|---|---|---|
| …te gusta bailar? | …(no) me gusta la música rap. | …(no) le gusta cantar. |
| …te gustan los ratos libres? | …(no) me gustan los bailes. | …(no) le gustan los chocolates. |

1. **Gustar** *(to please, be pleasing)* will be covered more completely in Chapter 7 along with other verbs that are used similarly. For now, just remember that **gustar** is normally used in the third person (**gusta/gustan**) with an indirect object pronoun (**me, te, le…**).

| Indirect object pronoun | | Verb | | Subject |
|---|---|---|---|---|
| Me | + | gustan | + | los chocolates. |

2. Although the sentence above is translated as "I like chocolates," it literally means, "Chocolates are pleasing to me"; the verb agrees with the subject (the person or thing that pleases), not with the indirect object (the person who is pleased).

¡OJO! Use the singular form **gusta** with infinitives: **Me gusta cantar y bailar**.

| Me gusta el regalo. | *I like the present. (The present pleases me.)* |
|---|---|
| Me gusta bailar. | *I like to dance. (Dancing is pleasing to me.)* |
| Me gustan las flores. | *I like flowers. (Flowers are pleasing to me.)* |

3. Notice that **a** is used in front of the name of the person who likes something because **gustar** means that it is pleasing *to* him or her.

| A Roberto le gustan las fiestas. | *Roberto likes parties. (Parties are pleasing to Roberto.)* |
|---|---|

## VOCABULARIO ÚTIL

### ALGUNAS ACTIVIDADES DEL FIN DE SEMANA

Aprenda este vocabulario para usarlo en la práctica que sigue. Véase también el **Vocabulario útil** de la página 3.

| | |
|---|---|
| **caminar (una cuadra, unas millas)** | *to walk (a block, a few miles)* |
| **descansar; dormir tarde** | *to rest, relax; to sleep late, sleep in* |
| **tomar una siesta** | *to take a nap* |
| **escribir una carta (un mensaje de texto, un e-mail)** | *to write a letter (a text message, an e-mail)* |
| **leer (el periódico, revistas, una página de la Red, una novela)** | *to read (the newspaper, magazines, a Web page, a novel)* |
| **manejar (*Spain:* conducir)** | *to drive (a vehicle)* |
| **ver/mirar televisión** | *to watch television* |

## PRÁCTICA

**1-11 Gustos.** Haga oraciones sobre los gustos de las personas indicadas.

> ✿ **MODELO** yo / escuchar audiolibros, pero no / las novelas románticas
> *A mí me gusta escuchar audiolibros, pero no me gustan las novelas románticas.*

1. usted / ver televisión, pero no / los programas violentos
2. Carlos / las fiestas, pero no / tomar mucho
3. Sandra / dormir tarde, pero no / tomar una siesta
4. mi amigo Ernesto / los videojuegos, pero no / «Golfmania»
5. tú / Daddy Yankee, pero no / el reguetón en general
6. yo / manejar, pero no / el tráfico

 **1-12 ¡Cumpleaños, feliz! ¡Cumpleaños, feliz!** Entreviste a un(a) compañero(a), usando las preguntas que siguen. Después, su compañero(a) lo (la) entrevista a usted.

1. En tu cumpleaños, ¿te gusta recibir flores? ¿libros? ¿ropa?
2. En general, ¿te gustan los dulces? ¿los chocolates?
3. ¿Te gusta más recibir dinero o abrir regalos?
4. ¿Te gusta más ir a cenar con tu familia el día de tu cumpleaños o asistir a una fiesta con tus amigos?

# The Present Indicative Tense

The present tense expresses an action happening now, a current situation, or an event that happens regularly. It can have several meanings in English.

> Mi compañero de cuarto toca el piano.
>
> *My roommate plays (is playing, does play) the piano.*

The present tense is also frequently used to express the immediate future or a future event.

> El baile termina a medianoche.
>
> *The dance will end (is ending) at midnight.*

## Regular Verbs

To form the present tense of regular verbs, the **-ar**, **-er**, or **-ir** ending is dropped from the infinitive, and the endings shown in bold in the following charts are added to the stem.

**¡OJO! Tú** is used with family, close friends, or children. **Usted** is used with strangers, people much older than you, or to express respect. Since the **vosotros(as)** form is not widely used except in Spain, it is not practiced here, but you should be able to recognize it.

| Subject Pronouns | hablar | leer | escribir |
|---|---|---|---|
| yo | habl**o** | le**o** | escrib**o** |
| tú | habl**as** | le**es** | escrib**es** |
| él, ella, usted | habl**a** | le**e** | escrib**e** |
| nosotros(as) | habl**amos** | le**emos** | escrib**imos** |
| vosotros(as) | habl**áis** | le**éis** | escrib**ís** |
| ellos, ellas, ustedes | habl**an** | le**en** | escrib**en** |

## Spelling-Changing Verbs

Some verbs are regular in the present tense except for minor spelling changes (mostly in the **yo** form). Here are some of the common ones.

**¡OJO!** For complete rules regarding spelling changes in verbs, see Appendix E.

1. In the **yo** form: Verbs that end in **-cir** or **-cer** (preceded by a vowel) have a change from **c** to **zc**. Verbs that end in **-guir** have a change from **gu** to **g**. Verbs that end in **-ger** or **-gir** have a change from **g** to **j**.

| c → zc | gu → g | g → j |
|---|---|---|
| cono**c**er → cono**zc**o | se**gu**ir → si**g**o | esco**g**er → esco**j**o |
| conducir, producir, traducir, ofrecer, parecer | conseguir | exigir |

2. In all but the **nosotros(as)** and **vosotros(as)** forms: Verbs that end in **-uir** have a change from **i** to **y** since an unstressed **i** between two vowels becomes a **y**.

**i → y**
constr**ui**r → constr**uy**o, contr**uy**es, constr**uy**e, construimos, construís, constr**uy**en

**¡OJO!** Remember that in Spanish, the personal **a** must be used before a direct object that is a person.

Conozco a los músicos, pero no conozco la canción que cantan.   *I know the musicians, but I don't know the song they're singing.*

## Stem-Changing Verbs

Certain verbs show a change in the stem (the part that is left after dropping **-ar**, **-er**, or **-ir**) when the stem is stressed. These verbs have regular endings, but notice the pattern of stem changes: The changes occur in all but the **nosotros** and **vosotros** forms. Read the conjugations aloud and listen to how the stem does not receive the spoken stress in these two forms. Other verbs that follow these patterns are given in vocabulary lists with the vowel change in parentheses—for example, **pensar** (**ie**).

| e → ie<br>pensar | | e → i<br>pedir | | o → ue<br>poder | | u → ue<br>jugar | |
|---|---|---|---|---|---|---|---|
| pienso | pensamos | pido | pedimos | puedo | podemos | juego | jugamos |
| piensas | pensáis | pides | pedís | puedes | podéis | juegas | jugáis |
| piensa | piensan | pide | piden | puede | pueden | juega | juegan |
| **Other e → ie** | | **Other e → i** | | **Other o → ue** | | | |
| empezar | perder | seguir | | contar | encontrar | | |
| entender | preferir | servir | | dormir | recordar | | |
| sentir | querer | | | volver | | | |

Mario quiere dormir, pero Elena y yo queremos charlar.

*Mario wants to sleep, but Elena and I want to chat.*

## Verbs That Are Irregular in the First-Person Singular Only

dar: **doy**   poner: **pongo**   salir: **salgo**   ver: **veo**
hacer: **hago**   saber: **sé**   traer: **traigo**

¿Qué haces? —Hago ejercicio y veo televisión.

*What are you doing? —I'm exercising and watching television.*

¡**OJO!** Subject pronouns are often omitted in Spanish because the verb form indicates person: **haces (tú)**, **hago (yo)**.

## Common Irregular Verbs

| estar | | ser | | ir | |
|---|---|---|---|---|---|
| estoy | estamos | soy | somos | voy | vamos |
| estás | estáis | eres | sois | vas | vais |
| está | están | es | son | va | van |
| **decir** | | **tener** | | **venir** | |
| digo | decimos | tengo | tenemos | vengo | venimos |
| dices | decís | tienes | tenéis | vienes | venís |
| dice | dicen | tiene | tienen | viene | vienen |

Tengo un amigo que es muy alegre.   *I have a friend who is very cheerful.*

¡**OJO!** In Appendixes D and E are conjugations for regular, stem-changing, spelling-changing, and irregular verbs.

¡**OJO!** The personal **a** is not normally used after **tener**.

# VOCABULARIO ÚTIL

## LOS DEPORTES Y OTRAS DIVERSIONES

Aprenda este vocabulario para usarlo en la práctica que sigue.

### COGNADOS

| | |
|---|---|
| el actor (la actriz) | el fútbol americano |
| el básquetbol | el programa de televisión |
| el béisbol | el tenis |
| el concierto | el video (*Spain:* el vídeo) |
| esquiar | el vólibol |
| el fútbol (*soccer*) | |

### LOS DEPORTES

| | |
|---|---|
| el/la aficionado(a) | *fan* |
| correr | *to run* |
| hacer ejercicio(s) | *to exercise (do exercises)* |
| hacer snowboard | *to snowboard* |
| el jugador (la jugadora) | *player* |
| jugar (ue) a | *to play* |
| nadar | *to swim* |
| el partido | *match, sports event* |
| patinar, patinar sobre hielo | *to skate, to ice skate* |

### OTRAS DIVERSIONES

| | |
|---|---|
| asistir a un concierto | *to attend a concert* |
| contar (ue) chistes | *to tell jokes* |
| dar un paseo | *to take a walk* |
| ir al cine | *to go to the movies* |
| ir de compras | *to go shopping* |
| jugar a los videojuegos (a las cartas) | *to play video games (cards)* |
| navegar (por) la Red (Internet) | *to surf the Web (Internet)* |

Notice that **asistir** takes the preposition **a** before a noun. After **jugar,** the **a** is optional; e.g., **jugar tenis** or **jugar al tenis.** Other verb-preposition combinations are discussed in Appendix C.

## PRÁCTICA

**1-13 ¿Qué hace usted para sentirse bien?** Conteste las preguntas con una oración *(sentence)* completa, usando una de las siguientes expresiones.

a menudo *(often)*          a veces *(sometimes)*
nunca *(never)*             casi nunca *(almost never)*

⚙ **MODELO** ¿Mira películas cómicas?
*Sí, a veces miro películas cómicas.*
*No, casi nunca miro películas cómicas.*

1. ¿Compra flores?
2. ¿Escribe e-mails a amigos que hablan español?
3. ¿Charla por Skype o por teléfono con amigos que viven lejos?
4. ¿Toma una siesta por la tarde?
5. ¿Come chocolates?
6. ¿Lee revistas o libros chistosos *(humorous)*?
7. ¿Hace ejercicio?
8. ¿Va de compras?

**1-14 En busca de la felicidad en Barcelona.** Complete el siguiente párrafo con las formas apropiadas del tiempo presente de los verbos entre paréntesis. (Cognados: monte, auditorio, Orquesta Sinfónica, mimos.)

© iStockphoto.com/Nikada

En Barcelona, España, la gente (1) _____ (disfrutar) de una gran variedad de diversiones y actividades culturales o deportivas. Los aficionados al arte (2) _____ (poder) ir a Montjuïc, donde hay varios museos de arte importantes. En el monte Tibidabo los barceloneses (3) _____ (encontrar) un parque de atracciones; allí (4) _____ (almorzar) o (5) _____ (cenar), (6) _____ (dar) paseos y (7) _____ (mirar) la vista de la ciudad. El Parque Güell, creación del famoso arquitecto Antoni Gaudí, también (8) _____ (ofrecer) unas magníficas vistas; sus jardines y edificios (9) _____ (ser) obras de arte. Las personas que (10) _____ (querer) ver teatro pueden ir al famoso Teatro Griego. También hay muchos grupos de variedades, como «Els comediants»». Muchos jóvenes (11) _____ (asistir) a conciertos de música popular. Para las personas que (12) _____ (preferir) la música clásica, el Auditorio de Barcelona le (13) _____ (servir) de sede (home) a la Orquesta Sinfónica. Como una diversión muy interesante que no (14) _____ (costar) mucho dinero, los habitantes de Barcelona (15) _____ (contar) con una caminata por las Ramblas, un paseo sin automóviles, donde (ellos) (16) _____ (admirar) a los actores o mimos en la calle, o (17) _____ (tomar) una copa en un café. (18) _____ (ser) imposible estar aburrido en esta ciudad, tan llena de vida día y noche.

 **1-15 ¿Cómo pasas los fines de semana?** Trabaje con un(a) compañero(a). Turnándose *(Taking turns)*, cada persona entrevista a la otra para averiguar *(to find out)* qué hace los fines de semana. Tome apuntes *(notes)*.

> ☀ **MODELO** si escucha música alegre, si baila, si canta
> A: *¿Escuchas música alegre? ¿Bailas? ¿Cantas?*
> B: *A veces escucho música alegre y bailo, pero no canto.*

Podría preguntarle a su compañero(a):

1. si sale con los amigos, si va al cine, si asiste a un concierto
2. qué lee generalmente los fines de semana (¿periódicos, revistas, novelas?)
3. qué tipo de música escucha (¿jazz, rock, rap, clásica, folklórica, hip hop, reguetón?)
4. si maneja su auto a todas partes o si camina o anda en bicicleta
5. si hace un deporte (¿cuándo y con quién?)
6. cuántas horas de televisión mira; qué programas ve

**1-16 Chismes *(Gossip)*.** Cuéntele *(Tell)* a un(a) compañero(a) por lo menos cinco cosas sobre su compañero(a) de la actividad 1-15.

> ☀ **MODELO** *A menudo Susana sale con sus amigos y va al cine, pero casi nunca asiste a un concierto.*

**1-17 ¿Qué hacen ustedes?** Conteste las preguntas, usando palabras y expresiones del **Vocabulario útil** (u otras palabras que usted sepa). Si puede, trate de dar tres o cuatro posibilidades diferentes.

> ☀ **MODELO** *¿Qué hacen ustedes en las fiestas?*
> *Jugamos a los videojuegos, contamos chistes, comemos y bebemos...*

¿Qué hacen ustedes...

**1.** en casa?

**2.** en el cine?

**3.** en el gimnasio?

**4.** en el lago (en el verano)?

**5.** en las montañas (en el invierno)?

**6.** en los centros comerciales?

**7.** en el parque?

 **1-18 Busco a...** Hable con sus compañeros. Hágale solo una pregunta a cada persona. Busque un(a) compañero(a) que haga las siguientes cosas.

**MODELO** ver tres o más películas por semana
A: *¿Ves tres o más películas por semana?*
B: *Sí, veo... (No, no veo...)*

(Si la respuesta es afirmativa, el o la estudiante B firma *[signs]* abajo.)

| | **Firma** |
|---|---|
| **1.** ver tres o más películas por semana | |
| **2.** patinar sobre hielo | |
| **3.** jugar al tenis una vez por semana | |
| **4.** salir a comer casi todos los días | |
| **5.** esquiar o hacer snowboard por lo menos tres veces al año | |
| **6.** tener un disco compacto de música de Carlos Santana | |
| **7.** saber bailar tango | |
| **8.** tocar el clarinete | |
| **9.** asistir a conciertos de música rock | |
| **10.** correr por lo menos tres veces por semana | |

# The Reflexive (1)

**1.** Verbs that end in **-se** (**divertirse**, **sentirse**) are called reflexive verbs and take a reflexive pronoun when they are conjugated. The reflexive pronoun refers to the subject. Reflexive pronouns in English end in *-self* or *-selves*.

Me divierto mucho.          *I'm enjoying myself a lot.*

| Reflexive Pronouns | | divertirse (ie) | | | |
|---|---|---|---|---|---|
| **me** | **nos** | (yo) | **me** divierto | (nosotros) | **nos** divertimos |
| **te** | **os** | (tú) | **te** diviertes | (vosotros) | **os** divertís |
| **se** | **se** | (él, ella, usted) | **se** divierte | (ellos, ellas, ustedes) | **se** divierten |

The translation in English does not necessarily contain *-self* or *-selves*; that is, the English does not necessarily imply any reflexive action.

Se llama José.          *His name is José. ("He calls himself José.")*

Se reúnen cada mes.          *They get together every month.*

¿Cómo te sientes hoy?          *How do you feel today?*

**2.** Reflexive pronouns precede a conjugated verb or follow and are attached to an infinitive.

Nos vamos a reunir en el café.
Vamos a reunirnos en el café. }          *We're going to get together in the café.*

**3.** The reflexive is discussed further in Chapter 8.

## VOCABULARIO ÚTIL

### ALGUNOS VERBOS REFLEXIVOS

| | |
|---|---|
| **aburrirse** | *to get bored* |
| **divertirse (ie)** | *to enjoy oneself, have a good time* |
| **reunirse** | *to get together, meet* |
| **sentirse (ie)** | *to feel* |

## PRÁCTICA

**1-19 Unos momentos felices.** Complete el párrafo con las formas apropiadas de los verbos entre paréntesis.

© Imapress/The Image Works

La fiesta de la foto (1) _____ (llamarse) «la Tomatina» y tiene lugar en Buñol, España, la última semana de agosto. Los participantes (2) _____ (reunirse) en la plaza principal por la mañana. (Ellos) (3) _____ (divertirse) lanzándose *(throwing)* tomates maduros *(ripe)* los unos a los otros. Después, hay bailes, conciertos y fuegos artificiales *(fireworks)*. Cada año llega más gente. Nadie (4) _____ (aburrirse) durante este festival tan original. ¡Qué alegría!

 **1-20 Entrevista.** Entreviste a un(a) compañero(a) para averiguar...

1. cómo se llama
2. cuándo se divierte (¿qué hace?)
3. cuándo se aburre (¿por qué?)
4. cuándo se reúne con los amigos (¿dónde? ¿se divierten?)
5. qué hace para sentirse bien

# Nouns and Articles

## Nouns: Gender and Number

1. In Spanish, all nouns are either masculine or feminine. Although most nouns ending in **-a** are feminine and most nouns ending in **-o** are masculine, here are a few important exceptions: **el día** *(day),* **el problema, el mapa, el clima, el programa, el tema, el poema, la mano** *(hand),* **la foto(grafía).**

*sustantivos= nouns*

2. Nouns referring to people that end in **-ista** can be masculine if they refer to a male (**el artista**) or feminine if they refer to a female (**la artista**).

3. Nearly all nouns that end in -**dad**, -**tud**, -**ión**, -**umbre**, and -**z** are feminine. Nouns that end in -**r** and -**l** are masculine.

la activi**dad**          el colo**r**
la acti**tud** (attitude)          el pape**l** (paper; role)
la televis**ión**
la cost**umbre**
la vo**z**

4. To form the plural of a noun that ends in a vowel, add -**s.** If the singular noun ends in a consonant, add -**es**.

el disco → los disco**s**          el rey → los rey**es**
la cantante → las cantante**s**          el papel → los papel**es**

5. To form the plural of a noun ending in -**z**, change the **z** to **c** and add -**es**.

la actriz → las actri**ces**          la luz → las lu**ces** (lights)

6. Remember that in forming the plural of nouns it is sometimes necessary to add or delete an accent to maintain the stressed syllable of the singular form.

el joven → los jóvenes          la canción → las canciones

## Definite and Indefinite Articles

1. Articles must agree in gender and number with the nouns they modify.

| Definite Articles | | Indefinite Articles | |
|---|---|---|---|
| **el** concierto | **los** conciertos | **un** deportista | **unos** deportistas |
| **la** película | **las** películas | **una** revista | **unas** revistas |

¡**OJO!** Remember the only contractions used in Spanish.

a + el → al
de + el → del

**Vamos al Café del Sol.**

Note that **unos** or **unas** can mean *some* or *several*.

¡**Cuidado!** Hay unos ciclistas en el camino.

*Watch out! There are some bikers on the road.*

2. Definite articles are used more in Spanish than in English. Here are four cases.

- To refer to an abstract noun or a noun used in a general sense. The noun may be singular or plural, concrete or abstract.

¿Te gusta el fútbol?          *Do you like soccer?*
El amor es como la niebla:          *Love is like fog; it covers*
    lo cubre todo.          *everything.*

- In place of a possessive adjective for parts of the body and articles of clothing when it is obvious who the possessor is.

Julio tiene el sombrero en la mano.          *Julio has his hat in his hand.*
No pongas los pies en la mesa.          *Don't put your feet on the table.*

- With days of the week, when *on* can be used in English.

Voy a visitar a mis padres          *I am going to visit my parents on*
    el domingo.          *Sunday.*
Vamos al cine los viernes.          *We go to the movies on Fridays.*

- With names of languages or fields of study, except after the verbs **estudiar**, **aprender, enseñar, hablar**, and **leer** (when it is usually omitted) and after the preposition **en**.

| | |
|---|---|
| **El** español es la lengua materna de unos 350 millones de personas. | *Spanish is the native language of about 350 million people.* |
| Estudio música y química; **la** química es muy difícil. | *I'm studying music and chemistry; chemistry is very difficult.* |
| ¿Cómo se dice «Te quiero» en inglés? | *How do you say "I love you" in English?* |

**3.** The indefinite article is used less in Spanish than in English. In Spanish it is omitted:

- Before an unmodified noun that indicates profession or occupation, religion, nationality, or political affiliation, following the verb **ser.** The indefinite article is used, however, if the noun is modified. Compare:

| | |
|---|---|
| Yo soy músico. Soy un músico profesional. | *I'm a musician. I'm a professional musician.* |
| Enrique es chileno. Es un chileno que sabe esquiar bien: vive cerca de los Andes. | *Enrique is Chilean. He's a Chilean who knows how to ski well: he lives near the Andes.* |

- Before the words **medio(a)** and **otro(a).** (These expressions agree with the nouns they modify in gender and number.)

| | |
|---|---|
| Llegamos a otra fiesta y media hora más tarde él tiene ganas de irse. | *We get to another party, and a half hour later he wants to leave.* |

- Before the numbers **cien** and **mil.** (For a discussion of numbers, see Appendix B.)

| | |
|---|---|
| Hay mil gramos en un kilogramo. | *There are a thousand grams in a kilogram.* |

## PRÁCTICA

**1-21 Para ser feliz**

**Paso 1.** Complete la siguiente lista con los artículos definidos apropiados: **el (al/del), la, los** o **las**.

**1.** ir a _____ mar y descansar en _____ playa

**2.** llamar a _____ amigos y hacer una fiesta

**3.** dormir bajo las estrellas y contemplar _____ luz de _____ luna

**4.** cambiar _____ color de tu pelo *(hair)* o de las paredes *(walls)* de tu cuarto

**5.** mirar _____ fotos de tus últimas vacaciones

**6.** olvidar _____ problemas y recordar que _____ verdadera felicidad viene de _____ interior

**Paso 2.** Complete esta segunda lista de actividades con los artículos indefinidos apropiados: **un, una, unos** o **unas.**

**1.** escribir _____ poema o _____ artículo en un blog (en Facebook)

**2.** jugar con _____ perro o _____ gato

**3.** cantar o tocar _____ canción alegre

**4.** pasar _____ días en las montañas

**5.** adoptar _____ actitud positiva, aprender de los errores y mirar hacia el futuro

**6.** ir a _____ grupo de autoayuda o asistir a _____ sesiones de yoga (meditación, aromaterapia, masaje)

**Paso 3.** Busque (o dé) el plural de las siguientes palabras: **estrella, pared, foto, vacación, error, sesión.** Busque el singular de: **luces, colores, felicidades, poemas, canciones, actitudes.**

**Paso 4.** En parejas, conversen: ¿Qué actividades de las listas les gustan? ¿Cuáles no les gustan?

**1-22 Alberto Contador.** Complete el siguiente párrafo con artículos definidos o indefinidos. Cuando no sea necesario, deje el espacio en blanco.

Alberto Contador es (1) _____ deportista español muy importante, pero no es (2) _____ futbolista. Es (3) _____ ciclista. Empieza su carrera a (4) _____ edad de dieciséis años en 1998. En 2003 gana su primera victoria en la Vuelta a Polonia. En 2004, Alberto sufre convulsiones en medio de la Vuelta a Asturias y lo llevan (5) a _____ hospital con un cavernoma *(aneurysm)* cerebral. Después de varios meses de rehabilitación, vuelve a la competición. Alberto es (6) _____ primer español en ganar el Tour de Francia, el Giro de Italia y la Vuelta a España. En 2009 gana (7) _____ otra victoria importante: el Tour de Francia (¡por segunda vez!) y un premio de casi (8) _____ medio millón de euros. Dice Alberto: «Aunque ahora con (9) _____ victorias estoy muy en el boom, en ningún momento quiero (10) _____ vida de glamour de (11) _____ estrellas. Quiero ser querido por la gente, pero sin tener (12) _____ obligación de vivir mi vida como un show….» A Alberto le gustan (13) _____ animales, salir con (14) _____ amigos al cine o a cenar y, cuando tiene (15) _____ poco de tiempo libre, «no hacer nada… con (16) _____ pies encima de la mesita». El joven ciclista dice que (17) _____ día más feliz de su vida fue en enero de 2005 cuando ganó una carrera en Australia pocos meses después de salir (18) de _____ hospital. «Aprendí a valorar *(appreciate, value)* todo mucho más, y no solo en (19) _____ ciclismo, sino en (20) _____ vida».*

_____

*De: «Nunca dejaré de ser una persona para hacerme personaje», Carlos Arribas, *El País Semanal,* 23 de agosto, 2009. http://www.albertocontador.es/noticias.detalle.php?id=80

**1-23 ¿Qué va a llevar...?** Usando artículos indefinidos, menciónele a un(a) compañero(a) tres o cuatro cosas que podría llevar a los siguientes lugares. Use las sugerencias que están entre paréntesis o sus propias ideas.

⚙ **MODELO** a la fiesta (botella de vino, flores, discos compactos…)
*Voy a llevar una botella de vino, unas flores y unos discos compactos.*

**1.** a la playa (sombrero, sandalias, toalla…)
**2.** al centro comercial (dólares, tarjetas de crédito, calculadora…)
**3.** a clase (lápices, cuaderno, libro…)
**4.** al gimnasio (raqueta de tenis, reloj, mochila…)
**5.** a México para las vacaciones (mapa, cámara, zapatos cómodos…)

**1-24 Juego de memoria.** Diez estudiantes le dan algún objeto personal al (a la) profesor(a). El (La) profesor(a) pone los objetos en una bolsa *(bag)* y después le pregunta a la clase: «¿Qué hay en la bolsa? ¿De quién es?».

⚙ **MODELOS** *Hay unas llaves.*
*Las llaves son de Eric.*

*Hay un espejo* (mirror).
*El espejo es de Elizabeth.*

# EN CONTACTO

 ## Videocultura: Madrid, una ciudad alegre

**iLrn**

Para aprender más sobre los 21 países que hablan español, mire los videos culturales en la Mediateca (*Media Library*).

Según la revista *Forbes*, Madrid, capital de España, es una de las diez ciudades más felices del mundo. Mire el video y conteste esta pregunta: ¿Cuáles son algunas diversiones típicas de los madrileños, o sea, las causas de su felicidad?

**Vocabulario:** chocolatería *chocolate shop or stand*; la madrugada *dawn, early morning*; la noche de parranda *night of partying*; la tapería *small restaurant-bar that serves* tapas, *appetizers*

> **Google** Busque «tapas madrileñas» para ver ejemplos de típicas tapas (y taperías) de Madrid.

© Heinle, Cengage Learning

**1-25 Comprensión.** Conteste las siguientes preguntas después de ver el video.

1. ¿Cuál es una de las razones por la cual Madrid se considera una ciudad feliz?
2. ¿Qué deporte es muy importante en la capital española?
3. ¿Cómo es la vida nocturna de Madrid? ¿A qué hora cenan los españoles? ¿Qué relación hay entre la hora de la cena y las tapas?
4. ¿Qué pasa en la Plaza Mayor durante Carnaval?
5. Explique la importancia de las chocolaterías.

**1-26 Puntos de vista.** Compare sus opiniones con las de dos o tres compañeros.

1. De las diversiones que se ven en el video, ¿cuáles le gustan más?
2. ¿Qué significa la afirmación del escritor Benito Pérez Galdós: «Ir de paseo cuenta como un oficio *(counts as a job)*»? ¿A usted le gusta ir de paseo? ¿Le gustan las noches de parranda?
3. Compare las calles madrileñas con las de su ciudad. ¿Cuál de las dos ciudades es más «feliz», en su opinión?

## Síntesis

 **1-27 Encuesta.** Con un(a) compañero(a), mire los resultados de una encuesta *(poll)* chilena y conteste las preguntas que siguen.

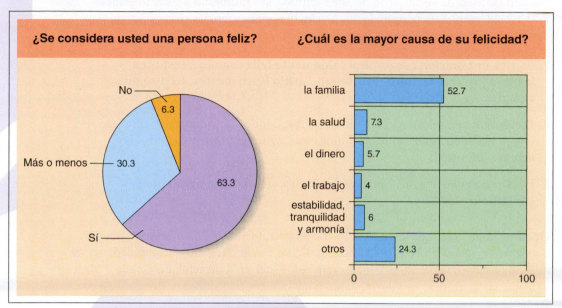

**¿Se considera usted una persona feliz?**

- No — 6.3
- Más o menos — 30.3
- Sí — 63.3

**¿Cuál es la mayor causa de su felicidad?**

- la familia — 52.7
- la salud — 7.3
- el dinero — 5.7
- el trabajo — 4
- estabilidad, tranquilidad y armonía — 6
- otros — 24.3

Resultados de la encuesta a 300 hombres y mujeres de Santiago de Chile ejecutada por el Centro de Estudios Sociales y Opinión Pública de la Universidad Central

1. ¿Qué porcentaje de los chilenos se consideran felices? ¿Cuántos se consideran «más o menos feliz»?
2. ¿Cuál es la causa más importante de la felicidad de los chilenos?
3. ¿Cómo contestaría usted a las preguntas de la encuesta?
4. ¿Qué otros factores que no aparecen en la encuesta le hacen feliz a usted?

 **1-28 Entrevista.** Entreviste a un(a) compañero(a), usando las preguntas que siguen. Después, su compañero(a) lo (la) entrevista a usted.

1. Después de un largo día de trabajo y tensiones, ¿qué haces? ¿Adónde vas?
2. Cuando no tienes dinero pero quieres divertirte, ¿qué haces? Y ¿cuando tienes dinero?
3. Si no te sientes bien, ¿con quién hablas? ¿Te ayuda esta persona a olvidar los problemas y disfrutar de la vida?
4. Si las cosas van mal y te quieres dar algún premio, ¿con qué te premias *(reward yourself)*?
5. Cuando te quieres sentir bien, ¿qué música escuchas?
6. ¿Cuál es un lugar donde siempre te sientes feliz?

# Composición

## La felicidad

Usando las listas de vocabulario de este capítulo y sus respuestas a las actividades 1-21 y 1-28, escriba un párrafo de seis a ocho oraciones sobre las cosas y actividades que le hacen feliz. Siga estas instrucciones:

1. Escriba una oración que comience: **Me siento feliz cuando... (estoy en la playa [mi café favorito/una fiesta]; ...bailo [toco música, celebro mi cumpleaños])**, etcétera.

2. Escriba cinco o seis oraciones para describir dónde está y qué hace. ¿Por qué le gusta esa actividad o el lugar donde está? ¿Qué ve? ¿Qué escucha? ¿Hay alguien con usted?

3. Escriba una conclusión. Por ejemplo: **En fin, siempre me siento muy contento(a) cuando...**

**Opción:** Saque o busque fotos para ilustrar su párrafo; hay sitios en Internet donde puede subir *(upload)* y compartir la composición con la clase. Otra posibilidad: hacer una remezcla *(mash-up)*. Incluya un video (del teléfono celular o de una videocámara), música, efectos de sonido o un archivo *(file)* audio.

# CAPÍTULO 2

# Vejez y juventud

## METAS

En este capítulo vamos a aprender a...

▶ expresar respeto y cortesía; a despedirnos

▶ hablar de la familia, la vejez y la juventud

▶ describir situaciones o eventos en el pasado

▶ expresar la duración de una situación o evento

© Bob Daemmrich/The Image Works

Tres generaciones de una familia colombiana

**LENGUA VIVA**
Expresiones de respeto y cortesía
Despedidas

**GRAMÁTICA**
El pretérito
El imperfecto
Contraste entre el pretérito y el imperfecto
**Hace** + expresiones temporales

**VOCABULARIO**
La familia
La vida y la muerte

**LECTURAS**
«La familia: tradición, cambios y nuevos retos»
«Las vecinas» de Ana Alomá Velilla
«La última despedida» de Ana María Salazar

# Presentación del tema

## Pequeño perfil de la juventud española

Siempre hay diferencias entre las generaciones, y el mundo hispano no es excepción. ¿Qué dicen los jóvenes españoles acerca de sus padres y abuelos? A continuación hay algunos ejemplos.

SILVIA R:  «Los mayores pueden ser muy intolerantes. Creen que poseen la verdad absoluta».

DANIEL G:  «En la publicidad, hay un concepto de que la juventud es buena, que todo debe ser joven y bello, pero la realidad es otra. Cuando vas a una entrevista de trabajo, te dicen que no tienes experiencia».

CARLOS V:  «En la generación de mis padres, hay muchos divorcios. Pero nos critican a nosotros porque nos casamos muy tarde o ni nos casamos».

MARICRUZ M:  «Tenemos una responsabilidad moral de cuidar a nuestros abuelos. Los abuelos están muy presentes en la familia. Lo que pasa es que cada vez estamos más ocupados y no tenemos mucho tiempo para atenderlos».

© Nessi/AgeFotostock

Google Busque «INJUVE valores e identidades» para aprender más sobre la juventud española.

Según un estudio español del 2008*, los valores y actitudes de los jóvenes están cambiando. Son más liberales que sus padres o abuelos y solo uno de cada diez va a la iglesia regularmente. Como es difícil encontrar trabajo, son más pragmáticos con respecto a los estudios y viven con sus padres hasta una edad más avanzada. En general, los españoles de hoy se casan más tarde y tienen menos hijos. Pero una cosa no cambia: según el estudio, para los jóvenes el aspecto más importante de la vida es la familia.

### 2-1 Preguntas.

1. Según lo que dicen los jóvenes españoles, ¿están contentos con todas las ideas y actitudes de sus padres y abuelos? Explique.

2. ¿Qué comentarios pueden referirse también a las diferencias entre jóvenes y mayores en este país? Explique.

3. Para los jóvenes españoles, ¿es muy importante la religión, en general? ¿Van muchos a la iglesia regularmente? Y ¿la gente joven que usted conoce?

4. ¿Por qué viven los jóvenes españoles con sus padres hasta una edad más avanzada? ¿Existe la misma costumbre ahora en este país? Para usted, ¿es buena o mala esta costumbre? ¿Por qué?

*Instituto de la Juventud Española (INJUVE), Sondeo de opinión y situación de la gente joven: Valores e identidades. Madrid, 2008.

# VOCABULARIO ÚTIL

## LA FAMILIA

### COGNADOS

**el esposo (la esposa)**

**divorciarse (de)**

**el divorcio**

### LA FAMILIA NUCLEAR

| | |
|---|---|
| **el hermano (la hermana)** | brother (sister) |
| **el hijo (la hija)** | son (daughter) |
| **el marido** | husband |
| **el padre (la madre); los padres** | father (mother); parents |
| **el pariente (la parienta)** | relative |

### LA FAMILIA EXTENSA

| | |
|---|---|
| **el abuelo (la abuela)** | grandfather (grandmother) |
| **el bisabuelo (la bisabuela)** | great-grandfather (great-grandmother) |
| **el nieto (la nieta)** | grandson (granddaughter) |
| **el primo (la prima)** | cousin |
| **el sobrino (la sobrina)** | nephew (niece) |
| **el tío (la tía)** | uncle (aunt) |

### VERBOS

| | |
|---|---|
| **casarse (con)** | to get married (to) |
| **crecer (zc)** | to grow, grow up |
| **morir (ue)** | to die |
| **nacer (zc)** | to be born |

### OTRAS PALABRAS

| | |
|---|---|
| **casado(a)** | married |
| **joven** | young |
| **la juventud** | youth |
| **los mayores, la gente mayor** | older people, elders |
| **la muerte** | death |
| **el nacimiento** | birth |
| **la niñez** | childhood |
| **unido(a)** | close, united |
| **el valor** | value; valor |
| **la vejez** | old age |
| **viejo(a)** | old |

> **¡OJO!**
>
> **la boda, el casamiento** *wedding (celebration, party)* / **el matrimonio** *matrimony, marriage; married couple*
>
> **estar embarazada** *to be pregnant* / **estar avergonzado(a)** *to be embarrassed*
>
> **pedir** *to ask for, request (something)* / **preguntar** *to ask (a question); (with* **por***) to inquire about*
>
> **soltero(a)** *single* / **solo(a)** *alone* / **solo, solamente** *only* / **único(a)** *unique; only*

Note that, in Spanish, **el esposo de mi madre** or **la esposa de mi padre** are usually preferred to **el padrastro** *(stepfather)* or **la madrastra** *(stepmother)*.

## PRÁCTICA

**2-2 Antónimos.** Dé el antónimo de la palabra o expresión subrayada.

1. El señor Martínez está <u>divorciado</u>.
2. Para mucha gente la <u>niñez</u> no es la mejor época de la vida.
3. Miguel de Unamuno <u>nació</u> en España.
4. Me voy a <u>divorciar</u>.
5. Nuestro gato es muy <u>viejo</u>.
6. Hay mucha gente <u>soltera</u> aquí.
7. Todo cambió después <u>del nacimiento</u> de su hija.
8. Juan siempre está <u>con mucha gente</u>.
9. ¿Carmen se siente <u>orgullosa</u> después de todo? No creo.
10. No sé nada del <u>casamiento</u> de Juan y Ana.

 **2-3 Hablando de la familia.** Entreviste a un(a) compañero(a) sobre su familia. Después, su compañero(a) lo (la) entrevista a usted. (Puede inventar una familia ficticia si prefiere.) Esté preparado(a) para hacer un comentario sobre la familia de su compañero(a).

1. ¿Viven tus padres? ¿tus abuelos? ¿tus bisabuelos? Si es así *(If so)*, ¿dónde viven?
2. ¿Tienes hermanos o eres hijo(a) único(a)? Si tienes hermanos, ¿cómo se llaman? (Si no tienes hermanos, ¿tienes primos? ¿Cómo se llaman?)
3. ¿Eres padre o madre? Si es así, ¿cuántos hijos tienes? ¿Cómo se llaman? (Si no tienes hijos, ¿tienes sobrinos? ¿Cómo se llaman?)
4. ¿Qué hacen tus hermanos (o primos)? ¿Dónde viven? ¿Están casados?
5. ¿A qué parientes ves a menudo? ¿Dónde?
6. ¿Crees que tu familia es una familia unida o no? ¿Son muy independientes las personas de tu familia? Explica.

# LENGUA VIVA

Jessica Jones es una estudiante
norteamericana que está en Colombia.

Miguel Gutiérrez es un señor mayor
de Bucaramanga, Colombia.

© 2009 Jupiterimages;
© Jose Luis Pelaez Inc/
Blend Images LLC

## Audioviñetas: En el autobús

CD 1,
Track 4

**Conversación 1: Expresiones de respeto y cortesía.** Jessica Jones, una estudiante norteamericana, viaja de Bucaramanga, Colombia, a Bogotá, la capital, en autobús. En el autobús conoce al señor Miguel Gutiérrez.

**¡OJO!** You don't have to understand every word of the conversation. Listen all the way through the first time and try to get the gist.

**2-4**   Escuche la **Conversación 1.** Describa al señor Gutiérrez. Indique **V** (verdad) o **F** (falso).

El señor Gutiérrez...

_____ **1.** tiene una familia grande.

_____ **2.** está divorciado.

**2-5**   Escuche la **Conversación 1** otra vez. Escoja la mejor respuesta.

**1.** La familia del señor Gutiérrez es...

    a. grande y unida.       c. de Bogotá.

    b. pequeña pero unida.

**2.** La nieta del señor Gutiérrez...

    a. vive en Cartagena.       c. vive en Canadá.

    b. vive en Bogotá.

**3.** Casi todos los otros familiares del señor Gutiérrez...

    a. están en Bucaramanga.   c. están en Bogotá.

    b. están en Medellín.

**4.** Otra expresión para **No hay de qué** es...

    a. No hay permiso.       c. De nada.

    b. No, gracias.

CD 1,
Track 5

**Conversación 2: Despedidas.** Jessica habla de su familia al señor Gutiérrez.

**2-6** Escuche la **Conversación 2.** Describa a Jessica. Indique **V** (verdad) o **F** (falso).

Jessica...

_____ **1.** nació en Boston pero creció en Canadá.

_____ **2.** tiene varios hermanos y hermanas.

_____ **3.** quiere casarse con su novio canadiense.

**2-7** Escuche la **Conversación 2** otra vez. Escoja la mejor respuesta.

**1.** El hermano de Jessica tiene quince años y estudia...

a. en la escuela secundaria.

b. en la Universidad de Alberta.

c. en la Universidad de Bogotá.

**2.** Jessica opina que en tiempos pasados las familias norteamericanas eran más...

a. independientes.

b. ricas.

c. grandes.

**3.** Para el señor Gutiérrez, es triste ver a una mujer...

a. sin dinero.

b. sin padres.

c. sin hijos.

**4.** Según el señor Gutiérrez, en sus tiempos todo era diferente y los jóvenes...

a. no tenían tantos problemas.

b. no tomaban tanto alcohol.

c. no eran corteses.

**5.** Al final de la conversación, el señor Gutiérrez le dice a Jessica...

a. Hasta pronto, si Dios quiere.

b. Hasta el viernes.

c. Hasta mañana.

# En otras palabras

## Para expresar respeto y cortesía

In Hispanic society, it is important to show respect for someone considerably older than oneself. The forms **don** and **doña** are used with a first name to indicate respect (**don Miguel, doña Carmen**); they are generally used with people you know well. The words **señor, señora,** and **señorita** are used in direct address to show respect or deference, and the **usted** form is normally used with these titles.

Another very important way to indicate respect is to use polite expressions. Here are a few very common polite expressions useful in interaction with people of all ages:

Mire el video en el sitio **www.cengagebrain.com/shop/ISBN/0495912654** y haga las actividades que lo acompañan.

Rafael y Javier están en casa de Javier. A la hora de irse, ¿qué dicen?

**Con permiso.** *(when passing in front of someone, breaking away from a conversation temporarily, eating something in front of someone, and so forth; used when asking someone's permission to do something)*

**Perdón. Perdóneme. Disculpe. Discúlpeme.** *(formal, when you've said or done something for which you are apologizing)*

**¡Salud!** *Cheers! or Gesundheit! (literally, Health!)*

**¡Buen provecho!** *Enjoy your meal!*

**Por favor. Gracias. Mil (Muchas) gracias. De nada. No hay de qué.**

## Despedidas

Here are some ways to end a conversation; as you will see, some are more polite, or formal, than others.

**1.** on the street, at school, and so forth

**Adiós. Hasta luego. Hasta la vista. Hasta la próxima (vez). Hasta mañana (otro día, el viernes, la semana que viene,** etc.**).**

**¡Chau!** *(used mainly in the Southern Cone of South America)*

**Bueno, nos vemos.** *Well, see you (informal).*

**Feliz fin de semana.**

**Tengo que irme, pero te llamo mañana (la semana que viene,** etc.**). (tú** form**)**

**¡Que le (te) vaya bien!** *(to someone who is leaving)*

**2.** at a party

**Fue un gusto conocerlo(la). Fue un gusto hablar con usted.** *(formal)*

**Gracias por venir.**

**Con permiso, necesito tomar algo (tengo que ir a preparar el café,** etc.**).**

# PRÁCTICA

**2-8 Situaciones.** ¿Qué dicen las personas representadas en los siguientes dibujos?

1.

2.

3.

4.

5.

6.

 **2-9 ¿Qué se dice?** Inventen una breve conversación para cada situación.

1. **Estudiante A:** You are racing home because an important football game is starting soon. You see **Estudiante B** on the street. Try to have a short conversation and explain that you don't have time to talk. Excuse yourself politely.

   **Estudiante B:** You see **Estudiante A** on the street and you want to have a chat. (You aren't interested in football.)

2. **Estudiante A:** You are sitting next to **Estudiante B** on the plane. **B** tells you about himself (herself) and you do the same. The plane arrives. Tell **B** it was a pleasure meeting him or her and end the conversation politely.

   **Estudiante B:** Chat with **Estudiante A** for a while. When the plane lands, wish **A** a pleasant trip and end the conversation.

# GRAMÁTICA Y VOCABULARIO

## The Preterit Tense

The preterit is used for completed past actions, in general. It expresses a past act, state, or series of acts viewed as a completed unit in time.

| | |
|---|---|
| Mi mamá nació y creció en Guatemala. Pero pasó la mayor parte de su vida en El Salvador. | *My mother was born and grew up in Guatemala. But she spent most of her life in El Salvador.* |
| El año pasado mi bisabuelo cumplió ochenta años y tuvimos una gran celebración. | *Last year my great-grandfather was eighty years old (turned eighty) and we had a big celebration.* |

### Regular Verbs

Here are the preterit forms of regular verbs. Notice that the endings for -**er** and -**ir** verbs are the same. Also, notice that the **nosotros** forms of -**ar** and -**ir** verbs are the same in the preterit as in the present.

| hablar | | comer | | vivir | |
|---|---|---|---|---|---|
| hablé | hablamos | comí | comimos | viví | vivimos |
| hablaste | hablasteis | comiste | comisteis | viviste | vivisteis |
| habló | hablaron | comió | comieron | vivió | vivieron |

### Stem-Changing Verbs

1. Stem-changing -**ar** and -**er** verbs in the present are regular in the preterit (**encuentro** but **encontré; pierdes** but **perdiste,** etc.).

2. Stem-changing -**ir** verbs show the following changes in the third-person singular and plural of the preterit. The other forms are regular.

| **e** to **i**: pidió, pidieron | **o** to **u**: durmió, durmieron |
|---|---|
| prefirió, prefirieron | murió, murieron |
| siguió, siguieron | |
| sintió, sintieron | |
| sirvió, sirvieron | |

## Spelling-Changing Verbs

Some verbs have spelling changes in the preterit.

1. Changes in the first-person singular only (to preserve the sound of the infinitive), for verbs ending in -**gar, -car, -zar:**

   **g** to **gu:** lle**gu**é, pa**gu**é, ju**gu**é

   **c** to **qu:** to**qu**é, bus**qu**é, expli**qu**é

   **z** to **c:** empe**c**é, go**c**é, comen**c**é

2. Changes in the third-person singular and plural (for verbs that have stems ending in vowels):

   a. a **y** is inserted between two vowels

| leyó, leyeron | creyó, creyeron |
|---|---|
| oyó, oyeron | construyó, construyeron |

   b. the stem **e** is dropped, as in the verbs **reír** *(to laugh)* and **sonreír** *(to smile)*

| **rio, rieron** | **sonrió, sonrieron** |
|---|---|

For other examples of these kinds of verbs, see Appendix E.

## Irregular Verbs

The following verbs are irregular; they all take the same endings, however.

| andar: | anduv | |
|---|---|---|
| estar: | estuv | |
| haber: | hub | -e |
| hacer: | hic | -iste |
| poder: | pud | -o |
| poner: | pus | -imos |
| querer: | quis | -isteis |
| saber: | sup | -ieron |
| tener: | tuv | |
| venir: | vin | |

**Conducir, decir,** and **traer** are also irregular and use the same endings as those above except in the third-person plural:

| | | | |
|---|---|---|---|
| conducir: | conduj | | -e |
| | | | -iste |
| decir: | dij | } | -o |
| | | | -imos |
| traer: | traj | | -isteis |
| | | | -eron |

The irregular form **hay** is from the verb **haber** and becomes **hubo** in the preterit.

Hay muchos accidentes en esa calle. — *There are many accidents on that street.*

Hubo un accidente grave ayer. — *There was a serious accident yesterday.*

The third-person singular of **hacer** is **hizo. Ser, ir,** and **dar** are also irregular. Notice that **ser** and **ir** have exactly the same forms in the preterit.

| ser, ir | | dar | |
|---|---|---|---|
| fui | fuimos | di | dimos |
| fuiste | fuisteis | diste | disteis |
| fue | fueron | dio | dieron |

...Y SE CASARON Y FUERON FELICES...

¿EN QUÉ GALAXIA?

Núria Pompeia

## VOCABULARIO ÚTIL

### LA VIDA Y LA MUERTE

#### LA EDAD

| | |
|---|---|
| **anciano(a)** | *elderly* |
| **cumplir (veinte) años** | *to turn (twenty) years old* |
| **¿Qué edad tienes (tiene usted)?** | *What is your age?* |
| **tener (veinte) años** | *to be (twenty) years old* |
| **¿Cuántos años tienes (tiene usted)?** | *How old are you?* |

#### LA MUERTE

| | |
|---|---|
| **el antepasado (la antepasada)** | *ancestor* |
| **el cementerio** | *cemetery* |
| **el entierro** | *burial, funeral* |
| **la memoria, el recuerdo** | *memory* |
| **el velorio** | *wake, vigil* |
| **el viudo (la viuda)** | *widower (widow)* |

#### OTRAS PALABRAS

| | |
|---|---|
| **llorar** | *to cry* |
| **reír(se)** | *to laugh* |
| **rezar** | *to pray* |
| **el vecino (la vecina)** | *neighbor* |

## PRÁCTICA

**2-10 Personajes famosos.** Haga oraciones acerca de los siguientes personajes famosos, usando el pretérito.

> ✿ **MODELO** Miguel de Cervantes: escribir el *Quijote* y ser pobre toda la vida
> *Miguel de Cervantes escribió el Quijote y fue pobre toda la vida.*

1. Felipe II: construir El Escorial; mandar la Armada Invencible a Gran Bretaña
2. El Greco: nacer en Grecia; morir en Toledo; pintar *Vista de Toledo*
3. Cristóbal Colón: crecer en Italia; ir a las Américas en 1492
4. Hernán Cortés: explorar la costa de México; conocer a doña Marina y casarse con ella
5. Vasco Núñez de Balboa: hacer un viaje a través del istmo de Panamá y descubrir el océano Pacífico

**2-11 De la cuna a la tumba** *(From cradle to grave).* El autor mexicano Octavio Paz observó que mientras el tema de la muerte «quema los labios *(burns the lips)*» del norteamericano, es un tema frecuente entre los hispanoamericanos: ... «[la vida y la muerte] son inseparables. La civilización que niega *(denies)* la muerte niega la vida».

**Paso 1.** Complete las siguientes oraciones, usando los verbos entre paréntesis en el pretérito. Después, conteste las preguntas.

Cuando (1) _____ (morir) don Esteban, padre de mi mejor amiga, (2) _____ (ir/nosotros) a su casa por la noche para asistir al velorio. (3) _____ (tener/yo) que ayudar a mi amiga a servirles café y dulces a los amigos. Todos (4) _____ (hablar/ellos) y (5) _____ (recordar) bien a don Esteban pues (6) «_____ (ser/él) un hombre que jamás (7) _____ (hacer) mal a nadie». Al amanecer *(At dawn),* la gente (8) _____ (empezar) a irse. Al día siguiente, los amigos (9) _____ (volver) a reunirse para ir al cementerio. El día después del entierro, (10) _____ (comenzar) el novenario. Durante nueve noches nos reunimos en casa de doña Esperanza, la viuda, y (11) _____ (rezar) por el alma *(soul)* de su marido. Al noveno día, fin del novenario, (12) _____ (hacer/nosotros) una gran cena y (13) _____ (venir) vecinos y amigos. Algunos (14) _____ (traer) a sus hijos, a quienes, como es costumbre en los novenarios, doña Esperanza les (15) _____ (dar) dulces y caramelos. Ayer (16) _____ (ser) dos de noviembre. Yo (17) _____ (ir) con mi familia a visitar a una tía que había pasado a mejor vida *(who had "gone to a better life")* y allí (18) _____ (ver/nosotros) a doña Esperanza y su familia. Ellos, como nosotros, (19) _____ (llegar) al cementerio muy temprano, (20) _____ (llevar) flores para sus muertos y (21) _____ (estar) allí todo el día. Después, (22) _____ (volver) a sus casas contentos y consolados *(consoled).*

**Paso 2.** Conteste las preguntas.

1. ¿Qué pasa durante un velorio?
2. ¿Qué es un novenario?
3. ¿Qué hace mucha gente hispana el 2 de noviembre?
4. ¿Qué piensa usted de la observación de Octavio Paz que la civilización que niega la muerte niega la vida?

 **2-12 Descripción de una vida.** Trabaje con un(a) compañero(a). Descríbale la vida de una persona que conoce o de una persona famosa (consultando la Internet o algún libro de referencia si es necesario). Use el tiempo pretérito.

⚙ **MODELOS** *Mi abuela Elizabeth nació en Ohio. Se casó con mi abuelo en 1959. Fue pintora...*

*El actor Martin Sheen nació en 1940 como Ramón Estévez. Hizo* Apocalypse Now *en 1979. Tuvo cuatro hijos, entre ellos Charlie Sheen y Emilio Estévez. En el año 2000 ganó el premio Golden Globe al mejor actor para la serie de televisión* The West Wing. *En 2008 hizo* The Way . . .

**2-13 ¿Qué hiciste ayer?** Entreviste a un(a) compañero(a). Averigüe *(Find out)* por lo menos cinco cosas que hizo ayer. Después su compañero(a) lo (la) entrevista a usted.

## The Imperfect Tense

### Formation of the Imperfect

To form the imperfect of regular verbs, drop **-ar, -er, -ir** from the infinitive and add the following endings.

**¡OJO!** Notice that the irregular form **hay** (from the verb **haber**) is regular in the imperfect: **Había muchos jóvenes en la fiesta.**

| hablar | | comer | | vivir | |
|---|---|---|---|---|---|
| hablaba | hablábamos | comía | comíamos | vivía | vivíamos |
| hablabas | hablabais | comías | comíais | vivías | vivíais |
| hablaba | hablaban | comía | comían | vivía | vivían |

There are only three irregular verbs in the imperfect: **ser, ir,** and **ver.**

| ser | | ir | | ver | |
|---|---|---|---|---|---|
| era | éramos | iba | íbamos | veía | veíamos |
| eras | erais | ibas | ibais | veías | veíais |
| era | eran | iba | iban | veía | veían |

### Uses of the Imperfect

The imperfect emphasizes duration of time in the past. It is used:

- to describe a state of events that existed for some time in the past or for actions that occurred repeatedly (habitual past actions)

  Mi papá y mi abuelo siempre me decían que la vida era dura.

  *My father and grandfather always told me that life was hard.*

- to tell that something *used to happen* or *was happening* (even though the action may have ended later)

  Íbamos a la casa de mis primos todos los veranos.

  *We would (used to) go to my cousins' house every summer.*

- to describe mental or emotional states, including plans or intentions

  Isabel estaba contenta porque su tía Maribel iba a visitarlos.

  *Isabel was happy because her Aunt Maribel was going to visit them.*

- to describe what was going on when another action occurred (The latter action is usually in the preterit.)

| | |
|---|---|
| Tomaba una siesta cuando llegó tío Jorge. | *I was taking a nap when Uncle Jorge arrived.* |

- to tell time in the past or the age of a person

| | |
|---|---|
| Eran las nueve de la mañana cuando me dieron la noticia del nacimiento de mi hija. | *It was nine o'clock in the morning when they gave me the news of my daughter's birth.* |
| Paula, tenías dieciocho años cuando te conocí, ¿no? | *Paula, you were eighteen years old when I met you, right?* |

Expressions often used with the imperfect include: **siempre**, **todos los días (todos los meses,** etc.), **frecuentemente,** and **a menudo.**

## PRÁCTICA

**2-14 «Hija, esposa, madre y abuela».** Mire los siguientes dibujos humorísticos, de la revista *Vanidades*\* y conteste las preguntas.

© Mary Grosso

1. En general, ¿trabajaban las mujeres de ayer fuera de la casa?
2. ¿Compraban comida preparada o cocinaban?
3. Después de ir a la escuela, ¿adónde iban los niños?
4. ¿Jugaban Nintendo los niños? ¿Veían muchos programas de televisión? ¿Pasaban más tiempo afuera?
5. ¿Cómo eran las abuelas? ¿Qué hacían?

---

\*Elizabeth Subercaseaux, «Hija, esposa, madre y abuela», *Vanidades*, 24 de mayo de 1994, páginas 76–77. Dibujo por Marcy Grosso.

**2-15 ¿Qué hacías en tu niñez?**

**Paso 1.** Entreviste a un(a) compañero(a) leyéndole en voz alta *(out loud)* las preguntas de la columna A. Turnándose, su compañero(a) lo (la) entrevista a usted leyéndole, en voz alta, las preguntas de la columna B. Tome apuntes *(notes)*.

⚙️ **MODELO** A: *En tu niñez, ¿con quiénes jugabas? ¿Con tus primos? ¿con los otros niños que vivían cerca? ¿Dónde jugaban generalmente?*
B: *No tengo primos. En mi niñez, jugaba mucho con mi hermana Lisa. Jugábamos en el parque.*

| A | B |
|---|---|
| **1.** En tu niñez, ¿con quiénes jugabas? ¿Con tus primos? ¿con los otros niños que vivían cerca? ¿Dónde jugaban generalmente? | **1.** ¿Vivías en un pueblo o en una ciudad? ¿Cómo se llamaba el lugar? ¿Te gustaba? |
| **2.** ¿A qué parientes considerabas interesantes o importantes? ¿Por qué? ¿Cuántos años tenían? | **2.** ¿Tenías contacto con personas muy mayores? ¿Qué pensabas de ellas? |
| **3.** ¿Qué edad tenías cuando saliste por primera vez con un(a) muchacho(a)? ¿Adónde fueron? ¿Al cine? ¿a un restaurante? ¿a un baile? | **3.** ¿Adónde ibas generalmente los sábados por la tarde cuando tenías diez u once años? ¿Con quiénes? ¿Qué hacían allí? |
| **4.** ¿Tenías un perro o un gato? ¿Cómo se llamaba? ¿Cómo era? | **4.** ¿Te gustaba ir a la escuela? ¿Cómo se llamaba tu maestro(a) favorito(a)? ¿Cómo era? |

**Paso 2.** Escriba un breve resumen sobre estos aspectos del pasado de su compañero(a).

⚙️ **MODELO** *Amy no tiene primos. Cuando era niña jugaba mucho con su hermana Lisa en el parque…*

# Preterit versus Imperfect

## Contrast between the Preterit and the Imperfect

**1.** The choice between the preterit and the imperfect may depend upon how the speaker or writer views a situation. If he or she is focusing on just the beginning or end of an action or sees it as definitely completed, the preterit is used. But to emphasize its duration, the imperfect is used. Compare:

José llamó a Juana y empezó a decirle algo.

*José called Juana and began to tell her something. (beginning of an action that is viewed as completed)*

| José llamó a Juana y, cuando entré, empezaba a decirle algo. | José called Juana and, when I came in, was beginning to tell her something. (incomplete action; something else is going to happen) |

2. In general, the preterit is used to narrate and the imperfect to describe. Often when telling a story, the speaker or writer sets the stage with the imperfect, describing what was going on, then switches to the preterit to relate the action. For example:

**Había** mucha gente en la fiesta. Gustavo y sus amigos **estaban** contentos. **Bailaban** y **tomaban** cerveza. De repente (*Suddenly*), **se abrió** la puerta y **entraron** los padres de Gustavo, furiosos.

Even though two of the first four verbs are action verbs, they are all in the imperfect because the intention of the writer is obviously to describe the scene. Why are the last two verbs in the preterit?

3. The imperfect is always used to tell time or the age of a person in the past (and usually to express emotional or mental states), since these are description, not narration of action:

| Eran las tres en punto cuando salimos. | It was exactly three o'clock when we left. |
| Abuelita tenía veinte años cuando se casó. | Grandma was twenty when she got married. |
| Marta salía con José pero realmente quería a Adolfo. | Marta was dating José but really loved Adolfo. |

4. To express a repeated or habitual action in the past, the imperfect is generally used.

| Visitábamos a mis abuelos todos los veranos. | We visited my grandparents every summer. |

5. However, when there is a reference to a specific number of times, the preterit is used since it is clear that the action is completed. Compare:

| Cuando vivía cerca de Santiago, iba al centro (todos los días, mucho). | When I was living near Santiago, I used to go downtown (every day, a lot). |
| Cuando vivía cerca de Santiago, solo fui al centro tres veces. | When I lived near Santiago, I only went downtown three times. |

¡**OJO!** It is possible, however, to use the preterit in the first example if the repeated action is considered complete: ¿**Fuiste al centro el mes pasado?** —Sí, fui al centro muchas veces.

## Verbs with Different Meanings in the Preterit and Imperfect

Some verbs have distinct differences in meaning depending upon whether they are used in the preterit or imperfect. The meaning intended determines which of the two tenses must be used.

| Verb | Imperfect | Preterit |
|------|-----------|----------|
| conocer | **to know, be acquainted with** <br> Conocíamos a la familia Toruño. | **to meet for the first time** <br> Conocimos a la familia Toruño (el mes pasado). |
| saber | **to know** <br> Sabía que mi esposa estaba embarazada. ¡Era obvio! | **to find out** <br> Ayer supe que mi esposa estaba embarazada. ¡Qué alegría! |
| querer | **to want** <br> Querían adoptar un niño. | **to try** <br> Quisieron adoptar un niño. |
| no querer | **not to want** <br> No querían adoptar un niño. | **to refuse** <br> No quisieron adoptar al niño. |
| poder | **to be able** <br> Cuando era joven, tío Pepe podía correr cuatro kilómetros sin problemas. | **to manage or succeed in** <br> Después de mucha práctica, tío Pepe pudo correr cuatro kilómetros. |
| no poder | **to not be able** <br> El año pasado tío Pepe no podía correr cuatro kilómetros. | **to try and fail** <br> El pobre tío Pepe no pudo correr cuatro kilómetros. |

**¡OJO!** Notice that in the examples the preterit refers to a specific, limited time in the past, while the imperfect refers to a general time frame in the past.

## PRÁCTICA

**2-16 Una abuela cuenta la historia de su vida.** Escoja el pretérito o el imperfecto de los verbos.

Provided by Teresa Faith, author

Soy Victoria González, del Paraguay, y tengo noventa y cinco años. Mi niñez fue muy triste. Mi mamá (1) murió / moría cuando yo (2) tuve / tenía unos cuatro años, y mi hermano y yo (3) fuimos / íbamos a vivir con una amiga de ella. (4) Fuimos / Éramos muy pobres. (5) Supimos / Sabíamos que (6) hubo / había una escuela cerca de la casa, pero no (7) podíamos / pudimos ir porque (8) tuvimos / teníamos que trabajar. Cuando yo (9) tuve / tenía unos once o doce años (10) trabajé / trabajaba por tres años en casa de unos señores ricos. Allí me (11) trataron / trataban muy mal. Recuerdo que todas las noches lloraba y pedía consuelo a Dios. Un día (12) conocí / conocía a José, un joven alegre y muy bueno. (13) Decidí / Decidía dejar la casa donde (14) viví / vivía

y me (15) escapé /escapaba con él. (16) Vivimos / Vivíamos diez años juntos.
(17) Tuvimos / Teníamos tres hijos. Esos (18) fueron / eran los años más felices
de mi vida.

**2-17 Recuerdo de la niñez.** Complete el siguiente párrafo con las formas
apropiadas del pretérito o del imperfecto.

Cuando yo (1) _____ (ser) pequeña, frecuentemente (2) _____ (pasar)
los fines de semana con mis abuelos. Generalmente los domingos nosotros
(3) _____ (ir) a una plaza y allí ellos siempre me (4) _____ (contar) historias
acerca de su juventud. Un día mi abuela me (5) _____ (decir) que ellos
prácticamente (6) _____ (crecer) juntos, porque sus padres (7) _____ (ser)
vecinos y amigos. Ella solo (8) _____ (tener) dieciocho años cuando se
(9) _____ (casar), pero ya (10) _____ (saber) cocinar muy bien. Me
(11) _____ (explicar) que en aquellos días muy pocas mujeres (12) _____ (ir)
a la universidad o (13) _____ (trabajar) fuera de casa. Las mujeres casi no (14)
_____ (salir) excepto para ir al mercado o a la iglesia. Yo (15) _____ (nacer)
cincuenta años más tarde, y eso fue una suerte.

**2-18 Sor Juana.** Cambie al pasado el siguiente párrafo sobre la vida de la poeta de
la Nueva España (hoy México), Sor Juana Inés de la Cruz. (Cambie solamente los
verbos en negrilla [*in bold*].)

Sor Juana Inés de la Cruz, la gran poeta mexicana, (1) **nace** en 1651 cerca de
la Ciudad de México. (2) **Es** hija natural (*illegitimate*) de padres españoles.
(3) **Aprende** a leer a los tres años. A los siete años (4) **quiere** (*she wanted*) ir a la
universidad vestida de muchacho porque las muchachas no (5) **pueden** entrar,
pero su mamá no le (6) **da** permiso y no (7) **puede** hacerlo. Poco después (8) **va**
a la capital a vivir con unos parientes y a los catorce años estos la (9) **hacen** dama
de compañía (*lady in waiting*) en la corte del virrey (*viceroy's court*). En esa época,
las mujeres (10) **tienen** dos opciones: casarse o entrar en el convento. Aunque
(11) **es** brillante, hermosa y muy popular por su personalidad carismática, Juana
(12) **decide** dejar la vida social y entrar en un convento. Allí (13) **escribe** prosa y
poesía, y su fama de intelectual (14) **crece** por el mundo entero. Cuando el obispo
(*bishop*) de Puebla la (15) **critica** porque (16) **pasa** mucho tiempo estudiando
y escribiendo, Sor Juana (17) **escribe** una brillante defensa del derecho (*right*)
de la mujer a participar en actividades intelectuales y culturales. Sin embargo
(*However*), pocos años antes de su muerte Sor Juana (18) **tiene** una profunda
crisis espiritual. Entonces (19) **abandona** sus estudios, (20) **vende** su biblioteca de
cuatro mil libros y (21) **empieza** a dedicarse a los estudios religiosos. (22) **Muere**
en 1695 durante una epidemia, pero sus obras siguen viviendo y proclamando su
imaginación, su valentía (*courage*) y su brillantez.

Busque «Sor Juana Inés de
la Cruz» para ver ejemplos
de su poesía.

© Andreu Veà-Baró

Cuando Joaquín cumplió ochenta años, salió a comer con sus hijos; después, cuando llegó a casa, unos cien amigos y familiares lo esperaban allí. ¡Qué sorpresa!

**2-19 Buenas intenciones.** Muchas veces tenemos la buena intención de hacer algo que al final no hacemos; por ejemplo, ayudar a un(a) amigo(a), estudiar para un examen o terminar algún trabajo. ¿Tenía usted la semana pasada la intención de hacer algo que al final no hizo? ¿Qué? ¿Por qué no lo hizo?

⚙ **MODELOS** *Pensaba llamar a mi abuela, pero no llevaba mi teléfono celular. Quería empezar un programa de karate, pero perdí la información sobre las clases.*

 **2-20 Cuéntame, amigo(a)...** Cuéntele a un(a) compañero(a):

1. algo bueno o valiente o inteligente que hizo alguna vez, o
2. algo muy tonto que hizo alguna vez, o
3. algo muy arriesgado *(risky)* o peligroso que hizo alguna vez

Después, su compañero(a) le va a hacer dos o tres preguntas; por ejemplo: ¿Qué edad tenías cuando pasó eso? ¿Supieron tus padres (profesores) que lo hiciste?

## *Hacer* + Time Expressions

**1.** To indicate that an action began in the past and continues into the present, use:

---

**hace** + time period + **que** + clause in present tense

or

clause in present tense + **(desde) hace** + time period

---

| | |
|---|---|
| Hace muchos años que viven en Lima. Viven en Lima desde hace muchos años. | *They have been living in Lima for many years (they still are).* |
| Hace seis meses que no como carne. No como carne desde hace seis meses. | *I haven't eaten meat for six months (and do not eat meat now).* |

**¡OJO!** The verb is in the present tense in Spanish because the situation is viewed as current (they are still living in Lima, I still do not eat meat).

**2.** To ask how long an action or situation has (had) been going on, use:

---

**¿Cuánto tiempo hace que (no)...?**

or

**¿Hace mucho tiempo que (no)...?**

---

¿Cuánto tiempo hace que está casado? — *How long has he been married?*

¿Hace mucho tiempo (unos años) que está casado? — *Has he been married for a long time (for a few years)?*

¿Cuánto tiempo hace que no trabajas? — *How long have you not been working?*

**3. Hace** can also mean *ago* when the main verb is in the past tense.

Mi sobrino nació hace tres meses. } *My nephew was born three*
Hace tres meses que nació mi sobrino. } *months ago.*

¿Cuánto tiempo hace que se divorciaron? — *How long ago did they get divorced?*

## PRÁCTICA

**2-21 Entrevista.** Entreviste a un(a) compañero(a). Averigüe *(Find out)* cuánto tiempo hace que su compañero(a) hace las siguientes cosas. Siga el modelo.

⚙ **MODELO** saber usar una computadora
A: *¿Cuánto tiempo hace que sabes usar una computadora?*
B: *Hace unos quince años que sé usar una computadora.*

**1.** conocer a su mejor amigo(a)
**2.** vivir en esta ciudad
**3.** manejar un automóvil
**4.** saber hablar español
**5.** asistir a la universidad

**2-22 Hace mucho que no...** Trabaje con un(a) compañero(a). Averigüe varias cosas que su compañero(a) no hace desde hace mucho tiempo. Use la imaginación.

⚙ **MODELOS** A: *¿Patinas sobre hielo?*
B: *Sí, hace una semana patiné sobre hielo.*
A: *¿Hablas a menudo con tu abuelo?*
B: *No, hace mucho tiempo que no hablo con mi abuelo.*

**Ideas:** jugar al Wii con tu hermano(a) o primo(a), sacar fotos de tu familia, ver a tus tíos, ir a una reunión familiar (a una boda, a un entierro), visitar a tus abuelos, bailar, ver una película con tu familia...

# EN CONTACTO

 ## Videocultura: Tres generaciones de una familia ecuatoriana

**iLrn**

Para aprender más sobre los 21 países que hablan español, mire los videos culturales en la Mediateca (*Media Library*).

La familia Cruz Barahona vive y trabaja en la Hostería San Jorge, cerca de Quito, Ecuador. Mire el video y conteste esta pregunta: ¿Por qué funciona bien esta hostería?

**Vocabulario:** dedicarse a *to dedicate oneself to, do for a living*; en vivo *live (e.g., a performance)*; la hostería *resort hotel, inn*; marcado(a) *noticeable*; ser partícipe en *to take part in, be partners in*

> **You Tube** Busque «negocios familiares». ¿Qué productos o servicios son presentados?

© Heinle, Cengage Learning

**2-23 Comprensión.** Conteste las siguientes preguntas después de ver el video.

1. ¿Quién es Jorge Cruz Barahona?
2. ¿Cómo participa su esposa en la hostería?
3. ¿Qué trabajo le corresponde a su padre? ¿a su madre?
4. ¿Qué diferencias piensa Jorge que hay entre las familias ecuatorianas y las familias norteamericanas?

 **2-24 Puntos de vista.** Compare sus opiniones con las de dos o tres compañeros(as).

1. ¿Está usted de acuerdo con las observaciones de Jorge sobre la familia norteamericana? Explique.
2. ¿A usted le gustaría pasar una semana en esta hostería? ¿Por qué sí o por qué no?

**3.** ¿Conoce usted a alguien que participe en un negocio *(business)* familiar? Si es así, ¿cómo funciona?

**4.** ¿A usted le gustaría tener un negocio con su familia? ¿Por qué sí o por qué no?

## Síntesis

**2-25 Familias famosas.** Trabaje con dos o tres compañeros. Su profesor(a) les va a dar (¡en secreto!) el nombre, una foto o una página de Internet de una familia famosa. Los otros estudiantes de la clase deben adivinar *(guess)* cuál es la familia, haciendo preguntas que puedan contestarse con sí o no.

⚙ **MODELO** *¿Es grande la familia? ¿Es de Estados Unidos?*
*¿Trabajan juntos los miembros de la familia?*

**2-26 Mentiras inocentes.** Trabaje con varios compañeros. Cada persona debe escribir cuatro afirmaciones *(statements)*; tres son verdaderas y una es una mentirita *(small or harmless lie)*. Escriba sobre su pasado: cosas que usted o su familia hicieron o que hacían ayer, la semana pasada, hace un año… Los otros compañeros tratan de adivinar la mentira. Mencione algunos parientes o celebraciones familiares.

⚙ **MODELO** *Nací en Tokio. Mi hermano se casó con una española*
*hace dos años y celebramos la boda en Granada. El semestre*
*pasado hablaba con mi abuela por teléfono todos los días.*
*Fui a África con mis padres el verano pasado.*

**2-27 Celebración familiar.** Descríbale a un(a) compañero(a) una celebración o reunión familiar (por ejemplo, una boda, un aniversario o una cena). Puede hablar de su familia o de una familia que usted conoce. Incluya las respuestas a las siguientes preguntas:

**1.** ¿Qué celebraron o por qué se reunieron?

**2.** ¿Dónde estaban?

**3.** ¿Quiénes fueron o asistieron?

**4.** ¿Qué hicieron? ¿Bailaron? ¿Sacaron fotos? ¿Comieron alguna comida especial?

**5.** ¿Estaban contentos todos?

*imperfect* {

**6.** ¿Ocurrió algo extraño? ¿bueno? ¿malo? ¿Qué pasó?

 Busque «tarjetas virtuales» para ver tarjetas en español para celebraciones familiares, como bodas, cumpleaños o bautismos.

## Composición

### Una foto familiar

Busque una fotografía de una escena de familia, de la suya *(yours)* si es posible. Va a escribir un párrafo sobre la foto. Podría usar algunas de sus respuestas a las actividades 2-3 y 2-27. Utilice las listas de vocabulario de este capítulo y siga estas instrucciones:

1. Escriba una oración que describa la escena. Si lo prefiere, ¡invente los contextos! ¿Dónde estaban las personas de la foto? ¿Quiénes son? (Si no es su foto, use la imaginación.)

2. ¿Cuándo ocurrió la escena? Por ejemplo, ¿en qué día? ¿Qué pasaba ese día?

3. ¿Qué cosas veían esas personas que no se pueden ver en la foto? ¿Qué escuchaban?

4. ¿Quién sacó la foto?

5. Escriba una oración final. Si usted está en la foto o sacó la foto, ¿cómo se sentía ese día? ¿Estaba contento(a)? ¿aburrido(a)? Si no es su foto, use la imaginación para describir cómo se sentían las personas que se ven.

**Opción:** Hay sitios en Internet donde puede subir *(upload)* la foto y compartir la composición con la clase. Otra posibilidad: describa un video corto. Puede ser un video que usted encontró en Internet o que hizo con el teléfono celular o una videocámara.

# CAPÍTULO 3

# Presencia latina

## METAS

En este capítulo vamos a aprender a...

- ▶ expresar admiración, desaprobación y sorpresa
- ▶ hablar de los hispanos de Estados Unidos y Canadá
- ▶ describir personas, lugares y cosas

© Kelly-Mooney Photography/Corbis

Un grupo de mexicano-americanas presenta un baile tradicional de México en el Festival de Old Pecan Street en Austin, Texas.

### LENGUA VIVA

Expresiones de admiración, desaprobación y sorpresa

### GRAMÁTICA

Adjetivos

**Ser** y **estar**

Pronombres y adjetivos demostrativos

Pronombres y adjetivos posesivos

### VOCABULARIO

La inmigración y el trabajo

Palabras descriptivas

### LECTURAS

«Los hispanos en América del Norte»

«La casa en Mango Street» de Sandra Cisneros

«Ay, papi, no seas coca-colero» de Luis Fernández Caubí

# Presentación del tema

## Una comunidad diversa

En un sondeo *(poll)* de CNN de personas no hispanas en Estados Unidos, una de cada cinco creía que todos los latinos eran inmigrantes indocumentados. La periodista María Elena Salinas opina que esta falta de conocimiento se debe a los medios de comunicación que perpetúan los estereotipos, presentando a los latinos como «sirvientes y matones *(thugs)*». Dice: «La gente necesita saber que entre los hispanos hay muchos profesionales, empresarios *(business people)*, artistas con talento, miles de funcionarios *(officials)* elegidos y una latina muy sabia *(wise)* en la Corte Suprema. Venimos en todos los colores...»*.

**¿Verdadero o falso?** ¿Qué sabe usted sobre la comunidad latina de Estados Unidos? Lea las siguientes afirmaciones. ¿Son verdaderas o falsas? (Las respuestas están abajo.)

_____ **1.** Seis de diez latinos de Estados Unidos nacieron en este país.

_____ **2.** Cada inmigrante a Estados Unidos paga entre $10 000 y $20 000 más en impuestos *(taxes)* de lo que recibe en beneficios durante su vida.

_____ **3.** El único país con más gente latina que Estados Unidos es España.

_____ **4.** En Estados Unidos hay casi 50 millones de ciudadanos o residentes legales hispanos: blancos y negros, ricos y pobres.

_____ **5.** Unos 35 millones de hispanos hablan español en casa, y la gran mayoría de estos son bilingües.

### 3-1 Preguntas.

**1.** ¿Cómo se podría explicar que entre cada cinco personas no hispanas, una creía que todos los latinos eran inmigrantes indocumentados? ¿Le sorprende esto?

**2.** ¿Está de acuerdo en que hay estereotipos de los latinos en la televisión y en el cine? Explique, dando ejemplos específicos.

AP Photo/J. Scott Applewhite

Sonia Sotomayor, jueza de la Corte Suprema de Estados Unidos, es de ascendencia puertorriqueña. Creció en Nueva York, donde hay grandes comunidades de puertorriqueños y dominicanos.

**Google** Busque «Sonia Sotomayor» para saber más sobre la primera persona hispana en la Corte Suprema.

1. V 2. F (Paga entre $20 000 y $80 000 más en impuestos de lo que recibe, según el «Immigration Policy Center» de Estados Unidos.) 3. F (Es México.) 4. V 5. V

*María Elena Salinas, «Ser latino en Estados Unidos», Univisión.com, 2 de noviembre de 2009. http://www.univision.com/content/content.jhtml?cid=2150009

# VOCABULARIO ÚTIL

## LA INMIGRACIÓN Y EL TRABAJO

### COGNADOS

| | |
|---|---|
| adaptarse (a) | hispano(a) *(preferred in Texas, Florida)* |
| la asimilación | indocumentado(a) |
| el clima | latino(a) *(preferred in California, Chicago)* |
| comunicarse | la oportunidad |
| la comunidad | el origen |
| el estereotipo | sufrir discriminación |

### LOS INMIGRANTES

| | |
|---|---|
| la adaptación | *adjustment* |
| la ascendencia | *ancestry, descent, origin* |
| el barrio, el vecindario | *neighborhood* |
| bilingüe | *bilingual* |
| el ciudadano (la ciudadana) | *citizen* |
| de habla hispana | *Spanish-speaking* |
| extrañar | *to miss, feel nostalgia for* |
| extranjero(a) | *foreign* |
| la frontera | *border* |
| salir adelante (con) | *to get ahead, to manage or cope (with)* |

### EL TRABAJO

| | |
|---|---|
| el (des)empleo | *(un)employment* |
| la fábrica | *factory* |
| el, la jefe (*also*, la jefa) | *boss* |
| poner un negocio | *to start a business* |
| el puesto | *job, position* |
| tener éxito | *to be successful (literally, "to have success")* |
| trabajador(a) | *hard-working* |

### ¡OJO!

la lengua *language* / el idioma *language* / el modismo *idiom*

la mayoría *majority* / la mayor parte *most*

la minoría *minority* / el grupo minoritario *minority (group)*

# PRÁCTICA

**3-2 Sinónimos y antónimos.** Dé el sinónimo de cada palabra o expresión.

1. el idioma
2. el barrio
3. la expresión (e.g., «salir adelante»)
4. el grupo minoritario
5. el origen

Dé el antónimo de cada palabra o expresión.

1. el empleo
2. el indocumentado
3. la marginalización
4. nacional, local
5. la minoría

**3-3 Factores positivos y negativos.** Usando el **Vocabulario útil** como base, dé por lo menos cuatro factores positivos y cuatro negativos en la adaptación de un inmigrante.

1. Factores que generalmente contribuyen al éxito de un inmigrante:

     **MODELO**  *tener dinero para poner un negocio*

2. Factores que generalmente no contribuyen al éxito de un inmigrante:

    **MODELO**  *vivir en un vecindario pobre*

# LENGUA VIVA

Mike Martin

Roberto Barragán

CD 1, Track 6

## Audioviñetas: Conversaciones con inmigrantes

**Conversación 1: Para expresar desaprobación.** Antes de ir a Colombia, Mike entrevistó a tres inmigrantes hispanoamericanos. Les preguntó por qué vinieron a Estados Unidos, qué extrañaban de sus países y qué pensaban de la vida en Estados Unidos. En la primera conversación, habla Roberto Barragán.

**3-4** Escuche la **Conversación 1** y conteste las siguientes preguntas.

1. ¿De dónde es Roberto?

2. ¿Por qué vino a Estados Unidos?

**3-5** Escuche la **Conversación 1** otra vez. Escoja la mejor respuesta.

1. Roberto es...
   a. ingeniero.
   b. estudiante.
   c. médico.

2. Cuando Mike le pregunta qué extraña de su país, Roberto dice que...
   a. extraña a su familia y el clima.
   b. extraña las fábricas.
   c. no extraña nada.

3. Para Roberto, las universidades en su país son...
   a. fábricas de desempleo.
   b. fuentes de trabajo.
   c. muy pequeñas.

4. Para Roberto, la vida en Estados Unidos es...
   a. más difícil que la vida en su país.
   b. más fácil que la vida en su país.
   c. más aburrida que la vida en su país.

CD 1,
Track 7

## Conversación 2: Para expresar admiración.

**3-6** En la segunda conversación, habla Sethy Tomé. Escuche la **Conversación 2** y conteste las siguientes preguntas.

1. ¿De dónde es Sethy?   *Honduras*

2. ¿Por qué vino a Estados Unidos?    *Vino por su esposo*

Provided by Sethy Tomé

Sethy Tomé

**3-7** Escuche la **Conversación 2** otra vez. Escoja la mejor respuesta.

**1.** Sethy extraña...
   a. el clima de su país.
   b. la comida de allí.
   c. la universidad de allí.

**2.** Sethy estudió informática *(computer science)* en la universidad, pero no puede trabajar porque...
   a. no tiene su [tarjeta de] residencia.
   b. tiene niños pequeños en casa.
   c. su esposo no quiere que trabaje.

**3.** Según Sethy, Estados Unidos es un país de oportunidades y...
   a. educación.   b. sacrificio.   c. democracia.

**4.** Según Sethy, en Estados Unidos...
   a. hay muchas oportunidades de conocer otras culturas.
   b. la vida es muy fácil.
   c. el clima es magnífico.

CD 1,
Track 8

### Conversación 3: Para expresar sorpresa.

**3-8** En la tercera conversación, habla Prudencio Méndez. Escuche la **Conversación 3** y conteste las siguientes preguntas.

**1.** ¿De dónde es Prudencio?   Paraguay

**2.** ¿Por qué vino a Estados Unidos?   political situation

© Mary McVey Gill

Prudencio Méndez

**3-9** Escuche la **Conversación 3** otra vez. Escoja la mejor respuesta.

**1.** ¿Qué extraña Prudencio de su país?
   a. las costumbres en general
   b. la organización laboral
   c. el sistema legal

**2.** Para Prudencio, fue una sorpresa ver que el ritmo de vida en Estados Unidos es más...
   a. tranquilo.   b. personal.   c. acelerado.

**3.** Dice Prudencio, «El latino en general no interrumpe su sociabilidad ni en el trabajo». Quiere decir que...
   a. a los latinos no les gusta trabajar.
   b. las relaciones personales son muy importantes para los latinos.
   c. a los latinos no les gustan las interrupciones.

**4.** No solo Prudencio, sino también Roberto y Sethy, creen que en Estados Unidos hay más...
   a. universidades.   b. oportunidades.   c. crímenes.

# En otras palabras

## Para expresar admiración, desaprobación y sorpresa

There are always some things you admire, some things you dislike, and some things that surprise you. Here are some ways to express your feelings about the people or things you see around you, about gifts you are given, things you buy that don't work, and so forth.

### Admiración

**¡Qué persona más admirable (generosa, dinámica, paciente, alegre)!**

**¡Qué impresionante** *(impressive)***!**

**¡Qué ciudad más bonita (hermosa)!**

**¡Súper! ¡Es magnífico (muy útil, lo máximo)!**

**¡Esto es perfecto! ¡Es un sueño! ¡Es lo que quería (lo que necesitaba)!**

### Desaprobación

**¡Qué terrible (injusto, ridículo)! ¡Es fatal!** *(It's awful!)*

**Esto no es aceptable. Es demasiado…**

**¡Qué persona más pesimista (impaciente, aburrida)!**

**Esto no funciona** *(doesn't work).* **No sirve.** *(It's no good.)*

### Sorpresa

**¡Qué sorpresa! ¡Qué maravilla!**

**¡Fíjese! / ¡Fíjate! ¡Imagínese! / ¡Imagínate!** *(Just look! Just imagine!)*

**¡Hombre! ¡Caramba! ¡Caray! ¡Dios mío!**

**¡Qué increíble! ¡No esperaba esto!** *(I didn't expect this!)*

Mire el video en el sitio **www.cengagebrain.com/shop/ISBN/0495912654** y haga las actividades que lo acompañan.

© Anna Pérez

Jorge, un inmigrante colombiano, habla de lo que extraña de su país. ¿A qué se refiere cuando dice «¡Es fatal!»?

# PRÁCTICA

**3-10 ¿Qué dicen?** ¿Qué cree usted que están diciendo las personas que están en los siguientes dibujos *(drawings)*?

**1.**

**2.**

**3.**

**4.**

**5.**

**6.**

**3-11 Reacciones.** Reaccione a las siguientes afirmaciones con expresiones de admiración, desaprobación o sorpresa.

1. El explorador Juan Ponce de León descubrió Florida en 1513, casi un siglo antes de la fundación de Jamestown.
2. A Desi Arnaz le dijeron que el público norteamericano no lo aceptaría en el papel del esposo de Lucille Ball (Ricky Ricardo) en «I Love Lucy».
3. Más de 5 000 personas murieron al intentar cruzar la frontera entre México y Estados Unidos en los últimos quince años.
4. En 1835, la frontera entre México y Estados Unidos corría por Wyoming.
5. En memoria de su hija Paula, la escritora Isabel Allende estableció y financió una fundación que ayuda a mujeres y niños pobres.

**3-12 Reacciones.** Después de una fiesta, usted abre los siguientes regalos. ¿Qué diría al abrirlos?

⚙ **MODELO**  un diccionario bilingüe
*¡Es muy útil! No esperaba esto.*

1. un suéter que lleva el nombre de su universidad
2. un reproductor de MP3 que no funciona
3. un disco compacto de una ópera de Wagner
4. un disco compacto de Carlos Santana
5. un libro de chistes
6. un calendario con fotos de arte folklórico de Latinoamérica

# GRAMÁTICA Y VOCABULARIO
## Adjectives

### Agreement of Adjectives

**1.** Adjectives agree with the nouns they modify in gender and number. Most adjectives end in **-o** in the masculine and **-a** in the feminine. If they do not end in **-o** in the masculine singular, the adjective form is usually the same for both genders.

| | |
|---|---|
| un inmigrante indocumentad**o** | una inmigrante indocumentad**a** |
| un vecindario idea**l** | una ciudad idea**l** |
| un niño corté**s** | una niña corté**s** |

**2.** Adjectives of nationality that end in consonants and adjectives that end in **-or, -ín, -án,** or **-ón** require an **-a** in the feminine. The feminine form does not normally require a written accent.

| | |
|---|---|
| de origen español (inglés, alemán) | de ascendencia español**a** (ingles**a**, aleman**a**) |
| un hombre trabajador | una mujer trabajador**a** |

**¡OJO!** Adjectives are often used with articles as nouns: **¿Qué regalo abro? ¿El grande o el pequeño?** *Which present shall I open? The big one or the small one?* **¿Cómo se llama la salvadoreña?** *What's the Salvadoran woman's name?*

**3.** The plurals of adjectives are formed in the same way as the plurals of nouns: add **-s** to an adjective that ends in a vowel or **-es** to an adjective that ends in a consonant (if the final consonant is **z**, change it to **c** first).

| | |
|---|---|
| largo, largo**s** | breve, breve**s** |
| difícil, difícil**es** | feliz, feli**ces** |

The masculine plural adjective is used to modify two or more nouns if one of them is masculine: **queridos muchachos y muchachas.**

### Position of Adjectives

**1.** In general, descriptive adjectives (which specify nationality, size, shape, color, and so forth) follow the nouns they modify, while adjectives that specify quantity precede the nouns.

| | |
|---|---|
| mucha (poca) gente extranjera | cuatro personas trabajadoras |
| la segunda vez | ciento un hombres (ciento una mujeres) |

**¡OJO!** Cardinal numbers do not agree with the nouns they modify (except **uno** and those ending in **-ciento** and **-uno**). Ordinal numbers (**primero, segundo, tercero,** etc.), however, do agree with the nouns they modify.

**2.** When two adjectives follow a noun, they are joined by **y: tres hombres altos y guapos.**

**3.** When two adjectives are used to modify a noun, the shorter of the two or the one considered less distinguishing or important often precedes the noun.

| | |
|---|---|
| un famoso cuadro moderno | *a famous modern painting* |
| una joven inmigrante puertorriqueña | *a young Puerto Rican immigrant* |

- not too important

**4.** Some adjectives are shortened when placed immediately before a noun: **un, buen, mal, primer,** and **tercer** are used instead of **uno, bueno, malo, primero,** and **tercero** before masculine singular nouns; **gran** is used instead of **grande** before either a masculine or a feminine singular noun.

| | |
|---|---|
| un buen (mal) día | el primer (tercer) capítulo |
| un gran éxito | una gran idea |

**5.** Some adjectives have different meanings depending on whether they precede or follow a noun:

| Adjective | Before the Noun | After the Noun |
|---|---|---|
| antiguo(a) | *former:* la antigua capital | *ancient:* la capital antigua |
| gran, grande | *great:* una gran nación | *large:* una nación grande |
| pobre | *deserving of pity:* el pobre hombre | *needy:* el hombre pobre |
| nuevo(a) | *new to owner:* el nuevo coche | *brand new:* el coche nuevo |
| único(a) | *only:* la única oportunidad | *unique:* una oportunidad única |
| viejo(a) | *longtime:* una vieja amiga | *elderly:* una amiga vieja |

Político pobre, pobre político.
—dicho mexicano

*Poor politician (with no money), unfortunate politician. —Mexican saying*

## VOCABULARIO ÚTIL

### PALABRAS DESCRIPTIVAS (Y SUS ANTÓNIMOS)

| | |
|---|---|
| **agradable** *pleasant* | **desagradable** *unpleasant* |
| **estupendo(a)** *great* | **horrible** *horrible* |
| **extraño(a)** *strange* | **típico(a)** *typical* |
| **guapo(a)** *handsome* | **feo(a)** *ugly* |
| **maravilloso(a)** *marvelous* | **insoportable** *unbearable* |
| **paciente** *patient* | **impaciente** *impatient* |
| **simpático(a)** *nice, likeable* | **antipático(a)** *unlikeable* |

### ¡OJO!

**bajo(a)** *short (not tall)* / **corto(a)** *short (not long)* / **breve** *short, brief* / **alto(a)** *tall*
**largo(a)** *long* / **grande** *large, great*

# PRÁCTICA

**3-13 Carmen Lomas Garza.** Complete el siguiente párrafo con las formas apropiadas de las palabras entre paréntesis. Tenga cuidado con la forma y la posición de los adjetivos. ¿Cuál de los dos adjetivos precede el sustantivo *(noun)*?

© Bob Hsiang

Carmen Lomas Garza es una (1) _____ pintora _____ (mexicano-americano / famoso). Vive en San Francisco, California, una ciudad con una (2) _____ presencia _____ (grande / latino). Sus cuadros muestran (3) _____ recuerdos _____ (mucho / feliz) de su niñez en Kingsville, Texas. En la foto se ve con una de sus pinturas, que se llama «Una tarde». Cuando Lomas Garza era niña, una (4) _____ chica _____ («bueno» / chicano) no salía sola con su novio. En el cuadro se ven (5) _____ artículos _____ (religioso / varios), como una cruz y una imagen de la Virgen. También se ven (6) _____ fotos _____ (dos / antiguo). Cerca de la cama hay una niña y una gata con (7) _____ gatitos _____ (pequeño / tres). Es una escena típica de la vida diaria en una comunidad mexicano-americana.

## 3-14 El español en Estados Unidos.

**Paso 1.** Complete el párrafo con las formas apropiadas de los adjetivos entre paréntesis.

Según las estadísticas más (1) _____ (reciente) de la Oficina del Censo, hay 35 millones de personas mayores de cinco años de edad de habla

(2) _____ (español) en Estados Unidos. En su libro *La ola latina*, el reportero y escritor Jorge Ramos dice que la televisión, la radio y los periódicos en español tienen una (3) _____ (grande) influencia en la comunidad (4) _____ (hispano): «La televisión en español es mucho más internacional, más abierta al mundo y esto tiene consecuencias (5) _____ (directo) en el aumento *(increase)* de la teleaudiencia *(viewing audience)*». Si una persona latina quiere saber qué pasa en México o El Salvador o Ecuador, dice Ramos, ve las noticias *(news)* en español porque los programas en inglés tienen (6) _____ (poco) información internacional. «Los medios de comunicación hispanos están revitalizando todos los días a (7) _____ (todo) horas el español y la cultura (8) _____ (latinoamericano)». Afirma: «Estados Unidos es el (9) _____ (único) país que conozco donde hay gente que cree que hablar un (10) _____ (solo) idioma es mejor que dominar dos o tres... Cuatro de cada cinco latinos se pueden expresar en inglés, es decir, son (11) _____ (bilingüe) o pueden comunicarse parcialmente en inglés. Es la americanización de los hispanos». Dice que muchos hispanos de la (12) _____ (segundo) generación no hablan bien el español y que los movimientos «English only» no tienen sentido *(don't make sense)* porque el inglés es muy importante mundialmente y: «...resulta absurdo que dentro de Estados Unidos lo quieran proteger *(protect)* como si se tratara de una lengua en peligro *(danger)* de extinción».*

Google

Busque «Hispanic television» o «Spanish language television». ¿Qué canales tienen programas de noticias? ¿Qué otro tipo de programación tienen?

### Paso 2. Preguntas.

1. ¿Conoce usted a alguien que hable español en casa? ¿De dónde es esa persona?

2. ¿Ve o escucha usted las noticias en español a veces? ¿Por Internet, televisión o radio? ¿Qué diferencias nota entre las noticias en español y las noticias en inglés?

3. ¿Hay un movimiento «English only» en el estado donde usted vive? ¿Qué piensa de los movimientos «English only»?

**3-15 Juego de descripciones.** Trabaje con un(a) compañero(a).

1. Estudiante A menciona un sustantivo (e.g., **novio, ciudad, profesor, lugar, amiga, restaurante**).

2. Estudiante B da tres adjetivos que podrían modificar el sustantivo (e.g., **rico, joven, inteligente**).

3. Estudiante A pone los adjetivos en orden de preferencia (e.g., **novio: inteligente, joven, rico**). (Otro ejemplo: **lugar: tranquilo, emocionante, cómodo.**)

4. Intercambien papeles (**B** menciona un sustantivo; **A** da tres adjetivos; **B** los pone en orden). Tomen apuntes *(notes)*. Al final, hagan una oración acerca de su compañero(a); por ejemplo, **Juanita prefiere un novio rico, un lugar emocionante...**

_____

*Jorge Ramos, *La ola latina,* New York: HarperCollins Publishers, 2004, páginas 89, 73, 74.

**3-16 Reunión de amigos.** Conozca a sus compañeros de clase.

1. Haga una pregunta que se pueda contestar con un adjetivo o con una descripción y escríbala en una tarjeta. (Por ejemplo, **¿Cómo es tu compañero de cuarto?** o **¿Cómo era la última película que viste?**)

2. Levántese y hágale la pregunta a un(a) compañero(a). Su compañero(a) le hace una pregunta a usted. Intercambien las tarjetas.

3. Busque a un(a) nuevo(a) compañero(a) y hágale la pregunta que recibió de su primer(a) compañero(a).

4. Haga y conteste por lo menos seis preguntas. ¿Cuál es la pregunta más interesante de todas?

## Ser and Estar

### Ser versus Estar

**Ser** is used:

1. to link the subject to a noun

    Yo soy mexicano (pintor, demócrata, un amigo de Enrique). — *I am Mexican (a painter, a Democrat, a friend of Enrique).*

    Remember that if the noun is unmodified and indicates a religion, occupation, nationality, or political affiliation, the indefinite article is omitted, as discussed in Chapter 1, page 19.

2. with **de** to indicate origin

    ¿De dónde era Simón Bolívar? —Era de Venezuela. — *Where was Simón Bolívar from? —He was from Venezuela.*

    Esta tarjeta postal es de Puerto Rico. — *This postcard is from Puerto Rico.*

3. with **de** to tell what something is made of

    ¿Son de maíz estas tortillas? — *Are these tortillas (made of) corn?*

    Este reloj es de plata. — *This watch is (made of) silver.*

4. with **de** to indicate possession

    El coche nuevo es de mi jefe. — *The new car is my boss's.*

5. to express time of day or date of the month

    ¿Son las dos? —No, es la una y media. — *Is it two o'clock? —No, it's one-thirty.*

    ¿Qué fecha es hoy? —Es el primero de diciembre. — *What is the date today? —It's December 1.*

**¡OJO!** For a review of how to tell time in Spanish, see Appendix B.

**6.** to indicate where an event takes place

| | |
|---|---|
| La boda fue en la catedral de Guadalupe. | *The wedding was in the Cathedral of Guadalupe.* |
| La fiesta será en casa de Ana. | *The party will be at Ana's house.* |

**Estar** is used:

**1.** to express location or position of people, places, or objects (but not of events)

| | |
|---|---|
| Mis padres están en Honduras. | *My parents are in Honduras.* |
| Cuzco, la antigua capital inca, está en Perú. | *Cuzco, the former Inca capital, is in Peru.* |
| ¿En qué calle está el Teatro Colón? | *What street is Colón Theater on?* |

**2.** with certain weather expressions

| | |
|---|---|
| Está nublado (claro). | *It's cloudy (clear).* |

**¡OJO!** Most weather expressions use **hacer**; many of them are reviewed in Chapter 9.

**3.** with a present participle (**-ando** or **-iendo**) to form the progressive tenses

| | |
|---|---|
| ¿Qué estás leyendo, Ricardo? | *What are you reading, Ricardo?* |
| A pesar de la economía, estamos saliendo adelante. | *In spite of the economy, we are managing (moving ahead).* |

**¡OJO!** The progressive tenses are used in Spanish only to emphasize that the action is continuing or in progress at a specific time. (These tenses are practiced in Chapter 12.)

## Ser and Estar with Adjectives

**1.** **Ser** is used with an adjective to express a quality considered to be normal or characteristic of the subject.

| | |
|---|---|
| ¿Cómo es mi abuelo? —Es amable y trabajador. | *What's my grandfather like? —He's kind and hardworking.* |
| El agua de este río es fría. | *The water in this river is (usually) cold.* |
| Mi jefa es muy simpática. | *My boss is very nice.* |

**2.** **Estar** is used with an adjective to express the state or condition that the subject is in.

| | |
|---|---|
| ¿Cómo está mi abuelo? —Está deprimido. No puede adaptarse a este clima. | *How's my grandfather? —He's depressed. He can't adapt to this climate.* |
| ¡Uy! El agua del baño está fría. | *Wow! The bathwater is cold (now).* |
| Mi jefa está enferma. | *My boss is sick.* |

**3.** Often the use of **estar** emphasizes that the state or condition is different from the normal or expected. So it sometimes means *to have become* or *to look, appear, feel,* or *taste,* and frequently implies an emotional reaction. Compare:

| | |
|---|---|
| Tu hijo es alto. | *Your son is tall.* |
| ¡Qué alto está tu hijo! | *How tall your son is (looks, has become)!* |
| El guacamole es delicioso. | *Guacamole is delicious (in general).* |
| ¡Felicitaciones! Este guacamole está delicioso. | *Congratulations! This guacamole is (tastes) delicious.* |

**4.** Some adjectives have one meaning when used with **ser** and another when used with **estar**.

| | Con **ser** | Con **estar** |
|---|---|---|
| aburrido(a) | *boring* | *bored* |
| despierto(a) | *bright, alert* | *awake* |
| divertido(a) | *amusing* | *amused* |
| listo(a) | *smart, clever* | *ready* |
| loco(a) | *silly, crazy (by nature)* | *insane, crazy (by illness)* |
| malo(a) | *bad, evil* | *sick, in poor health* |
| nuevo(a) | *newly made, brand new* | *unused, like new* |
| verde | *green (color)* | *green (unripe)* |

## PRÁCTICA

**3-17 «Sin fronteras» en Canadá.** «Sin fronteras» es un programa de radio en español que se transmite desde Edmonton, Canadá. Escoja el verbo correcto para cada oración.

«Sin fronteras» (1. es / está) un programa en español que Ingrid de la Barra y Sergio Muñoz comenzaron para transmitirle a la comunidad de habla hispana música, noticias y comentarios relacionados con su cultura. El programa no (2. es / está) nuevo, pero tiene un nuevo nombre. Al principio, el nombre del programa (3. era / estaba) «Onda hispánica», pero lo cambiaron a «Sin fronteras» para representar una idea importante: los latinos de diferentes países están unidos por sus tradiciones, música e historia. Dice Ingrid: «Mi marido y yo (4. somos / estamos) chilenos, pero junto con nosotros participa un equipo de latinoamericanos muy dedicados. Ellos (5. son / están) de Argentina, Chile, Colombia, El Salvador y Venezuela. Todos (6. son /están) voluntarios, y no reciben pago *(pay)*. Sin embargo, todos los sábados por la tarde llegan a nuestra casa para grabar *(record)* y (7. son / están ) allí hasta las 10:00 u 11:00 de la noche. Al terminar, (8. somos / estamos ) bien cansados, pero felices, porque es un trabajo muy útil y al mismo tiempo creativo».

Provided by Ingrid de la Barra

**¡OJO!** Desde 1999, es posible escuchar «Sin fronteras» en un sitio Web durante toda la semana, algo muy útil para los estudiantes de español.

### 3-18 Punto de vista hispano.

**Paso 1.** El siguiente mapa, basado en un mapa de un libro de texto puertorriqueño, muestra la historia de Estados Unidos desde una perspectiva hispana. Complete el párrafo con las formas apropiadas de **ser** o **estar.** Use el tiempo presente.

**Luisiana** comprada a Francia, 1803

Cedido por la Gran Bretaña, 1818

Cedido por la Gran Bretaña, 1842

**Oregón** a expensas de España, 1846

**California** obtenida de México, 1848

**Tejas** quitado por la fuerza a México, anexión, 1845

**Estados Unidos**

Territorio en disputa con España, cedido, 1795

**Florida Oriental** comprada a España, 1819

Compra de **Gadsden**, a México, 1853

**Florida Occidental** quitada por la fuerza a España, 1810

Parte de la Florida Occidental quitada por la fuerza a España, 1813

Vamos a imaginarnos que (1) _____ el año 1802. James Monroe y Robert Livingston, representantes del presidente Jefferson, (2) _____ en París; (3) _____ negociando la compra de Luisiana de Francia. Los territorios de Texas y California (4) _____ inmensos y en este momento (5) _____ en manos de los españoles. Los estados actuales *(present)* de Nevada, Arizona y Utah (6) _____ en el territorio de California. El territorio de Oregón incluye Idaho y Washington; España (7) _____ uno de los países que lo ocupan (también hay rusos e ingleses en esa región). Pronto empezará una guerra de independencia entre España y sus colonias americanas; Texas y California pasarán a (8) _____ territorios de México.

**Paso 2.** Preguntas.

1. ¿De qué país compró Estados Unidos Luisiana?
2. Según el mapa, ¿cuándo obtuvo Estados Unidos el territorio de Florida Occidental? ¿de Texas?
3. ¿En qué territorio estaba el estado actual de Utah? ¿de Idaho?
4. En su opinión, ¿qué trataban de mostrar los autores del texto?

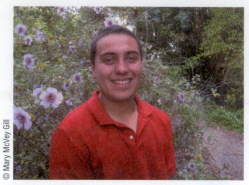

En general, Carlos es una persona alegre y paciente.

Pero ahora está cansado y frustrado... ¡otro problema con el coche!

 **3-19 Entrevista.** Use las siguientes ideas para entrevistar a un(a) compañero(a) y conocerlo(la) mejor. Hagan y contesten preguntas con **ser** o **estar**, según el contexto.

⚙ **MODELOS**  enojado(a) con alguien ahora
A: *¿Estás enojado con alguien ahora?*
B: *No, no estoy enojado con nadie.*

una persona divertida, en general
A: *¿Eres una persona divertida?*
B: *Sí, soy una persona divertida.*

1. listo(a) para trabajar ahora
2. una persona paciente o impaciente
3. alegre hoy (¿deprimido[a]?) (¿por qué?)
4. generoso(a), en general
5. cansado(a) ahora (¿por qué?)
6. un(a) estudiante típico(a) o único(a) (¿en qué sentido?)
7. nervioso(a) a veces (¿cuándo?)
8. de buen (mal) humor ahora (¿por qué?)

 **3-20 ¡Qué pesado(a)!** Trabaje con un(a) compañero(a). Descríbale a su compañero(a) a una persona que a usted no le gusta para nada. ¿Quién es? ¿Cómo es? ¿Qué está haciendo ahora, probablemente?

**Vocabulario coloquial:** pesado *boring, dull*; fatal *awful*; no estar en nada *to be out of it*; un nerdo *nerd*; creerse el (la) muy muy *to think he's (she's) hot stuff*; ser un cero a la izquierda *to be a jerk, a real zero*

# Demonstratives

| Singular | | | Plural | | |
|---|---|---|---|---|---|
| **Masculine** | **Feminine** | | **Masculine** | **Feminine** | |
| este | esta | *this (one)* | estos | estas | *these* |
| ese | esa | *that (one)* | esos | esas | *those* |
| aquel | aquella | *that (one)...over there* | aquellos | aquellas | *those...over there* |

1. Demonstratives are words that point out persons and objects. In English, one's perspective is divided into *this* and *that, these* and *those,* distinguishing between things close to and things far away from the speaker. In Spanish, **este, ese,** and **aquel** divide one's perspective into things close to the speaker, things close (or relating) to the person spoken to, and things far away from both.

   ¿Quiere usted comprar esas revistas?
   —Sí, y deme aquella también.

   *Do you want to buy those magazines?*
   *—Yes, and give me that one over there, too.*

   ¿Cómo se llama este barrio?
   —¿Este? Pilsen.

   *What's the name of this neighborhood?*
   *—This one? Pilsen.*

   As you can see, demonstrative adjectives generally precede the nouns they modify and agree with them in gender and number. Demonstrative pronouns agree with the nouns they replace in gender and number. In older publications, you will see the pronouns with accent marks (**éste, ésta**, etc.), which is how they were formerly written to distinguish them from demonstrative adjectives.

2. **Esto, eso,** and **aquello** are used to refer to statements, abstract ideas, or something that has not been identified. They are neuter forms; there are no plurals.

   ¿Qué es esto?
   ¿Cómo puede usted decir eso?

   *What is this?*
   *How can you say that?*

# PRÁCTICA

**3-21 Situaciones.** Haga nuevas oraciones con las palabras entre paréntesis.

1. Enrique, pásame **ese plato,** por favor. (taza, vasos, cucharas)
   —**¿Cuál? ¿Este?**

2. José, **esta es mi amiga Ana. Es** de Madrid. (tíos, primas Juana y Silvia, amigo Pablo)
   —Mucho gusto.

3. Felipe, dame **ese libro,** por favor. (discos compactos, lápices, revista)
   —**¿Este?** Cómo no.

**3-22 Como una banana en Noruega (*Norway*).** El vicepresidente de una empresa *(company)* muy grande habla de sus experiencias de cuando fue a trabajar en una fábrica en Michigan.

**Paso 1.** Complete el párrafo con los adjetivos o pronombres demostrativos indicados.

La primera vez que enfrenté *(I faced)* la realidad de ser diferente, me sentí como una banana en Noruega. Hasta (1) _____ *[that]* momento había vivido *(I had lived)* en medios mucho más protegidos, en una universidad. Hacía diez años que vivía en Estados Unidos. Jamás escuché que nadie me llamara con un nombre insultante en cuanto a mi origen étnico. (2) _____ *[This]* resultó ser la primera situación que me obligó a enfrentar la realidad. [Yo] Era alguien diferente. Escuché toda clase de insultos raciales. Era parte de la vida en (3) _____ *[that]* sitio. «¿Qué rayos *(What the devil)* haces aquí quitándole el puesto a otro?» «¿Por qué no regresas a tu país de porquería *(garbage)* donde te necesitan?» (4) _____ *[Those]* eran algunos de los comentarios que escuchaba. (5) _____ *[That]* fría recepción resultó ser una gran motivación. No le recomendaría a nadie que lo recibieran de (6) _____ *[that]* manera, pero (7) _____ *[that]* tipo de desafío *(challenge)* puede ser una gran motivación. En mi caso lo fue.*

**Paso 2.** Conteste las preguntas.

1. ¿Qué opina usted de lo que dice el ejecutivo hispano?
2. ¿Conoce a algún (alguna) inmigrante que haya sufrido discriminación? Explique.
3. ¿Cree usted que hay mucha discriminación en este país? Si la respuesta es sí, ¿qué podemos hacer para cambiar la situación?

 **3-23 Por pura curiosidad.** Trabaje con un(a) compañero(a). Hagan y contesten tres o cuatro preguntas, usando adjetivos y pronombres demostrativos.

⚙ **MODELOS**  A: *¿Dónde compraste esa mochila?*
B: *¿Esta? En la tienda de la universidad.*

A: *¿Cómo se llama aquella chica de suéter azul?*
B: *Aquella se llama Michele.*

_____
*Augusto Failde y William Doyle, *Éxito latino,* New York: Simon & Schuster, 1996, página 112.

# Possessives

## Adjectives: Short Forms

| | |
|---|---|
| **mi(s)**   *my* | **nuestro(a, os, as)**   *our* |
| **tu(s)**   *your* | **vuestro(a, os, as)**   *your* |
| **su(s)**   *his, her, its, their, your* | |

Possessive adjectives in Spanish agree with the nouns they modify, not with the possessor. Short forms precede the nouns they modify.

| | |
|---|---|
| sus llaves | *his (her, their, your) keys* |
| nuestra comunidad | *our community* |

## Adjectives: Long Forms; Pronouns

| | |
|---|---|
| **mío(a, os, as)**   *my, of mine* | **nuestro(a, os, as)**   *our, of ours* |
| **tuyo(a, os, as)**   *your, of yours* | **vuestro(a, os, as)**   *your, of yours* |
| **suyo(a, os, as)**   *his, of his; her, of hers; their, of theirs; your, of yours* | |

1. When the speaker or writer wishes to emphasize the possessor (e.g., *you*), rather than the thing possessed (e.g., *car*), long forms of the possessive adjectives are used. These are called "stressed forms" and are emphasized in speech. They follow the nouns they modify.

    El coche tuyo es pequeño y eficiente.     *Your car is small and efficient.*

    The long forms are used much less frequently than the short forms.

2. Since both **su(s)** and **suyo(a, os, as)** can have several meanings, depending on the possessor, a prepositional phrase with **de** may be used for clarification instead of the possessive adjective.

| | |
|---|---|
| su vecindario | el vecindario de él (ella, ellos, |
| el vecindario suyo | ellas, usted, ustedes) |

3. The long forms of the possessive adjectives can be used as pronouns. They take the place of a noun and are normally preceded by a definite article.

    Extraño a mi familia. ¿Tú también     *I miss my family. Do you miss*
    extrañas a la tuya?                          *yours too?*

    After the verb **ser**, the definite article (**el, la, los, las**) is usually omitted.

    ¿Es tuya esta maleta?     *Is this suitcase yours?*

    No es mía. Tal vez es suya.     *It's not mine. Maybe it's his (hers, theirs).*

# PRÁCTICA

**3-24 Historia verdadera.** Un salvadoreño habla de cómo llegó a Estados Unidos y de lo que extraña de El Salvador. Complete las oraciones con los adjetivos o pronombres posesivos apropiados.

Extraño (1) _____ pueblo [de nosotros] y a la gente de allí. En El Salvador, nunca me metí *(I never got involved)* en la política. Pero en 1990 los escuadrones de la muerte mataron a unos vecinos (2) _____ [de nosotros], y fui a (3) _____ casa a enterrarlos *(bury them)*. Desde ese día en adelante, (4) _____ vida no valía nada allí. Me acusaron de ser comunista. Trataron de matarme dos veces. Me escapé y fui a México con (5) _____ familia. Allí nos pusieron en un campamento para refugiados, donde no había qué comer y donde la vida era prácticamente imposible. Allí (6) _____ esposa tuvo (7) _____ tercer hijo, y casi se muere. Por fin alguien nos ayudó a venir aquí. Algún día, si Dios quiere, vamos a regresar a (8) _____ tierra.

 **3-25 Intercambios.** Trabaje con un(a) compañero(a). Túrnense para expresar sus preferencias y preguntar cuáles son las de su compañero(a).

⚙ **MODELO** Mi escritora favorita es...
A: *Mi escritora favorita es Isabel Allende. ¿Y la tuya?*
B: *La mía es Julia Álvarez.*

1. Mi actor favorito es...
2. Mis cantantes favoritas son...
3. Mi atleta favorita es...
4. Mis vacaciones de verano fueron...
5. Mi ciudad favorita es...
6. Mi videojuego favorito es...

# EN CONTACTO

 ## Videocultura: En San Antonio, «quien habla dos lenguas vale por dos»

San Antonio, Texas, a unas 150 millas de la frontera mexicana, tiene una gran comunidad hispana. Para muchos habitantes de esta ciudad, es necesario dominar o manejar (*master*) dos idiomas (el inglés y el español) en la vida profesional. En San Antonio, como dice el proverbio, «Quien habla dos lenguas vale por dos (*is worth two people*)».

**Vocabulario:** fundar *to found;* el nivel *level;* el noticiero *news program;* por temor a que *for fear that*

**3-26 Comprensión.** Conteste las siguientes preguntas después de ver el video.

1. Patty Elizondo dice que en las décadas de 1940 y 1950 en San Antonio muchos padres hispanos no quisieron enseñarles español a sus hijos. ¿Por qué no? ¿Ha cambiado esa actitud?

2. ¿Por qué estudió español Chris Marrous? ¿Dónde trabajaba él? ¿Qué lo hizo más valioso (*valuable*) para sus jefes?

3. Para trabajar en el periódico *La prensa,* ¿qué hay que saber?

4. ¿Dónde estudió español Brent Gilmore? ¿Qué ventajas (*advantages*) le da el español?

Busque «misiones en San Antonio, Texas». ¿Puede identificar la misión del video?

Image © Brandon Seidel. Used under license from Shutterstock.com.

 **3-27 Puntos de vista.** Compare sus opiniones con las de dos o tres compañeros.

1. ¿Es importante el español en la región donde usted vive? Por ejemplo, ¿es útil saber hablar y escribir en español para conseguir un buen trabajo?

2. ¿Hay otros idiomas extranjeros importantes en su región? ¿Cuáles? ¿Son útiles para tener éxito en la vida profesional? Explique.

3. ¿Cómo demuestra el video la importancia de la cultura hispana en San Antonio?

4. ¿Cree usted que Estados Unidos va a ser un país bilingüe algún día? Explique.

**iLrn™**

Para aprender más sobre los 21 países que hablan español, mire los videos culturales en la Mediateca (*Media Library*).

# Síntesis

**3-28 Latinos famosos.** Trabajen en grupos de tres o cuatro personas. Cada grupo escoge a un(a) latino(a) famoso(a) y escribe una descripción de la persona, incluyendo por lo menos dos adjetivos. Un miembro del grupo escribe la oración en la pizarra. Si las formas de los adjetivos son correctas, el grupo gana un punto. Cuando el (la) profesor(a) termina el juego, el grupo con más puntos gana.

## ☼ MODELOS

© Gustavo Cuevas/epa/Corbis

Marc Anthony es un cantante neoyorkino de ascendencia puertorriqueña.

© Kurt Krieger/Corbis

Cameron Díaz es una actriz dinámica de padre cubano-americano.

**Opción:** En vez de escribir las descripciones en la pizarra, un miembro del grupo puede leérselas en voz alta a la clase, omitiendo el nombre de la persona latina; la clase trata de adivinar quién es.

**Algunos latinos famosos**

**Arte:** Judy Baca, Carmen Lomas Garza

**Deportes:** Alex Rodríguez, Brenda Villa, Oscar de la Hoya

**Literatura:** Junot Díaz, Sandra Cisneros, Oscar Hijuelos, Julia Álvarez, Gary Soto, Richard Rodríguez, Nilo Cruz, Isabel Allende

**Música:** Daddy Yankee, Ricky Martin, Christina Aguilera, Carlos Santana, Mariah Carey, Marc Anthony

**Cine/Televisión:** Jennifer López, Cameron Díaz, Jessica Alba, América Fererra, George López, Edward James Olmos, Andy García, Rosie Pérez, Jimmy Smits, Judy Reyes, Paul Rodríguez, John Leguizamo

**Otros:** Sonia Sotomayor, Bill Richardson

**3-29 Entrevista.** Si es posible, entreviste a una persona hispana. Vaya al departamento de inglés para extranjeros de su universidad o visite una clase de inglés para inmigrantes de su comunidad. Pídale a la persona que entreviste que describa las siguientes cosas en una o dos palabras. Esté preparado(a) para presentarle la información a la clase.

1. la comida de su país / la comida de aquí
2. el trabajo que tenía en su país (si tenía trabajo) / el trabajo que tiene aquí (si tiene trabajo)
3. el sistema de transporte público de su país / el sistema de transporte público de aquí
4. el clima de su país / el clima de aquí
5. el lugar donde vivía en su país / el lugar donde vive aquí
6. las celebraciones de su país / las celebraciones de aquí

## Composición

### Una familia de inmigrantes / Mis antepasados

Usando las listas de vocabulario de este capítulo y sus respuestas a las actividades 3-3 y 3-29, escriba una breve descripción de una familia de inmigrantes que llegaron a este país. Puede describir a sus antepasados o a una familia que conoce.

1. En dos o tres oraciones, explique dónde vivían estos inmigrantes antes y cómo era su situación allí (con la familia, con el trabajo, con la política, etcétera).
2. Escriba dos o tres oraciones sobre su viaje a este país (por qué vinieron, cómo viajaron, los problemas que tuvieron).
3. Escriba dos o tres oraciones de conclusión (qué pasó después, cómo están ahora, cómo es el barrio en que viven, etcétera).
4. Invente un título interesante para su composición.

**Opción:** En vez de escribir una composición, filme una entrevista con un(a) inmigrante latino(a). Primero, trabaje con varios compañeros para pensar en las preguntas que le va a hacer. ¿Dónde va a filmar? ¿Cómo podría ser más interesante el video visualmente? Si es posible, edite el video y haga una narración en un archivo audio.

# Presentación del tema

## Nuevas tendencias y viejas costumbres

Como en otras partes del mundo, hay cambios recientes en las relaciones humanas —el amor y la amistad— en el mundo hispano. Hay más igualdad entre los sexos que en tiempos pasados. Muchas mujeres trabajan en una variedad de profesiones, aunque las profesiones tradicionalmente femeninas tienen menos prestigio y pagan *(pay)* peor. En un sondeo reciente de jóvenes de España, el 81 por ciento dijo que acepta a los amigos homosexuales cercanos y el 76 por ciento apoya el matrimonio entre homosexuales (legalizado en España en 2005).* También,

como en otros lugares, mucha gente se comunica por redes sociales como Facebook o MySpace: se puede hacer amistades, buscar pareja, hacer citas o compartir pasatiempos o intereses por Internet. Sin embargo, los jóvenes siguen saliendo en grupos, chicos y chicas juntas, en la misma clase de «red social» de antes. Sigue la costumbre de la tertulia, una reunión de amigos en un lugar determinado a una hora determinada. Y los cafés son instituciones sagradas *(sacred)*: parece que siempre hay tiempo para «tomar un cafecito» con un amigo.

© Anna Pérez

You Tube  Busque «amor y amistad» para ver videos musicales sobre este tema.

### 4-1 Preguntas.

1. ¿Existe una total igualdad profesional entre hombres y mujeres ahora en España y Latinoamérica? ¿en Estados Unidos o Canadá? ¿Tienen las mujeres los mismos derechos que los hombres aquí ahora? ¿Tienen los homosexuales o «gays» los mismos derechos que los heterosexuales?

2. ¿Han cambiado las relaciones humanas en la sociedad estadounidense o canadiense? Apoye sus respuestas con algunos ejemplos.

3. ¿Qué redes sociales en Internet utiliza usted? ¿Cómo las utiliza: para comunicarse con los amigos? ¿para compartir pasatiempos o intereses? ¿Las utiliza a menudo?

*Instituto de la Juventud Española (INJUVE), Sondeo de opinión y situación de la gente joven: Valores e identidades. Madrid, 2008.

# CAPÍTULO 4

# Amor y amistad

## METAS

En este capítulo vamos a aprender a…

▶ hacer, aceptar o rehusar *(decline)* una invitación

▶ hablar de amigos, novios, reuniones y citas

▶ expresar intenciones o planes futuros

▶ comparar personas, lugares y cosas

© eStock Photo/Alamy

«Son ricos los que tienen amigos». —proverbio

**LENGUA VIVA**
Invitaciones

**GRAMÁTICA**
El tiempo futuro
El condicional
Comparaciones
El superlativo

**VOCABULARIO**
Amor y amistad
Características personales

**L LECTURAS**
«Los altibajos de la vida humana»
«Primer e-mail» de Lucía Scosceria
«El contrato nupcial» de Aleida

# VOCABULARIO ÚTIL

## AMOR Y AMISTAD

### COGNADOS

amoroso(a)

romántico(a)

sincero(a)

### VERBOS

| | |
|---|---|
| acompañar | *to accompany, go with* |
| amar | *to love* |
| apoyar | *to support* |
| cambiar | *to change* |
| compartir | *to share* |
| cuidar | *to take care of* |
| evitar | *to avoid* |
| prometer | *to promise* |
| romper con | *to break (up) with* |

### ADJETIVOS

| | |
|---|---|
| cariñoso(a) | *affectionate, loving* |
| débil | *weak* |
| dominante | *dominating* |
| enamorado(a) (de) | *in love (with)* |
| fuerte | *strong, intense* |

### OTRAS PALABRAS

| | |
|---|---|
| la amistad | *friendship* |
| el cariño | *affection* |
| el compadre (la comadre) | *very close friend who is often a godparent of one's child* |
| el derecho | *right* |
| la (des)igualdad | *(in)equality* |
| el noviazgo | *engagement* |
| la pareja | *pair, couple; partner* |
| las tareas (del hogar) | *(house)work* |
| la tertulia | *regular meeting of friends or acquaintances (at a fixed place and time)* |

## PRÁCTICA

**4-2 El Día de San Valentín.** Escoja las palabras apropiadas para completar las siguientes oraciones.

Ayer fue el Día de San Valentín. Tenía una (1) (fecha / cita) con mi novia Carmen, y la invité a cenar. Después de (2) (acompañarla / apoyarla) a hacer unas compras, fuimos a un restaurante, donde (3) (prometimos / compartimos) una paella. Después fuimos a bailar. Carmen es muy inteligente y sociable, y la (4) (cuido / amo) mucho. Su único defecto es que a veces tiene (5) (celos / envidia) y no quiere que hable con otras chicas. Para (6) (evitar / romper) problemas, no le digo nada si otra chica me llama. Estamos muy (7) (enamorados / débiles) y esperamos casarnos algún día.

 **4-3 Busco a…** Hable con sus compañeros. Hágale solo una pregunta a cada persona. Busque a un(a) compañero(a) que conteste afirmativamente.

⚙ **MODELO** estar enamorado(a)
         A: *¿Estás enamorado(a)?*
         B: *Sí, estoy… (No, no estoy…)*

(Si la respuesta es afirmativa, el (la) estudiante **B** firma [*signs*] abajo.)

| | **Firma** |
|---|---|
| **1.** estar enamorado(a) | |
| **2.** compartir un secreto con un(a) amigo(a) | |
| **3.** cuidar a un(a) familiar de vez en cuando (por ejemplo, a un[a] hermanito[a]) | |
| **4.** sentir envidia o tener celos de vez en cuando | |
| **5.** evitar hacer las tareas del hogar | |
| **6.** tener una cita esta semana | |
| **7.** conocer a una persona muy dominante | |
| **8.** pensar romper con su novio(a) o anunciar su noviazgo | |
| **9.** tener que tomar una decisión importante pronto | |
| **10.** ser cariñoso(a) | |

# LENGUA VIVA

Julia Gutiérrez, estudiante colombiana de la Universidad de los Andes

Alberto García, joven de Bogotá, Colombia

Mike Martin, estudiante estadounidense en Bogotá, Colombia

Image copyright Andresr, 2009; Image copyright Andresr 2010; Image copyright Yuri Arcurs, 2009. Used under license from Shutterstock.com

## Audioviñetas: Dos invitaciones

CD 1, Track 9

**Conversación 1: Para hacer una invitación; para rehusar *(decline)* una invitación.** Julia está en casa cuando recibe una llamada de Alberto, un amigo.

**4-4**  Escuche la **Conversación 1**. Conteste esta pregunta: ¿Va Julia a llamar a Alberto después de las vacaciones, según su opinión? ¿Por qué sí o por qué no?

**4-5**  Escuche la **Conversación 1** otra vez. ¿Qué expresiones se usan para hacer una invitación?

_____ **1.** ¿Te gustaría ir a…?      _____ **4.** ¿Quieres ir a…?

_____ **2.** ¿Qué te parece si vamos a…?      _____ **5.** ¿Quisieras ir a…?

_____ **3.** Si estás libre hoy…      _____ **6.** ¿Me querrías acompañar a…?

**4-6**  Escuche la **Conversación 1** una vez más. Escoja la mejor respuesta.

**1.** Alberto quiere…

a. ir al cine.      b. ir al teatro.      c. ir a una ópera.

**2.** *El día que me quieras* es…

a. una película con Carlos Gardel.

b. una película con música rock.

c. una ópera.

**3.** El mes que viene Julia va a…

a. seguir con los exámenes.

b. ir a la playa.

c. visitar a sus papás.

**4.** Una manera cortés de rehusar una invitación es…

a. Otro día, quizás.      b. No tengo tiempo para ti.      c. No quiero ir.

CD 1,
Track 10

**Conversación 2: Para aceptar una invitación:** Julia recibe otra llamada telefónica.

**4-7** Escuche la **Conversación 2.** Conteste esta pregunta: ¿Está contenta Julia por la llamada?

**4-8** Escuche la **Conversación 2** otra vez. ¿Qué cosas o qué personas se mencionan?

_____ **1.** Salma Hayek

_____ **2.** *Camila*

_____ **3.** María Luisa Bemberg

_____ **4.** *Bodas de sangre*

_____ **5.** Alfonso Cuarón

_____ **6.** *El norte*

_____ **7.** Pedro Almodóvar

_____ **8.** *La vida sigue igual*

**4-9** Escuche la **Conversación 2** una vez más. ¿Qué expresiones se usan para aceptar una invitación?

_____ **1.** Sí, con mucho gusto.

_____ **2.** Sí, me encantaría.

_____ **3.** ¡Qué buena idea!

_____ **4.** Encantado.

_____ **5.** De acuerdo. Tengo todo el día libre.

_____ **6.** No veo la hora de salir.

## En otras palabras

### Invitaciones

Everyone has different tastes and preferences, so when you invite someone to do something with you, sometimes they accept and sometimes not. There are many ways to extend, accept, and decline invitations.

Mire el video en el sitio **www.cengagebrain.com/shop/ISBN/0495912654** y haga las actividades que lo acompañan.

© Anna Pérez

¿Adónde quiere ir Rafael? ¿A quiénes invita?

### Para hacer una invitación

**¿Le (Te) gustaría ir a… (conmigo)?** *Would you like to go to . . . (with me)?*

**¿Qué le (te) parece si vamos a…?** *How about if we go to . . . ?*

**Si está(s) libre hoy, vamos a…** *If you're free today, let's go to . . .*

**¿Quiere(s) ir a…?**

**¿Quisiera(s) ir a…?** *Would you like to go to . . . ? (slightly formal)*

**¿Me querría acompañar a…?** *Would you like to go with me to . . . ? (formal)*

### Para aceptar una invitación

**Sí, ¡con mucho gusto!**

**Sí, me encantaría.** *Yes, I'd love to (literally, "It would delight me").*

**Encantado(a).** *I'd love to (literally, "Delighted").*

**¡Cómo no! ¿A qué hora?**

**¡Listo(a)! ¡Gracias por la invitación!**

**Ah sí, ¡qué buena idea!**

**¡No veo la hora de salir!** *I can't wait (to go out)!*

**De acuerdo, ¡tengo todo el día libre!**

### Para rehusar *(decline)* una invitación

**Lo siento, pero tengo mucho que hacer esta semana. La semana que viene, tal vez.**

**¡Qué lástima! Ya tengo otros planes.**

**Me encantaría (gustaría), pero no voy a poder ir.**

**¡Qué pena!** *(What a shame!)* **Esta tarde tengo que estudiar (ir de compras, etcétera).**

**Otro día tal vez; estoy muy ocupado(a) hoy.**

cibernovio *Internet boyfriend;*
ausente *absent*

## PRÁCTICA

**4-10 Entre amigos.** Escoja a un(a) compañero(a) de clase e invítelo(la) a hacer las siguientes cosas. Su compañero(a) debe aceptar o rehusar como lo haría cualquier amigo(a).

1. ¿Quieres acompañarme a ver la nueva película de Pedro Almodóvar (o la película _____)?
2. ¿Te gustaría ir a jugar al tenis (o _____) esta tarde?
3. ¿Quisieras ir a ver una ópera de Wagner el viernes?
4. ¿Quieres ir a un concierto de Daddy Yankee conmigo?

**4-11 Breves encuentros.** Inicie breves conversaciones relacionadas con las siguientes situaciones.

1. **Estudiante A:** Usted invita a un(a) amigo(a) a tomar una copa o un café.
   **Estudiante B:** Usted acepta la invitación y sugiere una hora.

2. **Estudiante A:** Usted invita a un(a) amigo(a) a una fiesta que empieza a las diez de la noche.
   **Estudiante B:** Usted quiere ir pero tiene que trabajar al día siguiente y no acepta la invitación.

# GRAMÁTICA Y VOCABULARIO
## The Future Tense
### Formation of the Future Tense
#### Regular Verbs

To form the future tense of regular verbs, the endings shown in bold in the following chart are added to the infinitive.

| hablar | | comer | | vivir | |
|---|---|---|---|---|---|
| hablar**é** | hablar**emos** | comer**é** | comer**emos** | vivir**é** | vivir**emos** |
| hablar**ás** | hablar**éis** | comer**ás** | comer**éis** | vivir**ás** | vivir**éis** |
| hablar**á** | hablar**án** | comer**á** | comer**án** | vivir**á** | vivir**án** |

## Irregular Verbs

The regular endings -**é**, -**ás**, -**á**, -**emos**, -**éis**, and -**án** are added to the following irregular verb stems to form the future tense.

| Infinitive | Stem | Ending |
|------------|-------|--------|
| caber | cabr- | |
| decir | dir- | |
| haber | habr- | |
| hacer | har- | é |
| poder | podr- | ás |
| poner | pondr- | á |
| querer | querr- | emos |
| saber | sabr- | éis |
| salir | saldr- | án |
| tener | tendr- | |
| valer | valdr- | |
| venir | vendr- | |

## Use of the Future Tense

**1.** The future tense refers to an action that *will*, *shall*, or *is going to* take place.

| | |
|---|---|
| ¿Crees que Alberto cambiará? | *Do you think Alberto will (is going to) change?* |
| ¿Saldrás con Felipe? | *Will you go out with Felipe?* |

**2.** The future tense is also used to express possibility or probability in the present. Notice some of the different English translations.

| | |
|---|---|
| El esposo de Gloria tendrá unos cincuenta años, ¿verdad? | *Gloria's husband must be (probably is) about fifty years old, isn't he?* |
| ¿Dónde estarán mis llaves? | *Where are my keys? (Where can they be?)* |
| ¿Cuál es la fecha de hoy? —Será el primero. | *What's the date today? —It must be the first.* |

## PRÁCTICA

**4-12 La cita ideal.** Vamos a imaginar que usted puede tener una cita ideal con alguien muy especial. Tiene todo el dinero que necesita. ¿Qué hará en esa cita?

**Paso 1.** Haga preguntas, usando el tiempo futuro y la forma **usted** del verbo.

> ☀ **MODELO** con quién salir
> *¿Con quién saldrá?*

1. comprar ropa nueva
2. estar nervioso(a)
3. tener lista una limusina
4. ir a cenar
5. ver una película o una obra teatral
6. decir algo al final de la noche
7. hacer una cita para otro día
8. ¿…?

**Paso 2.** Trabaje con un(a) compañero(a). Túrnense para hacer y contestar las preguntas anteriores, usando la forma **tú** del verbo. Haga preguntas adicionales.

> ☀ **MODELO** con quién salir
> *¿Con quién saldrás? ¿Cómo es él/ella? ¿Por qué escogiste a esa persona?*

**4-13 Los buenos amigos.** A veces es difícil saber quiénes son los verdaderos amigos. ¿Quiénes son aquellos que nos apoyarán en las buenas y en las malas *(in good times and bad)*? Con un(a) compañero(a), haga una descripción del amigo verdadero, usando el tiempo futuro. Un buen amigo o una buena amiga…

> ☀ **MODELO** aceptarme como soy
> *…me aceptará como soy.*

**Ideas:** decirme siempre la verdad, escuchar mis problemas, perdonar mis errores, querer lo mejor para mí, lamentar mis fracasos *(failures)*, saber celebrar mis éxitos, ser sincero(a) conmigo, no hablar mal de mí o hacerme sentir mal, estar a mi lado para apoyarme, hacerme compañía y comprenderme, ¿…?

**4-14 «Cosas que (nunca) haremos».**

**Paso 1.** En grupos de cinco o seis personas, cada persona menciona cinco cosas que hará en el futuro y cinco cosas que nunca hará.

⚙ **MODELOS** *Compraré un jeep (una casa en Hawai, un helicóptero), aprenderé a tocar el piano, tendré un robot para hacer las tareas del hogar… Nunca compraré cosméticos caros (un Winnebago, muebles para el patio), nunca aprenderé a jugar al golf, nunca tendré un perro pitbull…*

**Ideas:** casarme con…, vivir en…, ir a…, trabajar de…, aprender a…, leer…, tener…, usar…, ver…

**Paso 2.** En los mismos grupos, hagan una lista de tres cosas que harán y tres cosas que nunca harán. Comparen sus respuestas con las respuestas de los otros grupos.

Mirando los resultados, ¿pueden hacer algunas generalizaciones sobre su generación? ¿Creen que su generación será como la generación de sus padres? Por ejemplo, ¿creen que los jóvenes de hoy serán más o menos materialistas que sus padres? ¿tolerantes? ¿religiosos? ¿Se casarán más tarde? ¿Tendrán más niños? ¿Disfrutarán de más libertad? ¿Sufrirán más violencia? ¿Vivirán más?

# The Conditional

## Formation of the Conditional

### Regular Verbs

To form the conditional of regular verbs, the endings shown in bold in the following chart are added to the infinitive.

| hablar | | comer | | vivir | |
|---|---|---|---|---|---|
| hablar**ía** | hablar**íamos** | comer**ía** | comer**íamos** | vivir**ía** | vivir**íamos** |
| hablar**ías** | hablar**íais** | comer**ías** | comer**íais** | vivir**ías** | vivir**íais** |
| hablar**ía** | hablar**ían** | comer**ía** | comer**ían** | vivir**ía** | vivir**ían** |

### Irregular Verbs

The regular endings **-ía, -ías, -ía, -íamos, -íais,** and **-ían** are added to the stems of the same verbs that are irregular in the future tense (see p. 83).

## Use of the Conditional

(see p. 83)

**1.** The conditional usually conveys the meaning *would* in English.

| | |
|---|---|
| Vamos a ir a comer. ¿Te gustaría acompañarnos? | *We're going to go eat. Would you like to go with us?* |
| ¿Qué harías tú? ¿Romperías con él? | *What would you do? Would you break up with him?* |

**2.** The conditional often refers to a projected action in the future, viewed or thought of from a time in the past.

| | |
|---|---|
| Juan dijo que cuidaría a su hermanito. | *Juan said he would take care of his little brother.* |
| Ella prometió que iría conmigo al baile. | *She promised she'd go to the dance with me.* |

Notice that if the present tense had been used in the first clauses of the preceding examples, the future would probably have been used in the second clauses:

| | |
|---|---|
| Juan dice que cuidará a su hermanito. | *Juan says he will take care of his little brother.* |
| Ella promete que irá conmigo al baile. | *She promises she'll go to the dance with me.* |

**3.** The conditional can express possibility or probability in the past.

| | |
|---|---|
| ¿Qué hora sería cuando entraron? —Serían por lo menos las cuatro de la mañana. | *What time was it (probably, could it have been) when they came in? —It must have been (was probably) at least four in the morning.* |

**4.** The conditional is sometimes used to show politeness or deference.

| | |
|---|---|
| ¿Podrían ustedes ayudarme, señores? | *Could you help me, gentlemen?* |
| Señora, ¿podría decirme usted dónde está el correo? | *Ma'am, could you tell me where the post office is?* |
| ¿Nos podría traer dos cafés? | *Could you bring us two cups of coffee?* |

**5.** The conditional is also used with *if* clauses, which will be discussed in Chapters 9 and 11.

**¡OJO!** The use of **gustar** in the conditional with an infinitive is very common, as you saw in **En otras palabras.** **Gustar** and verbs like it will be practiced in Chapter 7.

**¡OJO!** Remember, however, that the imperfect can also convey the idea of *would,* but in the sense of *used to,* describing repeated action in the past: **Cuando era joven, iba al cine todos los sábados.** *When I was young, I would go to the movies every Saturday.*

**¡OJO!** Be aware that **quiero** can sound a bit childish or impolite. As in English, the longer the phrase, the more polite it usually is.

# PRÁCTICA

**4-15 ¡Más cortesía, por favor!** Siga los modelos.

⚙ **MODELOS**  Quiero un vaso de agua. (Deme un vaso de agua.)
*¿Me podría traer (dar) un vaso de agua, por favor?*
¿Qué hora es?
*¿Me podría decir qué hora es?*

**1.** Quiero más pan.

**2.** ¿Dónde está el baño?

**3.** Páseme el agua mineral.

**4.** Quiero un café.

**5.** ¿Podemos pasar?

**4-16 Parejas famosas.** ¿Qué promesas hicieron estas personas antes de casarse?

⚙ **MODELO**  Gabriel García Márquez a Mercedes / tratarla con mucho cariño siempre
*Le prometió que la trataría con mucho cariño siempre.*

**1.** Julieta a Romeo / amarlo hasta la muerte

**2.** Marc Anthony a Jennifer López / cantarle canciones de amor

**3.** Lucy a Ricky Ricardo / hacerlo reír todos los días

**4.** Odiseo a Penélope / regresar de todos sus viajes

**5.** George Washington a Martha / no mentirle nunca

**6.** Don Quijote a Dulcinea / defender su honor siempre

 **4-17 El sexo opuesto.** ¿Cuáles son las ventajas y las desventajas de ser miembro del sexo opuesto?

**Paso 1.** Trabajen en grupos. Cada uno de los hombres completa esta frase: **Si yo fuera mujer…** Cada una de las mujeres completa esta frase: **Si yo fuera hombre…** Vocabulario: corbata *tie*, tacones *heels*, arreglar *to fix*

⚙ **MODELO**  (no) llorar en el cine
*Si yo fuera mujer, no lloraría en el cine (podría llorar en el cine).*

**Ideas:**

**1.** (no) pagar cuando saliera con un(a) chico(a)

**2.** (no) usar ropa incómoda (corbata, zapatos con tacones altos, etcétera)

**3.** (no) aprender a cocinar, arreglar un coche, hacer las tareas del hogar

**4.** (no) quedarse en casa y (no) salir a trabajar

**5.** (no) ser amoroso(a) (discreto[a], lógico[a])

**6.** (no) mirar tantas películas románticas (de terror, de ciencia ficción)

**Paso 2.** Después, describan al hombre (a la mujer) ideal: **Él (Ella) sería… (Tendría… Nunca… Sabría…).**

# Comparisons

## Comparisons of Equality

**1.** **Tan** + adjective or adverb + **como** means *as . . . as.*

| | |
|---|---|
| Miguelito es tan bueno como el pan. | *Miguelito is as good as gold (literally, "bread").* |
| Llegaré tan pronto como sea posible. | *I'll get there as soon as possible.* |

Notice the agreement of the adjective with the noun(s) before **tan**; the adjective agrees with the first noun(s) mentioned:

| | |
|---|---|
| Marisa es tan extrovertida como Eduardo. | *Marisa is as extroverted as Eduardo.* |
| Eduardo y Paco no son tan optimistas como Marisa. | *Eduardo and Paco are not as optimistic as Marisa.* |

**2.** **Tanto(a, os, as)** + noun + **como** means *as much (many) as.* **Tanto(a, os, as)** agrees with the noun it modifies.

| | |
|---|---|
| ¡Nadie hace tantas preguntas como tú! | *No one asks as many questions as you do!* |
| Tú tienes tantos amigos como yo. | *You have as many friends as I do.* |

**3.** Verb + **tanto como** means *as much as.*

| | |
|---|---|
| Nadie habla tanto como él. | *No one talks as much as he does.* |

## Comparisons of Inequality

**1.** **Más/menos** + adjective or adverb + **que:**

| | |
|---|---|
| Es más claro que el agua: deben tener los mismos derechos que nosotros. | *It's crystal clear (clearer than water): they should have the same rights we have.* |
| Natalia sale más a menudo que su hermana. | *Natalia goes out more often than her sister.* |
| Soy menos generoso que tú, cariño. | *I'm less generous than you are, dear.* |

**2.** **Más** (+ noun +) **que** means *more* (+ noun +) *than;* **menos** (+ noun +) **que** means *less/fewer* (+ noun +) *than:*

| | |
|---|---|
| Mi compadre José gana más (menos) dinero que su esposa. | *My good friend José earns more (less) money than his wife does.* |

**3.** Before a number, **de** is used instead of **que** to mean *than*:

Hay más de dos libras en un kilogramo.

*There are more than two pounds in a kilogram.*

**4.** Negatives (not affirmatives as in English) are used after **que** in comparisons:

Te quiero ahora más que nunca.

*I love you now more than ever.*

Lo admiramos más que a nadie.

*We admire him more than anyone.*

Núria Pompeia

# VOCABULARIO ÚTIL

## CARACTERÍSTICAS PERSONALES

El siguiente cuadro gráfico apareció en la revista peruana «Debate». Está basado en una encuesta *(survey)* de 401 amas de casa de Lima, Perú. Los números representan porcentajes del total. Nota: **optimista, pesimista** y **moralista** se usan con sustantivos masculinos o femeninos: **un hombre optimista / una mujer optimista.**

AUTOPERCEPCIÓN DEL AMA DE CASA %

49 Moderna — 45 Tradicional

76 Activa — 21 Pasiva

61 Extrovertida — 26 Introvertida

75 Independiente — 22 Dependiente

97 Responsable — 1 Irresponsable

87 Optimista — 7 Pesimista

50 Sin prejuicios — 44 Moralista

84 Pacífica — 11 Agresiva

83 Cariñosa — 10 Seca

87 Alegre — 7 Triste

© José San Martín Escobar

## PRÁCTICA

**4-18 Comparaciones tradicionales.** Complete las oraciones con las palabras que faltan.

> ⚙ **MODELO** Es __*tan*__ celoso __*como*__ Otelo.

1. Es _____ fuerte _____ Hércules.
2. Es _____ triste _____ la Llorona.
3. Tiene _____ hijos _____ la viejita que vivía en un zapato.
4. Es _____ viejo _____ Matusalén.
5. Tiene _____ dinero _____ el rey Midas.
6. Tiene pies _____ pequeños _____ los pies de Cenicienta (*Cinderella*).
7. Tiene _____ paciencia _____ Job.
8. Duerme _____ la Bella Durmiente.

**4-19 En nuestra clase…** Su profesor(a) escoge a dos estudiantes de la clase. Con toda la clase, hagan por lo menos cinco comparaciones entre los estudiantes. Háganle preguntas a cada uno(a); por ejemplo, **¿Cuántas clases tienes este semestre? ¿Cuántos hermanos tienes? ¿Cuántas horas estudiaste anoche?**

> ⚙ **MODELOS** *Martín tiene menos clases que Ana. Ana cenó más temprano anoche.*

**4-20 Comparaciones.** De acuerdo con el modelo, haga oraciones comparativas.

> ⚙ **MODELO** solteros / casados
> *Los solteros son más (menos) felices que los casados.*

1. la ciudad donde vivimos / Los Ángeles
2. jóvenes / ancianos
3. América Ferrara / Jessica Alba
4. hacer snowboard / esquiar
5. Estados Unidos / México
6. gatos / perros
7. un galón / dos litros
8. un día / veinticinco horas

**4-21 Amigos famosos.** En las películas para niños hay muchos amigos (o enemigos) famosos: mire, por ejemplo, las listas que siguen. Haga por lo menos cinco oraciones, usando comparaciones.

⚙ **MODELOS** Bob Esponja y Patricio Estrella
*Patricio no es tan inteligente como Bob.*
Tom y Jerry
*Tom es más oportunista que Jerry.*

**Amigos:**

Bob Esponja (*Sponge*) y Patricio Estrella

Pinocho y Pepe Grillo (*Jiminy Cricket*)

Blancanieves y los Siete Enanitos (*Dwarves*)

el Oso Yogi y Boo Boo

el Conejo Bugs y el Pato Lucas (*Daffy*)

**Enemigos:**

el gato Silvestre y Piolín (*Tweety*)

el Correcaminos y el Coyote

Peter Pan y el capitán Garfio (*Hook*)

Tom y Jerry

Harry Potter y Voldemort

Superman y Lex Luther

 **4-22 Cuéntame, compañero(a).** Mire el gráfico en la sección de **Vocabulario útil** en la página 90. Cuéntele a un(a) compañero(a) cuatro o cinco cosas sobre su familia o sus amigos y usted, usando oraciones comparativas y los adjetivos del gráfico.

⚙ **MODELOS** *Soy más extrovertido(a) que mi mamá.*
*Soy menos agresivo(a) que mi hermano.*
*No soy tan trabajador(a) como mi compañero(a) de cuarto.*

# Irregular Comparative Forms; The Superlative

## Irregular Comparative Forms

**Mejor** (*better*) and **peor** (*worse*) are used as comparative forms of **bueno** and **malo** and of **bien** and **mal**.

De las dos películas, ¿cuál es mejor?  *Of the two films, which is better?*

¿Te sientes mejor hoy? —No, peor.  *Do you feel better today? —No, worse.*

**Mayor** and **menor** are often used to describe people to mean *older* and *younger*, respectively; **más grande (pequeño)** usually refers to size rather than age. The feminine forms of **mejor, peor, mayor,** and **menor** are the same as the masculine forms; the plurals are formed by adding -**es**.

Cristina es mayor que su hermano pero es más pequeña.  *Cristina is older than her brother but she's smaller.*

¡Mis hermanas menores ya son más grandes que mi mamá!  *My younger sisters are already bigger than my mother!*

## The Superlative

| Adjective | Comparative | Superlative |
|-----------|-------------|-------------|
| bonito | más bonito | el más bonito |
| inteligentes | más inteligentes | las más inteligentes |

**1.** To form the superlative of adjectives, the following construction is used.

| Definite Article | Noun | *más/menos* | Adjective |
|------------------|------|-------------|-----------|
| los | hombres | más | importantes |
| la | mujer | menos | tradicional |

**2.** **De** is used to express English *in* or *of* after a superlative.

| | |
|---|---|
| Es la decisión más importante de todas. | *It's the most important decision of all.* |
| Ella es la menos responsable del grupo. | *She's the least responsible one in the group.* |

The noun is not always expressed, as in the preceding example: **la (persona) menos responsable.**

**3.** **Mejor** and **peor** usually precede, rather than follow, the nouns they modify.

| | |
|---|---|
| El viernes es el mejor (peor) día de la semana. | *Friday is the best (worst) day of the week.* |

**4.** The ending **-ísimo(a, os, as)** is used with adjectives or adverbs for the "absolute superlative."

| | |
|---|---|
| ¿Llegaron muy tarde? —Sí, tardísimo. | *Did they arrive very late?* *—Yes, extremely late.* |
| Esas rosas fueron carísimas. | *Those roses were very expensive.* |

**¡OJO!** If the **-ísimo** ending is added to a word ending in a vowel, the final vowel is dropped. If the word ends in **z**, change the **z** to **c**. A **c** may change to **qu** and a **g** to **gu** before a final **o** or **a** to preserve the **c** or **g** sound.

feliz **felicísimo** (z ➔ c)
poco **poquísimo** (c ➔ qu)
largo **larguísimo** (g ➔ gu)

DE LAS NOVIAS QUE TUVISTE, ¿CUÁL FUE LA MÁS DIVERTIDA?

RECUERDO A REBECA, ME REÍA MUCHO CON ELLA, AUNQUE PILAR TAMBIÉN, Y LOLA, BUENO, NO PUEDO OLVIDAR A...

¡PERO NINGUNA COMO TÚ!

www.nanicartoons.com

nani

# PRÁCTICA

**4-23 Deducciones.** Haga sus propias deducciones, usando las terminaciones
**-ísimo(a, os, as).**

> ✳ **MODELO**  Esa casa es una mansión.
> *Es grandísima.*

**1.** Él no tiene ni un centavo.

**2.** Este libro cuesta doscientos dólares.

**3.** Esta ópera nunca va a terminar.

**4.** Ella tiene un millón de dólares.

**5.** Ese tren corre a 350 kilómetros por hora.

**4-24 Según Guinness.** La siguiente información se encuentra en el *Guinness Book of World Records* y está basada en hechos históricos documentados. Complete las oraciones con la información indicada.

**1.** La Paz, Bolivia, es _____ *(the highest capital city in the world)*.

**2.** Casa Botín, en Madrid, es _____ *(the oldest restaurant in the world)*. (Se abrió en 1725.)

**3.** Jeanne Louise Calment, de Francia, tenía 122 años cuando murió; era _____ *(the oldest person in history)*.

**4.** Robert Wadlow, de Illinois, Estados Unidos, tenía casi nueve pies de altura; era _____ *(the tallest person in history)*.

**5.** Octavio Guillén y Adriana Martínez tuvieron _____ *(the longest engagement in history)*: 67 años. Se casaron a la edad de 82 años.

**6.** Juan Carlos Galbis hizo _____ *(the biggest paella in history)* en Valencia, España, en 1992 (cien mil personas la compartieron).

**7.** Después de escuchar la canción «Bésame mucho», _____ *(more than)* 39 000 personas se besaron *(kissed)* simultáneamente en la Plaza de la Constitución de Ciudad de México el Día de San Valentín de 2009.

 **4-25 Categorías.** Comparen a las siguientes personas o las siguientes cosas, haciendo por lo menos una oración superlativa en cada caso.

> ✳ **MODELO**  tu madre, tu padre y otro pariente
> *Mi madre es más estricta que mi padre. Mi padre tiene menos prejuicios. Mi abuelo es el más estricto de todos.*

**1.** los Volkswagens, los Jaguares, los Toyotas, (los _____)

**2.** el fútbol americano, el béisbol, el golf, (el _____)

**3.** *Los piratas del Caribe, La señora Doubtfire, Frida,* (_____)

**4.** un viaje a Europa, un viaje a Hawai, un viaje al Gran Cañón, (un viaje a _____)

**4-26 La envidia.** Según Verónica Rodríguez, una trabajadora social peruana, la envidia es una emoción que todos compartimos. Para dar un ejemplo concreto y personal, ella describe a su prima y actual amiga Angélica María. Trabaje con un(a) compañero(a) para completar las siguientes oraciones.

Vocabulario: monja *nun,* calificaciones *grades,* duré *lasted,* habían mejorado *had improved,* rulos de alambre *wire rollers, curlers*

Tengo muchos hermanos y muchos primos, y nos veíamos a menudo en las reuniones familiares. Mi prima Angélica María era (1) _____ *(the most intelligent of all).* A las dos nos mandaron a una escuela religiosa en otro pueblo. Angélica María estudiaba mucho (2) _____ *(less than I did)* y se divertía (3) _____ *(much more).* Se convirtió en la favorita de todas las monjas y de las personas (4) _____ *(most important of the town)* porque no solamente era linda, sino que también sabía bailar, recitar poesía, escribir y expresarse (5) _____ *(better than anyone).* Todo el mundo decía que ella era (6) _____ *(the best student in the school).* Como tenía las calificaciones (7) _____ *(highest),* ella podía salir los sábados a bailar y a reunirse con sus primos y amigos. Yo solo duré en ese lugar tres meses porque mis calificaciones eran (8) _____ *(very, very bad).* En una ocasión pensé que habían mejorado y que podría salir con mi prima. Pasé toda una noche con rulos de alambre en la cabeza, un verdadero tormento. Pero al día siguiente una de las monjas me dijo que mis calificaciones eran (9) _____ *(as bad as)* siempre y que no me permitirían salir. Lloré durante todo el fin de semana. La envidia me mataba.

 **4-27 Entre nosotros…** Trabajen en grupos y hagan por lo menos seis oraciones acerca de la gente de su grupo, siguiendo el modelo. Usen las siguientes ideas y otras de su propia invención. Estén preparados para presentarle la información a la clase.

⚙ **MODELO**  tener / trabajo bueno (malo)
        *Susan tiene el mejor trabajo del grupo.*

**Ideas**

tener / apellido largo (corto)
tener / pelo largo (corto)
ser / alto (delgado, joven)
llevar / zapatos (in)cómodos
vivir / lejos de la universidad
viajar / lejos para ver a su familia
ver / película buena (mala) este mes

# EN CONTACTO

 ## Videocultura: Las amistades

Para aprender más sobre los 21 países que hablan español, mire los videos culturales en la Mediateca (*Media Library*).

Paula Castillo, Martín Pérez y Maribel Guzmán, tres jóvenes de Barcelona, España, hablan del tema de la amistad y del amor. Mire el video y conteste estas preguntas: ¿Qué hacen los amigos para divertirse? ¿Cómo encuentran el amor?

**Vocabulario:** es más difícil quedar *it's harder to agree (to get together)*; si el presupuesto lo permite *if the budget allows for it*; se te ha echado la mañana encima *the morning has flown by*; no lo pinten tan bien *don't make it look so nice*; aunque te duela *although it may be painful for you*; me metí a un chat *I joined a chat group*; ligar *to pick up, get a date (colloquial)*

> Google  Busque «Barcelona ocio» (**ocio** quiere decir *leisure time*) para ver algunas cosas que los tres amigos podrían hacer juntos este fin de semana.

© Anna Pérez

**4-28 Comprensión.** Conteste las siguientes preguntas después de ver el video.

1. ¿Qué hacen los amigos los viernes, en general? ¿los sábados por la noche? ¿Se ven mucho entre semana?

2. El chico dice que estuvo de novio (que tenía una novia) en el pasado pero que hubo un problema. ¿Cuál fue el problema?

3. ¿Tienen mucho en común los tres amigos? ¿De qué temas hablan? ¿Comparten los problemas? ¿Por qué no vieron al chico las dos chicas durante un tiempo (cuando «le veíamos poco el pelo»)?

 **4-29 Puntos de vista.** Compare sus opiniones con las de dos o tres compañeros.

1. Comparen un típico fin de semana de los tres jóvenes con uno de ustedes.

2. ¿Están de acuerdo con Paula en que es mejor hablar directamente a un(a) amigo(a), ser sincero(a) con él o con ella, aunque le duela lo que le diga? ¿Puede tener consecuencias negativas, a veces? Den ejemplos.

3. ¿Se ha metido en un chat para buscar pareja alguien del grupo? Si es así, describa la experiencia que tuvo. ¿Cómo le fue?

# Síntesis

 **4-30 El sábado que viene.** Su profesor(a) le dará una tarjeta y escribirá tres preguntas en la pizarra; por ejemplo:

**1.** ¿Qué hará este fin de semana?

**2.** ¿Dónde estará este domingo?

**3.** ¿A quién verá ese día?

Conteste con oraciones completas las preguntas de su profesor(a). Devuélvale la tarjeta a su profesor(a). Él (Ella) le dará la tarjeta de otro(a) estudiante. Busque al (a la) dueño(a) de la nueva tarjeta, haciéndoles preguntas a los otros estudiantes de la clase.

 **4-31 Las amistades.** Trabaje con un(a) compañero(a). Haga y conteste las preguntas que siguen. Esté preparado(a) para presentarle la información a la clase.

**1.** Entre tus amigos, ¿cuál es el (la) más generoso(a) y el (la) menos egoísta? ¿el (la) más alegre? ¿ el (la) más optimista?

**2.** ¿Cuál es el amigo o la amiga que ves más frecuentemente? ¿A cuál te gustaría ver más frecuentemente?

**3.** Entre tus amigos, ¿hay uno(a) que sea un poco irresponsable? ¿Cuál es la cosa más irresponsable que ha hecho?

**4.** Entre tus amigos, ¿hay uno(a) que sea muy inteligente y práctico(a)? ¿Cuál es el mejor consejo *(piece of advice)* que te ha dado?

**5.** ¿Cuál fue el momento más feliz que pasaste con tu mejor amigo(a)? ¿el momento más desagradable que pasaste con él o con ella?

**6.** De tus amigos de la escuela primaria, ¿quién era el (la) más simpático(a)? ¿el (la) más divertido(a)? ¿Por qué?

**7.** ¿Cuál fue el mejor regalo que recibiste de un amigo el año pasado? ¿el peor?

 **4-32 Comparando a los famosos.** Su profesor(a) les mostrará fotos de varias personas (o pueden mirar fotos que aparecen a lo largo de *[throughout]* **En contacto**). En grupos de tres personas, hagan por lo menos dos oraciones comparativas y dos oraciones superlativas acerca de las personas que ven. Usen el **Vocabulario útil** de la página 90 o algunos de los adjetivos que siguen: **joven, viejo(a), rico(a), famoso(a), atleta.**

⚙ **MODELOS** *Carmen Lomas Garza es mayor que Marc Anthony.*
*Cameron Díaz es la más famosa de todos.*

## Composición

### Los buenos amigos

«Los buenos amigos son como estrellas. No siempre las ves, pero sabes que siempre están allí».
—proverbio

¿Cuáles son las cualidades de los buenos amigos? Piense en una persona que es o era un(a) buen(a) amigo(a). Puede referirse a las actividades 4-13 y 4-31.

**1.** Escriba una oración para presentar a su amigo(a). ¿Cómo se llama? ¿Dónde lo (la) conoció?

**2.** Escriba por lo menos cuatro oraciones para describir a esta persona. ¿Cómo es (era)? ¿Le hace reír y olvidarse de los problemas? ¿Qué tienen en común? ¿En qué se diferencian? Use tantas formas comparativas y superlativas (e.g., **más**, **menos**, **tan**, **tanto**, **mejor**, **peor**, etcétera) como le sea posible.

**3.** Escriba una conclusión. ¿Se lleva bien con esta persona ahora? ¿Ya no la ve? ¿La verá en el futuro?

**Opción:** Saque o busque fotos para ilustrar su párrafo; hay sitios en Internet donde puede subir (*upload*) y compartir la composición con la clase. Otra posibilidad: hacer una remezcla (*mash-up*). Incluya un video de su amigo(a) (del teléfono celular o de una videocámara) o una pequeña entrevista con él o ella.

**Tema alternativo: Una cita ideal.** Describa una cita ideal, usando el modo condicional y algunas ideas de la actividad 4-12. Incluya: con quién salir, adónde ir, qué hacer, qué llevar, qué decir al final de la cita. Opción: una remezcla con fotos, música, el menú de un restaurante, etcétera.

# CAPÍTULO 5

# Vivir y aprender

## METAS

En este capítulo vamos a aprender a…

▸ saludar y despedirnos por teléfono

▸ pedir o dar permiso y expresar prohibición

▸ hablar de la vida estudiantil

© Pedro Coll/age fotostock

La enseñanza, como la vida, debe ser una aventura.

## LENGUA VIVA
Saludos y despedidas por teléfono
Expresiones para pedir o dar permiso y expresar prohibición

## GRAMÁTICA
El tiempo presente del subjuntivo
El uso del subjuntivo con verbos que indican duda; emoción; voluntad, preferencia o necesidad; aprobación, desaprobación, consejos
El subjuntivo y el indicativo

## VOCABULARIO
La vida estudiantil
Los altibajos del estudiante

 ## LECTURAS
«Dos estilos de vida estudiantil»
«Hablan los estudiantes» (encuesta)
«La Academia: el *reality show* latinoamericano» de Armando Sánchez Lona

# Presentación del tema

## La vida universitaria

Hay algunas diferencias entre la vida universitaria en Estados Unidos o Canadá y en los países hispanos. En general, es muy común que los estudiantes hispanos se ayuden mutuamente (por ejemplo, que estudien juntos y se intercambien apuntes). En algunas carreras, no es obligatorio que asistan a clase, pero es necesario que aprueben un examen final, que algunas veces es oral. Es raro que haya un *campus*; las diferentes facultades de una universidad pueden estar en varias partes de la ciudad. Si un estudiante se especializa en medicina, por ejemplo, tiene todas sus clases en la facultad de medicina. La gran mayoría de los estudiantes hispanos viven con su familia, no en una residencia estudiantil. Se reúnen, generalmente, en los cafés, las plazas y en otros lugares públicos de la ciudad. No están aislados *(isolated)* ni separados de la comunidad.

© Anna Pérez

**Google** Busque «Universidad Nacional Mayor de San Marcos Facultades». ¿Qué áreas académicas ofrece esta universidad peruana fundada en 1551? ¿En qué campo de estudio se especializa usted?

### 5-1 Preguntas

1. ¿Cuáles son algunas de las diferencias entre la vida universitaria en España o Latinoamérica y Estados Unidos o Canadá?

2. ¿Cree usted que en este país los estudiantes se ayudan con los estudios? ¿Hay mucha rivalidad? Dé ejemplos.

3. ¿Qué piensa usted de los exámenes orales? ¿Son más o menos fáciles que los escritos? ¿Por qué?

4. ¿Prefiere vivir en casa con su familia, en una residencia estudiantil o en un apartamento? ¿Por qué?

# VOCABULARIO ÚTIL

## LA VIDA ESTUDIANTIL

### COGNADOS

la carrera
la escuela secundaria
graduarse
la oficina administrativa

### OTRAS PALABRAS

| | |
|---|---|
| los apuntes | notes |
| la beca | scholarship |
| el campo | field |
| la cartera | small purse |
| los deberes, las tareas | homework |
| la enseñanza | education, teaching |
| el liceo | high school |
| el título | degree, title |

### LOS CAMPOS DE ESTUDIO

| | |
|---|---|
| la administración de empresas (business), el comercio | la enfermería nursing |
| la antropología | la estadística |
| la arquitectura | la farmacia pharmacology |
| el arte | la filosofía |
| las ciencias (e.g., la biología, la química, la física) | la historia |
| | la ingeniería |
| | las letras literature |
| las ciencias de computación (la informática) | las matemáticas |
| | la medicina |
| las ciencias políticas | la nutrición |
| las ciencias sociales | la psicología |
| la contaduría accounting | la sociología |
| el derecho law | la terapia física |
| la economía | el trabajo social social work |
| la educación | |

### VERBOS

| | |
|---|---|
| aprobar (ue) (un curso o examen) | to pass (a course or exam) |
| devolver (ue) | to return (something) |
| especializarse en | to major (specialize) in |
| fracasar (en un curso o examen) | to fail (a course or exam) |

| | |
|---|---|
| **hacer un examen** (*also, in Mexico and parts of L. America,* **presentar un examen**) | *to take an exam* |
| **pagar la matrícula** | *to pay tuition* |
| **recoger** | *to pick up, collect* |
| **seguir (i) un curso** | *to take a course* |

### ¡OJO!

**la biblioteca** *library* / **la librería** *bookstore*

**el colegio** *elementary or secondary school (usually private)*

**la conferencia** *lecture* / **la lectura** *reading* / **el congreso** *conference or congress*

**la escuela** *elementary school (usually public)* / **la facultad** *school (department) of a university*

**las calificaciones** *grades;* **las notas** *grades (or notes);* **sacar buenas (malas) notas** *to get good (bad) grades* / **los apuntes** *notes;* **tomar apuntes** *to take notes*

**la residencia estudiantil** *dorm* / **el dormitorio** *bedroom*

## PRÁCTICA

**5-2 ¿Adónde va?** ¿Adónde va el estudiante cuando...?

> ✿ **MODELO** quiere cambiar de una carrera a otra
> *Va a la oficina administrativa.*

1. necesita devolver un libro que sacó
2. desea comprar un libro de texto
3. termina la escuela primaria
4. quiere dormir (no vive con su familia y no tiene apartamento)
5. tiene que pagar la matrícula
6. desea hablar con el profesor que enseña el curso sobre literatura latinoamericana
7. necesita recoger algo en el laboratorio de química

 **5-3 La fórmula para sacar buenas calificaciones.** Discutan las siguientes preguntas. Estén preparados para compartir sus respuestas con la clase.

1. ¿Qué piensan de las siguientes «reglas» *(rules)* para sacar buenas notas? En su opinión, ¿cuáles son las tres recomendaciones más importantes? Pónganlas en orden, con el número 1 como la más importante, etcétera.

   ____ pasar mucho tiempo estudiando en la biblioteca o en algún lugar sin distracciones

   ____ escribir todas las fechas importantes (de los exámenes, etcétera) en el calendario

   ____ siempre hacer las tareas a tiempo (leer las lecturas, hacer el trabajo escrito, etcétera); no dejarlo todo para el último momento

   ____ asistir a todas las clases sin falta

_____ impresionar a los profesores

_____ tomar buenos apuntes en todas las clases

_____ estudiar mucho para los exámenes finales

_____ dormir ocho horas todas las noches

_____ no participar en los deportes o en otras actividades

_____ no trabajar en otros empleos (es decir, dedicarse solamente a los estudios)

**2.** ¿Cuáles de estas «reglas» pueden cumplir? ¿Cuáles no consideran importantes?

**3.** En su opinión, ¿en qué consiste el éxito en la universidad? ¿Consiste en sacar buenas calificaciones? ¿Hay otros factores importantes? Expliquen.

# LENGUA VIVA

Julia Gutiérrez

Jessica Jones

Image © Andresr 2009. Used under license from Shutterstock.com; © 2009 Jupiterimages

## Audioviñetas: Mensajes telefónicos

CD 1,
Track 11

**Conversación 1: Para saludar y despedirse por teléfono; para pedir permiso.**
Jessica Jones vive ahora en Bogotá con su amiga Julia Gutiérrez; las dos asisten a la Universidad de los Andes de esa ciudad. Están en clase o trabajando casi todo el día; cuando llegan a casa, escuchan los mensajes que tienen en el contestador.

**5-4** Escuche, en la **Conversación 1,** los mensajes que Jessica recibe. ¿A quién llamará Jessica primero? ¿Por qué?

**5-5** Escuche la **Conversación 1** otra vez. En el primer mensaje para Jessica, ¿qué expresiones para pedir permiso se usan? (Hay dos.)

**1.** ¿Se permite... ?

**2.** ¿Me permites... ?

**3.** ¿Es posible que... ?

**4.** ¿Está bien que... ?

**5-6**  Escuche los mensajes otra vez y llene los formularios con la información que falta.

**Mensaje 1:**

Llamó: _____

_____ Favor de llamar     __ Volverá a llamar

*Quiere usar* _____

*Quiere llegar* _____

_____

**Mensaje 2:**

Llamó: _____

_____ Favor de llamar     __ Volverá a llamar

*Tienen* _____

*Quiere saber si* _____

_____

**Mensaje 3:**

Llamó: _____

_____ Favor de llamar     _____ Volverá a llamar

*Dejó* _____

*Puede recogerla* _____

_____

CD 1, Track 12

**Conversación 2: Para saludar y despedirse por teléfono; para expresar prohibición**

**5-7**  Escuche, en la **Conversación 2,** los mensajes que Julia recibe. ¿A quién llamará Julia primero? ¿Por qué?

**5-8**  Escuche los mensajes otra vez y llene los formularios con la información que falta.

**Mensaje 1:**

Llamó: _____

_____ Favor de llamar     __ Volverá a llamar

*Pide permiso para* _____

_____

_____

**Mensaje 2:**

Llamó: _____

__ Favor de llamar     _____ Volverá a llamar

*La extraña mucho. Quiere que Julia vuelva* _____

_____

_____

**Mensaje 3:**

Llamó: _____

__ Favor de llamar     _____ Volverá a llamar

*Hay un problema:* _____

_____

_____

**Mensaje 4:**

Llamó: _____

__ Favor de llamar     _____ Volverá a llamar

*Quiere saber* _____

_____

_____

# En otras palabras

### Para saludar y despedirse por teléfono

The way people answer the phone varies from country to country in the Hispanic world. In Mexico, people say **Bueno.** In Spain, they say **Diga** or **Dígame** or, less formally, **Sí.** In most places, people say **Hola** or **Aló.** If you are calling someone, you can say, **¿Está...** [name], **por favor?** You may hear the response: **¿De parte de quién?** To identify yourself, you can say, **Habla...** [your name]. Here are some ways to say good-bye on the telephone:

Mire el video en el sitio **www.cengagebrain.com/shop/ISBN/0495912654** y haga las actividades que lo acompañan.

© Anna Pérez

> **Bueno, gracias por llamar.**
> **Te llamo más tarde (mañana,** etc.**).**
> **Volveré a llamar...** *I'll call back . . .*
> **Adiós. Hasta luego.**

Rafael decide ir a Toledo y hace varias llamadas. Después de llamar a Sandra, ¿a quiénes llama?

### Para pedir y dar permiso y para expresar prohibición

Here are various ways to ask for and grant or deny permission and to express prohibition. All of these constructions are followed by an infinitive.

**1.** You want to ask permission to do something.

> **¿Se permite (fumar, sentarse allí,** etcétera**)?**
> **¿Se puede...?**  **¿Me permite...?**
> **¿Podría (yo)...?**  **¿Es posible...?**

**2.** You give someone else permission to do something.

> **Sí, puede(s)...**
> **Sí, se permite...**

**3.** You tell someone that something is not allowed or permitted.

> **Se prohíbe...**
> **No se permite...**
> **Eso no se hace.** *That's not allowed (done).*

There are some common expressions that require the subjunctive for expressing these concepts; for example, **Está bien que...**, **Está prohibido que...** You'll see these constructions later in the chapter, along with the forms of the subjunctive.

## PRÁCTICA

**5-9 ¿Qué dicen?** ¿Qué cree usted que están diciendo las personas que están en los siguientes dibujos? Invente dos oraciones para cada dibujo.

1.

2.

3.

4.

 **5-10 Conversaciones por teléfono.** Con un(a) compañero(a), invente conversaciones telefónicas para las siguientes situaciones. Un(a) estudiante hace el papel del (de la) estudiante A, y su compañero(a) hace el papel del (de la) estudiante B.

### Conversación 1

**Estudiante A:** You call a friend to see if he or she wants to go to the library to study with you. You can't remember what time the library closes. You think a good place to meet would be upstairs, on the second floor (**en el primer piso**). Together, you agree on a time and place to meet.
**Estudiante B:** Your friend calls to see if you want to go to the library to study with him or her. You remember that the library closes at 9:00. You think a good place to meet would be by the elevator (**cerca del ascensor**). Together, agree on a time and place to meet.

### Conversación 2

**Estudiante B:** You call a friend but he or she is not home. Your friend's roommate answers and asks who is calling. You give your name and say you'll call back later.
**Estudiante A:** You answer the phone when someone calls for your roommate. You take the caller's name and number to leave a message. You say your roommate will be home at around 10:00.

# GRAMÁTICA Y VOCABULARIO
## The Present Subjunctive Mood

Up to this point, the indicative mood has been practiced in this book. The indicative is used to state facts or make objective observations—most statements are in the indicative. (Statements in the indicative may or may not be true, but they are stated as truth.) The indicative is also used to ask simple questions. But now the subjunctive mood will be discussed: the mood of doubt, emotion, probability, personal will, arbitrary approval or disapproval. First, look at some examples of the subjunctive versus the indicative.

| | |
|---|---|
| David **aprueba** el curso. | David is passing the course. (simple statement—indicative) |
| ¿**Aprueba** David el curso? | Is David passing the course? (simple question—indicative) |
| Es posible que **apruebe**. | It's possible that he may pass. (uncertainty, doubt—subjunctive) |
| Es estupendo que **apruebe**. | It's great that he's passing. (emotion—subjunctive) |
| Está bien que **apruebe**. | It's good that he will pass (is passing). (approval—subjunctive) |

**¡OJO!** The word *that* is optional in English, but **que** is always used in Spanish.

Note the various ways to translate the subjunctive into English.

Es posible que David apruebe.
- It's possible (that) David may pass.
- It's possible (that) David's passing.
- It's possible (that) David will pass.
- It's possible for David to pass.

## Formation of the Present Subjunctive

### Regular Verbs

To form the present subjunctive of nearly all Spanish verbs, the **-o** is dropped from the first-person singular of the present indicative (the **yo** form) and the endings shown in bold are added to the stem.

| hablar | | comer | | vivir | |
|---|---|---|---|---|---|
| habl**e** | habl**emos** | com**a** | com**amos** | viv**a** | viv**amos** |
| habl**es** | habl**éis** | com**as** | com**áis** | viv**as** | viv**áis** |
| habl**e** | habl**en** | com**a** | com**an** | viv**a** | viv**an** |

Verbs that have irregular **yo** forms carry this irregularity over to the stem of the present subjunctive; the endings are the same.

| tener | | hacer | | decir | |
|---|---|---|---|---|---|
| tenga | tengamos | haga | hagamos | diga | digamos |
| tengas | tengáis | hagas | hagáis | digas | digáis |
| tenga | tengan | haga | hagan | diga | digan |

## Stem-Changing Verbs

**1.** **-ar** and **-er.** The **nosotros** and **vosotros** forms follow the same pattern in the indicative and so do not have a stem change.

| encontrar (o → ue) | | querer (e → ie) | |
|---|---|---|---|
| encuentre | encontremos | quiera | queramos |
| encuentres | encontréis | quieras | queráis |
| encuentre | encuentren | quiera | quieran |

**2.** **-ir.** In the **nosotros** and **vosotros** forms, the infinitive stem **e** becomes **i** and the infinitive stem **o** becomes **u.**

| sentir (e → ie) | | pedir (e → i) | | dormir (o → ue) | |
|---|---|---|---|---|---|
| sienta | sintamos | pida | pidamos | duerma | durmamos |
| sientas | sintáis | pidas | pidáis | duermas | durmáis |
| sienta | sientan | pida | pidan | duerma | duerman |

## Irregular Verbs

There are four verbs that do not follow these patterns: **haber, ir, ser,** and **saber.**

| haber | | ir | | ser | | saber | |
|---|---|---|---|---|---|---|---|
| haya | hayamos | vaya | vayamos | sea | seamos | sepa | sepamos |
| hayas | hayáis | vayas | vayáis | seas | seáis | sepas | sepáis |
| haya | hayan | vaya | vayan | sea | sean | sepa | sepan |

- **Estar** takes accents on the same syllables in the present subjunctive as in the indicative (**esté, estés, esté, estemos, estéis, estén**).
- There are accents on the first- and third-person singular forms of the verb **dar** so that they can be distinguished from the preposition **de** (**dé, des, dé, demos, deis, den**).

**¡OJO!** Regular and stem-changing verbs ending in **-car, -gar, -ger,** and **-zar** have a change of **c** to **qu, g** to **gu, g** to **j,** and **z** to **c** in the present subjunctive. (For example, **buscar: que yo busque; pagar: que yo pague; recoger: que yo recoja; comenzar: que yo comience.**) For more information on spelling-changing verbs, see Appendix E.

## Impersonal Expressions That Take the Subjunctive

Es importante que Ernesto vaya a la oficina de administración
hoy si no quiere perder su beca.

An impersonal expression is one that has an impersonal subject (usually *it* in
English): e.g., **Es importante…, Es estupendo…** *It is important . . . ,* **It** *is great . . .*

| Main clause | Dependent clause |
|---|---|
| **Es importante** | **que Martín llegue a tiempo para hacer el examen.** |

The subjunctive is used for the verb in the dependent clause when the main clause
expresses:

**1.** Emotion (hope, surprise, happiness, sadness, and so forth)

Es una lástima que no vengan al
   congreso.

*It's a shame that they aren't coming to*
   *the conference.*

Es sorprendente que Pablo no
   asista a esta conferencia.

*It's surprising that Pablo isn't*
   *attending this lecture.*

Es terrible que te hable así.

*It's terrible that he (she) talks to you*
   *that way.*

**2.** Will, preference, or necessity

Es importante (necesario,
   preferible) que pensemos
   en el futuro.

*It's important (necessary, preferable)*
   *that we think about the future.*

**3.** Approval, disapproval, or advice

Está bien que hagas el examen el
   jueves en vez del martes.

*It's okay for you to take the exam*
   *Thursday instead of Tuesday.*

Es mejor que Juan no siga el
   curso de física todavía.

*It's better for Juan not to take*
   *the physics class yet.*

**4.** Doubt, denial, or uncertainty

| | |
|---|---|
| Es posible (probable) que Enrique fracase. | *It's possible (probable) (that) Enrique will fail.* |
| Es imposible que sigan ese curso. | *It's impossible for them to take that course.* |

The subjunctive is also required after these impersonal expressions in the negative or interrogative.

| | |
|---|---|
| No es posible que Enrique fracase. | *It's not possible that Enrique will fail.* |
| ¿Está bien que hagan el examen el jueves en vez del martes? | *Is it okay for them to take the exam Thursday instead of Tuesday?* |

## Impersonal Expressions That Take the Indicative

There are some impersonal expressions that take the indicative because they imply truth or certainty:

| | |
|---|---|
| Es verdad (cierto, obvio, claro, evidente) que... | *It's true (certain, obvious, clear, obvious) that . . .* |

In the negative these expressions require the subjunctive, since untruth or disbelief is expressed. Compare:

| | |
|---|---|
| Es evidente que el sol es el centro del universo. | *It's evident (obvious) that the sun is the center of the universe.* |
| ¡No es verdad que el sol sea el centro del universo! | *It's not true that the sun is the center of the universe!* |

## VOCABULARIO ÚTIL

### LOS ALTIBAJOS DEL ESTUDIANTE

| | |
|---|---|
| los altibajos | ups and downs |
| las cuotas altas (bajas) | high (low) fees |
| la depresión | depression |
| la esperanza | hope |
| exigente | demanding (referring to people) |
| el requisito | requirement |
| el ruido | noise |
| la tensión, el estrés | tension, stress |
| la ventaja (la desventaja) | advantage (disadvantage) |

### MODISMOS

| | |
|---|---|
| estar deprimido(a) | to be depressed |
| estar en la gloria | to be on top of the world |
| estudiar a la carrera | to cram |
| hacer cola | to stand in line |
| hacer huelga | to go on strike |
| hacer trampa | to cheat |
| Ojalá (que) *(+ subj.)*... | I hope (that) . . . (from the Arabic "May Allah grant . . .") |

## PRÁCTICA

**5-11 Una clase fatal.** Las clases de su nuevo profesor de historia tienen fama de ser «fatales». Describa cómo cree que va a ser el profesor y qué deben hacer usted y sus compañeros.

**1.** Es probable que el profesor...
estar desorganizado, ser muy exigente, darnos muchas tareas, criticarlo todo

**2.** Es importante que nosotros...
trabajar juntos, asistir a todas las clases, hacer los trabajos a tiempo, tomar el asunto con calma

**3.** Es mejor que tú...
conseguir ayuda si la necesitas, no perder tiempo en clase, recordar las fechas de los exámenes, tomar buenos apuntes

**5-12 En el colegio.** Conteste las preguntas.

1. Cuando usted era chico(a), ¿tenía que llevar uniforme al colegio o a la escuela? ¿Cuáles son las ventajas y desventajas de llevar uniforme? Por ejemplo, ¿es bueno que no haya diferencias en el costo de la ropa que los estudiantes llevan?

2. ¿Había mucha diversidad étnica o religiosa en la escuela a la que usted asistió? Para usted, ¿es importante que haya diversidad?

3. ¿Estudiaban las chicas en las mismas clases que los chicos? ¿Es mejor que las chicas estén en clases o escuelas distintas? Si estudian juntos, ¿es probable que los chicos reciban más atención que las chicas?

4. Muchos padres de adolescentes no quieren que sus hijos tengan novio(a) y no les gusta que haya bailes escolares. ¿Qué edad tenía usted cuando fue a su primer baile escolar?

5. ¿Está bien que haya reglas sobre los tatuajes *(tattoos)* y piercings (para que una persona menor de edad no los pueda obtener)?

**5-13 Reacciones.** Exprese sus reacciones ante las siguientes ideas, usando expresiones como **Es verdad que..., No es cierto que..., Es bueno que...** o **Es una lástima que...** y el subjuntivo o el indicativo.

1. Los años de liceo o escuela secundaria son los mejores de la vida.
2. En esta universidad, los deportes son demasiado importantes.
3. Los mejores profesores son muy exigentes.
4. En esta universidad, hay demasiados requisitos para la graduación.
5. Las cuotas universitarias son bajas este año.
6. En la cafetería de nuestra universidad, casi nunca hay que hacer cola.
7. En esta universidad, muchos estudiantes hacen trampa en los exámenes.
8. Hay mucho estrés en la vida estudiantil.

 **5-14 Entrevista.** Trabaje con un(a) compañero(a). Túrnense para hacer y contestar las siguientes preguntas.

1. ¿Qué cualidades son importantes en un(a) compañero(a) de cuarto? Por ejemplo, ¿es importante que ayude a limpiar el cuarto? ¿que tenga buen humor? ¿que comparta sus cosas?

2. ¿Qué características son indeseables en un compañero(a) de cuarto? Por ejemplo, ¿es malo que fume? ¿que haga ruido de noche? ¿que lleve a mucha gente al cuarto?

3. ¿Es necesario o importante, a veces, que los estudiantes hagan huelgas o protesten? ¿Cuándo?

4. ¿Hay muchos altibajos en la vida del estudiante? ¿Es común que los estudiantes estén deprimidos? ¿que estén en la gloria? ¿De qué depende?

**5-15 Los nuevos estudiantes.** Algunos estudiantes acaban de llegar a su universidad. En grupos de tres o cuatro, hagan una lista de preguntas o preocupaciones que tendrán. Después, denles consejos. Usen **Es importante** (**necesario, mejor, preferible,** etcétera) **que** + el subjuntivo.

🌸 **MODELOS** *Para comprar boletos para el teatro, es mejor que vayan a la cooperativa estudiantil, donde costarán menos.*
*Si quieren comer un buen plato mexicano, es preferible que vayan a Casa Lupe.*

Ideas: Antes de escoger sus clases, es necesario que (ustedes) / hablar con... (leer...). Si quieren matricularse en las clases más populares, es importante que (ustedes) / llegar.... Para bailar (nadar, jugar al tenis, ver películas extranjeras...), es preferible que (ustedes) / ir a.... Si quieren escuchar conciertos de música clásica, es importante que (ustedes) / saber que.... Para conseguir ropa (zapatos, libros...) de buena calidad, es mejor que (ustedes) / hacer las compras en....

## Verbs That Take the Subjunctive

¿Es posible que Anita salga? Dudo que Anita salga ahora. Estoy seguro que tiene que estudiar.

Anita quiere que salgamos a celebrar el fin del semestre. ¡Me alegro que estemos de vacaciones!

|  | Main clause | Dependent clause |  |
|---|---|---|---|
| Impersonal subject | Es posible | que <u>Anita</u> salga. | Subject |
| Subject | [Yo] Dudo | que <u>Anita</u> salga. | Subject |

1. Just as certain impersonal expressions take the subjunctive in a following dependent clause (the clause with **que**), certain verbs function in the same way. They include:

| | | |
|---|---|---|
| **alegrarse de** | *to be happy* | ⎫ |
| **esperar** | *to hope* | |
| **sentir (ie)** | *to be sorry; to feel* | ⎬ *emotion* |
| **sorprender** | *to surprise* | |
| **temer** | *to fear* | |
| **tener miedo de** | *to be afraid of* | ⎭ |
| **decir (i)** | *to tell (someone to do something)* | ⎫ |
| **desear** | *to wish, want* | |
| **exigir (j)** | *to demand* | |
| **insistir en** | *to insist on* | |
| **mandar** | *to order* | ⎬ *will, preference, or necessity* |
| **necesitar** | *to need* | |
| **pedir (i)** | *to ask (someone to do something), request* | |
| **preferir (ie)** | *to prefer* | |
| **querer (ie)** | *to want* | |
| **rogar (ue)** | *to request, beg* | ⎭ |
| **aconsejar** | *to advise, counsel* | ⎫ |
| **gustar** | *to please* | |
| **permitir** | *to permit* | ⎬ *approval, disapproval, or advice* |
| **prohibir** | *to prohibit* | |
| **recomendar (ie)** | *to recommend* | ⎭ |
| **dudar** | *to doubt* | ⎫ *doubt or denial* |
| **negar (ie)** | *to deny* | ⎭ |

| | |
|---|---|
| Siento que Manuel no esté aquí. | *I'm sorry that Manuel's not here.* |
| ¡Te ruego que no dejes todo para la semana que viene! | *I'm begging you not to leave everything for next week!* |

2. When the main clause contains one of these verbs in the negative or interrogative, the subjunctive is also normally used.

| | |
|---|---|
| A mis papás no les gusta que salga sola de noche. | *My parents don't like me to go out by myself at night.* |
| ¿Temes que la matrícula sea demasiado cara? | *Are you afraid tuition will be too expensive?* |

**¡OJO!** Insistir **en** and **decir** are followed by the subjunctive to express will but the indicative to express facts: **¿Insistes en que ella esté allí?** *Do you insist that she be there?* **¿Insistes en que ella está allí?** *Do you insist that she is there?* **Me dicen que (yo) siga un curso de economía.** *They tell me to take an economics course.* **Me dicen que (ellos) siguen un curso de economía.** *They tell me they're taking an economics course.*

**¡OJO!** If the main clause contains a verb expressing doubt, the indicative will be required in a negative sentence if the idea of doubt is "cancelled out": **No dudo que saben la respuesta.** *I don't doubt that they know the answer.*

**3.** **Estar seguro(a)** normally takes the indicative in a following clause with **que,** but **no estar seguro(a)** takes the subjunctive because doubt is implied.

| | |
|---|---|
| Estoy segura de que tiene un título universitario. | *I'm sure she has a university degree.* |
| No están seguros de que ella tenga un doctorado. | *They aren't sure (certain) that she has a doctorate.* |

**4.** The subjunctive is used in a dependent clause when the subject of that clause is different from the subject of the main clause. If the subject is the same, the infinitive is used.

| | |
|---|---|
| Prefiero vivir en una residencia estudiantil, mamá. | *I prefer to live in a dorm, Mom. (subject: **yo**)* |
| ¿Cómo? Tu papá y yo preferimos que vivas en casa. | *What? Your father and I prefer that you live at home. (subjects: **tu papá y yo / tú**)* |
| Tengo miedo de fracasar en el examen. | *I'm afraid of failing the exam. (subject: **yo**)* |
| Tengo miedo de que mi novio fracase en el examen. | *I'm afraid my boyfriend will fail the exam. (subjects: **yo / mi novio**)* |

## PRÁCTICA

**5-16 Opiniones.** Complete las oraciones con una de las ideas entre paréntesis o con sus propias palabras.

⚙ **MODELO**   A los profesores no les gusta que los estudiantes... (comer en clase)
*A los profesores no les gusta que los estudiantes coman en clase.*

**1.** A los profesores no les gusta que los estudiantes... (contar chistes tontos en clase, leer durante una conferencia, salir antes de que termine la clase, ¿...?)

**2.** Para impresionar a una chica de esta universidad, es necesario que un chico... (tener coche, ser romántico [inteligente, rico], saber conversar sobre una variedad de temas, ¿...?)

**3.** Tengo miedo de que mi mejor amigo... (cambiar de universidad, tener problemas con su novia, fracasar en su clase de historia, ¿...?)

**4.** No me gusta que mi mamá... (protestar en voz alta en un lugar público, regalar mi ropa sin decirme, hablar de mí con sus amigas, ¿...?)

**5.** Mis papás (o mis familiares) me aconsejan que... (estudiar administración de empresas, aprender karate, no perder el tiempo con los videojuegos, ¿...?)

**6.** Mis papás (o mis familiares) me prohíben que... (fumar en casa, tomar demasiado, manejar muy rápidamente, ¿...?)

**5-17 Una clase de folklore.** Marisa asiste a una clase de folklore y tiene que escribir una composición acerca de las supersticiones. Su abuela es muy supersticiosa y le da las siguientes recomendaciones, que Marisa escribe en un cuaderno. Complete las oraciones que Marisa ha escrito; use el subjuntivo, el indicativo o el infinitivo de los verbos entre paréntesis, de acuerdo con lo que sea necesario en cada caso.

1. «Te pido que no _____ (abrir) el paraguas *(umbrella)* dentro de la casa. Si lo haces, estoy segura de que _____ (ir) a tener una disputa con alguien».

2. «No es bueno que ellos _____ (beber) del mismo vaso; significa que podrán adivinarse los *(guess each other's)* secretos».

3. «Prefiero que (nosotras) no _____ (subir) al autobús número 13; tengo miedo de que _____ (haber) un accidente».

4. «No es bueno que una persona se _____ (levantar) con el pie izquierdo, ni que _____ (salir) de casa con el pie izquierdo. Eso le _____ (ir) a traer mala suerte durante el día».

5. «Mucha gente no empieza ningún negocio el martes 13 porque teme _____ (fracasar)».

6. «Ojalá _____ (haber) lluvia el día de la boda de tu prima, porque eso significa abundancia».

7. «M'hija, es muy mala suerte derramar sal *(to spill salt)*. Recomiendo que [tú] la _____ (tirar) *(throw it)* por sobre el hombro *(shoulder)* izquierdo tres veces para evitar algo desagradable».

 **5-18 ¿Cómo podemos mejorar la vida estudiantil?** Hagan por lo menos seis oraciones, usando elementos de las tres columnas o sus propias ideas.

⚙ **MODELO** *Necesitamos que las residencias estudiantiles tengan computadora en cada dormitorio.*
*No nos gusta que los profesores nos den tareas durante las vacaciones.*

| | | |
|---|---|---|
| querer que | la administración | escuchar más a los estudiantes |
| esperar que | los profesores | hacer construir un nuevo estadio, |
| necesitar que | todos los estudiantes | teatro, piscina, más lugares de |
| (nos) gustar que | la cafetería (clínica, | estacionamiento *(parking)* |
| | librería) estudiantil | dar menos tareas |
| | las residencias | conseguir becas |
| | estudiantiles | protestar contra... |
| | las vacaciones | ser más (menos)... |
| | | servir comida... |
| | | tener wifi en cada dormitorio |

**5-19 Mi compañero(a) de cuarto.** Complete las siguientes oraciones. Si no tiene compañero(a) de cuarto, hable de un(a) buen(a) amigo(a).

Me alegro que mi compañero(a) de cuarto... y que también...
Prefiero que... porque no me gusta que...
No dudo que...
Me sorprende que...
Siempre le pido que...

**5-20 ¿De veras?** Haga tres oraciones, diciendo algo acerca de usted en el tiempo presente. Dos deben ser verdaderas; una debe ser falsa. Dígaselas a un(a) compañero(a) de clase. Su compañero(a) trata de adivinar cuál de las tres es falsa.

🌟 **MODELO** *Sé hablar chino. Me especializo en ingeniería. Mi madre es policía.*
*¿De veras? Dudo que sepas hablar chino (que te especialices en ingeniería, que tu madre sea policía).*

## The Subjunctive versus the Indicative

Some expressions in the main clause can take either the subjunctive or the indicative in the following dependent clause, depending on the point of view expressed.

1. **Tal vez, quizá(s),** and **acaso** normally take the subjunctive and imply doubt; however, they may take the indicative if the speaker or writer wants to imply a degree of certainty.

    | | |
    |---|---|
    | Tal vez sea una historia verdadera. | *Perhaps it's a true story (it's doubtful).* |
    | Tal vez es una historia verdadera. | *Perhaps it's a true story (speaker believes it is).* |

2. When asking a question with a verb or impersonal expression that states truth or certainty, the indicative is generally used in the dependent clause. However, the speaker or writer may choose to use the subjunctive to imply doubt. Compare the following:

    | | |
    |---|---|
    | ¿Estás seguro de que este restaurante es bueno? | *Are you sure this restaurant is good? (simple question)* |
    | ¿Estás seguro de que este restaurante sea bueno? | *Are you sure this restaurant is good? (doubt implied)* |

3. Similarly, **creer que...** and **pensar que...** take the indicative in affirmative statements and the subjunctive in negative statements. In interrogatives, they take either the subjunctive or the indicative, depending on whether doubt is implied.

    | | |
    |---|---|
    | Creo que la universidad me va a dar una beca. | *I think the university is going to give me a scholarship.* |
    | No creo que la universidad me dé una beca. | *I don't think the university is going to give me a scholarship.* |
    | ¿Cree usted que esa carrera tiene futuro? | *Do you think that career has a future? (simple question)* |
    | ¿Cree usted que esa carrera tenga futuro? | *Do you think that career has a future? (doubt implied)* |

# PRÁCTICA

**5-21 Conversaciones.** Haga oraciones con las palabras que siguen.

¿Qué hora es? Mi reloj no anda bien.

1. pienso que / ser las once
2. no estoy seguro, pero / creer que / ser las diez
3. no lo sé; quizás / ser las nueve

¿Dónde está el profesor?

4. es posible / estar en su oficina
5. es probable / estar en una reunión
6. tal vez / estar en la biblioteca
7. estoy seguro / no venir hoy
8. no creo que (nosotros) / deber esperarlo mucho

 **5-22 ¿Qué crees?** Entreviste a un(a) compañero(a) de clase sobre los siguientes temas, usando **¿Crees que...?** o **¿Piensas que...?** Su compañero(a) le da su opinión.

🌼 **MODELO**  Debemos tener clubes exclusivos para diferentes grupos étnicos.
*¿Crees que debemos tener clubes exclusivos para diferentes grupos étnicos?*
*Sí, creo que debemos tener clubes exclusivos para diferentes grupos étnicos porque tienen un papel importante en la vida universitaria.*
*No, no creo que debamos tener clubes exclusivos para diferentes grupos étnicos porque crean divisiones entre los estudiantes.*

1. Todos los estudiantes deben seguir cursos de ciencias y matemáticas.
2. Hay demasiados estudiantes en las clases de esta universidad.
3. Las calificaciones de un(a) estudiante son una indicación de su inteligencia.
4. La mayoría de los estudiantes sabe qué profesión va a escoger cuando entra a la universidad.
5. La educación universitaria debe ser gratuita *(free)*.
6. Es mejor trabajar y estudiar en vez de dedicar cuatro años consecutivos exclusivamente a una carrera universitaria.
7. Una persona con un título universitario tiene más oportunidades de empleo que una persona sin título.

 **5-23 Quizás...** Cuéntele a un(a) compañero(a) tres o cuatro cosas que piensa hacer en el futuro. Use **tal vez** o **quizás** (+ *subj.*). Puede hablar de las clases, de una actividad social, de un viaje o de cualquier otro plan futuro.

🌼 **MODELO**  *Quizás siga un curso de antropología el trimestre que viene.*
*Tal vez vaya a México en el verano.*

# EN CONTACTO

 ## Videocultura: Hablan los estudiantes

Elena Fernández, Juan Rivera y Mónica Leblanc hablan de lo que les gusta y de lo que no les gusta de la vida estudiantil. Mire el video y conteste esta pregunta: ¿Cuál es *uno* de los problemas que mencionan?

**Vocabulario:** el piso *(Spain)* / el departamento *apartment;* madrugar *to get up early;* ramos *subjects (colloquial, Chile);* materia *subject matter;* hace la cimarra *cut class (colloquial, Chile);* no defraudarles *not to disappoint them;* gastos *expenses;* la plata *money (colloquial, L. America);* sus propios apuntes *his or her own notes;* alquileres *rents*

© Anna Pérez

**5-24 Comprensión.** Conteste las siguientes preguntas después de ver el video.

1. ¿Qué le gusta Mónica de la vida estudiantil?
2. Elena menciona que a ella no le gustan los exámenes («que es una presión *[pressure]* contínua»). ¿Qué otra cosa no le gusta?
3. ¿Cuál es un problema para Juan? ¿Quiénes pagan sus estudios?
4. Mónica recomienda que un nuevo estudiante «se organice bien» y que tenga tiempo para hacer nuevos contactos y comenzar nuevas relaciones. ¿Qué le recomiendan Juan y Elena a un nuevo estudiante?

 **5-25 Puntos de vista.** Compare sus respuestas con las de dos o tres compañeros.

1. ¿Tiene tendencia a «dejárselo todo para el final»? ¿Le causa problemas a veces? ¿Cómo se puede evitar eso?
2. ¿Va a clase todos los días? ¿Es importante que un(a) estudiante tome sus propios apuntes? ¿Es común que los estudiantes de su universidad compartan sus apuntes?
3. ¿Tiene que «hacer maravillas con la plata»? ¿Qué hace para controlar los gastos?
4. ¿Se lleva bien con su(s) compañero(s) de cuarto (o casa)? Si no, ¿qué se puede hacer para que la situación no llegue a afectar los estudios?

**iLrn**
Para aprender más sobre los 21 países que hablan español, mire los videos culturales en la Mediateca (*Media Library*).

## Síntesis

**5-26 Para vivir y aprender el idioma español...**

**Paso 1.** ¿Indicativo o subjuntivo? Complete las oraciones, utilizando la forma **nosotros** del verbo.

El año que viene voy con unos amigos a estudiar español en la Universidad de Granada, en el sur de España. Mi amiga española recomienda que (1) _____ (visitar) la Alhambra, el antiguo palacio de los moros, y que (2) _____ (ver) los jardines y barrios típicos de la ciudad. Espero que (3) _____ (tener) la oportunidad de ir a Córdoba, Sevilla y Málaga, otras ciudades históricas de Andalucía. Ojalá que (4) _____ (conocer) a jóvenes españoles con quienes podamos juntarnos; así creo que nos (5) _____ (ir) a divertir mucho. Nuestro profesor de español nos aconseja que (6) _____ (mirar) películas o programas de televisión y que (7) _____ (asistir) a conferencias en español. Es posible que (8) _____ (participar) en intercambios lingüísticos con estudiantes de habla hispana. Estoy seguro que (9) _____ (ir) a aprender mucho y pasar el semestre «en grande» (muy bien), como dicen los españoles. A veces, ¡la vida estudiantil tiene ventajas!

**Paso 2.** Usted está en Granada, estudiando español. Con un(a) compañero(a), inventen una pequeña conversación. Su compañero(a) lo (la) llama y le pregunta si puede usar sus apuntes (**¿Está bien que…?**). Usted sugiere que se reúnan más tarde para estudiar y que hagan otra cosa después (e.g., ir a ver una película en español, salir con sus «intercambios» o estudiantes de habla hispana, etcétera).

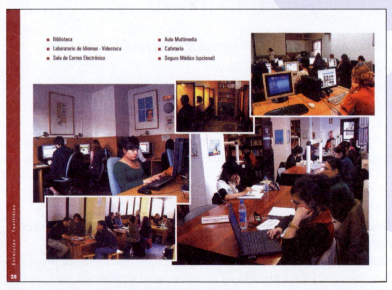

Centro de Lenguas Modernas, Granada, España. ¿A usted le gustaría estudiar español en España? ¿Qué hacen los estudiantes de las fotos? ¿Cuáles son algunas técnicas para aprender una lengua extranjera? ¿Cuáles utiliza usted?

**5-27 El semestre (trimestre) que viene...**
¿Qué va a hacer el semestre (trimestre) que viene? Hable con un(a) compañero(a) y describa sus planes. Use expresiones como **Es posible (probable) que...,** **Quizás..., Creo que..., No creo que....** Su compañero(a) le hará algunas preguntas.

⚙ **MODELO** A: *El trimestre que viene es posible que cambie de compañero(a)*
*de cuarto.*
B: *¿Es que ustedes no se llevan bien?*
A: *No, tenemos un problema...*

**Ideas**
seguir más (menos) cursos
estudiar más (menos)
trabajar en...
ir a algún lugar interesante
cambiar de residencia
hacer algún deporte
comprar o vender algo
hacer algún cambio en la vida
casarse
graduarse

**5-28 Confesiones.** Un(a) estudiante menciona un problema o preocupación que tiene. Podría hablar de cualquier problema o preocupación acerca de los estudios, las notas, el (la) novio(a), los padres o familiares, el dinero, los compañeros de cuarto... (Por ejemplo: **No tengo amigos. Mi novio(a) no me quiere. Mi clase de física es un desastre y no entiendo nada allí.**) Cada estudiante tiene que hacer una confesión. Los otros estudiantes le dan consejos, empezando con: **Te aconsejo que..., Espero que...** o **Es importante que....**

⚙ **MODELO** A: *Creo que no voy a aprobar mi clase de química.*
B: *Te recomiendo que vayas a clase y que tomes apuntes.*
C: *Espero que consigas ayuda.*
D: *Es importante que le hables al profesor.*

## Composición

### Una carta a un(a) amigo(a)

Escríbale una carta a un(a) amigo(a) hispano(a), describiendo los altibajos de su vida como estudiante. Trate de usar el subjuntivo por lo menos cinco veces. Use las listas de vocabulario de este capítulo y sus respuestas a las actividades 5-13, 5-14, 5-18, 5-27 y 5-28. Siga este plan:

1. Su ciudad, la fecha
2. **Querido(a)/Estimado(a)** [nombre de su amigo o amiga]:
3. el primer párrafo: **¿Qué tal?, ¿Cómo estás?** o algún otro saludo y una o dos expresiones de esperanza sobre la vida de su amigo(a) **(Espero que..., Ojalá que...).**
4. el segundo párrafo: **Aunque en general estoy bien, mi vida ahora no es perfecta; tiene algunas desventajas.** Luego, tres o cuatro oraciones sobre los puntos negativos de la vida estudiantil, usando expresiones como **Es horrible (necesario, una lástima, ridículo, terrible) que..., No es posible (probable) que..., Siento (Temo, Tengo miedo de, No me gusta) que....**
5. el tercer párrafo: **Pero mi vida ahora también tiene algunas ventajas.** Luego, tres o cuatro oraciones sobre los puntos buenos de la vida estudiantil, usando oraciones como **Está bien que..., Es bueno (maravilloso, estupendo) que..., Me alegro de que..., Estoy contento(a) de que....**
6. la conclusión: **Espero que (visitar, escribir,** etcétera)**... Sin otra novedad, vuelvo a mis estudios.**

   **Con cariño,**

**Opción:** Con la ayuda de su profesor(a), escríbale a un ciberamigo(a) hispano(a). En el primer e-mail, preséntese. Después, en otro e-mail, escríbale algo sobre la vida estudiantil y los altibajos de su vida. NB: En general, un chico utiliza «estimado», no «querido», cuando le escribe a otro chico.

# CAPÍTULO 6

# De viaje

## METAS

En este capítulo vamos a aprender a…

▶ pedir y dar direcciones

▶ hablar de viajes y vacaciones

▶ darle consejos a alguien que viene de visita

▶ expresar mandatos *(commands)* y sugerencias

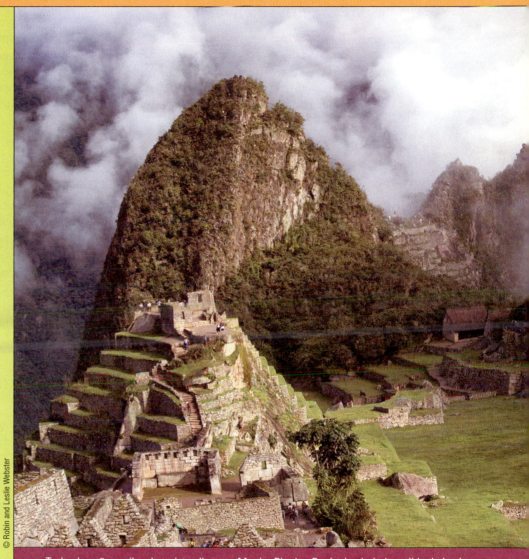

© Robin and Leslie Webster

Todos los años, miles de turistas llegan a Machu Picchu, Perú, «la ciudad perdida de los incas».

## LENGUA VIVA
Direcciones y sentidos

## GRAMÁTICA
Los pronombres de complemento *(object)* directo e indirecto
Los mandatos
Los mandatos con pronombres

## VOCABULARIO
Las vacaciones
En el banco o la casa de cambio
Algunas actividades turísticas

## LECTURAS
«Cinco consejos para el viajero norteamericano»
«Cuando conoces a un auténtico trotamundos» *(globetrotter)* de Yasmina Jiménez
«Vuelva usted mañana» de Mariano José de Larra

# Presentación del tema

## El espíritu de aventura

El mundo hispano ofrece una gran variedad de atracciones para cualquier persona de espíritu aventurero. Hay hermosas playas caribeñas, donde se puede nadar en el mar o en las piscinas, hacer deportes, tomar sol o simplemente descansar. Mucha gente esquía o hace snowboard en las majestuosas montañas de Sudamérica en el invierno o van de campamento en el verano. En el Amazonas y en las zonas tropicales de México y Centroamérica hay una gran diversidad de flora y fauna; se puede caminar, sacar fotos o hacer excursiones en canoa. Las grandes ciudades como Madrid y Buenos Aires ofrecen innumerables actividades culturales: conciertos, exposiciones, cine, teatro. Pero quizás la mayor atracción de cualquier país hispano es su gente: la combinación de culturas y tradiciones y la gran diversidad de costumbres. ¿Tiene usted un espíritu de aventura?

photolibrary.com

**You Tube** Busque «canopy Perú amazónico» para ver videos de la Amazonia peruana.

### 6-1 Preguntas

Mire los mapas que están en las primeras páginas del libro (o busque los países hispanos en Google Earth™) y conteste estas preguntas.

1. La línea del ecuador pasa por tres países sudamericanos. ¿Cuáles son? ¿Cómo será el clima allí? Por ejemplo, ¿habrá muchos cambios de temperatura según las distintas estaciones del año?

2. ¿Cuáles son los únicos países de Sudamérica que no tienen salida al mar (es decir, que no tienen costa marítima)?

3. ¿Cómo se llama la cordillera *(mountain chain)* más larga de Latinoamérica (y del mundo)? ¿Está en el este o en el oeste del continente?

4. Si usted quiere ir a Chile para esquiar, ¿es mejor ir en julio o en enero? ¿Por qué?

5. Describa la geografía de España. ¿Qué separa España del resto de Europa? ¿de África?

6. ¿Conoce algunos de los países hispanos? ¿Cuáles? ¿Cuáles le gustaría conocer?

**Opción:** Utilice Google Earth™ para contestar las siguientes preguntas.

7. Busque Iquitos, Perú. ¿Qué actividades puede hacer cerca de allí?

8. Busque una playa en España que esté muy cerca de África. ¿Cómo se llama y cómo es?

9. Busque Chichén Itzá, México. ¿Qué comunidades con hoteles o pensiones hay cerca?

10. Busque una ciudad en Argentina que le gustaría conocer. ¿Qué sitios de interés hay para explorar?

# VOCABULARIO ÚTIL

## LAS VACACIONES

### COGNADOS

| | |
|---|---|
| **la estación** | **el itinerario** |
| **la excursión** | **el, la recepcionista** |

### EN EL HOTEL

| | |
|---|---|
| **el albergue para jóvenes (para la juventud)** | *youth hostel* |
| **el camarero (la camarera)** *(Spain),* **el mesero (la mesera)** *(L. Am.),* **el mozo (la moza)** *(Peru, Southern Cone)* | *waiter (waitress)* |
| **el cuarto, la habitación** | *room* |
| **doble / sencillo(a) (individual)** | *double / single* |
| **el, la gerente** | *manager* |
| **el hotel de lujo** | *luxury hotel* |
| **el, la huésped** | *guest* |
| **la llave** | *key* |
| **la pensión** | *small and usually economical hotel that may offer meals* |
| **la piscina (la alberca)** | *swimming pool* |

### VERBOS

| | |
|---|---|
| **cruzar (la calle)** | *to cross (the street)* |
| **dejar (dar) propina** | *to leave (give) a tip* |
| **girar** *(Spain),* **doblar (a la derecha, a la izquierda)** | *to turn (right, left)* |
| **guardar** | *to keep* |
| **hacer (preparar) las maletas (las valijas)** | *to pack the suitcases* |
| **hacer un viaje** | *to take a trip* |
| **ir de campamento** | *to go camping* |
| **llevar una mochila** | *to take (carry) a backpack* |
| **pagar la cuenta** | *to pay the bill* |
| **pasar por la aduana** | *to go through customs* |
| **quedar** | *to remain, be located* |
| **quedarse (en)** | *to stay (at)* |
| **sacar fotos** | *to take pictures (photographs)* |
| **tomar sol** | *to sunbathe* |

| EL IR Y VENIR | |
| --- | --- |
| **adelante, derecho** | *forward, straight (ahead)* |
| **el billete** *(Spain)*, **el boleto** | *ticket* |
| **en el extranjero** | *abroad* |
| **el equipaje** | *luggage, baggage; equipment* |
| **la esquina** | *(street) corner* |
| **la gira** | *tour* |
| **la manzana** *(Spain)*, **la cuadra** | *block* |
| **la parada** | *stop (e.g., bus)* |

### ¡OJO!

**dejar** *to leave (something or someone) behind* / **partir o salir (para)** *to leave (for) somewhere* / **marcharse** *to leave*

**la dirección** *address; direction* / **el sentido** *direction, way*

**el extranjero (la extranjera)** *foreigner* / **el desconocido (la desconocida)** *stranger*

**el, la guía** *guide* / **la guía** *guidebook*

**el mapa** *map* / **el plano** *city map*

**tardar (en)** *to take (so long, so much time) to* / **durar** *to take, last (expressing duration)*

## PRÁCTICA

**6-2 ¿Qué es?** Dé un equivalente para cada palabra o expresión.

1. el cuarto
2. la valija
3. la excursión
4. la alberca
5. irse

6. lugar en la frontera o en un aeropuerto donde revisan *(they check)* el equipaje
7. dinero que se deja para el (la) mesero(a)
8. pequeño hotel que normalmente ofrece una o dos comidas diarias

 **6-3 Opiniones sobre los viajes.** Entreviste a un(a) compañero(a), usando las siguientes preguntas. Después, su compañero(a) lo (la) entrevista a usted. Esté preparado(a) para compartir la información con la clase.

1. En general, ¿te gusta que un viaje tenga itinerario fijo? ¿O prefieres que sea más espontáneo? ¿Por qué?

2. ¿Cuáles son las ventajas y desventajas de viajar en avión? ¿en tren? ¿en autobús? ¿Cuál es más económico, en general? ¿más seguro? ¿Has tomado unas vacaciones largas alguna vez? ¿Cómo viajaste? ¿Cuánto tiempo duró el viaje? ¿Adónde fuiste?

3. Cuando viajas, ¿dónde te quedas? ¿Vas de campamento? ¿Te quedas con amigos o haces «couch-surfing»? ¿Vas a albergues para jóvenes o a hoteles? ¿En qué tipo de hotel prefieres quedarte?

4. ¿Cuántas maletas llevas usualmente? ¿O llevas una mochila? ¿Por qué?

5. ¿Guardas muchos recuerdos de los viajes que haces? ¿Tienes algún recuerdo especial de uno de tus viajes?

6. ¿Conociste a alguien muy especial cuando estabas de viaje alguna vez? ¿Quién? ¿Aprendiste algo importante o interesante de esa persona?

# LENGUA VIVA

Julia Gutiérrez

Mike Martin

## Audioviñetas: En Cartagena

 **Conversación 1: Direcciones y sentidos.** Mike y Julia están de viaje en Cartagena con unos amigos.

CD 1, Track 13

**6-4** Escuche la **Conversación 1.** ¿Cuál es la foto que muestra el lugar donde están?

a.

Jeremy Horner/Corbis

b.

© Robin and Leslie Webster

**6-5** Escuche la **Conversación l** otra vez. Escoja la mejor respuesta.

**1.** Mike y Julia buscan...
   **a.** el Castillo de San Felipe.   **c.** el parque de Cartagena.
   **b.** la calle Francia.

**2.** Cuando Julia quiere llamarle la atención al señor para hacerle una pregunta, le dice:
   **a.** Gracias, señor.   **c.** Oiga, señor.
   **b.** Hola, señor.

**3.** Las murallas de la ciudad son anchas *(wide)*...
   **a.** para que no se oiga el ruido *(noise)* del puerto.
   **b.** para servir de camino.
   **c.** para proteger *(protect)* la ciudad.

**4.** La señorita usa una expresión que un turista va a oír muchas veces. ¿Cuál es?
   a. ¡No se pueden perder!   c. ¿Por qué?
   b. ¿Por dónde se va a...?

CD 1,
Track 14

**Conversación 2: Direcciones y sentidos.** Mike y Julia deciden visitar el Castillo de San Felipe en Cartagena.

**6-6** Escuche la **Conversación 2.** ¿Cuál es el tema principal de la conversación?

**1.** los ataques de los piratas, de los ingleses y de los franceses contra Cartagena

**2.** el almirante inglés Edward Vernon

**3.** la reina Isabel I de Inglaterra

**6-7** Escuche la **Conversación 2** otra vez. Escoja la mejor respuesta.

**1.** ¿Cuál es la foto de la estatua del comandante Blas de Lezo?

a.

Dave G. Houser/Corbis

b.

Garry Adams/Photolibrary.com

**2.** Francis Drake le mandó el oro de Cartagena y una gran esmeralda a...

a. Edward Vernon.

b. George Washington.

c. la reina Isabel I de Inglaterra.

**3.** En 1741, los ingleses atacaron Cartagena con la ayuda de...

a. los franceses.

b. los aztecas.

c. los norteamericanos.

**4.** Edward Vernon fue...

a. medio hermano de George Washington.

b. el líder de los ingleses que atacaron Cartagena en 1741.

c. un soldado norteamericano.

**5.** Dice el guía: «En cada batalla perdió un pedazo de cuerpo para ganar un poquito de gloria». Habla de...

a. Francis Drake.

b. Edward Vernon.

c. Blas de Lezo.

# En otras palabras

## Direcciones y sentidos

Mire el video en el sitio **www.cengagebrain.com/shop/ISBN/0495912654** y haga las actividades que lo acompañan.

Rafael busca el parque Güell. Después de visitar el parque, ¿adónde quiere ir?

One of the most essential language functions you will want to be able to use while traveling in a Hispanic country is asking for and understanding directions. Here are some ways to ask for directions:

> ¡Disculpe, señor(a) / señorita! ¡Oiga...! (Perdón... / Perdone...) Dígame, por favor,...
>
> ¿Me podría usted decir cómo llegar a...?
>
> ¿Dónde está...?
>
> ¿Hay un banco (una farmacia, etcétera) cerca de aquí?
>
> Por favor, ¿está muy lejos (está cerca) el...?

| | |
|---|---|
| Busco la calle... | ¿En qué sentido (dirección) está...? |
| ¿Cómo llego a...? | ¿Sabe usted dónde queda...? |

And here are some possible responses:

| | |
|---|---|
| Siga por la calle... | Está al norte (sur, este, oeste) de... |
| Siga adelante (derecho). | Queda en la esquina de... |
| Sígame hasta llegar a... | Está frente a *(across from)*... |
| Vaya derecho hasta llegar a... | Tome la calle (avenida)... |
| Camine dos cuadras hasta llegar a... | ¡No se puede perder! *You can't miss it (get lost)!* |
| Cruce la calle y... | |
| Gire *(Spain)*/Doble a la izquierda (derecha). | |

# PRÁCTICA

**6-8 ¿Cómo llego a...?** Pregunte cómo llegar a los siguientes lugares. Pida la información, usando una expresión diferente cada vez.

 **MODELO** el banco

*Señor, por favor, ¿hay un banco cerca de aquí?*

1. el museo de arte moderno
2. el restaurante Casa Sandra
3. el hotel Miraflores
4. la calle San Martín
5. una pensión o un hotel que no sea muy caro

**6-9 En Madrid.** Trabaje con un(a) compañero(a). El (La) estudiante A mira el plano de Madrid que está en la siguiente página. El (La) estudiante B mira el plano de Madrid en la página 132. Pregúntele a su compañero(a) cómo llegar a los siguientes lugares. Su compañero(a) le dice cómo llegar allí, empezando desde la Puerta del Sol. Escuche y escriba el nombre del lugar cerca de los puntos de interrogación (¿____?) apropiados del plano. Entonces su compañero(a) le pregunta cómo llegar a uno de los lugares de su lista. Dele la información, empezando cada vez desde la Puerta del Sol.

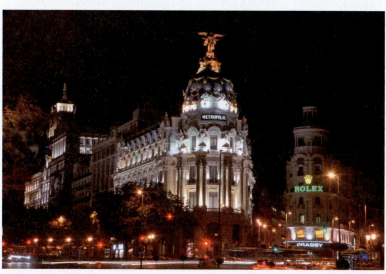

La Gran Vía, Madrid

Image © Philip Lange. Used under license from Shutterstock.com

**Estudiante A:**

¿Me podría decir cómo llegar...

**1.** a la Puerta de Alcalá?

**2.** a la Plaza Mayor?

**3.** al Rastro?

**4.** al Jardín Botánico?

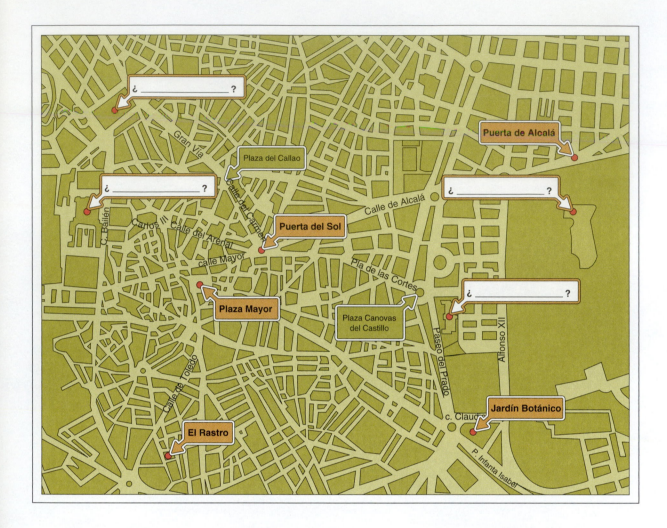

**6-9 En Madrid.** (Continúa de la página 130.)

**Estudiante B:**

¿Me podría decir cómo llegar...

1. al Parque del Retiro?
2. a la Plaza de España?
3. al Museo del Prado?
4. al Palacio Real?

 **6-10 ¡No se puede perder!** Dele indicaciones a un(a) compañero(a) de clase sobre cómo llegar a cada uno de los siguientes lugares. Comience desde un punto determinado en el centro del campus.

1. su restaurante favorito
2. una tienda muy interesante
3. un lugar muy bonito para dar un paseo

# GRAMÁTICA Y VOCABULARIO
## Direct Object Pronouns

| me | me | nos | us |
|----|-----|-----|-----|
| te | you | os | you |
| lo | him, it, you (usted) | los | them, you (ustedes) |
| la | her, it, you (usted) | las | them, you (ustedes) |

**1.** Direct objects receive the action of the verb and usually answer the question *What?* or *Whom?* In Spanish, direct object pronouns correspond to the direct object nouns they replace in gender, person, and number.

*direct object noun*    No tengo <u>los boletos</u>. No <u>los</u> tengo.    *direct object pronoun*

*direct object noun*    Llamaron a <u>Paula</u>. <u>La</u> llamaron.    *direct object pronoun*

**2.** Direct object pronouns normally precede a conjugated verb.

Nos esperan en la aduana.    *They're waiting for us at customs.*

Carlos me acompañó a la estación.    *Carlos went with me to the station.*

**3.** In a construction containing both a conjugated verb and an infinitive or present participle (**-ando** or **-iendo** form), direct object pronouns can either precede the conjugated verb or follow and be attached to the infinitive or present participle.

¿El mapa? No lo puedo encontrar. (No puedo encontrarlo.)    *The map? I can't find it.*

¿Los boletos? ¿Están buscándolos? (¿Los están buscando?)    *The tickets? Are you looking for them?*

**4.** The neuter pronoun **lo** can refer to an idea or quality already mentioned. It is often used with the verb **ser** when the verb stands alone.

Esta habitación doble es muy bonita. —Sí, lo es.    *This double room is very pretty. —Yes, it is.*

El tren tarda mucho en llegar. —Sí, lo sé.    *The train is taking a long time to come. —Yes, I know.*

**¡OJO!** Notice in the first example that the word **no** precedes the object pronoun. In the second example, an accent is required over **buscándolos** to maintain the stressed syllable of the verb.

# PRÁCTICA

**6-11 ¿Quién tiene...?** Su profesor(a) les va a dar unos objetos (o fotos de objetos) a dos estudiantes de la clase. Contesten las preguntas que les hace.

⚙ **MODELO** ¿Quién tiene las llaves?
*Rachel las tiene.*
¿Quién tiene la mochila?
*Martín la tiene.*

**6-12 El (La) turista desorganizado(a).** Trabaje con un(a) compañero(a). Haga el papel de un(a) turista desorganizado(a) y conteste las preguntas.

⚙ **MODELO** ¿Olvidaste hacer las reservaciones?
*Sí, olvidé hacerlas.*
¿Llevas la dirección?
*No, no la llevo.*

1. ¿Perdiste el pasaporte?
2. ¿Olvidaste las sandalias?
3. ¿Trajiste la guía?
4. ¿Puedes encontrar los boletos?
5. ¿Dejaste la cámara en la pensión?
6. ¿Tienes la llave?
7. ¿Sabes el número de nuestra habitación?
8. ¿Puedes pagar la cuenta?

**6-13 De viaje.** Unos amigos suyos salen de viaje y le hacen algunas preguntas. Conteste afirmativamente, usando pronombres.

⚙ **MODELO** Vamos al aeropuerto. ¿Nos vas a acompañar?
*Sí, voy a acompañarlos. (Sí, los voy a acompañar.)*

1. Tengo que hacer una llamada primero. ¿Me puedes esperar?
2. Necesitamos ayuda con las maletas. ¿Nos puedes ayudar?
3. Llegamos al hotel a las cinco. ¿Nos vas a llamar allí?
4. Vamos a dejar el coche aquí. ¿Lo quieres usar?
5. Hay mucho ruido aquí. ¿Me puedes oír?
6. Te di mis llaves. ¿Estás buscándolas?
7. La gata necesita comida todos los días. ¿La puedes cuidar?

**6-14 ¿Qué necesitas hoy?** Con un(a) compañero(a), haga y conteste preguntas. Averigüe dos cosas que su compañero(a) va a necesitar hoy y dos cosas que no va a necesitar.

**❋ MODELO** ¿Necesitas tu reproductor de MP3 hoy?
*Sí, lo necesito. (No, no lo necesito.)*

**Ideas:** celular, bicicleta, esquíes, pasaporte, cámara, sandalias, cuadernos, mochila,...

**6-15 Entrevista.** Entreviste a un(a) compañero(a), usando complementos *(objects)* directos cuando sea posible. Después, su compañero(a) lo (la) entrevista a usted.

**❋ MODELO** A: *¿A quién o a quiénes admiras?*
B: *Admiro a Juan Luis Guerra y los 4.40 (Cuatro Cuarenta).*
A: *¿Por qué los admiras?*
B: *Porque cantan bien.*

1. ¿A quién o a quiénes admiras? ¿Por qué... admiras?
2. ¿A quién o a quiénes ves a menudo? ¿Dónde... ves?
3. ¿Tienes alguna cosa muy especial, algo que valoras mucho? ¿Qué es? ¿Desde cuándo... tienes? ¿Quién te... dio?
4. ¿Qué comida preparas muy a menudo? ¿Por qué... preparas?
5. ¿A quién o a quiénes conoces hace mucho tiempo? ¿Cuándo... conociste?
6. ¿A quién o a quiénes detestas? ¿Por qué... detestas?

# Indirect Object Pronouns; Two Object Pronouns

## Indirect Object Pronouns

| me | (to, for) me | nos | (to, for) us |
|---|---|---|---|
| te | (to, for) you | os | (to, for) you |
| le | (to, for) him, her, you (usted) | les | (to, for) them, you (ustedes) |

1. Indirect object pronouns in Spanish have the same forms as the direct object pronouns except the third-person **le** and **les.** They tell *to whom* or *for whom* something is done, made, said, or whatever action the verb indicates.

indirect object pronoun    Le mandó la información a Pablo.    indirect object noun

2. Like direct object pronouns, indirect object pronouns precede conjugated verbs: **El guía nos explicó el itinerario.** They may also follow and be attached to infinitives or present participles.

Les voy a escribir una carta sobre la gira. (Voy a escribirles una carta sobre la gira.)

*I'm going to write them a letter about the tour.*

3. While indirect object pronouns usually answer the question *to whom?*, they sometimes answer the question *for whom?* or *from whom?*

| | |
|---|---|
| Te reservé un cuarto sencillo. | *I reserved a single room for you.* |
| Le compré la bicicleta a Paco. | *I bought the bicycle for Paco. (Or: I bought the bicycle from Paco.)* |

4. Third-person indirect object pronouns (**le, les**) are generally used even when the indirect object is expressed as a noun.

| | |
|---|---|
| Le pedí la cuenta al camarero. | *I asked the waiter for the check.* |
| El gerente les dio la llave a los huéspedes. | *The manager gave the guests the key.* |

## Two Object Pronouns

1. When both an indirect and a direct object pronoun are in the same sentence, the indirect object pronoun (which usually refers to a person) always precedes the direct object pronoun (which usually refers to a thing).

| | |
|---|---|
| Te voy a dar la dirección y el número de teléfono. | *I'm going to give you the address and phone number.* |
| Te los voy a dar. (Voy a dártelos.) | *I'm going to give them to you.* |
| Nos contaron la historia. | *They told us the story.* |
| Nos la contaron. | *They told it to us.* |

2. Object pronouns are placed directly before a conjugated verb or auxiliary. Negative or affirmative words precede object pronouns.

| | |
|---|---|
| ¡No me lo dijeron! | *They didn't tell me about it!* |
| ¿Las cuentas? Papá siempre me las paga. | *The bills? Dad always pays them for me.* |

3. A third-person indirect object pronoun (**le** or **les**) used with a third-person direct object pronoun (**lo, la, los, las**) is replaced by **se.**

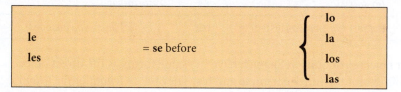

| le | | lo |
|---|---|---|
| les | = **se** before | la |
| | | los |
| | | las |

| | |
|---|---|
| ¿Las llaves? Se las dimos al gerente. | *The keys? We gave them to the manager.* |
| Se lo explico a usted, señor. | *I'll explain it to you, sir.* |
| ¿El cambio? Se lo dejé al mesero. | *The change? I left it for the waiter.* |

**4.** Prepositional phrases (**a él, a usted,** and so forth) are often used with indirect object pronouns for emphasis or clarification. The prepositional object pronouns are the same as the subject pronouns except for **mí** and **ti** (rather than **yo** and **tú**).

... y después se lo dieron.
—¿A quién? —Se lo dieron a ella.

*. . . and then they gave it to him (her, you). —To whom? —They gave it to her.*

¿A ti te dijeron eso? ¡A mí no me contaron nada!

*They told you that? They didn't tell me anything!*

## VOCABULARIO ÚTIL

### EN EL BANCO O LA CASA DE CAMBIO

| | |
|---|---|
| **cambiar** | *to change, exchange* |
| **la casa de cambio** | *currency exchange* |
| **el cheque (de viajero)** | *(traveler's) check* |
| **cobrar** | *to charge* |
| **pagar con dinero en efectivo** | *to pay cash* |
| **la tarjeta de crédito** | *credit card* |
| **la tasa de cambio** | *exchange rate* |
| **el vuelto, el cambio** | *change (that you receive from larger units of money)* |

### ¡OJO!

**gratis** *free of charge* / **libre** *free, at liberty, unoccupied*

**la moneda** *coin; currency (of a country)* / **el dinero** *money* / **el dinero en efectivo** *cash* / **la plata** *(literally, "silver") money (colloquial)*

## PRÁCTICA

**6-16 En el banco.** Haga oraciones, usando pronombres de complemento indirecto.

⚙ **MODELO** cobraron poco por los cheques / a nosotros
*Nos cobraron poco por los cheques.*

**1.** cambiaron el cheque / a ellos
**2.** dijeron que la tasa de cambio era muy alta / a mí
**3.** mandaron la tarjeta de crédito / a mi amigo
**4.** explicaron la situación / al extranjero
**5.** dieron el vuelto / a nosotros

**6-17 Un buen guía.** En una gira por España, el guía es excelente y ayuda a todos. ¿Qué hace? Haga oraciones, reemplazando las palabras subrayadas con los pronombres apropiados. Use pronombres de complemento directo o indirecto, según el caso.

⚙ **MODELO**  traducir la palabra «manzana» <u>para el señor de México</u>
*Le traduce la palabra.*
ayudar <u>a los señores ingleses</u> con las maletas
*Los ayuda con las maletas.*

1. dar la bienvenida <u>a los turistas de Costa Rica</u>
2. llamar por teléfono <u>al amigo del señor japonés</u>
3. escribir la dirección del banco <u>para nosotros</u>
4. sacar una foto <u>al señor francés</u>
5. dar la dirección del Museo de América <u>a ti</u>
6. ayudar <u>a la señora alemana</u> a encontrar monedas para la propina
7. explicar el itinerario <u>a ustedes</u>
8. mandar las tarjetas <u>para nosotros</u>
9. buscar un asiento libre <u>para el señor canadiense</u>
10. describir el restaurante La Sevillana <u>a la señora de Miami</u>

 **6-18 Cuando estás de viaje...** Entreviste a un(a) compañero(a) para averiguar si hace las siguientes cosas cuando está de viaje o de vacaciones. Use pronombres de complemento indirecto.

⚙ **MODELO**  mandar tarjetas postales a tus amigos
A: *Cuando estás de viaje, ¿les mandas tarjetas postales a tus amigos?*
B: *Sí, a veces les mando tarjetas postales. (No, no les mando...)*

1. comprar un recuerdo a tu mejor amigo(a)
2. escribir un e-mail a tu mamá
3. hacer muchas preguntas a los guías
4. dejar buenas propinas a los meseros
5. pedir información a personas desconocidas

**6-19 En la recepción.** Eduardo trabaja en la recepción del hotel Caribe en la península de Yucatán, México. Es muy amable y ayuda a mucha gente. ¿Qué hizo ayer? Acorte *(Shorten)* las oraciones, de acuerdo con el modelo.

⚙ **MODELO**  para mí
Recomendó el restaurante El portal.
*Lo recomendó. Me lo recomendó.*

para mí

1. Reservó un coche para mañana.
2. Contó la historia de la ciudad maya de Uxmal.
3. Cambió cien dólares a pesos mexicanos.
4. Explicó el sistema de los autobuses.

| para nosotros | | para el turista de España |
|---|---|---|

**5.** Recomendó la tienda de recuerdos La Yucateca.

**6.** Sacó una foto.

**7.** Reservó boletos para el espectáculo de danza maya.

**8.** Hizo una copia de la cuenta.

**9.** Explicó la expresión «¡Qué padre!».

**10.** Recomendó un paseo al parque Chankanaab.

**11.** Hizo una llamada a una agencia de viajes.

**12.** Contó un chiste.

 **6-20 Situaciones.** ¿Qué haría usted en las siguientes situaciones? Conteste, usando pronombres y los verbos entre paréntesis u otros verbos de su propia elección *(choice)*.

> ✿ **MODELO** Su mejor amigo le pide cien dólares. No quiere decirle para qué los necesita. (dar)
> *Se los daría sin hacerle preguntas. (No se los daría.)*

**1.** Recibe una carta romántica de su novio(a). Su compañero(a) de cuarto quiere saber lo que dice. (leer)

**2.** Usted encuentra una gran cantidad de dinero en la calle. (dar)

**3.** Alguien quiere comprarle a usted unos platos que eran de su bisabuela; le ofrece mil dólares, pero los platos tienen cierto valor sentimental. (vender)

**4.** Un amigo suyo quiere que lo ayude durante un examen sin que lo sepan los otros estudiantes; quiere que le muestre su trabajo. (mostrar)

**5.** Piensa hacer autostop *(hitchhike)* en Europa este verano. Su mamá quiere saber cómo va a viajar. (decir)

**6.** Su hermano usa cocaína. Quiere que prometa que no les dirá nada a sus papás. (prometer)

 **6-21 Motivos.** Su profesor(a) piensa en algunas cosas que se le va a «regalar» a la clase y escribe una lista en la pizarra. ¿Quién tiene el mejor motivo para recibirlas? ¿Por qué se le debe «regalar» este objeto a usted?

> ✿ **MODELO** un snowboard
> *Debe regalármelo a mí porque voy a ir a las montañas Rocosas en enero.*

# Commands

The following chart shows the command forms. Most direct command forms correspond to the present subjunctive. Exceptions are the affirmative **tú** and **vosotros** forms (shown in bold).

## Affirmative

| | usted | ustedes | tú | vosotros | nosotros |
|---|---|---|---|---|---|
| -ar | Hable. | Hablen. | **Habla.** | **Hablad.** | Hablemos. |
| -er | Coma. | Coman. | **Come.** | **Comed.** | Comamos. |
| -ir | Escriba. | Escriban. | **Escribe.** | **Escribid.** | Escribamos. |

## Negative

|  | usted | ustedes | tú | vosotros | nosotros |
|------|-------|---------|-----|----------|----------|
| -ar | No hable. | No hablen. | No hables. | No habléis. | No hablemos. |
| -er | No coma. | No coman. | No comas. | No comáis. | No comamos. |
| -ir | No escriba. | No escriban. | No escribas. | No escribáis. | No escribamos. |

## Formal (*Usted* and *Ustedes*) Commands

**1.** Formal commands have the same forms as the corresponding **usted** or **ustedes** forms of the present subjunctive.

| | |
|---|---|
| Vaya primero a la casa de cambio. | *First go to the currency exchange.* |
| Ponga su equipaje aquí. | *Put your luggage here.* |
| ¡No crucen la calle sin mirar! | *Don't cross the street without looking!* |
| No tarden mucho, por favor. | *Don't take too long, please.* |

**2.** The word **usted** or **ustedes** can be added to soften a command, to make it more deferential.

| | |
|---|---|
| Pasen ustedes, señoras. | *Go ahead, ladies.* |
| Tome usted asiento. | *Have a seat.* |

## Informal (*Tú* and *Vosotros*) Commands

**1.** Affirmative **tú** commands are the same as the third-person singular of the present indicative (**él, ella**).

| | |
|---|---|
| ¡Come, bebe, canta y baila! | *Eat, drink, sing, and dance!* |

**2.** Negative **tú** and **vosotros** commands are the same as their corresponding present subjunctive forms.

| | |
|---|---|
| ¡No seas tan generoso, querido! | *Don't be so generous, dear!* |
| No vayas a la estación ahora, mamá. | *Don't go to the station now, Mom.* |
| No digáis eso, niños. | *Don't say that, children.* |

**3.** Affirmative **vosotros** commands are formed by dropping the **-r** of the infinitive and adding -**d.**

| | |
|---|---|
| Seguid esta calle hasta el Paseo de la Castellana y allí doblad a la derecha. | *Follow this street to the Paseo de la Castellana and turn to the right there.* |

**4.** The following affirmative **tú** commands are irregular.

| | | | |
|---|---|---|---|
| **di** (decir) | **ve** (ir) | **sal** (salir) | **ten** (tener) |
| **haz** (hacer) | **pon** (poner) | **sé** (ser) | **ven** (venir) |

| Ven acá, Pepe. | Come here, Pepe. |
| Sé buena y haz la maleta, Josefina. | Be good and pack your suitcase, Josefina. |

## The *Nosotros* (Let's) Command

**1.** The first-person plural (**nosotros**) command is the same as the **nosotros** form of the present subjunctive.

| Primero comamos y después saquemos fotos. | First let's eat and then let's take pictures. |
| Paguemos con dinero en efectivo. | Let's pay cash. |

**2.** **Vamos a** + infinitive can be used instead of the **nosotros** command in the affirmative.

| Vamos a buscar un buen restaurante. (Busquemos un buen restaurante.) | Let's find a good restaurant. |

**¡OJO!** Either **vamos** or **vayamos** can be used as the affirmative **nosotros** command form of **ir,** but **vamos** is much more common. In the negative, only **no vayamos** is used: **No vayamos a la catedral; vayamos (vamos) al museo de historia.**

## Indirect Commands

Indirect commands are given indirectly to a third person and are the same as the third-person subjunctive forms. They are usually introduced by **que.**

| Que pase primero la señorita. | Let the young lady come in first. (Have the young lady come in first.) |
| ¡Viva México! | Hurray for (Long live) Mexico! |

## VOCABULARIO ÚTIL

### ALGUNAS ACTIVIDADES TURÍSTICAS

| | |
|---|---|
| alquilar un auto (una motocicleta) | to rent a car (a motorcycle) |
| bucear, hacer buceo | to go diving |
| hacer una caminata | to go walking, hiking |
| hacer surfing | to go surfing |
| ir a los clubes nocturnos | to go to nightclubs |
| jugar al golf (al tenis) | to play golf (tennis) |
| jugar (por dinero) en los casinos | to gamble at the casinos |
| montar a caballo | to go horseback riding |
| nadar con tubo de respiración | to go snorkeling |
| visitar museos (ruinas antiguas, sitios históricos) | to visit museums (ancient ruins, historical sites) |

# PRÁCTICA

**6-22 Un turista entusiasmado.** Gabriel nunca ha estado en la Ciudad de México y está muy entusiasmado *(excited)* con todo. ¿Qué les dice a sus compañeros?

**MODELO** pasar una tarde en el museo de antropología
*Pasemos una tarde en el museo de antropología.*

1. no perder tiempo en el hotel
2. visitar el Palacio Nacional
3. hacer una excursión a las pirámides
4. comer tacos en una taquería

5. comprar recuerdos en el mercado
6. buscar una plaza donde haya música
7. ir a ver el Castillo de Chapultepec
8. no ir a Toluca hoy

## 6-23 En Garrafón, isla Mujeres.

**Paso 1.** El guía de una excursión a isla Mujeres se preocupa por todo. ¿Qué les dice a los turistas del grupo?

**Vocabulario:** vestidores *dressing rooms*, casillero *locker*, guacamayas *parrots*, echar un vistazo *take a look*

**MODELO** seguir por ese camino para ir a los vestidores
*Sigan por ese camino para ir a los vestidores.*

1. no perder la llave del casillero
2. llevar sandalias si van al Jardín de Hamacas
3. alquilar tubos de respiración y otras cosas en esta tienda
4. tener cuidado en la Tirolesa
5. hacer una caminata por los jardines
6. no olvidar ver las guacamayas
7. para una buena comida, almorzar en el restaurante Tamarindo
8. no dejar sus cosas en los vestidores
9. disfrutar de la tarde
10. volver al grupo a las seis

**Paso 2.** Cambie los mandatos a la forma **tú.**

> ☀ **MODELO** seguir por ese camino para ir a los vestidores
> *Sigue por ese camino para ir a los vestidores.*

**6-24 El gerente.** Usted y un(a) amigo(a) se quedan en un hotel caro, pero hay muchas cosas que no funcionan bien. Ustedes se quejan *(complain)* al recepcionista, pero este le pasa *(pass on)* la queja al gerente, quien les contesta a ustedes indirectamente. ¿Qué les dice?

> ☀ **MODELO** El recepcionista: Dicen que no hay agua caliente. (esperar dos o tres horas)
> El gerente: *Que esperen dos o tres horas.*

1. Dicen que hace mucho calor en el cuarto. (abrir una ventana)
2. Dicen que el televisor no funciona. (mirar televisión en el salón de entrada)
3. Dicen que hay mucho ruido en el cuarto de al lado. (decirles a los vecinos que no hablen tan fuerte)
4. Dicen que nadie contesta cuando llaman al comedor del hotel. (salir a comer a un restaurante)
5. Dicen que quieren hacer una llamada de larga distancia. (ir a un teléfono público)
6. Dicen que el ascensor *(elevator)* no funciona. (subir por las escaleras [*stairs*])
7. Dicen que quieren marcharse. (buscar otro hotel de lujo)

**6-25 Para pasar unas vacaciones estupendas...** Escoja un lugar que usted conozca y que pueda recomendar para pasar allí unas vacaciones. Cuéntele a un(a) compañero(a) cómo llegar allí, qué llevar, cuándo ir, qué lugares visitar, qué lugares evitar, dónde quedarse, etcétera. Use la forma imperativa del verbo.

> ☀ **MODELO** *Para pasar unas vacaciones estupendas, ve a... No vayas en invierno (en julio) porque...*

Llévenme con ustedes. ¡No me olviden!

© Andreu Veà-Baró

## Commands with Object Pronouns

**1.** Object pronouns follow and are attached to affirmative commands. Accents are added to verbs of more than one syllable to maintain the stressed syllable.

| | |
|---|---|
| Comprémoslo. | *Let's buy it.* |
| ¡Socorro! ¡Ayúdelos! | *Help! Help them!* |

**2.** Object pronouns precede the verb in negative commands.

| | |
|---|---|
| ¡No me digas! | *Don't tell me!* |
| No lo compremos. | *Let's not buy it.* |

**3.** Indirect object pronouns precede direct object pronouns when used in commands, just as they do in statements or questions.

| | |
|---|---|
| Explícamelo. | *Explain it to me.* |
| No me lo expliques. | *Don't explain it to me.* |
| Désela. | *Give it to him (her).* |
| No se la dé. | *Don't give it to him (her).* |

**¡OJO!** Before **se** can be added to an affirmative **nosotros** command, the final **-s** of the verb must be dropped: **Démoselo gratis.** *Let's give it to him (her, them) free of charge.* **Contémoselo.** *Let's tell it to him (her, them).*

## PRÁCTICA

**6-26 Cómo disfrutar de la vida.** Las siguientes ideas para disfrutar de la vida aparecieron en la revista *Cosmopolitan en español.** Cambie los mandatos de la forma **tú** a la forma **usted.**

⚙ **MODELO** Aprende otro idioma y úsalo.
*Aprenda otro idioma y úselo.*

**1.** Viaja a través de toda Europa.
**2.** Corre en un maratón.
**3.** Escríbele una carta a tu héroe o heroína favorito(a).
**4.** Regálale a tu madre cincuenta rosas rojas y dile que la quieres.
**5.** Bucea en los arrecifes *(coral reefs)* de Australia.
**6.** Haz que te pinten tu retrato *(portrait).*
**7.** Juega en un casino elegante de Europa.
**8.** Dile a la gente lo que verdaderamente piensas de ella.

¿Qué recomendaría usted para disfrutar de la vida? Imagínese que habla con una persona deprimida. Dele tres o cuatro consejos, usando la forma imperativa del verbo.

---

*«Vivir y vivir hasta morir», *Cosmopolitan en español*, año 20, número 10, página 25.

**6-27 Preparando las valijas.** Trabaje con un(a) compañero(a). Su compañero(a) va a hacer un viaje a un lugar misterioso. Ayúdelo(la) a hacer las valijas, siguiendo el modelo.

⚙ **MODELO** *¿Quieres llevar las tarjetas de crédito?*
*Sí, cómo no, dámelas.*

**Ideas:** esta novela policíaca, la videocámara, las llaves de la casa, el itinerario, los boletos, el celular...

 **6-28 De viaje.** Trabaje con dos o tres compañeros. Imagínense que están en una de las siguientes fotos. Desafortunadamente, están con un grupo de turistas que incluye una familia rara: un niño mimado *(spoiled)*, una señora miedosa *(fearful)* y un gruñón *(grouch)*. Inventen por lo menos seis mandatos que estas personas podrían dar durante el viaje. Algunos de estos mandatos deben incluir pronombres de complemento directo e indirecto.

⚙ **MODELO** El gruñón: *Volvamos al hotel. Estoy cansado.*
El niño mimado: *Déjenme ir al cine. Es temprano. Mamá, dame 15 euros.*
La señora miedosa: *Tengamos mucho cuidado con las carteras.*

**Ideas:** comprarme..., esperarnos, no ir muy..., ayudarme, explicarnos, llevar...

Paseo a caballo por los Andes.

Las calles de Ibiza, islas Baleares.

# EN CONTACTO

## Videocultura

 ### Puerto Rico, la «isla del encanto»

**iLrn**
Para aprender más sobre los 21 países que hablan español, mire los videos culturales en la Mediateca (*Media Library*).

Cada año miles de turistas llegan a la «isla del encanto (*enchantment*)». Mire el video y conteste esta pregunta: ¿Qué diversiones o actividades se pueden hacer en Puerto Rico?

**Vocabulario:** fortalecimiento *fortification;* artesanías *handicrafts;* muñecas de trapo *cloth dolls;* máscaras *masks;* bacalaítos *strips of fried cod*

Busque «Bosque Nacional El Yunque», una reserva natural de Puerto Rico, para ver flora y fauna exótica y el pequeño coquí *(frog)*, símbolo de la isla. («Soy de aquí, como el coquí», dicen los puertorriqueños.)

Image © Colin D. Young 2010. Used under license from Shutterstock.com.

**6-29 Comprensión.** Conteste las siguientes preguntas después de ver el video.

1. ¿Cuál es la capital de Puerto Rico? ¿Cómo se llama el fuerte *(fort)* con las impresionantes murallas que protegían *(protected)* la ciudad?

2. ¿Qué se puede comprar en los mercados de artesanías?

3. ¿En qué ciudad están el antiguo Parque de Bombas y el paseo «La Guancha»? (¿En honor a qué explorador español se nombró la ciudad?)

4. ¿Qué quiere decir «piragua» en Puerto Rico? (Normalmente sería una canoa.)

 **6-30 Puntos de vista.** Compare sus opiniones con las de dos o tres compañeros.

1. De las diversiones que se ven en el video, ¿cuáles le gustaría hacer?

2. Si decide ir a Puerto Rico, ¿cuándo iría (durante qué estación)? ¿Por qué?

3. ¿Cómo muestra el video la mezcla de culturas que caracteriza la isla?

4. ¿Cree que Puerto Rico será un estado de Estados Unidos algún día? ¿Por qué sí o por qué no?

## Síntesis

**6-31 Un viaje a Argentina.** Trabajen en grupos de tres o cuatro. Ustedes tienen mucha suerte: ¡han ganado un viaje a Argentina! Argentina tiene una geografía muy diversa.

**Paso 1.** Primero, miren el anuncio de la Secretaría de Turismo de Argentina y el mapa del país. ¿Qué lugares les gustaría conocer? ¿Quieren ir a las montañas a esquiar o a montar a caballo? ¿A las cataratas *(falls)* de Iguazú, cerca de la frontera con Brasil en el Litoral? ¿A Buenos Aires, la capital, a ver los museos e ir a los clubes nocturnos? ¿A las pampas *(grasslands)* del centro, donde hay grandes estancias (ranchos) y lagos tranquilos? ¿O prefieren ir al extremo sur, a la Patagonia, donde pueden ver glaciares y pingüinos?

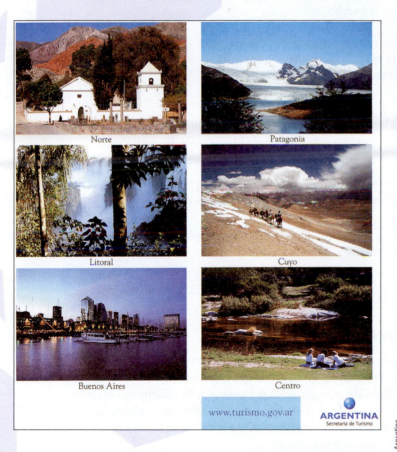

Norte

Patagonia

Litoral

Cuyo

Buenos Aires

Centro

www.turismo.gov.ar

ARGENTINA
Secretaría de Turismo

Secretaría de Turismo, Argentina

**Paso 2.** Después de ponerse de acuerdo sobre tres o cuatro sitios de interés que quieren visitar, hagan un itinerario para pasar una semana en Argentina. Usen la imaginación para decidir qué van a ver y hacer en cada sitio de interés, por la mañana, por la tarde y por la noche. Hagan oraciones con verbos en forma imperativa como las siguientes para hablar de las posibilidades.

⚙ **MODELO**  A: *Vayamos a las cataratas de Iguazú.*
B: *Pero primero, vayamos a la capital en avión. Demos un paseo por la ciudad.*
C: *Salgamos a bailar por la noche...*

 **6-32 Consejos.** Cuéntele a un(a) compañero(a) algún problema que tenga, algo que tenga que hacer o algo que le preocupe. Su compañero(a) le da consejos, usando la forma imperativa del verbo.

⚙ **MODELO**  A: *Necesito unas vacaciones.*
B: *Ve a las montañas a esquiar. No vayas a...; quédate en... Si no tienes esquíes, alquílalos en...*

**Ideas:**

Voy de vacaciones y no sé qué hacer con mi perro (mi gato, mis plantas...).

Quiero ir al Japón, pero no sé ni una palabra de japonés. ¿Qué debo hacer para aprender la lengua?

Necesito hacer ejercicio (comprar un automóvil, comprar un regalo para...).

Cuando estamos de vacaciones, mi novio(a) nunca quiere hacer nada; prefiere quedarse en el hotel y leer.

Es posible que pierda la beca (el trabajo, el apartamento...) que tengo.

## Composición

### Una visita a mi pueblo

Usando las listas de vocabulario de este capítulo y sus respuestas a las actividades 6-9, 6-10 y 6-25, escríbale una carta a un(a) amigo(a) hispano(a) que va a venir de visita a su pueblo o ciudad. Dele algunos consejos para el viaje. Por ejemplo, dígale qué sitios de interés debe conocer, en qué estación del año debe venir, qué debe traer, cómo podrá llegar a su casa o apartamento desde el aeropuerto. Use la forma imperativa del verbo por lo menos cuatro veces.

**Opción:** Con la ayuda de su profesor(a), busque a un(a) ciberamigo(a) hispano(a) y escríbale un e-mail. Podría mandarle fotos de su pueblo o ciudad, de su vecindario y de algunos sitios de interés.

# CAPÍTULO 7

# Gustos y preferencias

## METAS

En este capítulo vamos a aprender a...

▶ expresar gustos y preferencias

▶ expresar acuerdo y desacuerdo

▶ utilizar expresiones para pedir comida o bebida en los restaurantes

▶ hablar de la música, de comidas y bebidas y de la moda

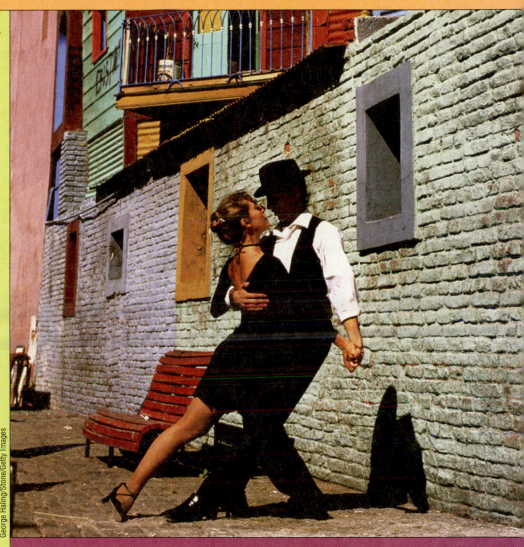

George Haling/Stone/Getty Images

El tango argentino: «un corazón y cuatro piernas»

## LENGUA VIVA

Expresiones de acuerdo y desacuerdo

Expresiones que se utilizan en los restaurantes

## GRAMÁTICA

Palabras afirmativas y negativas

**Gustar, faltar** y otros verbos semejantes

El subjuntivo en cláusulas adjetivales

El subjuntivo con ciertas conjunciones adverbiales

## VOCABULARIO

La música

Comidas y bebidas

La moda *(Fashion)*

##  LECTURAS

«¿Por qué nos gusta lo que nos gusta?»

«Lima en la cima» de Ruperto de Nola

*El ingenioso hidalgo don Quijote de la Mancha* (fragmento) de Miguel de Cervantes

# Presentación del tema

## Gustos musicales y la «música latina»

«Entre las gentes, hay mil gustos diferentes». Quizás este dicho aplique especialmente a la música, la comida y la moda de la ropa que llevamos. ¿Por qué nos gusta lo que nos gusta?

¿Cómo se puede explicar los gustos musicales, por ejemplo? Se oye mucho la expresión «música latina», y a menudo se asocia con la salsa, la música de Marc Anthony o Rubén Blades, entre muchos otros. La salsa es una combinación de varias influencias musicales: el son de Cuba, otras formas musicales del Caribe y el jazz de Estados Unidos. (El son tuvo su origen en los antiguos rituales musicales de la santería, una religión afrocubana, con elementos católicos y africanos.) Además de la salsa, la «música latina» incluye una gran variedad de estilos musicales, como el tango argentino, la cumbia colombiana, el flamenco español y las rancheras mexicanas. Los gustos musicales varían mucho de cultura en cultura y de persona en persona… un fenómeno inexplicable, pero ¡que viva la diferencia!

AP Photo/Andres Leighton

El cantante y compositor Juan Luis Guerra y su grupo 4.40 (Cuatro Cuarenta) han llevado los ritmos contagiosos del merengue a todo el mundo. La letra de sus canciones, inspirada en temas sociales, expresa la realidad de la vida en el Caribe. El merengue nació en las zonas rurales de República Dominicana.

**Google** Busque «Juan Luis Guerra» para saber más sobre este famoso merenguero.

## PRÁCTICA

**7-1 Preguntas.**

1. ¿Qué es la salsa? ¿Qué elementos tiene? ¿Qué es la santería?
2. ¿De qué países vienen el tango, la cumbia, el flamenco y las rancheras?
3. ¿Dónde nació el merengue? ¿Qué expresa la música de Juan Luis Guerra?
4. ¿Conoce usted algún (alguna) compositor(a) hispano(a)? ¿Cuál? ¿Le gusta su música? ¿Qué cantantes hispanos le gustan?

## VOCABULARIO ÚTIL

### LA MÚSICA

#### COGNADOS

| | |
|---|---|
| el ballet | el merengue |
| el estilo | la música folklórica, clásica, pop, rock, reggae, rap, hip-hop |
| expresar | la ópera |
| el flamenco | la salsa |
| improvisar | el, la solista |
| el jazz | el tango |

#### LOS INSTRUMENTOS MUSICALES

| | |
|---|---|
| el acordeón | los tambores (drums) |
| el clarinete | el trombón |
| la flauta | la trompeta |
| la guitarra | el violín |
| el piano | |

#### OTRAS PALABRAS

| | |
|---|---|
| el bailarín (la bailarina) | dancer |
| componer | to compose |
| el compositor (la compositora) | composer |
| el conjunto | band, group |
| el espectáculo | show |
| el género | type, genre |
| la letra | lyrics |
| reflejar | to reflect |

**7-2 Asociaciones.** ¿Qué palabra(s) del mundo de la música se asocia(n) con...?

⚙ **MODELO** Shakira

*la música pop, la música rock, la cantante, la solista, la guitarra...*

1. Usher
2. la música triste
3. una marcha militar
4. la originalidad
5. *El Cascanueces (The Nutcracker)*
6. Mozart
7. música para trabajar o estudiar
8. música para dormir

**7-3 Preguntas.** Túrnense para entrevistarse con otro(a) compañero(a), utilizando las siguientes preguntas.

1. ¿A ti qué tipo de música te gusta escuchar? ¿Te gusta escuchar música en la radio a veces? ¿Qué estaciones de radio escuchas?

2. ¿Te gusta bailar? ¿Sabes bailar tango? ¿merengue? ¿chachachá?

3. ¿Tienes un(a) compositor(a) favorito(a)? ¿Cómo se llama?

4. ¿Cuáles de los cantantes (o conjuntos) de hoy te parecen los mejores? ¿Por qué? ¿Te gusta la letra de sus canciones?

5. ¿Tocas un instrumento musical? ¿Cuál? Si no, ¿cuál te gustaría tocar? ¿Por qué?

6. ¿Tuviste lecciones de música cuando eras pequeño(a)? ¿Fue una buena experiencia? ¿Aprendiste a componer música o a improvisar?

7. ¿Te gusta cantar? ¿Cantas en un coro *(chorus)*? ¿en la ducha *(shower)*?

# LENGUA VIVA

Julia Gutiérrez            Mike Martin

## Audioviñetas: En Bogotá

CD 2, Track 2

**Conversación 1: Para expresar acuerdo y desacuerdo.** Mike y Julia conversan en un lugar céntrico de Bogotá.

**7-4** Escuche la **Conversación 1** y conteste las preguntas.

1. Son las nueve de la noche. ¿Dónde están Mike y Julia?
   a. en un restaurante
   b. en la calle, cerca de un club nocturno
   c. en un concierto de música clásica

2. ¿Qué piensa Julia de la música?
   a. Le molesta.
   b. Le gusta más o menos.
   c. Le encanta.

**7-5** Escuche la **Conversación 1** otra vez. Escoja las palabras apropiadas para completar la canción. Después conteste esta pregunta: ¿Qué quiere decir «Todo es según el color del cristal con que se mira»?

1 —Oye, Guillermo, te voy a hablar de las cosas de mi (1. ciudad / pueblo).
—Mentiras°...                                                           *nonsense, lies*
—No, no, escucha esto.

Willy Chirino:
5 En mi pueblo sucedían° las cosas más sorprendentes.           *pasaban*
Había una burra sin (2. dientes / gentes)
experta en ortografía...
—No hombre, no...
...un enano° que crecía                                             *dwarf*
10 cuando (3. había / hacía) mucha humedad°,          *humidity*
un calvo° que en Navidad                                *bald man*
(4. siempre / nunca) le nacía pelo,
y un gallo° con espejuelos°                          *rooster / glasses*
de (5. sesenta / noventa) años de edad.
15 Y un gallo con espejuelos
de (6. sesenta / noventa) años de edad.

Álvarez Guedes:
Eso no es (7. nada / nadie).
Oye, no quiero menospreciar°                     *underrate*
20 a tu pueblo fabuloso
pero en el mío, había un oso°                       *bear*
que fue campeón de billar°...                    *billiards*
—No (8. existe / te creo).
...melones da el limonar°                        *lemon tree*
25 y hay un ciempiés° con muletas;°           *centipede / crutches*
Juan, un viejo anacoreta,°                     *hermit*
tiró un centavo al cantero;°           *flowerbed, small piece of land*
creció un árbol de dinero
donde florecen° pesetas.                       *grow, flourish*
30 —(9. ¿Cómo? / ¿Qué?)
Creció un árbol de dinero
donde florecen pesetas.

Coro:
Ya lo dijo Campoamor,°           *a nineteenth-century Spanish poet / shrinks*
35 todo encoge,° todo estira;°
que en este mundo traidor°         *stretches out treacherous, false*
nada es (10. real / verdad) ni es mentira;
todo es según el color
del cristal con que se mira.

—Willy Chirino, *South Beach,* SONY
Tropical, © 1993 Sony Discos Inc.

CD 2,
Track 3

**Conversación 2: Para expresar desacuerdo.** Julia y Mike están manejando por una calle de Bogotá.

**7-6**  Escuche la **Conversación 2.** ¿Qué quiere Julia? ¿Qué piensa Mike de su idea?

**7-7**  Escuche la **Conversación 2** otra vez. Escoja la mejor respuesta.

**1.** Según Julia, a las diez de la mañana, una comida muy deliciosa es...

a. una dona *(doughnut).*
b. una barra de granola.
c. un plato de menudo *(tripe soup)* picante, con cebolla.

**2.** Para Mike, un plato de arepas *(thick corn tortillas)* con café negro es...

a. un buen desayuno.
b. un buen almuerzo.
c. una buena cena.

**3.** Un «tentempié» es algo que...

a. le da energía.
b. le tiene de pie.
c. **a** y **b**

## En otras palabras

### Para expresar acuerdo y desacuerdo

Here are some ways to express agreement and disagreement.

**1.** You strongly agree with what someone is saying.

| | |
|---|---|
| **Sí, ¡cómo no!** | **Cierto.** |
| **Exacto.** | **Por supuesto.** *Of course.* |
| **Eso es.** | **Correcto.** |
| **Claro.** | **Sí, es verdad. Estoy de acuerdo.** |

Mire el video en el sitio **www.cengagebrain.com/shop/ISBN/0495912654** y haga las actividades que lo acompañan.

© Anna Pérez

Rafael y Javier salen a comer. ¿Cómo piden la cuenta? ¿Quién la paga, al final?

**2.** You disagree with what someone is saying.

| | |
|---|---|
| **No, no es verdad.** | **¡Qué tontería(s)!** *What nonsense!* |
| **No, no estoy de acuerdo.** | **¡Qué ridículo!** |
| **Al contrario...** | **¡Qué va!** *Oh, come on!* |

**3.** You partially agree with what someone is saying and partially disagree. (Or you disagree but don't want to appear disagreeable.)

**Bueno, eso depende.**
**Está bien, pero por otra parte...** *(Fine, but on the other hand . . .)*
**Estoy de acuerdo en parte.**
**Pues, sí, hasta cierto punto.**

**4.** You agree with a suggestion that you or someone else do something.

¡Claro que sí!

Como usted quiera. (Como quieras.)
*As you like. Whatever you want.*

Sí, ¡cómo no!

De acuerdo.

**5.** You disagree with a suggestion that you or someone else do something.

Por el momento, no, gracias. Prefiero...

¡Ni por todo el oro (dinero) del mundo! ¡Ni a la fuerza (a palos)! *Not even by force (because of blows)!* ¡Ni loco(a)! *(colloquial)*

¡De ninguna manera!

## Para pedir comida o bebida en un restaurante

In Spain and Latin America, breakfast is generally light; lunch is the main meal, eaten in the early afternoon, and dinner is a smaller meal, usually eaten late (8:00 P.M. or even up to 10:00 P.M. in Spain).

To save a bit of money in a restaurant, you can ask for the **menú del día,** a full meal at a fixed price (called **comida corrida** in Mexico and parts of South America). You may also save money by asking, **¿Cuáles son los vinos de la casa?** and **¿Está incluido el servicio?** *(Is the service/tip included?)*

Before eating, it's common to say **¡Buen provecho!** *(Enjoy your meal!).* And to make a toast, you can say **¡Salud!, ¡Salud, amor y dinero!,** or **¡Chin chin!** (imitating the sound of glasses clinking).

Following is a list of restaurant expressions. Who would be likely to use each one, a customer or a waiter? Mark C (**cliente**) or M (**mesero**). The answers are at the bottom of the page.

_C_ **1.** Tenemos reservaciones.

____ **2.** ¿Una mesa para tres?

____ **3.** ¿Desean pedir ahora?

____ **4.** ¿Nos podría traer la lista de vinos?

____ **5.** ¿Qué les traigo para empezar?

____ **6.** ¿Cuál es el menú del día?

____ **7.** ¿Qué nos recomienda?

____ **8.** ¿De qué es la sopa del día?

____ **9.** Permítanme recomendarles la especialidad de la casa.

____ **10.** ¿Les gustaría probar *(to try)*...?

____ **11.** Me falta un tenedor (un cuchillo, una cuchara) *(a fork [knife, spoon]).*

____ **12.** ¿Me trae..., por favor?

____ **13.** Esto no es lo que pedí.

____ **14.** ¿Querrán algún postre *(dessert)*? ¿café?

____ **15.** ¿Hay café descafeinado *(decaf)*?

1. C 2. M 3. M 4. C 5. M
6. C 7. C 8. C 9. M 10. M
11. C 12. C 13. C 14. M
15. C

## PRÁCTICA

 **7-8 Opiniones sobre la música.** Túrnese con un(a) compañero(a) para hacer afirmaciones sobre gustos musicales y para decir si están o no de acuerdo.

⚙ **MODELOS**   A: *En general, la letra de la música rap es bastante machista.*
B: *No estoy de acuerdo. A veces…*

A: *La música techno (de acordeón, de Lady Gaga, etc.) es fatal (estupenda).*
B: *Es verdad. Pero por otra parte…*

 **7-9 ¿De acuerdo?** Piense en algunas actividades atrevidas *(daring)* o interesantes y en otras más rutinarias o menos agradables, e invite a un(a) compañero(a) a hacerlas con usted. Su compañero(a) dirá si está o no de acuerdo.

⚙ **MODELOS**   A: *¿Quieres ver un espectáculo de tango?*
B: *Sí, hombre, ¡cómo no!*

A: *Vamos a un restaurante mexicano a comer un plato de menudo (tripe soup), ¿de acuerdo?*
B: *De ninguna manera. ¡Ni a palos!*

Note that **hombre** is used in this way colloquially in most parts of the Spanish-speaking world to address either a male or a female.

 **7-10 En el restaurante.** Trabaje con un(a) compañero(a). Inventen una pequeña conversación en un restaurante entre un(a) mesero(a) y un(a) cliente. Utilicen por lo menos cinco de las expresiones de la lista de la página 155.

# GRAMÁTICA Y VOCABULARIO

## Affirmatives and Negatives

| | |
|---|---|
| **algo** *something, somewhat* | **nada** *nothing, (not) at all* |
| **alguien** *someone, anyone* | **nadie** *no one, nobody, not anyone* |
| **siempre** *always* } | |
| **algunas veces** *sometimes* } | **nunca, jamás** *never* |
| **algún, alguno(a)** *some, any* | **ningún, ninguno(a)** *none, not any, no* |
| **también** *also* | **tampoco** *not either* |
| **o...o** *either . . . or* | **ni...ni** *neither . . . nor* |
| **todavía** *still* | **todavía no** *not yet* |
| **aún** *still* | **ya no** *not any more* |

1. Most sentences can be made negative by placing **no** directly before a verb: **No vino. No ha comido.** Object pronouns can come between: **No me lo dio.**

2. Negative words can either (1) precede the verb or (2) follow the verb if **no** or another negative precedes it. Note that several negatives can be used in a Spanish sentence.

|   |   |
|---|---|
| Elena nunca tiene prisa. (Elena no tiene prisa nunca.) | *Elena's never in a hurry.* |
| Nunca le dije nada a nadie. | *I never said anything to anyone.* |

3. Both **nunca** and **jamás** mean *never*; however, **jamás** means *ever* in a question where a negative answer is expected.

|   |   |
|---|---|
| Nunca (Jamás) le hicieron mal a nadie. | *They never harmed anyone.* |
| ¿Has oído jamás semejante historia? | *Have you ever heard a similar story?* |

**Alguna vez** is used to mean *ever* in a simple question where neither an affirmative nor a negative answer is expected.

|   |   |
|---|---|
| ¿Ha escuchado alguna vez este tipo de música? | *Have you ever heard this kind of music?* |

4. **Alguien** and **nadie** refer to people. **Alguno** and **ninguno** can be used for either people or things; they normally refer to certain members of a group that the speaker or writer has in mind.

| | |
|---|---|
| ¿Hay alguien en casa? Parece que no hay nadie aquí. | *Is there anyone home? It seems there is no one here.* |
| Algunos de mis amigos tocan varios instrumentos musicales, pero ninguno de ellos toca el trombón. | *Some of my friends play several musical instruments, but none of them plays the trombone.* |

5. **Alguno** and **ninguno** used as adjectives become **algún** and **ningún** before masculine singular nouns: **algún día, ningún conjunto. Ningún** and **ninguno(a)** are generally used in the singular as adjectives or pronouns; however, the English translation uses a plural.

| | |
|---|---|
| Tengo algunas fotos de él; no tengo ninguna foto de ella. | *I have some photos of him; I don't have any photos of her.* |
| Conozco a algunos estudiantes de Puerto Rico; no conozco a ninguno de Cuba. | *I know some students from Puerto Rico; I don't know any from Cuba.* |

6. **Todavía** and **aún** mean *still, yet*; **ya no** is used to mean *no longer, not anymore;* **todavía no** means *not yet.*

| | |
|---|---|
| ¿Todavía te sientes mal? —Ya no. | *Do you still feel bad? —Not anymore.* |
| ¿Aún toca el clarinete? | *Is he (she) still playing the clarinet?* |

## PRÁCTICA

**7-11 El optimista y el pesimista.** Describa al pesimista, basándose en la descripción del optimista.

 **MODELOS**  EL OPTIMISTA: Según su opinión, todo el mundo es honesto.
EL PESIMISTA: *Según su opinión, nadie es honesto.*

EL OPTIMISTA: Nunca piensa en ningún problema.
EL PESIMISTA: *Siempre piensa en algún problema.*

1. Casi nunca está preocupado por nada.
2. Según él o ella, todo el mundo es sincero.
3. Siempre tiene algo bueno que decir.
4. Según su opinión, tiene muchos amigos felices.
5. Cuando alquila un auto, jamás compra seguro *(insurance).*
6. Le interesa cualquier libro sobre cómo ser feliz.

**7-12 La música flamenca.** Complete la conversación con palabras afirmativas o negativas lógicas, según el contexto. Para una lista completa, mire la página 157.

ANDRÉS: ¿Tienes (1) _____ disco compacto de Paco de Lucía?

MARISA: ¿Paco de Lucía? No, no tengo (2) _____.

ANDRÉS: Yo (3) _____, pero me gusta mucho la música flamenca y su música en particular.

MARISA: Pregúntale a Carmen... Ella tiene muchos discos compactos.

ANDRÉS: Buena idea. Pero Carmen está en Córdoba, ¿no?

MARISA: No, (4) _____ no se ha ido. Sale mañana.

ANDRÉS: Ah, y a propósito de la música flamenca, tengo dos entradas para El Palacio Andaluz esta noche. Una amiga inglesa estaba aquí de visita y la iba a llevar, pero ya regresó a Inglaterra. ¿Quieres acompañarme?

MARISA: Gracias, Andrés, pero no puedo. Tengo una cena familiar.

ANDRÉS: ¿Conoces a (5) _____ que quiera ir?

MARISA: Pues, déjame pensar. (6) _____ Felipe _____ Manuel están aquí; ayer salieron para las montañas. Ramona (7) _____ está, porque fue a visitar a su familia.

ANDRÉS: Parece que (8) _____ de nuestros amigos está aquí este fin de semana. Pues, no hay (9) _____ problema, no te preocupes.

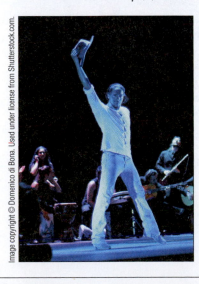

Joaquín Cortés, famoso bailador de flamenco español. El flamenco tiene una fuerte influencia oriental y refleja la pasión y el dolor de la gente gitana *(Gypsy)*.

**Paso 1.** Túrnense con un(a) compañero(a) para averiguar si...

⚙ **MODELO**   tiene algunos discos compactos de Alejandro Sanz.
           A: *¿Tienes algunos discos compactos de Alejandro Sanz?*
           B: *No, no tengo ninguno. (Sí, tengo uno [algunos].)*

1. tiene algunos discos compactos de Christina Aguilera.
2. sabe algo sobre la música rap.
3. sabe algo sobre las cumbias de Colombia.
4. conoce a alguna persona famosa.
5. conoce a alguien que maneje un Porsche.
6. todavía tiene su primera bicicleta.
7. siempre almuerza en casa.
8. tiene algún instrumento musical.

**Paso 2.** Utilizando palabras afirmativas y negativas, haga tres o cuatro oraciones, comparándose con su compañero(a): **Tengo una guitarra, pero Julia no tiene ningún instrumento musical. Nancy siempre almuerza en casa, pero yo casi nunca almuerzo en casa.**

## *Gustar, Faltar,* and Similar Verbs

Me encanta la música de Carlos Santana. ¿A ti también te gusta?

Review the use of the verb **gustar** on page 8.

| Indirect object pronoun | + | gusta/gustan | + | Subject |
|---|---|---|---|---|

A number of verbs are used like **gustar**:

| | |
|---|---|
| **convenir (ie)** | *to be convenient or suitable* |
| **doler (ue)** | *to ache, hurt* |
| **encantar** | *to delight or charm (often translated as to love)* |
| **faltar** | *to be lacking (often translated as to need)* |
| **hacer falta** | *to be lacking, missing (often translated as to need)* |
| **importar** | *to matter or be important* |
| **interesar** | *to interest* |
| **molestar** | *to bother* |
| **parecer** | *to seem* |
| **quedar bien (mal); quedar grande (chico, pequeño)** | *to fit well (badly); to be big (small)* |

| | |
|---|---|
| A mis abuelos no les conviene vernos hoy. | *It's not convenient for my grandparents to see us today.* |
| ¿Qué le hace falta para hacer el postre? | *What do you need to make the dessert?* |
| Me falta azúcar. | *I need sugar. (Sugar is lacking to me.)* |
| Me duele la cabeza. | *My head aches.* |
| ¿Me queda bien esta chaqueta? —No, te queda grande. | *Does this jacket fit me well? —No, it's big on you.* |
| A Susana le interesa la música clásica. No le interesan los deportes. | *Susana is interested in classical music. (It interests her.) She's not interested in sports.* |
| ¿Qué cosas les importan? —Les importan la familia y la tradición. | *What things matter (are important) to them? —Family and tradition matter to them.* |
| Nos encantó el espectáculo. | *We loved the show. (It delighted us.)* |
| ¿Te molesta esta música? | *Does this music bother you?* |
| ¿Qué les parece? | *What do you think about it? (How does it seem to you?)* |
| ¿Qué te parecen estos entremeses? —Me parecen muy sabrosos. | *What do you think about these appetizers? (How do they seem to you?) —They seem delicious (very tasty) to me.* |

Notice the use of definite articles in sentences like **Me duele <u>la</u> cabeza** or **No le interesan <u>los</u> deportes** and notice the use of the preposition **a** (**A mis abuelos, A Susana,** etc.). See page 18 for review.

# VOCABULARIO ÚTIL

## COMIDAS Y BEBIDAS

### LA COMIDA

| | |
|---|---|
| la carne (de vaca, de res) | meat (beef) |
| los frijoles | beans |
| el jamón | ham |
| el helado | ice cream |
| los mariscos (los camarones, las almejas) | shellfish (shrimp, clams) |
| la papa (*Spain:* patata) | potato |
| el pescado | fish |
| el pollo | chicken |
| el postre, los dulces | dessert, sweets |
| el queso | cheese |
| la sal (la pimienta) | salt (pepper) |
| la sopa | soup |
| las verduras, las legumbres | vegetables |

### OTRAS PALABRAS

| | |
|---|---|
| la cocina | cuisine; kitchen; stove |
| cocinar | to cook |
| el entremés | appetizer |
| el jugo (de naranja) | (orange) juice |
| el plato fuerte | main course |
| sabroso(a) | delicious |
| la servilleta | napkin |
| el vino blanco (tinto, rosado) | white (red, rosé) wine |

### ¡OJO!

caliente *hot (temperature);* frío *cold /* picante *(hot) spicy;* suave *bland, mild*

tener cuidado con *to be careful with /* tener ganas de *to feel like /* tener hambre (sed) *to be hungry (thirsty)*

# PRÁCTICA

© Jimmy Scott, "El Mercurio" de Santiago, Chile

– TÚ DIJISTE: "ME ENCANTA EL PULPO"... BUENO, AQUÍ TIENES: "EL PULPO".

**el pulpo** *octopus*

**7-14 Gustos.** Haga oraciones acerca de sus gustos y de los gustos de otras personas, de acuerdo con los modelos.

⚙ **MODELOS**  yo / cocinar
*A mí no me gusta cocinar.*
los vegetarianos / las frutas y las verduras
*A los vegetarianos les gustan las frutas y las verduras.*

**1.** los vegetarianos / la carne
**2.** mi mejor amigo y yo / almorzar juntos
**3.** mi mejor amigo / la comida china
**4.** mi madre / la comida picante
**5.** mi padre / los dulces
**6.** yo / el arroz con frijoles
**7.** yo / los camarones

**7-15 «En gustos no hay disgustos *(disputes)*».** ¿Le gustan las siguientes comidas? ¿Por qué sí o por qué no? (Use **porque** y una de las frases que aparecen en la lista de la derecha o una frase de su propia invención.)

⚙ **MODELOS**  la sopa de mariscos
*Me gusta la sopa de mariscos porque es muy sabrosa.*
*No me gusta la sopa de mariscos porque es difícil de preparar.*

**1.** los burritos
**2.** la pizza
**3.** el sushi
**4.** las hamburguesas
**5.** el pan francés
**6.** el jamón y el salami
**7.** la comida china
**8.** la carne de vaca
**9.** el chocolate
**10.** ¿...? (nombre de una comida que a usted le gusta mucho o no le gusta nada)

fácil / difícil de preparar
muy caro / muy barato
(demasiado) picante
(no) tiene muchas calorías
bueno / malo para la salud
no tiene sabor / es sabroso (delicioso)
tiene mucha sal (o mucho azúcar)
(no) tiene ingredientes artificiales

**7-16 Use la imaginación.** Complete las siguientes oraciones.

1. A mí me encanta(n)...
2. A los jóvenes les interesa(n)...
3. A los ancianos les interesa(n)...
4. A los profesores les importa(n)...
5. A los estudiantes les falta(n)...
6. A mí me hace(n) falta...
7. A mis papás les molesta(n)...
8. A las mujeres les importa(n) mucho...
9. A los hombres les importa(n) mucho...
10. A todo el mundo le conviene...

 **7-17 Entrevista.** Túrnese con un(a) compañero(a) para averiguar lo siguiente. Pregúntele:

1. qué le parece la música «country»
2. qué géneros musicales le interesan más
3. qué géneros musicales les gustan a sus papás y qué géneros musicales no les gustan nada
4. si le duele la cabeza en este momento
5. una cosa que le importa mucho y una cosa que no le importa nada
6. dos cosas que le molestan mucho
7. dos cosas que les molestan mucho a los jóvenes en general
8. qué les hace falta a los estudiantes aquí
9. qué le falta para ser feliz

 **7-18 El cotorreo** *(Gossip or gab session).*
Trabaje con un(a) compañero(a).
Averigüe una cosa que le gusta mucho o
que le encanta y una cosa que no le gusta
nada. (Su compañero[a] hace lo mismo.)
Después, cambie de compañero(a)
y pásele la información acerca de su
primer(a) compañero(a). Hágale preguntas a su nuevo(a) compañero(a) para
averiguar una cosa que le gusta mucho y
una cosa que no le gusta nada. El cotorreo
sigue así durante diez minutos.

**al horno** *roasted or baked*

**entallada** *well cut,*
*fitting well*

# The Subjunctive in Descriptions of the Unknown or Indefinite

1. The subjunctive is used in certain adjective clauses that modify something that is unknown, indefinite, nonexistent, or unreal—for instance, a person or thing one is looking for but may not find or someone or something that definitely does not exist. However, the indicative is used for a specific person or thing definitely known to exist (including the pronouns **alguien, alguno,** and **algo**). Compare the following examples.

| | |
|---|---|
| Hay alguien aquí que va a Barcelona. | *There is someone here who is going to Barcelona.* |
| ¿Hay alguien aquí que vaya a Barcelona? —No, no hay nadie aquí que vaya a Barcelona. | *Is there anyone here who is going to Barcelona? —No, there's no one here who's going to Barcelona.* |
| Vamos al Club Latinoamericano, donde podemos escuchar música. | *Let's go to the Latinoamericano Club, where we can listen to music.* |
| Vamos a un lugar donde podamos escuchar música. | *Let's go to a place where we can listen to music.* |
| Busco la blusa azul que mi hija llevó en la fiesta de cumpleaños. | *I'm looking for the blue blouse that my daughter wore at the birthday party.* |
| Busco una blusa que mi hija pueda llevar en una fiesta de cumpleaños. | *I'm looking for a blouse that my daughter can wear at a birthday party.* |

Notice that in the first example of each pair the speaker or writer is thinking of something or someone specific; therefore, the indicative is used. But in the second example of each pair, when the person or item is either nonexistent or not specific, the subjunctive is used. The subjunctive is used only in the adjective clause (a descriptive clause that generally begins with **que** and modifies a preceding noun).

2. The personal **a** is used before a direct object that is a person when the speaker or writer has someone definite in mind, but not normally when the person is indefinite or unspecified. However, the pronouns **alguien, alguno, nadie,** and **ninguno** used as direct objects referring to people always take the personal **a**.

| | |
|---|---|
| Armando busca una mujer que lo quiera y que lo trate bien. | *Armando is looking for a woman who will love him and treat him well.* |
| Armando encontró a alguien que lo quiere y que lo trata bien. | *Armando found someone who loves him and treats him well.* |

## VOCABULARIO ÚTIL

### LA MODA

#### COGNADOS

| | | |
|---|---|---|
| la blusa | el descuento | el suéter |
| la chaqueta | los pantalones | |

#### OTRAS PALABRAS

| | |
|---|---|
| el abrigo | *coat* |
| los calcetines | *socks* |
| la camisa | *shirt* |
| la camiseta | *T-shirt* |
| el chaleco | *vest* |
| la corbata | *tie* |
| la falda | *skirt* |
| el impermeable | *raincoat* |
| llevar, traer, usar | *to wear* |
| la marca | *brand* |
| las medias | *stockings* |
| el paraguas | *umbrella* |
| ropa ligera (abrigada) | *light (heavy, warm) clothing* |
| la sudadera | *sweatshirt* |
| el traje | *suit* |
| el vestido | *dress* |
| los zapatos | *shoes* |

#### ¡OJO!

**probar (ue)** *to try;* **probarse (ue)** *to try on /* **tratar de** *(+ infinitive) to try, make an effort;* **tratar de** *(+ noun) to deal with,* treat

Y usted, ¿quiere que su ropa «diga» algo? ¿Le importa que su ropa esté de moda? ¿Le importa la marca de ropa que lleva? ¿Refleja la ropa de una persona su personalidad?

**lanzada** *daring* **arreglada pero no cursi** *neat but not corny, "overdone"*

# PRÁCTICA

**7-19 Un espectáculo de baile folklórico.** Complete las oraciones con los verbos apropiados.

Bailarines con trajes tradicionales en un espectáculo de danzas folklóricas de México

*Marina Brodskaya*

Me llamo Maribel y soy actriz y bailarina. El mes pasado actué en una obra de drama contemporáneo, pero este mes empiezo a trabajar con un grupo de baile folklórico. En vez de ropa moderna, nos van a hacer trajes que (1) _____ (tener) faldas largas de colores vivos. En la obra, usé zapatos un poco incómodos, con tacones *(heels)* muy altos, pero ahora necesito unos zapatos que me (2) _____ (quedar) bien y que (3) _____ (ser) muy cómodos, para poder bailar durante varias horas. Van a construir un escenario que (4) _____ (hacer) referencia a murales de famosos artistas mexicanos, como Diego Rivera. ¿Quieres ver un espectáculo que (5) _____ (celebrar) la cultura tradicional de México y que (6) _____ (tener) música alegre? Pues, ¡ven a vernos el mes que viene!

**7-20 Juego de memoria:** ¿Hay alguien que lleve...?

La clase debe dividirse en dos equipos. Un(a) voluntario(a) tiene que ponerse de pie *(stand up)* y cerrar los ojos. Algún estudiante del otro equipo le hace una pregunta sobre la ropa de las personas de la clase. Si el voluntario (la voluntaria) contesta bien (en español), su equipo gana un punto. Después le toca a *(it's the turn of)* un(a) voluntario(a) del otro equipo, etcétera. El equipo con más puntos al final gana el juego.

**❖ MODELOS**  A: *¿Hay alguien que lleve un chaleco amarillo?*
B: *No, no hay nadie que lleve un chaleco amarillo. (Está bien. Ganas un punto.)*
A: *¿Hay alguien que lleve una camisa blanca?*
B: *Sí, hay dos personas que llevan camisa blanca. (No está bien. Hay tres personas con camisa blanca. No ganas nada.)*

**7-21 Ideales y aspiraciones.** Entreviste a un(a) compañero(a). Hágale preguntas usando las ideas que siguen y otras de su propia invención. Cambie los infinitivos a la forma correcta del presente del subjuntivo. Después su compañero(a) lo (la) entrevista a usted. Luego, prepare un breve resumen *(summary)* de los ideales de su compañero(a) en cuanto al amor, a la amistad y al trabajo.

1. ¿Qué tipo de hombre o mujer buscas para esposo(a)? ¿Buscas a alguien que... **(a)** ¿ser muy atractivo(a)? ¿inteligente? ¿simpático(a)? ¿trabajador(a)? **(b)** ¿ganar mucho dinero? **(c)** ¿llevar ropa elegante? **(d)** ¿bailar bien? **(e)** ¿no tener celos? ¿...? (Si ya tienes esposo[a], descríbelo[la].)

2. Como amigo o amiga, ¿prefieres a alguien que... **(a)** ¿ser divertido(a)? ¿sincero(a)? ¿generoso(a)? **(b)** ¿tener las mismas opiniones políticas que tú? **(c)** ¿tener más o menos la misma edad? ¿...?

3. Para tu profesión, ¿prefieres tener un trabajo que... **(a)** ¿ser interesante? ¿fácil? ¿de gran prestigio? **(b)** ¿permitirte ganar un buen salario? ¿permitirte conocer a mucha gente o viajar? **(c)** ¿no producirte estrés? ¿... ? (Si ahora tienes el trabajo de tus sueños, descríbelo.)

## The Subjunctive with Certain Adverbial Conjunctions

1. The following adverbial conjunctions always require the subjunctive since they indicate that an action or event is indefinite or uncertain—it is not necessarily going to happen.

| | |
|---|---|
| **a menos que** | *unless* |
| **para que** | *so that* |
| **con tal (de) que** | *provided that* |
| **en caso (de) que** | *in case* |

| | |
|---|---|
| Niños, a menos que bajen el volumen de esa música, me voy a volver loco. | *Children, unless you turn down that music, I'm going to go crazy.* |
| Con tal que me quieras, estaré contento. | *Provided that you love me, I'll be happy.* |
| En caso de que venga Ana, dile que voy a regresar en unos minutos. | *In case Ana comes, tell her I'll be back in a few minutes.* |
| Te digo esto para que tengas cuidado. | *I'm telling you this so that you will be careful.* |

2. **Sin que** indicates that something does not take place—it does not in fact happen. **Antes (de) que** implies that an action has not yet occurred. The subjunctive is required in both cases.

| | |
|---|---|
| Salen sin que tía Juana los vea. | *They leave without Aunt Juana seeing them.* |
| Miguelito promete practicar el violín antes de que salgamos a cenar. | *Miguelito promises to practice the violin before we go out to dinner.* |

**3. Aunque** is used with the subjunctive to indicate opinion, uncertainty, or conjecture but with the indicative to indicate fact or certainty.

| | |
|---|---|
| Aunque le guste esa camisa, no la va a comprar. | *Although he might like that shirt, he's not going to buy it.* |
| Aunque le gusta esa camisa, no la va a comprar. | *Although he likes that shirt, he's not going to buy it.* |
| Aunque no sea muy responsable, lo amo. | *Although he may not be very responsible, I love him.* |
| Aunque no es muy responsable, lo amo. | *Although he isn't very responsible, I love him.* |

**¡OJO!** Notice in the examples that the present subjunctive is sometimes translated with *may* or *might* in English.

**4.** Other conjunctions of time can take either the subjunctive or the indicative.

| | |
|---|---|
| **cuando** | *when* |
| **hasta que** | *until* |
| **después (de) que** | *after* |
| **mientras (que)** | *while* |
| **en cuanto** | *as soon as* |
| **tan pronto como** | *as soon as* |

The indicative is used after these conjunctions to express a customary or completed action. In contrast, when the idea following the conjunction refers to an action in the future, the subjunctive must be used.

| | |
|---|---|
| Cuando viene Mateo a nuestra casa, tocamos música rock. | *When Mateo comes to our house, we play rock music. (customary action)* |
| Cuando venga Mateo a nuestra casa, tocaremos música rock. | *When Mateo comes to our house, we'll play rock music. (He hasn't come yet; projection into the future.)* |
| Después que llega mi cheque cada mes, compro la comida. | *After my check arrives each month, I buy food. (customary action)* |
| Después que llegue mi cheque este mes, compraré un abrigo. | *After my check arrives this month, I'll buy a coat. (It hasn't come yet; projection into the future.)* |

The use of the subjunctive after these conjunctions does not mean that the speaker or writer necessarily doubts that the action or event will take place; it is simply indefinite, since it has not yet occurred. No matter how plausible the event seems, the subjunctive must be used if there is a projection into the future—after all, what is in the future is uncertain.

**¡OJO!** Of course, the past tense is used for something that has occurred and is a known fact: **Cuando llegamos (Después de que llegamos), vi la nota.**

**5.** Some of the preceding conjunctions are made up of prepositions (**para, sin, antes de, después de, hasta**) combined with **que**. These prepositions are followed by an infinitive if there is no change in subject. Compare the following:

| | |
|---|---|
| Sin hablarme, entró en la casa. | *Without speaking to me, he went into the house.* |
| Paso por su casa todos los días sin que él me hable. | *I go by his house every day without his speaking to me.* |

# PRÁCTICA

**7-22 La vida será mejor cuando...** Se dice que mucha gente piensa tanto en el futuro que no goza del presente. Complete las oraciones sobre las diferentes edades de los seres humanos, usando el presente del subjuntivo del verbo entre paréntesis.

La vida será mejor...

1. Un(a) niño(a): ...cuando [yo] _____ (crecer) y cuando _____ (tener) dinero para comprar todos los dulces que quiero.
2. Un(a) adolescente: ...cuando _____ (poder) manejar, cuando _____ (ir) a la universidad.
3. Un(a) estudiante universitario(a): ...cuando _____ (terminar) los estudios y _____ (conseguir) trabajo.
4. Un(a) joven soltero(a): ...cuando _____ (casarse) y _____ (tener) hijos.
5. Un padre o una madre de niños pequeños: ...cuando los niños _____ (crecer) y [nosotros] _____ (poder) ir de vacaciones.
6. Un padre o una madre de adolescentes: ...cuando [yo] _____ (tener) mejor coche, cuando _____ (perder) peso *(weight)*, cuando _____ (ganar) más dinero, cuando mis hijos _____ (dejar) de ser tan rebeldes.
7. Una persona de mediana *(middle)* edad: ...cuando [yo] me _____ (jubilar *[retire]*) y _____ (poder) gozar de la vida.

Según su opinión, ¿hay una «mejor edad»? Si es así, ¿cuál es? ¿Es importante disfrutar de todas las edades al máximo o es necesario a veces trabajar un poco más para tener una vida mejor en el futuro?

**7-23 Situaciones y preferencias.** Complete las oraciones con la forma apropiada de los verbos entre paréntesis.

En una tienda de ropa. Los señores Hernández hablan con el vendedor.

| | |
|---|---|
| El vendedor: | Buenos días, señores. ¿En qué puedo servirles? |
| La señora H.: | Busco un vestido para (1) _____ (ponerse) en una fiesta de cumpleaños. |
| El vendedor: | ¿Quiere algo de seda *(silk)*...? |
| La señora H.: | No, quiero algo que (2) _____ (poder / yo) lavar a máquina. Y busco algo que no (3) _____ (ser) demasiado caro. |
| El vendedor: | Tenemos muchos vestidos. Están por aquí. (La señora Hernández mira los vestidos. Pasan unos minutos.) |
| El señor H.: | ¿No puedes encontrar nada que te (4) _____ (gustar), querida? |
| La señora H.: | Espera un momento más. Aquí hay algunos vestidos muy bonitos. ¿Te (5) _____ (gustar) este? |
| El señor H.: | Sí, sí. Pruébatelo, mi amor. (La señora se prueba el vestido y regresa.) |
| La señora H.: | ¿Cómo me queda? Aunque me (6) _____ (encantar) los colores y el estilo, temo que (7) _____ (costar) demasiado. |

EL SEÑOR H.:   No importa. Llévalo aunque (8) _____ (ser; *it may be*) un poco caro, porque es posible que no (9) _____ (encontrar / nosotros) otro hoy. Y yo voy a llevar esta camisa; en cuanto la (10) _____ (ver / yo), pensé en Miguelito. Creo que a él le (11) _____ (ir) a gustar mucho.

LA SEÑORA H.:   De acuerdo. Pero después de que (12) _____ (salir / nosotros) de esta tienda, necesito buscar unos zapatos que me (13) _____ (quedar) bien con el vestido. Vamos a esa zapatería que está en la calle Vallejo, ¿no?

EL SEÑOR H.:   ¡Ay, ay, ay!

**7-24 Entrevista.** Entreviste a un(a) compañero(a) para obtener la siguiente información.

> ⚙ **MODELO**   qué quiere comprar en cuanto / tener el dinero
> *¿Qué quieres comprar en cuanto tengas el dinero?*
> *Quiero comprar una guitarra en cuanto tenga el dinero.*

**1.** qué va a hacer cuando / salir de la clase
**2.** a quién va a llamar cuando / llegar a casa
**3.** si piensa vivir en el mismo lugar hasta que / terminar sus estudios
**4.** qué necesita hacer antes de que / empezar los exámenes finales
**5.** si va a ir de viaje tan pronto como / llegar las vacaciones
**6.** si quiere ir a trabajar a algún país hispano con tal que alguien le / dar un buen puesto allí

**7-25 Consejos de una chica mexicana.** Una chica mexicana le dio los siguientes consejos a una estudiante norteamericana que iba a ir a México: «Si vas a un restaurante en México, es una buena idea...

—preguntarle al mesero o a la mesera qué recomienda, cuál es la especialidad de la casa
—decir "¡Señor!" o "¡Señorita!" para llamarlo(la)
—preguntar qué platos hay en la comida de precio fijo (el menú del día)
—pedir el vino de la casa o una cerveza doméstica para no gastar mucho dinero
—no ir muy temprano para cenar
—ver si hay personas mexicanas en el restaurante; si no hay gente o si todos los clientes son turistas, quizás la comida no es muy buena o no es muy típicamente mexicana
—pedir la cuenta en vez de esperar hasta que el mesero la traiga
—dejar una propina del 15 por ciento (%)».

**Paso 1.** Hagan dos o tres oraciones, usando los consejos de la chica mexicana y conjunciones adverbiales: e.g., **a menos que, con tal (de) que, cuando, después (de) que, en caso (de) que, hasta que, para que.**

> ⚙ **MODELO**   *Pide la cuenta cuando termines de comer; no esperes hasta que el mesero la traiga.*

**Paso 2.** Denle consejos a un(a) mexicano(a) que viene a su ciudad. ¿Dónde debe comer? ¿Cuáles son algunas costumbres que debe conocer? Traten de usar conjunciones adverbiales.

# EN CONTACTO

## Videocultura: El baile flamenco

La bailarina María Rosa habla de su amor por la danza y de los diferentes bailes que presenta su compañía El Ballet Español. En el video se ven los bailes y los trajes regionales y se escucha música auténtica. Mire el video y conteste esta pregunta: ¿Qué significa el baile para María Rosa?

**Vocabulario:** el alma (f) *spirit, soul, heart;* el escenario *stage;* el pueblo *people, nation;* la raíz (las raíces) *root(s)*

**iLrn**
Para aprender más sobre los 21 países que hablan español, mire los videos culturales en la Mediateca (*Media Library*).

You Tube Busque «baile flamenco». ¿Qué tienen los videos en común?

© Heinle, Cengage Learning

**7-26 Comprensión.** Conteste las siguientes preguntas después de ver el video.

1. ¿Qué tipo de bailes presenta la compañía de María Rosa?
2. ¿Cómo se siente María Rosa cuando está en el escenario?
3. ¿Qué expresa cada provincia y cada pueblo a través del baile?
4. Según María Rosa, ¿qué es el flamenco?

**7-27 Puntos de vista.** Compare sus opiniones con las de dos o tres compañeros.

1. ¿Cómo son los bailes españoles que se ven en el video? Describa la música y los trajes regionales.
2. ¿Cómo son los bailes folklóricos de Estados Unidos? Compárelos con los de España.
3. ¿Conoce usted otro tipo de baile hispano? ¿Cómo se llama y cómo es? Compárelo con el flamenco.

## Síntesis

**7-28 La música y yo.** Su profesor(a) le dará una tarjeta y escribirá tres preguntas en la pizarra; por ejemplo:

1. ¿Hay alguna película que tenga música muy buena o muy especial, en su opinión? ¿Cuál?
2. ¿Conoce un lugar donde se pueda escuchar buena música? ¿Dónde?
3. ¿Hay algún género musical que le guste mucho? ¿Cómo se llama?

Conteste con oraciones completas las preguntas de su profesor(a). Devuélvale la tarjeta a su profesor(a). Él (Ella) le dará la tarjeta de otro(a) estudiante. Busque al (a la) dueño(a) de la nueva tarjeta, haciéndoles preguntas a los otros estudiantes.

**7-29 Escoger un restaurante.** Con un(a) compañero(a), miren estos anuncios de algunos restaurantes de San Sebastián, España, y hagan juntos la actividad. Vocabulario: vasca *Basque*, servicio a domicilio *delivery service to the home*, pinchos *appetizers (in this part of Spain),* cazuelitas *small casseroles*

⚙ **MODELO** ¿Qué restaurante le convendría a un viajero a quien le encanten las cazuelitas y que quiera escoger del menú del día?

*A un viajero a quien le encanten las cazuelitas y que quiera escoger del menú del día le convendría el restaurante Bar Zeruko. Tiene cazuelitas y menús de día y noche.*

En su opinión, ¿cuál de estos restaurantes le convendría a...?

1. alguien que quiera tomar un café especial
2. dos turistas mexicanos que tengan ganas de comer tacos y enchiladas
3. una persona a quien le encante el pulpo *(octopus)*
4. una madre soltera que no quiera salir de su casa con sus dos hijos pequeños (a sus hijos no les gusta la comida mexicana)
5. unos turistas que deseen encontrar la comida y el ambiente típicamente vascos
6. una familia que salga para comprar helados italianos
7. alguien que busque un restaurante con comedor privado y aire acondicionado

¿Cuál de los restaurantes prefieren ustedes? ¿Por qué?

**7-30 En el restaurante.** Trabajando con dos compañeros, inventen una conversación entre un(a) mesero(a) y dos clientes. Los clientes piden un entremés, bebidas, un plato principal y un postre. Luego, algo pasa que causa un problema. Finalmente, se soluciona el problema. (Se puede consultar **En otras palabras** y el **Vocabulario útil** de la página 162.)

## Composición

### La música que me gusta

Usando las listas de vocabulario de este capítulo y sus respuestas a las actividades 7-1, 7-3, 7-8, 7-27 y 7-28, siga este plan.

1. Haga una lista de las cosas que le gustan o que le importan en la música y otra lista de cosas que no le importan mucho. Puede mencionar el ritmo, el estilo de un(a) músico o cantante, los instrumentos musicales, la letra, etcétera.
2. Escriba un párrafo sobre un(a) cantante, un conjunto o un estilo musical que le gusta y diga por qué le gusta.

**Opción:** Haga una remezcla o *mash-up*. Incluya ejemplos del género musical, de la letra o del artista/compositor(a) que escoja: una foto, un video, etcétera.

**Tema alternativo: Un buen restaurante.** Usando las listas de vocabulario de este capítulo y sus respuestas a las actividades 7-10, 7-14, 7-15, 7-25, 7-29 y 7-30, siga este plan.

1. Haga una lista de varias comidas que le gustan.
2. Haga una lista de las cualidades de un restaurante que son importantes para usted; por ejemplo, el ambiente, el servicio, los precios, la música, etcétera.
3. Escriba un párrafo (¡con muchos detalles!) sobre un restaurante que le gusta y diga por qué le gusta. ¿Qué platos pide allí?

**Opción:** Haga una remezcla o *mash-up*. Incluya el menú del restaurante, un video o una foto, etcétera.

# CAPÍTULO 8

# Dimensiones culturales

## METAS

En este capítulo vamos a aprender a...

▸ describir la rutina diaria

▸ expresar una falta de comprensión

▸ hablar de diversas costumbres y tradiciones

*La imposibilidad del café a media mañana,* (Acrylic on paper), 30" × 22", by Elizabeth Gómez-Freer. 2001 collection of Lydia Itoi.

*La imposibilidad de café a media mañana,* Elizabeth Gómez Freer

### LENGUA VIVA
La falta de comprensión

### GRAMÁTICA
Los verbos reflexivos
Los mandatos con verbos reflexivos
Los verbos recíprocos
El **se** impersonal y el **se** pasivo

### VOCABULARIO
Aspectos culturales del mundo hispano
La rutina diaria
Saludos y despedidas a la hispana

###  LECTURAS
«La asombrosa *(amazing)* cultura latinoamericana»
«—Adiós: "Goodbye, goodbye, goodbye"» de Naldo Lombardi
«Balada de los dos abuelos» de Nicolás Guillén
«Negrito» de Tato Laviera

# Presentación del tema

## Raíces

Las raíces de la cultura hispana son profundas y muy variadas. La cultura de España es una mezcla de las culturas de los iberos *(Iberians),* los celtas, los fenicios *(Phoenicians)*, los vascos *(Basques),* los romanos, los judíos y los árabes (entre otros); todos contribuyeron a su desarrollo. Cuando los españoles llegaron a América en los siglos XV y XVI, se encontraron con las civilizaciones indígenas azteca e inca y con las ruinas de las grandes ciudades mayas. Hoy en España y Latinoamérica hay inmigrantes de todo el mundo. El historiador uruguayo Eduardo Galeano dice: «Nuestra identidad está en la historia, no en la biología, y la hacen las culturas, no las razas; pero está en la historia viva. El tiempo presente no repite el pasado: lo contiene».

Kamira/Shutterstock.com

Con la llegada de los africanos a Latino-américa, la cultura hispanoamericana se enriqueció aun más con la introducción de una nueva música muy rítmica y con nuevas formas de arte y baile. La literatura afroameri-cana también es una contribución importante a la cultura hispana.

Google You Tube Busque «Nicolás Guillén» para aprender más sobre este escritor afro-cubano y escuchar canciones con letra de algunos de sus poemas.

## 8-1 Preguntas

1. ¿Cómo interpreta usted el cuadro de Elizabeth Gómez Freer en la página 175?

2. ¿Qué grupos étnicos formaron la cultura de España?

3. Al llegar los españoles a América en los siglos XV y XVI, ¿con qué civilizaciones indígenas se encontraron?

4. ¿Cuáles son los grupos étnicos o las culturas principales de Estados Unidos? ¿de Canadá? ¿Por qué cree usted que hay menos influencia de la gente indí-gena en Estados Unidos y Canadá que en Hispanoamérica?

5. Hace veinte o treinta años el matrimonio entre personas de diferentes religiones, nacionalidades o razas era muy poco común en Estados Unidos y Canadá. ¿Es diferente la situación ahora? ¿Se casaría usted con alguien de otro país? ¿de otra raza? ¿de otra religión? ¿Vivimos hoy en una sociedad «post-racial»?

## ASPECTOS CULTURALES DEL MUNDO HISPANO

### COGNADOS

| | | |
|---|---|---|
| el africano (la africana) | el europeo (la europea) | el, la maya |
| el, la árabe | el, la inca | el mestizo (la mestiza) |
| el, la azteca | el, la indígena | el romano (la romana) |

### OTRAS PALABRAS

| | |
|---|---|
| el desarrollo | *development* |
| el judío (la judía) | *Jew* |
| el musulmán (la musulmana) | *Muslim* |
| precolombino(a) | *pre-Columbian (before Columbus)* |
| la raíz (las raíces) | *root(s)* |

### VERBOS

| | |
|---|---|
| contribuir | *to contribute* |
| cultivar | *to grow (crops)* |
| descubrir | *to discover* |
| enriquecerse (zc) | *to become enriched* |
| mezclarse | *to mix together, become mixed* |

### ¡OJO!

**darse cuenta de** *to realize, understand* / **realizar** *to realize; to bring about, make real*

**encontrarse (ue) con** *to meet, come across, run into* / **reunirse** *to meet, have a meeting*

**introducir (zc)** *to introduce* / **presentar** *to present, introduce (persons to each other)*

## PRÁCTICA

**8-2 Identificaciones históricas.** ¿Qué sabe usted de los diferentes grupos étnicos y culturales de España y Latinoamérica? Diga a qué grupos étnicos se refieren las siguientes descripciones. (Las respuestas están abajo.)

1. Vivieron en el Valle de México donde tenían una capital magnífica con bibliotecas, mercados y baños públicos. También tenían un calendario exacto.

2. Trajeron a las Américas nuevos ritmos y formas musicales que revolucionaron la música del mundo.

3. Eran dos grupos que prosperaron en España durante la Edad Media, pero fueron expulsados *(expelled)* de ese país en 1492.

4. Tenían grandes observatorios y entendieron el concepto del cero (0). Era la única civilización precolombina con un sistema de escritura ideográfica y fonética.

5. Su imperio se extendía de Ecuador, en el norte, hasta Chile, en el sur. Sabían mucho de medicina y practicaban operaciones delicadas.

1. los aztecas 2. los africanos 3. los judíos y los musulmanes 4. los mayas 5. los incas

**8-3 Civilizaciones y culturas.** Escoja las palabras apropiadas para completar las oraciones.

**1.** Los romanos _____ (realizaron / se dieron cuenta de) impresionantes obras de arquitectura en España, incluso acueductos que todavía se usan hoy.

**2.** Los árabes _____ (introdujeron / presentaron) muchas frutas y verduras a España y, también, un sistema de irrigación y el estilo de arquitectura que usaba el adobe.

**3.** Los europeos que llegaron a las Américas _____ (se encontraron / se reunieron) con un panorama de culturas indígenas muy distintas.

**4.** Los indígenas en las Américas _____ (cultivaban / crecían) muchos productos que los europeos no conocían: por ejemplo, las papas, los tomates y el cacao (del que se hace el chocolate).

**5.** La palabra _____ (precolombino / desarrollo) se refiere a la época antes de la llegada de Cristóbal Colón a las Américas.

**6.** Muchos de los conquistadores _____ (se enriquecieron / descubrieron) con el oro y la plata de los indígenas.

**7.** Los españoles y los indígenas _____ (se mezclaron / contribuyeron) en las Américas y formaron una cultura mestiza.

**8.** Cristóbal Colón murió pobre y olvidado; parece que no _____ (realizó / se dio cuenta de) la importancia de su «descubrimiento».

# LENGUA VIVA

© Getty Images/Banana Stock/ Jupiter Images; © Getty Images/ Brand X Pictures/Jupiter Images

Jessica Jones, estudiante norteamericana, vive en Bogotá, Colombia.

Carmen Restrepo, amiga de Jessica, es una colombiana con espíritu de aventura.

## Audioviñetas: Un panorama cultural

CD 2, Track 4

**Conversación: Para expresar una falta de comprensión.** Jessica habla con su amiga Carmen.

**8-4** Escuche la **Conversación.** Conteste estas preguntas.

**1.** ¿Adónde viajó Carmen?

    a. a España      b. por toda Latinoamérica      c. por toda Colombia

**2.** Según Carmen, Latinoamérica...

    a. tiene muchas dimensiones culturales.

    b. es muy homogénea *(homogeneous)*.

    c. tiene muchos problemas de discriminación racial.

**8-5** Escuche la **Conversación** otra vez. Escoja la mejor respuesta.

    **1.** A Carmen le sorprendió ver...

      a. salones de té típicamente ingleses en Chile.

      b. barrios japoneses en Perú.

      c. **a** y **b** (los dos).

    **2.** A Jessica le sorprendió que en la costa de Colombia hubiera mucha influencia...

      a. francesa.           c. africana.

      b. italiana.

    **3.** Antes de ir a Colombia, Jessica pensaba que todos los latinoamericanos...

      a. usaban sombrero grande.     c. bailaban el tango.

      b. comían tacos.

### Costumbres y tradiciones únicas

CD 2,
Track 5

**8-6** Escuche las siguientes descripciones de costumbres o tradiciones latinoamericanas. Conteste estas preguntas.

    **1.** ¿De dónde es Luz Sánchez?

      a. de Paraguay       c. de Argentina

      b. de México

    **2.** ¿De dónde es Néstor Cuba?

      a. de Panamá       c. de República Dominicana

      b. de Perú

**8-7** Escriba una breve descripción o resumen *(summary)* de cada costumbre o tradición.

Luz Sánchez: _____

_____

_____

Néstor Cuba: _____

_____

_____

Vocabulario: se queman muñecos *effigies are burned,* fuegos artificiales *fireworks,* lanzar *to throw,* uvas *grapes*

## En otras palabras

### La falta de comprensión

You have probably had many experiences of miscommunication or misunderstanding even in your native language, and you probably find yourself sometimes interrupting someone to ask him or her to explain or clarify something, repeat part of a sentence, slow down, and so forth. In a foreign language, it's even more important to learn to make it clear that you just aren't following and need some help. Here are some ways to express this.

Mire el video en el sitio **www.cengagebrain.com/ shop/ISBN/0495912654** y haga las actividades que lo acompañan.

© Anna Pérez

Javier le dice a Rafael que quiere «montar una farra» y Rafael no lo entiende. ¿Qué quiere hacer Javier?

**1.** You don't understand any part of what the speaker is saying.

> **No comprendo… No entiendo…**
> **¿Cómo?**
> **¿Mande?** *(Mexico)*
> **¿Qué dijo (dijiste), por favor? ¿Qué decía(s)?**

**2.** You have a general idea of what was said, but you missed part of the statement or question.

> **¿Podría usted (¿Podrías) repetir lo que dijo (dijiste), por favor?**
> **¿Cómo? ¿Me lo podría(s) decir otra vez?**
> **No entendí el nombre de… ¿Cómo se llama?**
> **¿Qué quiere decir la palabra…?**
> **¿Pero dónde (cuándo, por qué, etc.)…?**

**3.** The speaker is talking a mile a minute.

> **Más despacio, por favor.**
> **¡No hable (hables) tan rápido (rápidamente), por favor!**

**4.** You are fairly sure you know what the speaker said but want to confirm it. You can do this in a number of ways. One, of course, is to restate the sentence using the confirmation tags **¿verdad?, ¿no?,** and so forth.

> **El hermano de Isabel se llama Ricardo, ¿verdad? (¿no?, ¿no es cierto?)**

Another way to get a speaker to confirm what he or she said so that you are sure you understand is to restate the sentence using one of the following:

**¿Es decir que... ?**

**Si entiendo bien, quiere(s) decir que...**

**En otras palabras...**

Remember that the tag **¿de acuerdo?** *(all right?, okay?)* is used in a different way, when some sort of action is proposed: **Vamos al cine, ¿de acuerdo?**

## PRÁCTICA

**8-8 Un momento, por favor...** Usted no comprende el significado total de lo que le dicen cuando oye los siguientes comentarios. Interrumpa *(Interrupt)* a la persona que habla y pídale que le clarifique *(to clarify)* lo que dice.

 **MODELO** Hubo un accidente de avión en... Murieron... personas. Era un vuelo de la compañía...
*¿Cómo? ¿Dónde hubo un accidente? ¿Cuántas personas murieron? No entendí el nombre de la compañía aérea.*

1. ¿Supiste que... ya es doctora? Se graduó hace...
2. El señor Hernández tiene... años y goza de buena salud. Pero ayer supe que el médico le dijo que...
3. ¡Increíble! El doctor Ochoa se divorció en junio y se va a casar en agosto con...
4. No recuerdo la palabra española para eso, pero la palabra francesa *s'engager* lo expresa muy bien.
5. Los Salazar iban a ir a Coatzacoalcos pero tuvieron que cancelar el viaje porque...

 **8-9 Si entiendo bien...** Trabaje con un(a) compañero(a). Dígale a su compañero(a) varias cosas sobre su vida. Su compañero(a) repite la información, usando otras palabras o expresiones. Le pide que verifique *(verify)* lo que ha comprendido.

 **MODELO** A: Mi familia es de ascendencia japonesa. Mis abuelos maternos vinieron de Yatsushiro en el año 1900.
B: *Es decir que tu familia es de Japón, ¿no? ¿Dices que tus abuelos maternos vinieron de Yatsushiro?*

1. Mis papás son de [nombre de ciudad]... Viven en [nombre de ciudad]... hace... años.
2. Mi cumpleaños es... [la fecha de su cumpleaños]. Cuando nací, mi mamá tenía... años y vivía en...
3. Fui a una fiesta [la fecha o el día]... Celebramos...

# GRAMÁTICA Y VOCABULARIO
## The Reflexive (2)

**1.** Review **The Reflexive (1),** page 16.

| Reflexive pronouns | | despertarse (ie) | |
|---|---|---|---|
| me | nos | me despierto | nos despertamos |
| te | os | te despiertas | os despertáis |
| se | se | se despierta | se despiertan |

| | |
|---|---|
| Me lastimé. | *I hurt myself. (I got hurt.)* |
| No nos despertamos hasta las nueve. | *We didn't wake up until nine.* |
| ¿A qué hora se acostaron ustedes? | *What time did you go ("put yourselves") to bed?* |
| Se vistieron. | *They got (themselves) dressed.* |

**2.** Remember that reflexive pronouns precede a conjugated verb or follow and are attached to an infinitive: **Me voy a quedar en casa. Voy a quedarme en casa.** They precede other object pronouns:

| | |
|---|---|
| Se lavó las manos. Se las lavó. | *He washed his hands. He washed them.* |
| Me pongo los zapatos. Me los pongo. | *I'm putting on my shoes. I'm putting them on.* |
| Nos quitamos el sombrero. Nos lo quitamos. | *We take off our hats. We take them off.* |

**3.** Reflexive pronouns can function as either direct or indirect objects.

| | |
|---|---|
| Nos sentamos. | *We sat down (seated ourselves).* (**Nos** *is a direct object.*) |
| Nos pusimos el suéter. | *We put on our sweaters.* ("*We put on ourselves the sweater.*" **Nos** *is an indirect object;* **el suéter** *is a direct object.*) |

**¡OJO!** Remember from Chapter 1 that a definite article (**el, la, los, las**) is used instead of a possessive for parts of the body or articles of clothing when it is clear who the possessor is. This is the case with reflexive constructions since the reflexive pronoun indicates that the action is being performed on the subject, the possessor. Notice in the last example (**Nos quitamos el sombrero**) that the singular, **el sombrero,** is used; it's understood that each person takes off one hat.

**4.** Notice the differences in meaning between the reflexive and nonreflexive uses of the following verbs.

| Nonreflexive | | Reflexive | |
|---|---|---|---|
| aburrir | *to bore* | aburrirse | *to be bored* |
| acordar (ue) | *to agree* | acordarse (ue) (de) | *to remember* |
| callar | *to quiet, silence* | callarse | *to be quiet* |
| cansar | *to tire* | cansarse | *to get tired* |
| enojar | *to anger* | enojarse | *to become angry* |
| equivocar | *to mistake* | equivocarse (de) | *to be wrong, mistaken* |
| hacer | *to make, do* | hacerse | *to become* |
| ir | *to go* | irse | *to go away* |
| lastimar | *to hurt, injure* | lastimarse | *to hurt oneself* |
| llamar | *to call* | llamarse | *to be named* |
| poner | *to put, place* | ponerse; ponerse + adj. | *to put on; to become + adj.* |
| preguntar | *to ask* | preguntarse | *to wonder (ask oneself)* |
| preocupar | *to (cause) worry* | preocuparse (de) | *to worry about* |
| quedar | *to remain, be left* | quedarse | *to stay* |
| reunir | *to gather, assemble, unite (+ noun)* | reunirse con | *to meet* |
| volver | *to return* | volverse + adj. | *to become + adj.* |

Nos equivocamos de habitación. ¡Perdón! — *We've got the wrong room. Sorry!*

¿Ya se fueron? — *Did they leave (go away) already?*

Notice that many reflexive verbs indicate a change of state and are translated into English with *to become* or *to get*.

Me enojé. — *I became angry (got mad).*

Se puso muy serio (rojo, nervioso). — *He became very serious (red, nervous).*

Se aburren fácilmente. — *They get bored easily.*

El hermano de Santa Teresa de Ávila se hizo muy rico en América. — *The brother of Saint Teresa of Ávila became very rich in America.*

Se volvió loca. — *She went crazy.*

**5.** Most reflexive verbs can be used either reflexively or nonreflexively.

| | |
|---|---|
| Su trabajo lo cansa mucho. | *His job really tires him out.* |
| Se cansa al final del día. | *He gets tired at the end of the day.* |
| Su actitud me preocupa. | *His attitude worries me.* |
| Me preocupo mucho por mis notas. | *I'm really worried about my grades.* |

**¡OJO!** Almost any verb that can take an object can be used reflexively: **A él le gusta escucharse.** *He likes to listen to himself.*

**6.** However, a number of verbs are used only reflexively—for example, **darse cuenta de** *(to realize)* and **quejarse de** *(to complain about).*

| | |
|---|---|
| Los incas no se dieron cuenta de que Pizarro iba a matar a su jefe, Atahualpa. | *The Incas didn't realize that Pizarro was going to kill their leader, Atahualpa.* |
| ¿Por qué te quejas? | *Why are you complaining?* |

**nos ensartamos** *we got ourselves into*

Used by permission of *Mujer y Sociedad*, Peru

## VOCABULARIO ÚTIL

### LA RUTINA DIARIA

#### POR LA MAÑANA

| | |
|---|---|
| **desayunar(se), tomar el desayuno** | *to have breakfast* |
| **despertarse (ie)** | *to wake up* |
| **levantarse** | *to get up* |
| **ponerse (la ropa)** | *to put on (clothing)* |
| **vestirse (i)** | *to get dressed* |

| POR LA TARDE / NOCHE | |
|---|---|
| acostarse (ue) | to go to bed |
| almorzar (ue) (el almuerzo) | to have lunch (lunch) |
| cenar (la cena) | to have dinner (dinner) |
| dormirse (ue) | to fall asleep |
| quitarse (la ropa) | to take off (clothing) |

| EN EL CUARTO DE BAÑO | |
|---|---|
| bañarse | to bathe, take a bath |
| cepillarse los dientes | to brush one's teeth |
| lavarse | to get washed, wash up |
| tomar una ducha, ducharse | to take a shower |

## PRÁCTICA

**8-10 ¿Qué pasa?** Describa los dibujos, usando los verbos dados.

1. quejarse de, ponerse nervioso
2. ponerse, quitarse
3. equivocarse, darse cuenta de (que)
4. quedarse, irse (Jorge)

la cliente     Pepe     Felipe     los Díaz     Jorge

**8-11 Descripciones y acciones.** Usando verbos reflexivos, describa a los siguientes individuos. (En algunos casos, hay varias posibilidades.)

⚙ **MODELO** una persona con poca energía
*Se cansa fácilmente. / Se va cuando hay trabajo.*

1. una persona que no habla mucho
2. un individuo que no tiene control sobre sus emociones
3. alguien con pocos intereses
4. alguien que tiene mucha curiosidad
5. alguien que tiene buena memoria
6. un individuo muy extrovertido y sociable
7. alguien que nunca está contento
8. un individuo que tiene muchos accidentes
9. el amigo ideal

**8-12 Algunos buenos momentos de la vida.** Describan algunos buenos momentos de la vida usando las frases que siguen. Utilicen todos los verbos reflexivos de la siguiente lista.

| | | |
|---|---|---|
| acordarse (de) | despertarse | ponerse |
| acostarse | dormirse | quitarse |
| bañarse | ducharse | reírse (de) |
| caerse | lastimarse | reunirse (con) |
| darse cuenta (de) | levantarse | |

🌼 **MODELO** ___Te pones___ un pantalón o una chaqueta que hace meses que no usas y encuentras dinero en uno de los bolsillos *(pockets).*

1. _____ por la mañana y _____ de que puedes dormir una hora más.
2. _____ con un buen amigo y _____ de un chiste hasta que te duele el estómago.
3. _____ en una tina *(tub)* con hierbas aromáticas como la lavanda *(lavender).*
4. Oyes una canción y _____ de una persona especial.
5. Hace mucho calor y tienes que caminar una milla. Llegas a tu casa, _____ los zapatos y la ropa y _____ con agua fresca.
6. Estás en el campo. Al final del día _____ en el saco *(bag)* de dormir y _____ bajo las estrellas.
7. Por la mañana _____ y ves la salida del sol.
8. Pasas el día en las montañas en invierno haciendo snowboard. _____ muchas veces en la nieve pero no _____.

**8-13 Mi rutina.** Descríbale su rutina diaria a un(a) compañero(a). ¿Qué hace en un día típico? Use verbos reflexivos cuando sea posible. Luego su compañero(a) le describe su rutina a usted.

🌼 **MODELO** *Me despierto a las siete...*

**8-14 Un día perfecto.** Descríbale un día perfecto a un(a) compañero(a), usando verbos reflexivos cuando sea posible.

🌼 **MODELO** *Me despierto a las once...*

**8-15 Un día en la vida de...** En grupos de tres, escojan a una persona famosa e inventen una descripción de un día en su vida. Podría ser un(a) político(a), un(a) artista de cine o televisión, un(a) cantante, un(a) atleta o un personaje ficticio (Bart Simpson, Bob Esponja, la Cenicienta, etcétera). Usen verbos reflexivos cuando sea posible.

# The Reflexive with Commands

1. Like other object pronouns, reflexive pronouns precede negative commands or follow and are attached to affirmative commands. (For a review of commands, see Chapter 6.)

| | |
|---|---|
| No te vayas, querido. | *Don't go, dear.* |
| ¿Dónde está tu suéter, niño? Póntelo. | *Where is your sweater, child? Put it on.* |
| Siéntense, señores, por favor. | *Sit down, gentlemen, please.* |

2. Before the reflexive **nos** can be added to an affirmative **nosotros** command, the final -**s** must be dropped. (Also, an accent must be added to the stressed syllable of the verb.)

| | |
|---|---|
| Vámonos. | *Let's go.* |
| ¡Levantémonos todos! | *Let's all stand up!* |

3. Before the reflexive -**os** can be added to an affirmative **vosotros** command, the final -**d** must be dropped. (Also, an accent must be added to the final **i** of -**ir** verbs.)

| | |
|---|---|
| Vestíos y daos prisa. | *Get dressed and hurry up.* |
| ¡Levantaos! —Dejadnos en paz. | *Get up! —Leave us alone.* |

ACUÉRDESE CAPITÁN, QUE ESA VISA ES POR SEIS MESES PERO NO SE PONGA ASÍ; SE PUEDE RENOVAR...

© Oscar Sierra Quintero (OKI)

## PRÁCTICA

**8-16 Las órdenes del comandante.** Un(a) voluntario(a) hará el papel del comandante. Tiene que ponerse frente a la clase y darles a los estudiantes las siguientes órdenes. Los estudiantes tienen que «obedecer» al comandante. A ver si todo el mundo comprende...

1. Díganme «¡Hola!».
2. Díganme «¡Hola!» en inglés.
3. Duérmanse.
4. Despiértense.
5. Levanten la mano.
6. Pónganse nerviosos.
7. Reléjense.
8. ¿...?

Después, otro(a) voluntario(a) hace el papel del comandante.

1. Levantémonos.
2. Sentémonos.
3. Saludémonos.
4. Callémonos.
5. Riámonos.
6. Despidámonos.
7. ¿...?

**8-17 ¿Qué se le dice a un amigo que...?** Invente mandatos que correspondan a las siguientes situaciones. Use verbos reflexivos cuando sea posible.

> ⚙ **MODELO**   habla todo el tiempo
> *Cállate. No hables tanto.*

¿Qué se le dice a un amigo que...?

1. lleva el sombrero siempre, aun dentro de la casa
2. sale todas las noches y se queja de estar muy cansado
3. se queda dormido toda la noche delante del televisor
4. estudia demasiado y casi nunca sonríe
5. se duerme en la clase de español
6. no lleva un abrigo aunque hace frío
7. tiene que ir al dentista frecuentemente

**8-18 Cuestión de actitud.** Para cada situación, dele consejos a un(a) compañero(a), usando verbos reflexivos cuando sea posible. Puede usar las siguientes ideas o la imaginación.

> ☀ **MODELO** Situación: No quiere comer porque dice que está a dieta.
> Ideas: no torturarse por la dieta, regalarse algo que le guste, tratar de gozar de la vida
> *No te tortures por la dieta. Regálate algo que te guste.*
> *Trata de gozar de la vida.*

1. Situación: Hay una cola muy larga en la librería.
   Ideas: no aburrirse, leer un libro o charlar con alguien, tener paciencia
2. Situación: No puede dormir bien de noche porque su compañero de cuarto hace mucho ruido.
   Ideas: no enojarse, hablar con su compañero, quejarse cortésmente
3. Situación: Recibe una mala nota en una tarea importante.
   Ideas: no preocuparse, ir a hablar con el profesor, no sentirse mal
4. Situación: Alguien lo insulta.
   Ideas: contar hasta diez antes de responder, no gritar, olvidarse del asunto
5. Situación: Se siente solo y un poco triste.
   Ideas: no quedarse en casa, reunirse con algún amigo, irse a pasear

## The Reciprocal Reflexive

1. The reflexive pronouns **nos, os,** and **se** can be used with first-, second-, or third-person plural verbs, respectively, to express a mutual or reciprocal action.

   | | |
   |---|---|
   | Nos escribimos todas las semanas. | *We write to each other every week.* |
   | Se gritaron. | *They shouted at each other.* |
   | Se dan la mano. | *They shake (each other's) hands.* |
   | Nos conocíamos desde chicos. | *We had known each other since we were children.* |

2. **Uno(a) a otro(a), unos(as) a otros(as)** are sometimes added for either clarity or emphasis. **El uno al otro (la una a la otra)** can also be used. The masculine forms are used unless both subjects are feminine.

   | | |
   |---|---|
   | Nos hablamos unos a otros. | *We talked to one another.* |
   | Se sonríen el uno al otro. | *They smile at each other.* |
   | Las niñas se ayudaron unas a otras. | *The girls helped one another.* |

## VOCABULARIO ÚTIL

### SALUDOS Y DESPEDIDAS A LA HISPANA

| | |
|---|---|
| **abrazar (un abrazo)** | *to hug, embrace (a hug)* |
| **besar (un beso)** | *to kiss (a kiss)* |
| **darse la mano** | *to shake hands* |
| **la despedida** | *leave-taking, saying good-bye* |
| **saludar** | *to greet* |

**¡OJO!**

**despedir (i)** *to fire* / **despedirse (i) (de)** *to take leave (of), say good-bye (to)*

## PRÁCTICA

**8-19 Un saludo hispano: con cariño.** El saludo es muy importante en la cultura latina. Dos familias hispanas que son muy amigas se encuentran en la calle. ¿Qué hacen?

> ✿ **MODELO**   todos / saludarse
> *Todos se saludan.*

1. los hombres / darse la mano y abrazarse
2. las mujeres / besarse en la mejilla *(on the cheek)*
3. los niños y los adultos / besarse
4. todos / decirse «¡Hola! ¿Qué tal? ¡Qué gusto verte!»
5. los adultos / preguntarse «¿Cómo está la familia?»
6. sonreírse y hablar durante unos minutos
7. todos / despedirse, otra vez con besos y abrazos

**8-20 Hablando de los saludos.** Conteste estas preguntas.

1. Cuando usted saluda a sus amigos, ¿los besa y abraza? ¿Se dan la mano?
2. ¿Qué hace usted cuando se despide de ellos?
3. ¿Hay algunas ocasiones cuando el modo de despedirse o saludarse es más cariñoso? Explique.
4. En su opinión, ¿por qué no se besan o abrazan mucho los norteamericanos?
5. ¿En qué culturas hay más contacto físico en los saludos y despedidas? ¿En qué culturas hay menos?

**8-21 Un(a) buen(a) amigo(a).** Con un(a) compañero(a), haga y conteste preguntas acerca de un(a) buen(a) amigo(a) suyo(a).

> ⚙ **MODELO** A: *¿Se ven mucho?*
> B: *Sí, nos vemos mucho. (No, no nos vemos mucho.)*

**Ideas:** conocerse desde hace mucho tiempo, hablarse mucho por teléfono, entenderse, gritarse a veces, ayudarse, extrañarse cuando no se ven durante mucho tiempo, escribirse de vez en cuando, darse regalos de cumpleaños

## The Impersonal *Se*; The *Se* for Passive

### The Impersonal *Se*

The impersonal **se** is commonly used in Spanish when it is not necessary to identify the agent or doer of an action. The verb is always in the third-person singular.

| | |
|---|---|
| Se come bien en Argentina. | *People (You, They) eat well in Argentina.* |
| Se calcula que el 20 por ciento de los esclavos africanos traídos a las Américas murieron en el viaje. | *It is calculated (People calculate) that 20 percent of the African slaves brought to the Americas died during the trip.* |

Notice that there are different ways of translating this construction to English; these include *they, people, it, one, you,* and *we* used as the subject.

### The *Se* for Passive

**1.** In the true passive voice, the subject receives (rather than performs) the action. It is used a great deal in English: *The glass was broken. The glasses were broken.* There is a true passive voice in Spanish (which is discussed in Chapter 10), but, in general, it is used only when the agent of an action is expressed. If there is no agent, the **se** for passive is generally used.

| | |
|---|---|
| Se rompió la piñata. (Se rompieron las piñatas.) | *The piñata was broken. (The piñatas were broken.)* |

But:

| | |
|---|---|
| La piñata fue rota por ese niño allí. | *The piñata was broken by that child over there. (The child is the agent, and the true passive is used.)* |

Notice that in Spanish the subject can come after the verb, as well as before, while in English it is always before the verb. The verb is singular or plural to agree with the subject:

El Día de la Hispanidad (o el Día de la Raza) se celebra en muchos países hispanos. También se celebran muchas fiestas católicas.

*Columbus Day is celebrated in many Hispanic countries. Many Catholic holidays are also celebrated.*

You don't need to be able to distinguish between the impersonal **se** and the **se** for passive. Simply remember: In general, if a plural subject is present in the clause with **se,** use the plural form of the verb. In all other cases, use the singular form.

El maíz se cultivaba en México hace 7000 años.

*Corn was cultivated in Mexico 7000 years ago. (**se** for passive)*

El maíz y los frijoles se cultivaban en México hace 7000 años.

*Corn and beans were cultivated in Mexico 7000 years ago. (**se** for passive)*

Se ven muchos jóvenes en la calle durante las Posadas.

*You see a lot of young people in the street during the Posadas (Christmas celebration). (**se** for passive)*

Se ve que hay muchos jóvenes en la calle durante las Posadas.

*You see that there are a lot of young people in the street during the Posadas. (impersonal **se**)*

© Bill Gentile/CORBIS

Estas mujeres guatemaltecas hablan quiché, una lengua indígena. Se hablan veintitrés lenguas indígenas en Guatemala. También se habla español, por supuesto.

**2.** Indirect objects are often used with the **se** for passive construction to imply that something happened accidentally or to indicate that the person involved was not at fault or responsible. (This construction is sometimes called the "**se** for unplanned occurrences.")

| | |
|---|---|
| ¿Se les perdieron las llaves? | *Did you (ustedes) lose the keys? (Did the keys [in your possession] get lost?)* |
| Se le olvidó el pan (a José). | *He (José) forgot the bread.* |
| ¿Se te cayó la leche? ¡Qué lío! | *Did you drop the milk? What a mess!* |
| Se me rompió el espejo. | *The mirror (in my possession) got broken.* |

## PRÁCTICA

**8-22 El Carnaval.** El Carnaval *(Mardi Gras)* se celebra, tanto en las ciudades de Montevideo y Buenos Aires, como en muchas ciudades brasileñas y en Nueva Orleans. En Montevideo durante el Carnaval, que tiene lugar los días anteriores al comienzo de la cuaresma *(Lent)*, la gente de ascendencia africana organiza las «Llamadas». Para saber cómo son, forme oraciones de acuerdo con los modelos. Hay una foto de esta celebración en la página 2.

> ✿ **MODELOS** oír ritmos africanos
> *Se oyen ritmos africanos.*
>
> oír un tambor
> *Se oye un tambor.*

1. bailar la samba
2. cantar canciones con palabras africanas
3. contar historias de los esclavos negros
4. llevar trajes espléndidos
5. ver una procesión espectacular
6. ver banderas de Uruguay por todas partes
7. participar en la vida colectiva de la comunidad

 **8-23 ¡Qué mala suerte!** Túrnese con un(a) compañero(a) para preguntar y decir que pasó.

> ✿ **MODELO** olvidar / las llaves
> A: *¿Se te olvidaron las llaves?*
> B: *Sí, se me olvidaron.*

1. romper / el espejo
2. ir / el autobús
3. morir / el gato
4. caer / los vasos
5. perder / las tarjetas de crédito

**8-24 La guerra de caramelos.** Trabaje con un(a) compañero(a).

**Paso 1.** Completen esta descripción de una fiesta única con las formas apropiadas de los verbos entre paréntesis.

Vocabulario: bolsas de caramelos *bags of candy,* mantones *large embroidered shawls,* tirarse = lanzarse, toneladas *tons,* llenarse *to be filled,* pegarse *to hit each other*

© Mariangeles Sanchez / ASA / Aurora

Cada año en Vilanova i la Geltrú, un pueblo pequeño cerca de Barcelona, España, (1) _____ (celebrarse) la «guerra de caramelos». Más de 5 000 parejas (2) _____ (reunirse) por la mañana en unos cincuenta grupos y caminan hacia la plaza principal. Los hombres (3) _____ (vestirse) de traje y corbata y llevan grandes bolsas de caramelos. Las mujeres llevan vestidos y mantones. En la plaza, los hombres (4) _____ (lanzarse) caramelos unos a otros mientras las mujeres los defienden con los mantones. Durante las seis o siete horas que dura la «guerra», (5) _____ (tirarse) unas sesenta toneladas de caramelos. La plaza (6) _____ (bañarse) en azúcar. Los balcones de los edificios de la plaza (7) _____ (llenarse) de caramelos.

Después de la «batalla», (8) _____ (irse) a casa y (9) _____ (prepararse) una comida especial, con tortilla *(omelette)* de huevo, ensalada y merengue, un postre muy dulce. Y ¿qué hacen las parejas con los merengues? Pues, (10) ¡ _____ (pegarse) en la cara! Así (11) _____ (terminarse) un día de dulce diversión. Esta celebración (12) _____ (originarse) en el siglo diecinueve cuando algunas familias regresaron de Cuba, ya ricas, y quisieron crear algo como el Carnaval de La Habana en Vilanova.

**Paso 2.** Hágale por lo menos dos preguntas a su compañero(a) acerca de este día de fiesta. Su compañero(a) contesta y le hace dos preguntas a usted.

© Andreu Veà-Baró

 **8-25 ¿Qué se hace...?** Trabaje con un(a) compañero(a). Inventen varias oraciones con **se** para explicar qué se hace en las siguientes situaciones.

🌼 **MODELO** en la cafetería de la universidad
*Se come mucho y mal.*
*Se paga poco por la comida.*
*Se charla con los amigos.*
*Se mira a la gente.*

1. cuando hay demasiado estrés en la vida
2. cuando se oye música africana bien tocada
3. en la biblioteca
4. en las montañas
5. cuando se tiene muchísima hambre
6. mientras se espera el autobús
7. durante los largos inviernos del norte
8. en agosto en la playa
9. después de terminar un proyecto difícil
10. antes de salir de viaje

# EN CONTACTO

 Videocultura: El mestizaje en la cocina mexicana

**iLrn**

Para aprender más sobre los 21 países que hablan español, mire los videos culturales en la Mediateca (*Media Library*).

Patricia Quintana, la reconocida chef mexicana, habla de la cocina de Puebla como el resultado de un mestizaje, es decir, de una mezcla de influencias indígenas y españolas. Mire el video y conteste esta pregunta: ¿Por qué se puede decir que la cocina mexicana es un mestizaje?

**Vocabulario:** la monja *nun;* poblano(a) *of or from the Mexican state of Puebla;* el mole *spicy Mexican sauce containing chilis and, usually, chocolate;* (lo) salado *(what is) salty;* degustar *to taste*

 Busque «chocolate prehispánico». ¿Cómo utilizaban los mayas y los aztecas el cacao? (No solo lo utilizaban para beber.)

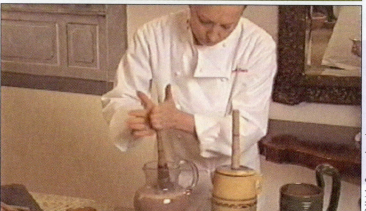

© Heinle, Cengage Learning

**8-26 Comprensión.** Conteste las siguientes preguntas después de ver el video.

1. ¿Dónde está Puebla?
2. ¿Cuántos ingredientes tiene el mole poblano clásico?
3. ¿Cuál es el origen de la palabra **chocolate**?
4. Para preparar chocolate caliente, ¿qué ingredientes se usan además del azúcar? ¿Qué ingrediente llegó a México después de la conquista?
5. Además del chocolate, ¿qué otros ingredientes se usan en la cocina mexicana?

 **8-27 Puntos de vista.** Compare sus opiniones con las de dos o tres compañeros.

1. ¿A usted le gusta el chocolate? ¿Prefiere los platos dulces o salados? ¿Qué le parece la idea de combinar los dos como se hace con el mole?
2. ¿A usted le gusta la comida mexicana? ¿Cuáles son sus platos favoritos?
3. ¿Prepara usted platos mexicanos? ¿Qué ingredientes usa?
4. ¿Cree usted que existen mestizajes en las cocinas regionales de Estados Unidos y Canadá? Dé ejemplos.

## Síntesis

**8-28 Juego de memoria: ¡Y entonces me acuesto!** La primera persona empieza diciendo qué hace primero durante el día. La segunda persona repite esta oración y agrega *(adds)* una nueva oración. La tercera persona repite las dos oraciones y agrega una tercera, y así continúa. Cuando alguien se equivoca o no puede recordar las oraciones anteriores, tiene que decir, «¡Y entonces me acuesto!» y se retira del juego. Entonces la próxima persona dice la última oración pronunciada y agrega una nueva. El juego seguirá hasta que se eliminen todos los jugadores excepto los que tienen muy buena memoria (o buena suerte).

**MODELO** A: *Me despierto a las siete y diez.*
B: *Me despierto a las siete y diez. Me cepillo los dientes.*
C: *Me despierto a las siete y diez. Me cepillo los dientes. Tomo un café con leche...*

**8-29 Entrevista.** Entreviste a un(a) compañero(a) para averiguar cómo se siente y qué hace en las siguientes situaciones. Vocabulario: aburrirse, cansarse, enojarse, ponerse contento(a)/triste, preocuparse, quejarse

**MODELO** vienen las fiestas de Navidad
A: *¿Qué haces (o cómo te sientes) cuando vienen las fiestas de Navidad?*
B: *Me pongo triste. Me siento solo(a).*

1. andas de compras con un(a) amigo(a) indeciso(a)
2. te atienden muy mal en un restaurante
3. tienes exámenes
4. llueve todos los días
5. te cobran demasiado en una tienda
6. pasas mucho tiempo en el gimnasio (haciendo ejercicio, por ejemplo)
7. tienes que esperar mucho (en el aeropuerto, por ejemplo)
8. un(a) amigo(a) te miente *(lies)*

**8-30 Costumbres distintas.** Trabaje con un(a) compañero(a). ¿Qué se hace en este país para celebrar los días de fiesta mencionados? Usen el **se** pasivo o impersonal en sus respuestas.

Vocabulario: comprar cajas *(boxes)* de chocolate en forma de corazón, abrir/dar regalos, ir a la iglesia (al templo), comer jamón (pavo), reunirse con los amigos

En muchos países hispanos...

**MODELO** El Día de Año Nuevo, se duerme hasta tarde porque todos están cansados después de celebrar el último día del año.

*En este país, también se duerme hasta tarde y se miran partidos de fútbol americano en la televisión.*

1. En Nochebuena *(Christmas Eve),* se hace una cena especial y después se va a la misa de medianoche.
2. En Nochevieja *(New Year's Eve),* se comen doce uvas a medianoche, una con cada campanada *(stroke)* del reloj.
3. El Domingo de Pascua *(Easter Sunday),* se hacen procesiones, se va a misa y se prepara una comida especial.
4. El Día de la Madre se dan regalos o flores a la madre o se va a comer a un restaurante.
5. El Día de San Valentín, se le regalan flores a la novia.

## Composición

### Una celebración hispana

Usando las listas de vocabulario de este capítulo y las respuestas a las actividades 8-7, 8-22, 8-24 y 8-30, escriba un párrafo sobre una celebración española o latinoamericana. ¿Qué se hace? ¿Cuándo y dónde se celebra? ¿Qué se come? ¿Cuál es el origen de la celebración? Use el **se** impersonal o el **se** pasivo.

**Opción:** Entreviste a una persona hispana para obtener información sobre una celebración especial. Incluya un video de la entrevista, o haga una remezcla que incluya una foto o un video de la celebración que escogió.

**Tema alternativo:** Hay muchas culturas y grupos étnicos en el mundo hispano. Escoja uno de esos grupos (por ejemplo, el de los incas, los vascos o los judíos sefardíes) y escriba un párrafo sobre su historia; mencione por lo menos una de sus contribuciones a la cultura hispana. Podría usar sus respuestas a las actividades 8-1 a 8-5.

# CAPÍTULO 9

# Un planeta para todos

## METAS

En este capítulo vamos a aprender a…

▶ dar consejos

▶ expresar compasión o solidaridad o falta de compasión o solidaridad

▶ hablar de la naturaleza y del medio ambiente

▶ expresar situaciones hipotéticas

© Stuart Westmorland/Getty Images

Latinoamérica tiene cerca de la mitad de las selvas de la tierra.

### LENGUA VIVA
Consejos
Expresiones de compasión o solidaridad o falta de estas

### GRAMÁTICA
El imperfecto del subjuntivo
Cláusulas con **si** (1)
Los adverbios
El infinitivo

### VOCABULARIO
El medio ambiente
Problemas ambientales

 ### LECTURAS
«¿Cómo podemos salvar la Tierra?»
«In memoriam» de Federico García Lorca
«El pescador y el pez» de Toásiyé Alma Africana
«Noble campaña» de Gregorio López y Fuentes

# Presentación del tema

## Ecuador y los derechos de la «Pacha Mama»

¿Tiene la naturaleza derechos? Según la constitución ecuatoriana del 2008, sí los tiene. Ecuador es el primer país del mundo en reconocerlo: «La naturaleza o Pacha Mama, donde se reproduce y realiza la vida, tiene derecho a que se respete integralmente *(wholely)* su existencia…».* La «Pacha Mama» (una diosa de la gente indígena andina) ha sido muy generosa: en un solo parque ecuatoriano puede haber más especies de pájaros o mariposas que en todo Estados Unidos. La gente de Ecuador puede exigir que los abundantes recursos naturales del país sean protegidos bajo esta ley. En algunos lugares de Latinoamérica se ha comprobado *(proved)* que, sin destruir los bosques, la producción o recolección de nueces, semillas, flores y maderas tropicales puede ser muy lucrativa. El ecoturismo también ayuda a la gente a proteger el medio ambiente, mientras estimula la economía.

© Haroldo Castro

En Maldonado, Ecuador, hay una industria basada en la recolección de una nuez que se llama tagua. La gente de Maldonado (descendientes de esclavos africanos que llegaron a la región en el siglo XVIII) tiene gran respeto por la naturaleza; en la foto, las nueces de la tagua se transportan por canoa. La tagua se usa para hacer joyería *(jewelry)*, entre otras cosas.

Google Busque «tagua» para ver imágenes de productos que se hacen de la tagua.

### 9-1 Preguntas

1. ¿Cuál fue el primer país en declarar o reconocer que la naturaleza tiene derechos?

2. ¿Qué puede hacer la gente que vive en una zona tropical para ganarse la vida sin destruir la selva?

3. ¿Qué se puede hacer en nuestro país para ayudar a proteger las selvas tropicales?

4. ¿Se puede justificar las acciones ilegales de algunos grupos ambientales para tratar de defender el medio ambiente en lugares donde no hay leyes para proteger la naturaleza?

_____

*Artículo 17 de la Constitución de Ecuador

# VOCABULARIO ÚTIL

## EL MEDIO AMBIENTE

### COGNADOS

| | | |
|---|---|---|
| la contaminación | la especie | la naturaleza |
| destruir | la explosión demográfica | el petróleo |
| la ecología | la extinción | el reciclaje |
| el ecólogo (la ecóloga) | la gasolina | reciclar |
| el ecoturismo | | |

### EN LA SELVA (EL BOSQUE) *IN THE JUNGLE (FOREST)*

| | |
|---|---|
| la abeja | *bee* |
| el árbol | *tree* |
| la flor | *flower* |
| la mariposa | *butterfly* |
| la nuez | *nut* |
| el pájaro | *bird* |
| el pez | *fish* |
| la semilla | *seed* |
| la tortuga | *turtle* |

### OTRAS PALABRAS

| | |
|---|---|
| ambiental | *environmental* |
| la basura | *garbage* |
| el cambio climático | *climate change* |
| la capa de ozono | *ozone layer* |
| el control de la natalidad | *birth control* |
| desperdiciar | *to waste* |
| los envases retornables | *returnable containers* |
| la huerta | *(fruit, vegetable) garden* |
| la lata (de aluminio) | *(aluminum) can* |
| mejorar; mejorarse, ponerse mejor | *to improve; to get better* |
| empeorar; empeorarse, ponerse peor | *to get worse* |
| proteger | *to protect* |
| el recurso natural | *natural resource* |
| la reserva | *preserve* |

### ¡OJO!

**acabar** *to end, finish, run out;* **Se nos acaba el petróleo (tiempo, etcétera).** *We are running out of petroleum (time, etc.).*

**ahorrar** *to save (money, time, etc.)* / **conservar** *to save, preserve* / **salvar** *to save, rescue*

**la atmósfera** *air, atmosphere* / **el ambiente** *setting, ambience, environment* / **el medio ambiente** *(natural) environment*

# PRÁCTICA

**9-2 Conexiones.** Conecte la palabra de la columna derecha con su definición o descripción en la columna izquierda.

1. usar más de una vez
2. la sobrepoblación
3. cuidar
4. ponerse peor
5. la rosa, por ejemplo
6. el insecto que hace la miel *(honey)*
7. devastar, arruinar
8. el petróleo, los minerales, por ejemplo
9. una persona que se dedica al medio ambiente
10. latas o botellas que se pueden devolver

a. la abeja
b. empeorar
c. los envases retornables
d. la explosión demográfica
e. los recursos naturales
f. reciclar
g. destruir
h. la flor
i. proteger
j. el ecólogo (la ecóloga)

**9-3 El medio ambiente.** Escoja la palabra apropiada para completar las oraciones.

1. En los (árboles / bosques) tropicales la tierra es muy pobre; después de pocos años de utilización ya no es buena para la agricultura.
2. Es importante proteger (la capa de ozono / el cambio climático).
3. Tengo una (huerta / semilla) porque me gustan las frutas y las verduras frescas.
4. En muchos países, hay programas de control de la (natalidad / mortalidad) y de planificación familiar.
5. Todos debemos (ahorrar / conservar) energía.

**9-4 Entrevista.** Entreviste a un(a) compañero(a), usando las preguntas que siguen. Después su compañero(a) lo (la) entrevista a usted.

1. ¿Qué piensas del ecoturismo? ¿Has hecho ecoturismo alguna vez? ¿Dónde?
2. ¿A ti te gusta estar al aire libre *(outside)*, gozando de la naturaleza? ¿Te gusta hacer caminatas? ¿andar en bicicleta? ¿ir en kayak o canoa?
3. ¿Manejas mucho? ¿Tienes un auto grande o pequeño? ¿Qué piensas de los autos eléctricos o híbridos? ¿Debe el gobierno limitar el uso de la gasolina o subir los impuestos *(taxes)* de la gasolina?
4. ¿Participas en un programa de reciclaje?
5. ¿Cuál es un problema ecológico muy grave, según tu opinión (por ejemplo, el cambio climático, la explosión demográfica, la contaminación del aire o del agua, la destrucción de los bosques tropicales)? ¿Le ves alguna solución al problema?

# LENGUA VIVA

Julia Gutiérrez, estudiante colombiana

Pablo Reyes, guía de turismo en la Amazonia colombiana

Ana Ordóñez, amiga de Jessica que vive en Bogotá

Jessica Jones, estudiante norteamericana

## Audioviñetas: El ecoturismo y la ecología

**Conversación 1: Para dar consejos.** Julia está de visita en el Parque Amacayacu, una reserva en la Amazonia colombiana cerca de la ciudad de Leticia. Un guía habla con un grupo de turistas.

CD 2, Track 6

**9-5** Escuche la **Conversación 1**. ¿Qué se puede ver en el parque?

_____ **1.** más de 450 especies de pájaros

_____ **2.** más de 150 especies de mamíferos (*mammals*)

_____ **3.** una cantidad extraordinaria de mariposas

_____ **4.** 1, 2 y 3

**9-6** Escuche la **Conversación 1** otra vez. ¿Qué recomienda el guía?

_____ **1.** que caminen juntos en un solo grupo

_____ **2.** que hablen en voz alta

_____ **3.** que no asusten (*frighten*) a los animales

_____ **4.** que no recojan flores

_____ **5.** que visiten los mercados de Leticia

_____ **6.** que compren regalos hechos de plumas (*feathers*)

_____ **7.** que vayan a Iquitos desde Leticia

**Conversación 2: Para expresar compasión.** Jessica habla con Ana, una amiga colombiana.

CD 2, Track 7

**9-7** Escuche la **Conversación 2**. ¿De qué hablan Jessica y Ana?

_____ **1.** del ecoturismo

_____ **2.** de la contaminación y del reciclaje

_____ **3.** del cambio climático

**9-8** Escuche la **Conversación 2** otra vez. Conteste **V** (verdadero) o **F** (falso).

_____ **1.** En Colombia hay un Ministerio del Medio Ambiente.

_____ **2.** La industria petrolera y las compañías multinacionales han causado mucha contaminación en la Amazonia.

_____ **3.** Según Ana, hay que enseñarles a los niños a querer la naturaleza para que la cuiden.

_____ **4.** En Colombia no hay programas de reciclaje.

_____ **5.** Los cartoneros van de basurero en basurero sacando cartones (*cardboard*), latas y papel.

**9-9** Escuche la **Conversación 2** una vez más. ¿Qué expresiones se usan para expresar compasión?

_____ **1.** ¡Es una lástima!

_____ **2.** ¡Qué horror!

_____ **3.** ¡Qué desgracia!

_____ **4.** ¡Cuánto lo siento!

_____ **5.** ¡Caramba!

_____ **6.** ¡Pobrecitos!

## En otras palabras

### Para dar consejos

Here are some ways to give advice in Spanish.

> **Usted debe (Tú debes)...**
> **Usted debería (Tú deberías)...**
> **Le (Te) aconsejo que (+ *subj.*)...**
> **Es mejor que (+ *subj.*)...**
> **Le (Te) recomiendo que (+ *subj.*)...**

Mire el video en el sitio **www.cengagebrain.com/shop/ISBN/0495912654** y haga las actividades que lo acompañan.

© Anna Pérez

¿Dónde están Rafael y Javier? ¿Qué problema tiene Rafael?

### Para expresar compasión o solidaridad o falta de compasión o solidaridad

When people tell you something sad, how do you show that you sympathize with them, that you feel sorry about what they're going through? Here are some ways to do that.

> **¡Qué lástima!**
> **¡Qué desgracia! (= ¡Qué mala suerte!)**
> **¡Qué barbaridad!** *Good grief! How awful!*
> **¡Pobrecito(a)! ¡Pobre de ti!**
> **¡Qué molestia!** *What a pain!*
> **¡Qué horror!** *How awful!*

> **Eso debe ser terrible.**
> **¡Ay, Dios mío!**
> **¡Caramba!**
> **¡Caray!**
> **Siento mucho que (+ *subj.*)...**
> **¡Cuánto lo siento!**

Oftentimes, however, when friends or family are telling you a tale of woe, you don't necessarily feel sorry for them. Here are some ways to express lack of sympathy.

| | |
|---|---|
| **¿Y qué? ¿Qué más da? ¿Qué importancia tiene?** | *So what?* |
| **Es de esperar.** | *It's to be expected.* |
| **¿Qué esperaba(s)?** | *What did you expect?* |
| **La culpa es suya (tuya).** | *It's your own fault.* |
| **¡Buena lección! Ahora aprenderá(s) a... Eso le (te) enseñará a...** | |

## PRÁCTICA

**9-10 Consejos.** Deles consejos a las personas que se encuentran en las siguientes situaciones. Invente varios consejos diferentes para cada caso. Use la forma **tú** de los verbos.

🌼 **MODELO** Quiero hacer una excursión a la Amazonia pero no sé a qué país ir ni cuánto costaría.
*Te aconsejo que llames a la agencia Discovery Ecotours. Debes conseguir una guía de turismo sobre Sudamérica. Te recomiendo que busques información por Internet.*

1. Tengo ganas de trabajar para alguna organización que se dedique a proteger el medio ambiente.
2. Deseo saber más sobre ecología y cómo se puede ayudar a salvar la tierra.
3. Una amiga mía está deprimida porque sus padres piensan divorciarse.
4. Hace tres días que mi novio(a) no me llama.
5. Mis padres quieren que pase el verano con ellos, pero yo quiero ir a Latinoamérica.

**9-11 Su amigo.** Usted tiene un amigo que siempre parece tener mala suerte, pero a veces él mismo se la busca *(sometimes he brings it on himself)*. Su amigo le cuenta sus problemas; a veces a usted le da lástima y a veces no, según el caso. Expréselo en las siguientes situaciones.

1. Fracasé en el examen de biología porque no había estudiado.
2. Alguien me robó la bicicleta.
3. Se me acabaron las pilas *(batteries)* de la cámara y no pude sacar fotos de la reserva.
4. Mi hermano tuvo un accidente de automóvil y está en el hospital.
5. No conseguí el trabajo porque llegué dos horas tarde a la entrevista.

# GRAMÁTICA Y VOCABULARIO
## The Imperfect Subjunctive

1. The imperfect subjunctive for all verbs is formed by removing the **-ron** ending from the third-person plural of the preterit and adding the appropriate imperfect subjunctive endings: **-ra, -ras, -ra, -(´)ramos, -rais,** and **-ran.** Note that only the first-person plural (**nosotros**) form of the imperfect subjunctive has an accent.

| hablar | | comer | | vivir | |
|---|---|---|---|---|---|
| hablara | habláramos | comiera | comiéramos | viviera | viviéramos |
| hablaras | hablarais | comieras | comierais | vivieras | vivierais |
| hablara | hablaran | comiera | comieran | viviera | vivieran |

2. Here are some verbs that have irregular third-person preterit stems:

| andar | **anduvie-** | haber | **hubie-** | querer | **quisie-** |
|---|---|---|---|---|---|
| caer | **caye-** | hacer | **hicie-** | reír | **rie-** |
| conducir | **conduje-** | ir, ser | **fue-** | saber | **supie-** |
| construir | **construye-** | leer | **leye-** | tener | **tuvie-** |
| creer | **creye-** | morir | **murie-** | traer | **traje-** |
| dar | **die-** | oír | **oye-** | venir | **vinie-** |
| decir | **dije-** | poder | **pudie-** | ver | **vie-** |
| estar | **estuvie-** | poner | **pusie-** | | |

3. The imperfect subjunctive is used in dependent clauses just as the present subjunctive is used, but it expresses a past action or refers to the past.

| Quieren que recojamos la basura. | *They want us to pick up the garbage.* |
|---|---|
| Querían que recogiéramos la basura. | *They wanted us to pick up the garbage.* |

4. The imperfect subjunctive is used in the same situations as the present subjunctive (discussed in Chapters 5 and 7), although the verb in the main clause is usually in a past tense. It is used:

**a.** after main clauses containing verbs or impersonal expressions of doubt; emotion; will, preference, necessity; approval (disapproval); and advice

| Dudaban que el agua fuera potable. | *They doubted that the water was potable (drinkable).* |
|---|---|

© Robin and Leslie Webster

Queríamos ir a un lugar donde pudiéramos ver pájaros tropicales.

| | |
|---|---|
| Tenían miedo de que el río estuviera contaminado. | *They were afraid the river was polluted.* |
| Papá me dijo que sacara la basura. | *Dad told me to take out the garbage.* |
| Nos aconsejaron que recicláramos los periódicos. | *They advised us to recycle the newspapers.* |
| Era lamentable que destruyeran el bosque. | *It was sad that they were destroying the forest.* |

**b.** in adjective clauses that describe something indefinite or unknown

| | |
|---|---|
| Quería conocer a alguien que supiera algo sobre las plantas tropicales. | *I wanted to meet someone who knew something about tropical plants.* |
| No había nadie en el grupo que pudiera decirnos qué tipo de pájaro era. | *There was no one in the group who could tell us what kind of bird it was.* |

**c.** after certain conjunctions, such as **a menos que, con tal (de) que, para que, sin que,** and **antes de que**

| | |
|---|---|
| La ecóloga esperó una hora para que el gobernador pudiera verla. | *The ecologist waited an hour for the governor to be able to see her.* |
| Marisol lo vio antes de que él fuera a Costa Rica. | *Marisol saw him before he went to Costa Rica.* |

However, note that after other time conjunctions, such as **hasta que, cuando, después de que,** and **mientras,** the subjunctive is used to express an indefinite past action or one projected into the future, and the indicative is used to express past actions viewed as definitely completed. Compare:

| | |
|---|---|
| Quería esperar hasta que llegaran. | *I wanted to wait until they arrived (would arrive).* |
| Esperé hasta que llegaron. | *I waited until they arrived.* |

**5.** The imperfect subjunctive is always used after **como si,** which implies a hypothetical or untrue situation.

| | |
|---|---|
| En la selva nos sentimos como si fuéramos los únicos seres humanos en la tierra. | *In the jungle we felt as if we were the only human beings on earth.* |

**6.** The **-ra** form of the imperfect subjunctive is generally preferred for conversation in Spanish America. An alternative form is found in many literary works and is often used in Spain. This second form consists of the third-person plural preterit without the **-ron** endings plus the following endings: **-se, -ses, -se, -(´)semos, -seis, -sen.** You should learn to recognize these forms; they are used just as the other forms except that they are not used to indicate politeness.

| | |
|---|---|
| Llevamos a los niños a la reserva para que gozasen de la naturaleza. | *We took the children to the preserve so that they could enjoy nature.* |

**¡OJO!** The imperfect subjunctive of **querer** is often used to indicate politeness: **Quisiera un café. Quiero** can sound childish and even a bit impolite.

# PRÁCTICA

**9-12 La tirolesa** *(zip line).* Complete las oraciones con las formas apropiadas de los verbos que están entre paréntesis; use el imperfecto de indicativo o de subjuntivo, según sea necesario.

AP Photo/Kent Gilbert

Carmen le habla a su amiga Diana.

DIANA:      ¿Qué tal las vacaciones?

CARMEN:   Muy mal. Todo muy caro. Además, ese paseo por las copas de los árboles *(canopy tour)* fue un desastre.

DIANA:      ¿Por qué?

CARMEN:   Yo pensaba que se trataba de *(it was a matter of)* una caminata por una plataforma alta con vista a la selva. Creía que [nosotros] (1) _____ (ir) a hacer una caminata. Y fíjate que se trataba de una tirolesa.

DIANA:      ¡Qué barbaridad! ¿Y no tenías miedo?

CARMEN:   Yo no subí, pero sí tenía miedo de que los niños se (2) _____ (lastimar). Le dije a mi esposo que (3) _____ (regresar) al hotel pero ni modo. Los niños no querían irse de allí a menos que (4) _____ (poder) subir.

En otro cuarto, dos niños están hablando.

MIGUEL:    Y ¿cómo te fue en las vacaciones?

MARCOS:   Súper bien. Comimos en unos restaurantes de película y fuimos a un parque donde (5) _____ (haber) una tirolesa.

MIGUEL:    ¡Caray!

MARCOS:   Subimos a una plataforma y nos lanzamos al aire. Vimos monos *(monkeys)*, ardillas *(squirrels)*, mariposas... volamos como si (6) _____ (ser) pájaros.

MIGUEL:    No puedo creer que tu mamá los (7) _____ (dejar) hacer eso.

Marcos: Ni yo tampoco. Ella dijo que no lo (8) _____ (hacer), que tenía miedo de que nos (9) _____ (caer), pero ya había pagado, así que nosotros le dijimos que no queríamos que (10) _____ (perder) su dinero. Y papá fue con nosotros.

Miguel: ¡Y tú temías que el viaje (11) _____ (ser) aburrido!

 **9-13 Cuando eras niño(a)...** Entreviste a un(a) compañero(a), usando las ideas que siguen. Después su compañero(a) lo (la) entrevista a usted.

Cuando eras niño(a)...

1. ¿qué querían tus padres que hicieras?

   Ideas: tocar un instrumento musical, sacar buenas notas, aprender a nadar, hablar con los adultos que venían de visita

2. ¿qué te prohibían que hicieras?

   Ideas: salir a jugar sin pedir permiso, estar con «malas compañías», hablar con gente desconocida, pelear con tus hermanos

3. ¿qué te pedían o mandaban que hicieras?

   Ideas: limpiar tu cuarto, recoger tus juguetes (toys), cuidar a un(a) hermano(a) menor, ayudar con las tareas de la casa

4. ¿qué no te gustaba que tu familia hiciera?

   Ideas: no respetar tu derecho a estar solo(a) en tu cuarto, entrar en tu cuarto sin tocar (knocking), hablar mal de ti delante de otra gente, llamarte por un nombre familiar como «Mikey» o «Jo-Jo»

5. ¿hiciste alguna travesura (something mischievous) alguna vez sin que tus papás lo supieran? ¿Qué?

**9-14 Los animales y tú.**

**Paso 1.** Entreviste a un(a) compañero(a) sobre las mascotas (pets) o animales domésticos. Después, su compañero(a) lo (la) entrevista a usted.

1. De niño(a), ¿tenías una mascota, como un perro (gato, pájaro, caballo, pez, ratoncito) o una tortuga? ¿Cómo se llamaba?

2. ¿Cómo era tu mascota? ¿La adoptaste o la compraste?

3. ¿Quién la cuidaba? ¿Era importante que alguien la paseara? ¿que alguien le cambiara el agua al acuario? ¿que le diera alguna comida especial?

4. ¿Qué te rogaban tus papás que hicieras por tu mascota? ¿Qué te pedían que no hicieras?

5. ¿Era necesario que la llevaras frecuentemente al veterinario? ¿que le dieras mucho cariño?

6. ¿Tenías miedo de que se perdiera (escapara)? ¿que se enfermara? ¿que no se llevara bien con otros animales o con la gente? ¿que comiera algo que no debía comer (e.g., un pájaro, un ratoncito, otra mascota)?

**Paso 2.** Cuéntele a su compañero(a) una breve anécdota sobre su mascota. Trate de usar el imperfecto del subjuntivo por lo menos dos veces.

Si vamos a las islas Galápagos, veremos tortugas gigantes.

© Robin and Leslie Webster

Google Busque «islas Galápagos» para ver imágenes de otros animales únicos que viven allí.

# *If* Clauses (1)

**1.** An *if* clause in the present tense always takes the indicative, since a simple assumption is being made. The verb in the main clause may be in the present or future tense or the imperative mood.

| | |
|---|---|
| Si nos bajamos aquí, podemos caminar al parque. | *If we get off here, we can walk to the park.* |
| Si tienes frío, ponte el suéter. | *If you're cold, put on your sweater.* |

*If* clauses will be discussed further in Chapter 11. The important thing to remember is that the present subjunctive is not used after **si** meaning *if (assuming that)*. **Si** meaning *whether* also takes the indicative in the present.

| | |
|---|---|
| No sé si podemos reciclar esta clase de plástico. | *I don't know if (whether) we can recycle this kind of plastic.* |

**2.** When an *if* clause expresses something hypothetical or contrary to fact (not true), a past subjunctive is used.

| | |
|---|---|
| Habla como si fuera experto en ecología. | *He talks as if he were an expert in ecology.* |

**3.** The conditional is generally used in the main clause when a past subjunctive is used in the *if* clause.

| | |
|---|---|
| Si hubiera más ecoturismo, la economía del país mejoraría. | *If there were more ecotourism, the economy of the country would improve.* |
| Si cuidáramos mejor la tierra, no habría tantos problemas ecológicos. | *If we took better care of the earth, there wouldn't be so many ecological problems.* |

**4.** If the speaker or writer is not discussing something contrary to fact, then the statement is assumed to be true and the indicative is used. Compare:

| | |
|---|---|
| Si no cuesta mucho, podemos visitar Monteverde. | *If it doesn't cost a lot, we can visit Monteverde.* |
| Si no costara mucho, podríamos visitar Monteverde. | *If it didn't cost a lot, we could visit Monteverde.* |
| Si llueve, no irán a la huerta. | *If it rains, they won't go to the orchard.* |
| Si lloviera, no irían a la huerta. | *If it were raining, they wouldn't go to the orchard.* |

The indicative can also be used in the past tense in an *if* clause, depending upon the point of view.

| | |
|---|---|
| Si Juan te dijo eso, se equivocó. | *If Juan told you that, he was wrong. (speaker believes that Juan made a certain statement)* |
| Si él me dijera eso, no lo creería. | *If he told me that, I wouldn't believe it. (hypothetical statement)* |

# VOCABULARIO ÚTIL

## PROBLEMAS AMBIENTALES

El siguiente gráfico apareció en la revista peruana *Debate*. Está basado en una encuesta *(survey)* de más de mil personas que contestaron la pregunta: «¿Cuál o cuáles de estos problemas ambientales diría usted que le preocupan más?» Los números representan porcentajes del total.

**¿CUÁL O CUÁLES DE ESTOS PROBLEMAS AMBIENTALES DIRÍA UD. QUE LE PREOCUPAN MÁS?**

% MÚLTIPLE

72 — BASURA EN LA CALLE Y OTROS LUGARES PÚBLICOS

41 — LA CONTAMINACIÓN DE LOS RÍOS Y MARES

56 — LA CONTAMINACIÓN DEL AIRE CAUSADA POR LOS ESCAPES DE LOS VEHÍCULOS

35 — LA CONTAMINACIÓN DEL AIRE CAUSADA POR PLANTAS ELÉCTRICAS E INDUSTRIALES

31 — CONTAMINACIÓN DEL AGUA POTABLE

24 — LA DESTRUCCIÓN DE LOS BOSQUES TROPICALES

15 — CONGESTIÓN VEHICULAR EN LOS CAMINOS

14 — PÉRDIDA DE CAMPO Y ESPACIOS ABIERTOS

9 — EXTINCIÓN DE ALGUNAS ESPECIES ANIMALES

5 — CONTAMINACIÓN POR RUIDO

© José San Martín Escobar

## OTRAS PALABRAS

| | |
|---|---|
| **llover (ue)** | *to rain* |
| **nevar (ie)** | *to snow* |

## ¡OJO!

**hacer calor (frío)** *to be warm (cold) (weather)* / **tener calor (frío)** *to be warm (cold), said of people or animals*

## PRÁCTICA

**9-15 Consejos para proteger el medio ambiente.** La señora Medina se preocupa mucho por el medio ambiente. ¿Qué le sugiere a su marido?

⚙ **MODELO** no comprar productos con envases innecesarios / ahorrar dinero
*Si no compráramos productos con envases innecesarios, ahorraríamos dinero.*

1. caminar al trabajo / ponernos en forma *(in good shape)*
2. secar la ropa afuera en vez de usar la secadora *(dryer)* / usar menos electricidad
3. usar detergente biodegradable / no contaminar el agua
4. tener una huerta / comer frutas y verduras frescas
5. plantar más árboles / ayudar a mejorar la calidad del aire
6. escribir en los dos lados de las hojas de papel / no desperdiciar tanto papel
7. apagar las luces al salir de una habitación / conservar energía

### 9-16 Un día en Xcaret, México.

**Paso 1.** Mire las páginas del panfleto de Xcaret, México, y conteste las preguntas. (Pronunciación: Ish-ka-RET) Vocabulario: invernadero *greenhouse*, anidación *nesting*, arrecife *reef*.

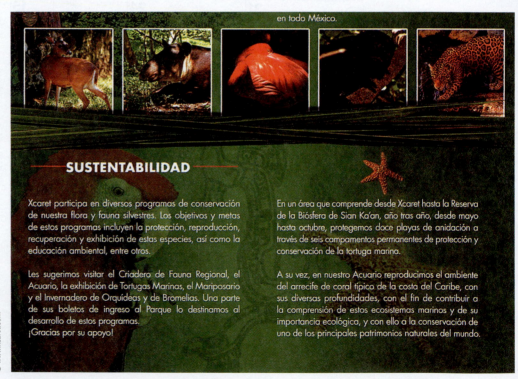

en todo México.

**SUSTENTABILIDAD**

Xcaret participa en diversos programas de conservación de nuestra flora y fauna silvestres. Los objetivos y metas de estos programas incluyen la protección, reproducción, recuperación y exhibición de estas especies, así como la educación ambiental, entre otros.

Les sugerimos visitar el Criadero de Fauna Regional, el Acuario, la exhibición de Tortugas Marinas, el Mariposario y el Invernadero de Orquídeas y de Bromelias. Una parte de sus boletos de ingreso al Parque lo destinamos al desarrollo de estos programas. ¡Gracias por su apoyo!

En un área que comprende desde Xcaret hasta la Reserva de la Biósfera de Sian Ka'an, año tras año, desde mayo hasta octubre, protegemos doce playas de anidación a través de seis campamentos permanentes de protección y conservación de la tortuga marina.

A su vez, en nuestro Acuario reproducimos el ambiente del arrecife de coral típico de la costa del Caribe, con sus diversas profundidades, con el fin de contribuir a la comprensión de estos ecosistemas marinos y de su importancia ecológica, y con ello a la conservación de uno de los principales patrimonios naturales del mundo.

1. ¿Cuáles son algunos de los animales y plantas que se pueden ver en Xcaret?

2. Desde mayo hasta octubre, ¿qué animal se protege en doce playas de anidación?

3. ¿Cómo es el acuario? ¿Qué tiene?

**Paso 2.** Complete las oraciones con el tiempo apropiado de los verbos entre paréntesis.

1. Si _____ (hacer) sol mañana, debes ir a Xcaret.

2. Si _____ (ser) la estación seca, haría sol todos los días.

3. Si (tú) _____ (ir) a Xcaret, lleva un traje de baño.

4. Si (yo) no _____ (tener) que trabajar, iría contigo.

5. Si (tú) _____ (llegar) por la mañana, tendrás tiempo para bucear y ver el parque también.

6. Si te _____ (interesar) los peces exóticos, debes ir al acuario.

7. Si no _____ (haber) acuario, no podrías ver peces de agua dulce (*fresh water*).

8. Si todavía _____ (estar) allí de noche, no te pierdas el espectáculo.

 **9-17 El ambiente.** Trabajando con tres o cuatro compañeros, contesten las siguientes preguntas y discutan las respuestas. Después, esté preparado(a) para explicarle a la clase las opiniones de su grupo.

1. Si el gobierno de Estados Unidos (o Canadá) pudiera resolver uno de los problemas que se presentan en el gráfico del **Vocabulario útil** de la página 211, ¿qué problema doméstico debería resolver primero? ¿Qué problema internacional debería tratar de resolver?

2. Si queremos dejar de hacerles daño (*harm*) a las especies animales, ¿qué podemos hacer? (Ideas: apoyar a organizaciones como..., no comer carne, no usar abrigos de piel, no comprar productos como...)

3. Si todos los países trabajaran juntos, ¿qué podrían hacer para parar la destrucción de los bosques tropicales? ¿la contaminación del agua? ¿del aire?

4. ¿Cuál es el problema más grande que tenemos ahora en este país? Si tuvieran poder y dinero, ¿qué harían para resolverlo?

# Adverbs

**1.** Many adverbs are formed from the feminine form of an adjective plus the suffix -**mente.** In many cases, the masculine and feminine forms are the same.

| Masculine adjective | Feminine adjective | Adverb |
| --- | --- | --- |
| misterioso | misteriosa | misteriosamente *mysteriously* |
| preciso | precisa | precisamente *precisely, exactly* |
| igual | igual | igualmente *equally; likewise* |
| común | común | comúnmente *commonly* |
| frecuente | frecuente | frecuentemente *frequently* |

<table>
<tr><td>Caminábamos rápidamente<br>por el bosque.</td><td>*We were walking quickly<br>through the woods.*</td></tr>
</table>

**2.** In Spanish as in English, adverbs usually follow the verbs they modify, as you can see in the preceding example. They generally precede adjectives they modify: **muy bonito; totalmente inolvidable.** Note that adverbs like **demasiado, bastante, poco,** and **mucho** can also be used as adjectives, in which case they agree with the nouns they modify.

| | |
| --- | --- |
| El gato come poco (demasiado). | *The cat eats very little (too much).* |
| Compramos pocos (demasiados) envases de plástico. | *We buy few (too many) plastic containers.* |

**¡OJO!** If two or more adverbs ending in -**mente** occur in a series, only the last one has the suffix -**mente:** **Viven sencilla y tranquilamente.** *They live simply and quietly.*

## PRÁCTICA

**9-18 Los efectos del tiempo.** Convierta en adverbios los adjetivos que están entre paréntesis y complete las oraciones. Después, tome una prueba sobre los efectos del tiempo; diga si las oraciones son verdaderas (**V**) o falsas (**F**). (Las respuestas están abajo.)

**1.** El tiempo afecta _____ (radical) a los seres humanos; por ejemplo, nos enfermamos más _____ (fácil, frecuente) durante el invierno. **(V F)**

**2.** Cuando hace frío, el pelo crece más _____ (rápido). **(V F)**

**3.** Durante un huracán, pensamos más _____ (claro). **(V F)**

**4.** _____ (normal), la presión atmosférica (*air pressure*) baja relaja a la gente. **(V F)**

**5.** _____ (preciso) por eso, durante un día de presión atmosférica baja tenemos tendencia a olvidar las cosas que llevamos como, por ejemplo, el paraguas, los paquetes... **(V F)**

**6.** Cuando la presión atmosférica baja muy _____ (lento), hay más accidentes, más suicidios y más crímenes. **(V F)**

1. V 2. F (Crece más lentamente.) 3. V 4. V 5. V 6. F (Cuando la presión atmosférica baja muy rápidamente hay más accidentes, suicidios y crímenes.)

**9-19 En mi caso...** Complete las oraciones con las formas apropiadas de **poco, mucho** o **demasiado,** según su propia situación.

1. Reciclo _____ latas y botellas.
2. Compro _____ artículos hechos de plástico.
3. Como _____ carne de vaca.
4. Uso _____ papel.
5. Compro _____ comida con hormonas y antibióticos.
6. En general, desperdicio _____ .

**9-20 ¿Pero cómo?** Trabaje con un(a) compañero(a). Turnándose, una persona le da un mandato a su compañero(a), según el modelo. Su compañero(a) hace lo que le dice.

⚙ **MODELO** sacar / exacto / 25 centavos de la billetera *(wallet)*
A: *Saca exactamente 25 centavos de la billetera.*
B: *(Hace lo que le dijo: saca 25 centavos de la billetera.)*

1. levantarse / lento
2. bailar / alegre
3. sentarse / rápido
4. pedirme un lápiz / cortés
5. saludarme / cariñoso

6. levantar la mano / rápido
7. despedirse / triste y dramático
8. ir / directo / a la pizarra
9. escribir tu nombre / claro / en la pizarra
10. abrir la puerta / cuidadoso

# The Infinitive

As you have seen, the infinitive is commonly used after conjugated verbs (particularly verbs such as **tener que, deber, hay que, poder,** and **querer**) or after impersonal expressions (such as **es necesario, es importante,** and so on).

Tengo que (Debo/Quiero) trabajar.  |  *I have to (should/want to) work.*

Es importante proteger el oso polar.  |  *It's important to protect the polar bear.*

**agujero**  *hole*

**incierto**  *uncertain*

The infinitive is also used:

1. as a noun, sometimes preceded by **el**

| | |
|---|---|
| El fumar contamina el aire. | *Smoking contaminates the air.* |

2. after a preposition

| | |
|---|---|
| Fueron a Costa Rica para estudiar la flora y la fauna. | *They went to Costa Rica to study the flora and fauna.* |
| Siga por allí hasta llegar al parque. | *Continue that way until you reach the park.* |

3. with verbs like **dejar, hacer, mandar, permitir,** and **prohibir**

| | |
|---|---|
| Esa clase de música me hace dormir. | *That kind of music puts me to sleep (makes me sleep).* |
| Su madre no lo dejó ir. (No le permitió ir.) | *His mother didn't allow him to go. (She didn't permit him to go.)* |
| Cortés hizo destruir el templo de los aztecas y mandó construir en su lugar una catedral. | *Cortés had the temple of the Aztecs destroyed and ordered a cathedral built in its place.* |

4. after **al** to mean *on* or *upon doing something*

| | |
|---|---|
| Al hacer una visita, uno siempre tiene la seguridad de dar gusto; si no al llegar, al despedirse. | *Upon making a visit, one always has the certainty of giving pleasure; if not on arriving, on saying good-bye.* |

5. after **acabar de. Acabar de** + infinitive in the present tense means *have just;* in the imperfect, it means *had just.*

| | |
|---|---|
| Acabamos de oír las noticias. ¡Felicitaciones! | *We have just heard the news. Congratulations!* |
| Acababan de salir cuando empezó a nevar. | *They had just gone out when it started to snow.* |

# PRÁCTICA

**9-21 El sueño y la contaminación por el ruido.** En las grandes ciudades del mundo, mucha gente sufre de insomnio o de otros problemas relacionados con el sueño. El ruido, que se considera un agente contaminante, es uno de los muchos factores que afectan el sueño. Para saber más sobre este tema, tome esta prueba. Complete las oraciones con el equivalente en español; después, diga si las oraciones son verdaderas (**V**) o falsas (**F**). (Las respuestas están abajo.)

1. El ruido reduce la fase de sueño profundo y hasta puede _____ (*cause*) pesadillas (*nightmares*). (**V F**)

2. _____ (*Upon hearing*) un ruido inesperado, como una sirena, una motocicleta, un avión o un tren que pasa, mucha gente se siente molesta; en cambio, los ruidos habituales, como el del aire acondicionado, no molestan tanto. (**V F**)

3. En general, los hombres se duermen más rápidamente que las mujeres y duermen más profundamente. Por eso, se oyen muchas anécdotas de mujeres que hacen levantar (*get up*) al esposo para _____ (*look for*) «al ladrón (*thief*) que está abajo». (**V F**)

4. La persona que duerme como una piedra (*rock*) lo hace _____ (*without changing*) mucho de posición. (**V F**)

5. El _____ (*Not dreaming*) es muestra (*sign*) de que una persona tiene la conciencia tranquila. (**V F**)

6. Un baño caliente inmediatamente _____ (*before going to bed*) produce un sueño rápido. (**V F**)

7. Las bebidas que contienen cafeína no afectan nuestra capacidad para _____ (*remain, stay*) dormidos. (**V F**)

8. Un vaso de leche caliente puede _____ (*make you fall asleep*) rápidamente. (**V F**)

9. Después de veinticuatro horas _____ (*without sleeping*), mucha gente da muestras de irritabilidad, pérdida de memoria y alucinaciones. (**V F**)

10. El sueño le permite al cerebro _____ (*to solve*) problemas y procesar memorias (guardar algunas y eliminar otras). (**V F**)

**9-22 Refranes (Proverbios).** Todos los proverbios que aparecen a continuación llevan uno o más verbos en infinitivo. Trate de comprender su significado (pida ayuda a su instructor[a], si la necesita) y luego forme sus propios proverbios.

1. Ver es creer. Amar es...
2. El dar es honor, y el pedir dolor. El... es honor y el... dolor.
3. Para aprender nunca es tarde. Para... nunca es tarde.
4. Querer es poder. ... es...
5. Ir a la guerra ni casar no se debe aconsejar. ... ni... no se debe aconsejar.
6. Más vale (*It is better*) estar solo que mal acompañado. Más vale... que...

9. V 10. V
somnolencia.) 7. F 8. V
los músculos y produce
tibio [*lukewarm*] relaja
estimulante. Pero un baño
o caliente es demasiado
sueños.) 6. F (Un baño frío
personas recuerdan sus
pero solamente algunas
(Todo el mundo sueña,
1. V 2. V 3. V 4. F 5. F

**9-23 ¿Qué hiciste al…?** Entreviste a un(a) compañero(a) para saber qué hizo, qué dijo o cómo se sentía en los siguientes momentos de su vida. Use las ideas que siguen o sus propias ideas y **al** (+ infinitivo).

> ✦ **MODELO** *terminar la escuela secundaria*
>> A: *¿Qué hiciste o dijiste al terminar la escuela secundaria?*
>>> *¿Cómo te sentías?*
>> B: *Al terminar la escuela secundaria, fui a una gran fiesta.*
>>> *Me sentía muy feliz.*

1. entrar en la escuela primaria por primera vez
2. ir solo(a) a un lugar lejos de tu familia por primera vez
3. sacar la licencia de manejar
4. cumplir dieciocho años
5. conseguir tu primer empleo

**9-24 Entrevista.** Turnándose con un(a) compañero(a), hagan y contesten las preguntas.

1. ¿Acabas de cambiar algo en tu vida? Por ejemplo, ¿acabas de empezar un nuevo programa de ejercicios? ¿iniciar una nueva relación amorosa? ¿adoptar una mascota?
2. ¿Se acaba de hacer algo en esta universidad o ciudad que mejore (empeore) la calidad de vida de los estudiantes o habitantes? ¿Qué?
3. ¿Qué cosas te molestan? Por ejemplo, ¿te molesta perder algo y no poder encontrarlo? ¿olvidar una fecha importante? ¿no poder despertarte a la hora por la mañana?
4. ¿Qué tienes que hacer antes de acostarte hoy?

# EN CONTACTO

## Videocultura: Las mariposas en Ecuador

En la reserva de Mindo, Ecuador, en el bosque ecuatoriano, hay gente que se dedica a estudiar las mariposas. Rossi Gómez de la Torre explica cómo estos insectos empiezan su vida y cómo se transforman de oruga *(caterpillar)* en pupa *(pupa, chrysalis)* y finalmente en mariposa. Mire el video y conteste esta pregunta: ¿Por qué es importante proteger las mariposas de Mindo?

**Vocabulario:** apareamiento *mating*; fecunde *fertilizes*; alimentarse (de) *to eat, get nourishment (from)*; reventado *hatched*; colgarse *to hang, be suspended*; el invernadero *hothouse, greenhouse*; la sobrevivencia *survival*; el búho *owl*; talar *to cut down*

Para aprender más sobre los 21 países que hablan español, mire los videos culturales en la Mediateca (*Media Library*).

Google | Busque «Mindo, Ecuador». ¿Qué otras especies de animales se protegen allí?

© Heinle, Cengage Learning

**9-25 Comprensión.** Conteste las siguientes preguntas después de ver el video.

1. ¿Cuántas variedades de mariposas hay en Mindo que no han sido investigadas todavía?
2. Durante la reproducción de las mariposas, ¿por cuánto tiempo se unen el macho y la hembra?
3. ¿Qué pasa después de que las orugas se cuelgan?
4. ¿Qué imagen tiene una de las mariposas raras en las alas *(wings)*? ¿Cómo la ayudará a sobrevivir?

**9-26 Puntos de vista.** Compare sus opiniones con las de dos o tres compañeros.

1. ¿A usted le interesaría estudiar entomología, es decir, la ciencia sobre los insectos? ¿Por qué sí o por qué no?
2. ¿Cree usted que es necesario proteger toda la flora y la fauna que existen hoy? Explique.
3. ¿Le gustaría estudiar una especie en peligro de extinción? ¿Cuál? ¿Por qué?

## Síntesis

**9-27 Soluciones.** Complete las oraciones con las formas correctas de los verbos que están entre paréntesis.

Los mayas practicaban la apicultura *(bee-keeping)* hace siglos. En Calakmul, México, mucha gente vive de las colmenas *(hives)* de abejas, del ecoturismo y del cultivo de semillas y flores.

🌸 **MODELOS**  Si los habitantes de Calakmul no pudieran ganarse la vida de manera sostenible, posiblemente __tendrían__ (tener) que cambiar la ecología de la región.

Si __compramos__ (comprar) productos de comercio justo *(fair trade)*, ayudaremos a la gente que los produce.

1. Si España no _____ (producir) tanta energía solar, habría que usar más gas y electricidad en ese país.

2. Si no hubiera tanto viento en España, los molinos de viento *(windmills)* del país no _____ (poder) producir tanta energía. (A veces hay que desconectar los molinos de viento porque producen más energía de la que se necesita.)

3. Si (nosotros) _____ (usar) más productos reciclados en la construcción de los edificios, no desperdiciaremos tantos materiales.

4. Mucha gente usa el sistema de transporte público en España en vez de manejar. Si (nosotros) _____ (tomar) el AVE (el tren superrápido) de Madrid, llegaremos en menos de dos horas a Córdoba, en el sur.

5. Si no comiéramos «comida rápida», no _____ (producir) tanta basura como tenedores de plástico o platos de papel.

6. Si (nosotros) _____ (cultivar) verduras en los techos *(roofs)* de los edificios de apartamentos, podríamos conservar mucho petróleo.

7. Si dejamos de usar pesticidas en los productos agrícolas, nuestra comida _____ (ser) más saludable.

8. Si los cartoneros de Colombia no _____ (reciclar) el papel, habría que cortar más árboles en ese país.

**9-28 Entrevista.** Con un(a) compañero(a), hagan y contesten las siguientes preguntas personales. Invente otras para conocer mejor a su compañero(a).

1. Si pudieras cambiar algo en tu vida, ¿qué cambiarías?
2. Si pudieras hablar con cualquier personaje histórico, ¿con quién hablarías?
3. Si estuvieras en una isla desierta, ¿con quién te gustaría estar? ¿Qué libros llevarías? ¿Qué otra cosa llevarías?

**9-29 Un día fatal.** Trabaje con un(a) compañero(a). Describa un día horrible. ¿Qué pasó? Trate de usar algunas de las siguientes estructuras. Su compañero(a) expresa compasión (o falta de compasión).

Mis papás (no) querían que... *(+ imp. subj.)*

Un amigo me pidió que... *(+ imp. subj.)*

Mi profesor de... me dijo que (no)... *(+ imp. subj.)*

Era sorprendente / increíble / horrible que... *(+ imp. subj.)*

Acababa de... cuando...

Al *(+ infinitive)*...

Desafortunadamente...

**9-30 ¡A disfrutar de la naturaleza!** Trabaje con un(a) compañero(a). Escojan un parque o una reserva natural que ustedes conocen y denle consejos a un(a) amigo(a) latino(a) que quiera visitarlo. Hagan por lo menos cinco oraciones que empiecen con **Si...**

⚙ **MODELO** querer visitar..., / ser mejor...
*Si quieres visitar Yellowstone, es mejor ir en la primavera porque se pueden ver muchas clases de animales y el tiempo es muy agradable.*

1. querer pasar la noche allí, / ser una buena idea...
2. llevar..., / poder...
3. no importarte el dinero, / poder...
4. querer comer bien, / deber ir...
5. hacer buen tiempo, / poder...
6. tener un espíritu de aventura, / deber...

## Composición

### Usted y el medio ambiente

Usando las listas de vocabulario de este capítulo, escriba un párrafo sobre un problema ecológico que le interesa. Puede escoger uno de los problemas en la página 211 (por ejemplo, la contaminación del agua o una especie de animal que está en peligro de extinción). ¿Qué se puede hacer para resolver el problema (o proteger la especie de animal)? Trate de usar **si** *(if)* por lo menos dos veces. Puede usar algunas de las ideas de las actividades 9-1, 9-4, 9-15, 9-17 y 9-27.

**Tema alternativo: El ecoturismo.** Describa un lugar (como un parque nacional en este o en otro país) muy bonito para la práctica del ecoturismo. ¿Cómo se llama y dónde está? ¿Qué animales y plantas hay allí? ¿Cuándo se debe ir y qué tiempo hará? ¿Qué atracciones hay? Trate de usar **si** *(if)* por lo menos dos veces. Puede usar algunas de las ideas de las actividades 9-4, 9-16 y 9-30.

**Opción:** Consulte Google Earth™, «Global Awareness», para ver sitios de conservación (por ejemplo, del *World Wildlife Fund*) y reservas naturales. ¿Hay regiones donde el problema que escogió es más notable o más grave? ¿En qué región vive el animal que está en peligro o dónde está la reserva natural donde se puede hacer ecoturismo?

# CAPÍTULO 10

# Imágenes y negocios

## METAS

En este capítulo vamos a aprender a…

▶ regatear y hacer una compra

▶ solicitar o pedir algo

▶ ofrecer ayuda

▶ hablar de las imágenes y de la publicidad

© Peter Horree/Alamy

En las tiendas de Buenos Aires, Argentina, hay algo para todos los gustos.

## LENGUA VIVA

Expresiones para hacer una compra
Expresiones para solicitar o pedir algo y para ofrecer ayuda

## GRAMÁTICA

Los participios pasados
Los tiempos perfectos del indicativo
Los tiempos perfectos del subjuntivo
La voz pasiva

## VOCABULARIO

Imágenes y negocios
Compra y venta

## LECTURAS

«La imagen quebrada y el desafío de la realidad»

«Todas las crises son oportunidades» (entrevista con Carlos Slim) de Miguel Jiménez y Amanda Mars

«El delantal blanco» de Sergio Vodanovic

# Presentación del tema

## La imagen vende

Ropa y perfume de Jennifer López. Zapatos de Carlos Santana. Cosméticos de Salma Hayek o Eva Longoria. Durante años los anuncios nos han sugerido cómo debemos vestir, a quién nos debemos parecer y qué tipo de productos debemos comprar para «dar una buena imagen». A menudo nos han convencido de que si compramos esos productos conseguiremos la felicidad, el éxito y la belleza. Y nos han vendido la idea de que se puede resolver cualquier problema en la vida comprando un producto determinado.

¿Es buena o mala la publicidad? Algunas personas opinan que es mala porque ha contribuido a cambiar nuestros valores. Dicen que nos ha hecho malgastar dinero y comprar cosas que no necesitamos. En cambio, otras personas opinan que la publicidad no es negativa. Según ellas, el ir de compras nos hace sentir bien. Comprando y usando los productos anunciados, nos identificamos con las personas que los promocionan. Así, todos podemos sentirnos jóvenes, ricos y bellos… o por lo menos, «en la onda» *("with it")*.

Penélope Cruz ha sido la imagen comercial para muchos productos y, con su hermana, ha diseñado *(designed)* joyería, bolsas y ropa.

© Allstar Picture Library/Alamy

▶ YouTube Busque «Penélope Cruz anuncios» para ver videos publicitarios de esta actriz.

### 10-1 Preguntas.

1. ¿Cuáles son los valores o temas que los anuncios han usado con frecuencia para promocionar sus productos? ¿De qué nos han convencido, muchas veces?

2. ¿Qué otras personas famosas utilizan su imagen para vender productos comerciales? ¿Hay problemas con esta estrategia a veces (por ejemplo, cuando hay un escándalo personal, un accidente o…)?

3. ¿Por qué opinan algunas personas que la publicidad es mala? ¿Qué cree usted?

4. ¿Cree que los jóvenes de hoy se preocupan demasiado por la imagen externa (los estilos y las marcas de ropa, los peinados [*hairdos*], etcétera)? ¿Se sienten mal si no son guapos y delgados o musculares como los jóvenes de los anuncios?

5. ¿Qué tipo de cosas le gusta a usted comprar? ¿Qué tipo de cosas no le gusta comprar? ¿Cuáles son sus tiendas favoritas?

# VOCABULARIO ÚTIL

## IMÁGENES Y NEGOCIOS

### COGNADOS

| | |
|---|---|
| el comercio | el producto |
| la compañía | la publicidad |
| la imagen | el vendedor (la vendedora) |

### LOS GASTOS PERSONALES

| | |
|---|---|
| la alimentación | *food* |
| el alquiler | *rent* |
| la deuda | *debt* |
| el gasto | *expense* |
| el presupuesto | *budget* |
| el recibo | *receipt* |

### VERBOS

| | |
|---|---|
| ahorrar | *to save (money)* |
| anunciar | *to announce, advertise* |
| aumentar | *to increase, go up* |
| contratar | *to employ, hire* |
| deber | *to owe* |
| dirigir (j) | *to direct* |
| invertir (ie) en | *to invest in* |
| negociar | *to negotiate, do business* |
| prestar | *to lend* |
| promocionar | *to promote* |
| regatear | *to bargain* |

### OTRAS PALABRAS

| | |
|---|---|
| a precio reducido (rebajado) | *at a reduced (lower) price* |
| el ahorro | *savings* |
| el anuncio | *announcement, advertisement* |
| el, la comerciante | *businessperson* |
| los ingresos | *income* |
| el negocio | *business* |
| el precio fijo | *fixed price* |
| el sueldo | *salary* |

### ¡OJO!

**gastar** *to spend (money or energy)* / **malgastar** *to waste, spend badly* / **pasar** *to spend (time)*

**mantener** *to support (economically)* / **soportar** *to put up with, hold up (physically)*

# PRÁCTICA

**10-2 ¡Falta algo!** Escoja la palabra apropiada para completar las siguientes oraciones.

1. (Gastamos / Pasamos) tres días en Sevilla.

2. No puedo (soportar / mantener) a mi tío porque es muy rico y muy egoísta.

3. ¿Cuánto dinero (malgastas / gastas) tú en alimentación por semana?

4. Eduardo (mantiene / soporta) a su familia con un ingreso de solo cuatro mil pesos al mes.

5. ¿Me podrías (prestar / dirigir) ese lápiz, por favor?

6. Les pedí dinero a mis padres para (promocionar / invertir) en el negocio.

 **10-3 Entrevista: el dinero y tú.** Entreviste a un(a) compañero(a), usando las preguntas que siguen. Después, su compañero(a) lo (la) entrevista a usted. Comparen las respuestas con las de los otros estudiantes de la clase.

1. ¿En qué gastas más dinero: en la matrícula, la alimentación, el alquiler, los libros?

2. ¿Tienes un presupuesto? ¿Calculas tus gastos cada mes?

3. ¿Qué gastos han aumentado recientemente? ¿Cuáles han bajado?

4. ¿Qué porcentaje de tus ingresos gastas en alquiler? ¿Te importa vivir en un lugar lindo o prefieres ahorrar en alquiler y tener más dinero para otras cosas? Explica.

5. ¿Malgastas dinero a veces? ¿En qué malgastas dinero?

6. ¿Conoces a una persona adicta a las compras, del tipo «¡Compro, luego existo!»? Si es así, describe a esa persona.

7. Cuando quieres ahorrar dinero, ¿qué haces? Por ejemplo, ¿haces una lista de lo que necesitas antes de ir de compras? ¿Guardas todos los recibos después? ¿Tomas decisiones firmes sobre lo que *no* vas a comprar durante la semana?

8. ¿Tienes deudas? ¿A quién le debes dinero?

9. ¿Tienes una tarjeta de crédito? ¿A veces gastas más de lo que puedes pagar? ¿Es fácil conseguir las tarjetas de crédito? ¿Qué problemas económicos pueden causar?

© José San Martín Escobar

# LENGUA VIVA

CD 2,
Track 8,
9, 10

## Audioviñetas: Anuncios comerciales*

**10-4 Escuche los tres anuncios comerciales.** ¿Cuál de los tres anuncios (1, 2, 3) está dirigido a...?

_____ a. una persona que quiera celebrar su cumpleaños con comida, música y baile

_____ b. una persona que quiera escuchar música y noticias del mundo iberoamericano

_____ c. una persona que quiera ir de viaje a Latinoamérica

**10-5 Escuche otra vez y conteste las preguntas.**

Anuncio 1

**1.** ¿Cómo se llama el programa de radio del anuncio?

**2.** ¿Es una producción realizada por músicos profesionales?

**3.** ¿Cuántas veces por semana se hace?

Anuncio 2

**1.** ¿Cómo se llama el restaurante?

**2.** ¿Qué clase de comida tiene?

**3.** ¿Qué se puede hacer allí, además de comer?

Anuncio 3

**1.** ¿En qué se especializa la agencia de viajes?

**2.** En general, ¿ofrece giras tipo «cinco estrellas»?

**3.** ¿Cómo se puede informar sobre los especiales de la semana?

**10-6 Escuche otra vez y complete las oraciones con los números correctos.**

**1.** El programa de radio dura _____ horas.

**2.** El restaurante está abierto los _____ días de la semana.

**3.** El número telefónico del restaurante es _____ .

**4.** Educational Tours and Travel está en la Avenida _____, oficina 1.

**5.** El número telefónico de la agencia de viajes es _____ .

_____
*Used by permission of Ingrid de la Barra, **Sin Fronteras** radio.

## En otras palabras

### Para regatear y hacer una compra

Mire el video en el sitio **www. cengagebrain.com/shop/ ISBN/0495912654** y haga las actividades que lo acompañan.

In the street, flea market, or countryside it is common to bargain, especially for crafts. This is not considered rude, and the rules are fairly simple. After asking the price and receiving a reply, you (1) praise the item or say you like it, (2) explain you can't pay much, and (3) offer about half the price mentioned.

> **Es muy linda (la bolsa), pero no puedo gastar mucho. Podría ofrecerle trescientos pesos.** (*Asking price was 600 pesos.*)

> **Me gusta (la cartera), pero no tengo mucho dinero. ¿Podría usted aceptar ciento cincuenta pesos?** (*Asking price was 300 pesos.*)

> (For a review of numbers, see Appendix B.)

Rafael está en un pequeño supermercado. ¿Cómo le pide ayuda al vendedor? ¿Qué decide comprar?

A common way to say you can't afford something is to say **No me alcanza el dinero** (*My money won't reach—or stretch—that far*). Usually, the person selling will then offer a new price, approximately two-thirds or three-quarters of the original. You can then accept (**Muy bien. Me lo [la] llevo.**) or continue bargaining, if you enjoy it, by offering a slightly lower price. Make sure your offers are reasonable in order not to insult the vendor.

In a store, there are **precios fijos.** Following is a list of expressions you might hear in a shop or store. Who would be likely to use each one, a customer or a salesperson? Mark C (**cliente**) or V (**vendedor**). The answers are at the bottom of the page.

_____ **1.** ¿Busca algo en especial?

_____ **2.** Sólo estoy mirando.

_____ **3.** ¿Me podría enseñar aquel..., por favor?

_____ **4.** ¿Hay uno más barato (grande, pequeño)?

_____ **5.** Es de muy buena calidad. Está hecho a mano.

_____ **6.** ¿Podría probármelo? (Me gustaría probármelo.)

_____ **7.** ¿Dónde está el probador (*fitting room*)?

_____ **8.** Le queda muy bien.

_____ **9.** No me gusta el color. ¿Hay otros colores (estilos)?

_____ **10.** Voy a pensarlo. No puedo decidirme.

_____ **11.** ¿Cómo quisiera pagar? ¿Va a pagar con dinero en efectivo?

_____ **12.** Sí, se puede pagar con tarjeta de crédito.

_____ **13.** ¿Se lo envuelvo (*wrap*)?

_____ **14.** ¿Me podría dar un recibo, por favor?

1. V 2. C 3. C 4. C 5. V
6. C 7. C 8. V 9. C 10. C
11. V 12. V 13. V 14. C

### Para solicitar algo

**1.** on the street

> **¡Disculpe! (¡Oiga!) ¿Me podría decir…?**
>
> **Por favor, ¿podría usted ayudarme?**

**2.** in a shop or business

> **Buenos días. ¿Podría usted atenderme?**
>
> **Buenos días. Busco (Necesito) un buen jamón.**
>
> **Buenas tardes. Quisiera cambiar cien dólares a pesos mexicanos.**

Remember to greet the clerk or shopkeeper before making a request; it's considered rude not to. Also, polite forms like **podría** and **quisiera** are often used in requests, and it's better to avoid **quiero** or **deseo,** which are very direct and can sound childish or impolite.

### Para ofrecer ayuda

Offering help or assistance goes hand in hand with requests. In a shop, the clerk or owner will normally say:

> **¿En qué le puedo servir?**    **¿En qué puedo ayudarle?**
>
> **¿Le puedo ayudar en algo?**

If you are in a position of offering assistance yourself, you might say the following:

> **¿Quiere(s) que yo… (+ *subj.*)?**    **Si gusta (quiere), yo podría…**
>
> **¿Desea(s) que yo… (+ *subj.*)?**    **Permítame (Permíteme)**
>
> **Haré… con mucho gusto.**        **ayudarle(te) a…**

## PRÁCTICA

**10-7 Breves conversaciones.** Trabaje con un(a) compañero(a).

**Paso 1.** Completen las conversaciones con frases apropiadas.

En el mercado

VENDEDOR:  (1) _____

CLIENTE:  Muy buenas. Este poncho, ¿cuánto vale?

VENDEDOR:  Doscientos pesos.

CLIENTE:  ¿Doscientos pesos? No me alcanza el dinero. Le podría (2) _____ cien.

VENDEDOR:  Se lo doy por ciento cincuenta.

CLIENTE:  Entonces muy bien. (3) _____

VENDEDOR:  Si (4) _____, se lo envuelvo *(wrap).*

En la calle

UNA SEÑORA:  (5) _____, señor. ¿Me (6) _____
             decir qué hora es?

UN SEÑOR:    Son las tres y veinte.

En una tienda

VENDEDORA:   Buenos días. ¿En qué (7) _____?

CLIENTE:     Buenos días. ¿Cuánto (8) _____ esta blusa?

VENDEDORA:   Trescientos pesos.

CLIENTE:     ¿Tiene de otros colores?

VENDEDORA:   Sí, señorita, cómo no. Si me sigue, con (9) _____
             le muestro otras de otros colores.

**Paso 2.** Hagan el papel del (de la) vendedor(a) y del (de la) cliente en la primera conversación, pero cambien los precios. Por ejemplo, el (la) vendedor(a) pide doscientos cincuenta pesos por el poncho en vez de doscientos.

**10-8 Situaciones.** ¿Cómo expresaría usted su solicitud *(request)* en cada una de las siguientes cinco situaciones?

1. Usted entra en el correo; necesita cuatro estampillas para mandar tarjetas por avión a Estados Unidos.
2. Usted está en un supermercado. No puede encontrar el jugo de naranja.
3. Usted está en un banco. Quiere cambiar cincuenta dólares a euros.
4. Alguien le ha robado el dinero. Usted no sabe qué hacer ni adónde ir.
5. El hombre sentado delante de usted en el cine habla mucho, y usted no puede escuchar el diálogo de la película.

¿Cómo ofrecería ayuda en estas dos situaciones?

6. Caminando a la terminal de autobuses, usted ve a una señora que está llevando dos maletas pesadas.
7. Entra en un banco y ve que detrás de usted hay un señor con cuatro paquetes muy grandes.

# GRAMÁTICA Y VOCABULARIO
## Past Participles as Adjectives
### Formation of the Past Participle

#### Regular Past Participles

To form the past participles of nearly all verbs, add **-ado** to the stems of **-ar** verbs and **-ido** to the stems of **-er** or **-ir** verbs. If an **-er** or **-ir** verb stem ends in **-a**, **-e**, or **-o**, the **-ido** ending takes an accent.

| | | |
|---|---|---|
| hablar → habl**ado** | comer → com**ido** | vivir → viv**ido** |
| traer → tra**ído** | leer → le**ído** | oír → o**ído** |

#### Irregular Past Participles

Some past participles are irregular.

| | | | |
|---|---|---|---|
| **abierto** | abrir | **muerto** | morir |
| **cubierto** | cubrir | **puesto** | poner |
| **descrito** | describir | **resuelto** | resolver |
| **dicho** | decir | **roto** | romper |
| **escrito** | escribir | **visto** | ver |
| **hecho** | hacer | **vuelto** | volver |

Verbs built upon these verbs will also have the irregularity. Some examples are **descubierto (descubrir), deshecho (deshacer), supuesto (suponer), devuelto (devolver).**

### Use of the Past Participle

**1.** Past participles used as adjectives agree in gender and number with the nouns they modify.

| | |
|---|---|
| diez mil pesos prestados y pagados | *ten thousand pesos loaned and paid back* |
| «Comida hecha, amistad deshecha». | *The meal done, the friendship undone (said jokingly of someone who "eats and runs").* |

**2.** Past participles are often used with **estar;** as adjectives, they agree with the subject.

| | |
|---|---|
| Las tazas están rotas. | *The cups are broken.* |
| ¿Está cerrado el negocio? | *Is the business closed?* |
| Los precios están rebajados. | *The prices are reduced.* |

**3.** Notice that **estar** with a past participle generally indicates the result of an action.

| | |
|---|---|
| La comerciante resolvió el problema. El problema está resuelto. | *The businesswoman solved the problem. The problem is solved.* |
| El vendedor abrió la tienda. La tienda está abierta. | *The salesperson opened the store. The store is open.* |

## PRÁCTICA

**10-9 El Día de los Reyes.** El 6 de enero se celebra el Día de los Reyes Magos *(Three Wise Men),* que conmemora (recuerda) el día en que, según la tradición, Melchor, Gaspar y Baltazar le hicieron regalos al Niño Jesús. Diga qué ha pasado, de acuerdo con el modelo.

> ✿ **MODELO** Los comerciantes cerraron los negocios.
> *Los negocios están cerrados.*

**1.** Vestimos a los niños con ropa bonita.
**2.** Los niños abrieron los regalos.
**3.** Hicimos la «rosca de reyes» *(special cake).*
**4.** Reunimos a la familia y a los amigos.
**5.** Pusimos la mesa.

**10-10 Para ahorrar dinero en una tienda...**

**Paso 1.** Complete las conversaciones con participios pasados. Use el participio pasado de cada uno de los siguientes verbos por lo menos una vez.

| | | |
|---|---|---|
| cerrar | importar | rebajar |
| hacer | pintar | romper |

| | |
|---|---|
| CLIENTE: | ¿Se puede lavar esta blusa a máquina? |
| VENDEDORA: | Cómo no, señora. |
| CLIENTE: | ¿De qué está (1) _____? |
| VENDEDORA: | Es de algodón *(cotton)* y poliéster. |
| CLIENTE: | ¿Es de color permanente? |
| VENDEDORA: | Sí, señora. |

\*\*\*

CLIENTE:     Quisiera devolver estos vasos.

VENDEDOR:    ¿Cuándo los compró?

CLIENTE:     Hace dos días. Pero uno de ellos estaba (2) _____.

\*\*\*

CLIENTE:     ¿Cuánto vale este televisor?

VENDEDOR:    Seis mil pesos.

CLIENTE:     Es un poco caro para mí. ¿No tiene otro a precio más bajo?

VENDEDOR:    Sí, señor. Tenemos este de aquí por tres mil quinientos pesos.
             El precio está (3) _____.

\*\*\*

CLIENTE:     ¿De qué están (4) _____ estos platos?

VENDEDOR:    Son de cerámica, señorita.

CLIENTE:     ¡Qué bonitos! Me gustan los colores y el diseño. ¿Están (5)
             _____ a mano?

VENDEDOR:    Sí, señora. Hay un grupo de artistas en un pueblo cerca de aquí
             que los pintan.

\*\*\*

CLIENTE:     Si a mi esposo no le gusta esta camisa, ¿podrá devolverla?

VENDEDOR:    Sí, señora, si nos trae el recibo y si lo hace antes del fin de semana.
             Los domingos la tienda está (6) _____.

\*\*\*

CLIENTE:     ¿Estos collares (necklaces) son de oro puro?

VENDEDORA:   No, señor, no lo son. Pero son muy bonitos, ¿no?

CLIENTE:     Sí. ¿Se hacen aquí?

VENDEDORA:   No, señor. Son (7) _____.

**Paso 2.** Conteste las siguientes preguntas.

1. ¿Qué podría decir para devolver algo a una tienda?
2. ¿Qué preguntas podría hacer en una tienda para ahorrar dinero?

**10-11 ¿Qué vas a comprar?** Túrnense para contarle a un(a) compañero(a) varias cosas que quisiera comprar, usando participios pasados.

⚙ **MODELO** una película / dirigir por...
*Pienso comprar una película dirigida por Pedro Almodóvar.*

**Ideas:** un disco compacto de música / componer por..., una novela / escribir por..., un traje (auto, etc.) / hacer en..., un perfume (unos chocolates) / importar de..., unos zapatos / hacer en...

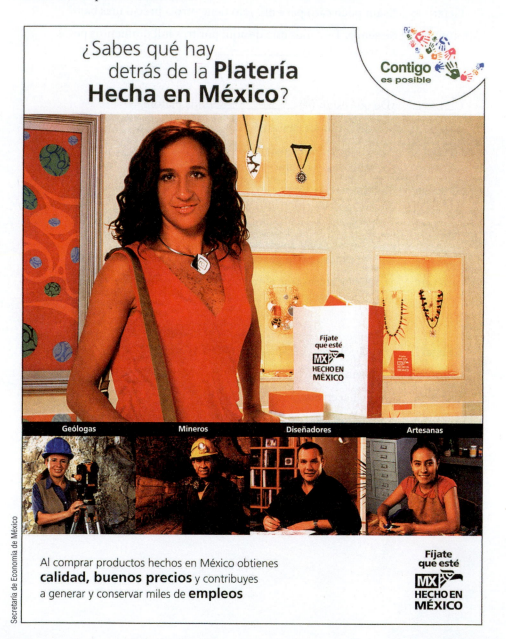

# The Perfect Indicative Tenses

Han reducido los precios aquí en esta tienda. Hemos comprado una computadora. Mucha gente ha llegado a hacer compras… ¡Qué emoción! Pero, ¡qué locura!

| Present perfect | | | Past perfect | | |
|---|---|---|---|---|---|
| he | hemos | + past participle | había | habíamos | + past participle |
| has | habéis | | habías | habíais | |
| ha | han | | había | habían | |

| Future perfect | | | Conditional perfect | | |
|---|---|---|---|---|---|
| habré | habremos | + past participle | habría | habríamos | + past participle |
| habrás | habréis | | habrías | habríais | |
| habrá | habrán | | habría | habrían | |

**1.** The perfect tenses are all formed with **haber** plus a past participle. The past participle does not agree with the subject—it always ends in **-o.**

¿Qué han hecho, niños? ¿Han roto algo?

What have you done, children? Have you broken something?

Recientemente hemos ahorrado diez mil pesos.

Recently we've saved ten thousand pesos.

**2.** The present perfect (the present tense of **haber** plus a past participle) is used to tell that an action *has occurred* recently or has some bearing upon the present. It is generally used without reference to a specific time in the past, since it implies an impact upon the present.

| | |
|---|---|
| Lo siento. Ya hemos contratado a alguien con más experiencia. | *I'm sorry. We've already hired someone with more experience.* |
| Han cambiado la imagen del producto. | *They've changed the product's image.* |
| ¡Mi hijo se ha graduado! | *My son has graduated!* |

**3.** The past perfect (imperfect of **haber** plus a past participle) is used for past actions that *had occurred* (before another past event, stated or implied). The second event, if mentioned, is usually in the preterit.

| | |
|---|---|
| Ya habían negociado el precio de la casa. | *They had already negotiated the price of the house.* |
| Ya había vendido el coche cuando llamé. | *He (She) had already sold the car when I called.* |

**4.** The future perfect (the future of **haber** plus a past participle) implies that something *will have taken place* (or *may have taken place*) by some time in the future. It can also imply probability in the past, that something *must have* or *might have occurred,* or that it *has probably occurred.*

| | |
|---|---|
| ¿Habremos terminado la campaña de publicidad para diciembre? | *Will we have finished the ad campaign by December?* |
| Usted habrá estado muy entusiasmado con el nuevo negocio, ¿no? | *You have probably been very excited about the new business, right?* |
| El comerciante parece muy contento. Habrán aumentado su presupuesto. | *The businessman looks very happy. They must have increased his budget.* |

**5.** The conditional perfect (the conditional of **haber** plus a past participle) is used to express actions or events that *would have* or *might have taken place.* Like the future perfect, it can imply probability in the past, that something *had probably occurred.*

| | |
|---|---|
| Yo no me habría olvidado de pagar la cuenta. | *I would not have forgotten to pay the check.* |
| Lo habrían soportado sin decir nada. | *They must have put up with it without saying anything.* |

**6.** The auxiliary form of **haber** and the past participle are rarely separated by another word—negative words and pronouns usually precede the auxiliary, as you have seen in the previous examples.

# PRÁCTICA

**10-12 Quejas.** La señora Vega se queja de la situación económica. ¿Qué le dice a su esposo? Siga el modelo.

⚙ **MODELO** Aumentan el alquiler.
*Han aumentado el alquiler.*

1. Los precios suben.
2. El costo de vida aumenta el doble.
3. No ahorramos nada este mes.
4. Tú tienes muchos gastos.
5. Tenemos que gastar todos nuestros ahorros.

**10-13 Una mañana de mala suerte.** El señor Ramos trabaja en la sección de marketing de una compañía grande y ayer llegó muy tarde al trabajo. ¿Qué había pasado allí por la mañana antes de su llegada?

⚙ **MODELO** El presidente y los gerentes tuvieron una reunión importante.
*El presidente y los gerentes habían tenido una reunión importante.*

Antes de la llegada del señor Ramos...

© Hugo Díaz

1. El presidente describió la mala situación de las ventas.
2. El abogado de la compañía llamó para dar más malas noticias.
3. El señor Ramos recibió muchas cartas de clientes descontentos.
4. Su secretaria perdió unos documentos legales.
5. Olvidó una cita con un cliente importante.
6. Todos los empleados tuvieron una mañana terrible.

**10-14 Anuncios clasificados.**

**Paso 1.** Lea los siguientes anuncios. Para cada puesto de trabajo invente dos preguntas que usted le haría a una persona que llegue a una entrevista. Use **ha** o **había.** Verbos útiles: servir, usar, estar, hacer, tener que.... Vocabulario: se requiere...... *is required,* se valorará *will be valued or considered,* formación *training,* a cargo de la empresa *by the company,* talleres *shops,* a convenir *as appropriate,* tele- *distance-*

⚙ **MODELO** el anuncio número 1, para cocinero
*¿Ha trabajado en un restaurante antes? ¿Qué platos ha preparado?*

---

1. Se necesita cocinero con experiencia en Madrid. Empleo inmediato. Excelente sueldo. Tres años de experiencia. Cocina valenciana.

2. Buscamos camareros. Con capacidad para grupos grandes, se realizan servicios de convenciones, bodas y carta / restaurante. Se requiere vivir en Barcelona; tiempo parcial; se necesita vehículo propio. Se requiere experiencia.

3. Se necesitan vendedores(as) para centro comercial en Sevilla. No es necesaria experiencia aunque se valorará; formación a cargo de la empresa. Horario flexible.

4. Seleccionamos profesionales y ayudantes de mecánica para nuestros talleres de automóviles. Se requieren conocimientos de electromecánica y mecánica rápida. Sueldo a convenir según experiencia. Tiempo completo.

5. Necesitamos tutores para formación a distancia para cursos de inglés a nivel básico, intermedio y avanzado. Buscamos personas capaces de impartir inglés de negocios e inglés para habilidades directivas. 3 años de experiencia. Tiempo parcial.

6. Se necesitan profesores y tutores de francés (niveles básico, intermedio y avanzado); clases «online» a través de nuestro centro virtual de formación. Las teletutorías se realizarán desde su propia casa. Requisitos mínimos: Excelentes conocimientos hablados y escritos del idioma francés. Excelentes conocimientos de Internet. Experiencia en formación de adultos. Requisitos deseados: experiencia en teleformación.

❖ ❖ ❖

---

**Paso 2.** Haga una pequeña conversación entre una persona que busca trabajo y una persona que la entrevista. Trate de usar una forma de **haber** + participio pasado por lo menos dos veces.

**10-15 Mi rutina.** ¿Qué habrá hecho usted mañana a las seis y media? ¿a las once? ¿a las tres de la tarde? ¿a las diez de la noche?

⚙ **MODELO** a las seis y media de la mañana
*No habré hecho nada. (Me habré despertado.)*

**10-16 ¿Qué habrías hecho tú?** Trabaje con un(a) compañero(a). Túrnense para darle consejos a un amigo suyo que acaba de graduarse, de acuerdo con el modelo.

⚙ **MODELO**   A: Alguien me ofreció un puesto con un sueldo *(salary)* anual de doce mil dólares, pero con la oportunidad de viajar por toda Latinoamérica con todos los gastos pagados. ¿Qué habrías hecho tú?

B: *¡Lo habría aceptado! (Lo habría aceptado, pero solo por seis meses.)*

1. Alguien me ofreció un puesto ideal, exactamente lo que quería, pero solo pagaban quince mil dólares al año.

2. Mi novio(a) quería que trabajara en la compañía de su padre, y me gustaba el trabajo, pero su papá es una persona muy exigente.

3. Mis papás me querían regalar un viaje a Europa, pero yo quería un coche nuevo.

4. Harvard me aceptó para una maestría *(master's)*, pero estaba un poco cansado de estudiar y hacer exámenes.

5. ¿...? (Invente una situación; por ejemplo, un trabajo en su universidad, un viaje a un lugar emocionante...)

> **Google**
> Busque «ofertas de trabajo». ¿Qué sitios con ofertas de trabajo se encuentran? ¿Ve algún trabajo que le gustaría hacer?

**10-17 De trabajos y carreras.** Entreviste a un(a) compañero(a) sobre trabajos y carreras, usando las preguntas que siguen. Luego, su compañero(a) lo (la) entrevista a usted. Esté preparado(a) para compartir la información con la clase.

1. ¿Has trabajado alguna vez en una compañía o con un negocio? ¿En qué tipo de compañía o negocio? ¿Cómo era tu jefe?

2. Cuando llegaste a la universidad, ¿habías decidido ya qué especialidad o campo de estudio seguirías? ¿Habías escogido ya una profesión? ¿Habías tenido antes un trabajo relacionado con esa profesión?

3. Para el año 2025, ¿habrás terminado con tus estudios? ¿conseguido un buen puesto? ¿comprado una casa? ¿comprado un coche? ¿Te habrás casado? ¿Tendrás hijos?

**10-18 El trabajo más interesante (aburrido).** En grupos de cuatro o cinco estudiantes, cada persona describe un trabajo que ha hecho alguna vez. Puede ser un trabajo pagado o voluntario. ¿Quién ha tenido el trabajo más interesante? ¿más aburrido? ¿más difícil? ¿más extraño? Estén preparados para compartir la información con la clase.

⚙ **MODELOS**   A: *He trabajado de vendedor en una tienda de ropa deportiva. He vendido...*

B: *He cuidado a cinco niños muy traviesos* (mischievous)*...*

C: *He trabajado para el Club Sierra. He hecho llamadas para pedir dinero...*

# The Present Perfect and Past Perfect Subjunctive

| Present perfect | | |
|---|---|---|
| haya | hayamos | |
| hayas | hayáis | } + past participle |
| haya | hayan | |

| Past perfect | | |
|---|---|---|
| hubiera | hubiéramos | |
| hubieras | hubierais | } + past participle |
| hubiera | hubieran | |

Me alegro que te hayan ofrecido el trabajo. ¡Felicitaciones!

**¡OJO!** Alternate endings for **hubiera**, **hubieras**, etc., are: **hubiese, hubieses, hubiese, hubiésemos, hubieseis,** and **hubiesen,** as discussed in Chapter 9 in the section on the imperfect subjunctive.

1. The present perfect subjunctive, formed with the present subjunctive of **haber** plus a past participle, is used instead of the present perfect indicative when the subjunctive is required.

| | |
|---|---|
| Hemos perdido todo el dinero que invertimos en el proyecto. | *We have lost all the money we invested in the project.* |
| ¿Es posible que hayamos perdido todo el dinero que invertimos en el proyecto? | *Is it possible that we've lost all the money we invested in the project?* |
| Han cerrado la tienda. | *They have closed the store.* |
| Me sorpende que hayan cerrado la tienda. | *I'm surprised they have closed the store.* |

Remember that compound (perfect) tenses in Spanish are used similarly to their English equivalents, as discussed earlier in this chapter. Compare the following:

| | |
|---|---|
| ¿Es posible que hayamos perdido cinco mil euros? | *Is it possible that we have lost five thousand euros? (present perfect subjunctive)* |
| ¿Es posible que perdamos cinco mil euros? | *Is it possible that we might lose five thousand euros? (present subjunctive)* |
| Me sorprende que hayan cerrado la tienda. | *I'm surprised they've closed the store. (present perfect subjunctive)* |
| Me sorprende que cierren la tienda. | *I'm surprised they're closing the store. (present subjunctive)* |

2. After a main clause in the present tense, the present perfect subjunctive is generally used rather than the imperfect subjunctive to express a completed action or past situation.

| | |
|---|---|
| Espero que no hayas malgastado el dinero. | *I hope you haven't wasted the money.* |
| Es posible que hayan vendido el auto. | *It's possible that they've sold the car.* |

3. The past perfect subjunctive, formed with the imperfect subjunctive of **haber** plus a past participle, is used instead of the past perfect indicative when the subjunctive is required.

| | |
|---|---|
| Ya habían pagado la deuda. | *They had already paid the debt.* |
| Me sorprendió que ya hubieran pagado la deuda. | *It surprised me that they had already paid the debt.* |
| Había comprado el último boleto. | *I had bought the last ticket.* |
| Temían que yo hubiera comprado el último boleto. | *They were afraid I'd bought the last ticket.* |

4. Compare these sentences:

| | |
|---|---|
| Temían que yo comprara el último boleto. | *They were afraid I would buy the last ticket. (imperfect subjunctive)* |
| Temían que yo hubiera comprado el último boleto. | *They were afraid I had bought the last ticket. (past perfect subjunctive)* |

The use of the past perfect subjunctive in the dependent clause indicates that the action (or situation) preceded the action (or situation) expressed in the main clause—it *had occurred earlier.*

Sequence of tenses with the subjunctive will be discussed further in Chapter 11.

**¡OJO!** Remember that in Spanish **que** is always used in these constructions, even though *that* may be omitted in English. Also notice the contractions of *they have* to *they've, I had* to *I'd,* and so on.

## VOCABULARIO ÚTIL

### COMPRA Y VENTA

| | |
|---|---|
| la caja | register |
| el, la dependiente | salesclerk |
| el dueño (la dueña) | owner |
| la etiqueta | label |
| la oferta; en oferta | offer; on sale |
| ¿Cuál es su talla (medida)? ¿Qué talla (medida) quiere? | What size are you? What size do you want? |
| Necesito un número más grande (pequeño) (e.g., para zapatos). Son anchos (estrechos). | I need a larger (smaller) size (number) (e.g., for shoes). They're wide (narrow). |
| ¿Qué número necesita (e.g., para zapatos)? | What size (number) do you need (e.g., for shoes)? |

# PRÁCTICA

**10-19 ¿Cómo te ha ido?** Trabaje con un(a) compañero(a).

**Paso 1.** Túrnense para leer las siguientes oraciones y expresar sus reacciones, empezando con **Me alegro de que...**, **Es una lástima que...**, **Siento mucho que...**, **Es horrible (fantástico) que...** u otra expresión apropiada.

⚙ **MODELOS**  He conseguido trabajo en una tienda de música.
*Me alegro de que hayas conseguido trabajo en una tienda de música.*
Me he puesto un tatuaje de Jennifer López en el pecho *(chest)*.
*¡Me sorprende que te hayas puesto un tatuaje de Jennifer López en el pecho!*

**1.** Me han robado el coche.

**2.** Me he casado.

**3.** Mis papás me han comprado un Jaguar.

**4.** He fracasado en todas mis clases.

**5.** Mis abuelos me han mandado quinientos dólares.

**Paso 2.** Dígale a su compañero(a) por lo menos cuatro cosas que usted ha hecho últimamente, cosas que lo (la) han hecho sentir feliz o triste. Su compañero(a) debe expresar sus reacciones, siguiendo los modelos.

**Ideas:**

conseguir el trabajo perfecto

sacar «A» en...

conocer a...

comprar... en oferta

leer un libro fascinante (fatal)

cambiar de medida (aumentar/perder peso)

ir a una fiesta muy buena (horrible)

hacer un viaje a...

**10-20 ¿Y antes de llegar a la universidad?** Trabaje con tres compañeros. Dígales por lo menos dos cosas que le habían pasado antes de venir por primera vez a la universidad. Otras personas del grupo deben hacer comentarios, empezando con **Qué bueno (fantástico, horrible, malo, extraño, ridículo, increíble,** etcétera**) que...**

⚙ **MODELO**  *Antes de llegar a la universidad, había ahorrado dos mil dólares (vendido mi motocicleta, viajado por Europa).*
*Qué bueno que hubieras ahorrado dos mil dólares (vendido tu motocicleta, viajado por Europa).*

# The Passive Voice

**1.** In Spanish as well as in English, sentences can be in either the active voice or the passive voice. Compare the following:

| Passive voice | Active voice |
|---|---|
| **La tienda** fue vendida por los dueños, los señores Rendón. *(The store was sold by the owners, Mr. and Mrs. Rendón.)* | **Los dueños,** los señores Rendón, vendieron la tienda. *(The owners, Mr. and Mrs. Rendón, sold the store.)* |
| **Muchas ciudades** magníficas fueron construidas por los mayas. *(Many magnificent cities were built by the Mayas.)* | **Los mayas** construyeron muchas ciudades magníficas. *(The Mayas built many magnificent cities.)* |

The subjects of the sentences are shown in bold type. In the passive voice, the subject receives (rather than performs) the action of the verb. In the active voice, the subject performs the action of the verb.

**2.** The passive voice is constructed with a form of **ser** plus a past participle. The past participle agrees with the subject in gender and number.

| subject | + | *ser* | + | past participle | (+ *por* + agent) |
|---|---|---|---|---|---|
| La casa | | fue | | vendida | (por los dueños). |
| Nuestra agencia de publicidad fue contratada por Aerolíneas Argentinas hace una semana. | | | | *Our ad agency was hired by Aerolíneas Argentinas a week ago.* | |
| El dinero ha sido prestado por el Banco Central. | | | | *The money has been lent by Central Bank.* | |

**3.** The agent of the action performed on the subject (**por** + agent) is not always expressed.

| | |
|---|---|
| Los productos fueron comprados a precio reducido; estaban en oferta. | *The products were bought at a reduced price; they were on sale.* |
| Mucho petróleo mexicano fue exportado a Estados Unidos el año pasado. | *A lot of Mexican oil was exported to the United States last year.* |
| Hemos sido invitados a un congreso. | *We have been invited to a conference.* |

**4.** The true passive is not used as often in Spanish as in English. The active voice is preferred. When an agent is not expressed, the passive **se** is much more common than the true passive. **Estar** plus a past participle is used to express the result of an action, as discussed on page 232 of this chapter. Compare the following:

| | |
|---|---|
| Se abrió una zapatería en esa calle la semana pasada. | *A shoe store was opened on that street last week. (agent unimportant—**se**)* |
| La zapatería fue abierta por una familia de Lima. | *The shoe store was opened by a family from Lima. (agent expressed—**ser**)* |
| La zapatería está abierta ahora. | *The shoe store is open now. (resulting condition—**estar**)* |
| Se redujeron los precios de la gasolina. | *Gasoline prices were reduced. (agent unimportant—**se**)* |
| Los precios de la gasolina allí fueron reducidos por el gobierno. | *Gasoline prices there were reduced by the government. (agent expressed—**ser**)* |
| Los precios están reducidos. | *The prices are reduced. (resulting condition—**estar**)* |

## PRÁCTICA

**10-21 Hechos *(Facts).*** Haga oraciones acerca de las cosas y las personas siguientes. Use la voz pasiva de los siguientes verbos: **pintar, elegir, diseñar, construir, escribir, explorar.**

⚙ **MODELO** Laura Chinchilla / presidenta de Costa Rica / 2010
*Laura Chinchilla fue elegida presidenta de Costa Rica en 2010.*

**1.** las ciudades de Chichén-Itzá y Uxmal / mayas / antes del siglo XI
**2.** el suroeste de Estados Unidos / Vásquez de Coronado / 1540
**3.** la novela *La isla bajo el mar* / Isabel Allende / 2010
**4.** los cuadros *La Tirana* y *La reina María Luisa* / Francisco de Goya / 1799
**5.** el Templo de la Sagrada Familia / el arquitecto español Antoni Gaudí

 **10-22 ¿Verdad o mentira?** Haga tres o cuatro oraciones como las de la actividad 10-21, usando la voz pasiva. Algunas deben ser ciertas y otras, falsas. Luego, díga-selas a un(a) compañero(a). Su compañero(a) debe corregir las oraciones falsas.

⚙ **MODELOS** A: *La ciudad de Tenochtitlán, en México, fue construida por los mayas.*
B: *¡No, hombre! Fue construida por los aztecas.*
A: *El Quijote fue escrito por Miguel de Cervantes.*
B: *Correcto.*

**10-23 En la tienda de ropa.** Trabaje con un(a) compañero(a). Si es posible, miren un anuncio en español de una tienda de ropa (e.g., de una revista o de un sitio en Internet). Inventen una conversación entre un(a) dependiente y un(a) cliente. Usen la voz pasiva por lo menos dos veces.

1. Se saludan.

2. El (La) cliente pide que el (la) dependiente le muestre varias cosas (e.g., un suéter, una camiseta, etcétera). Quiere comprarle algo a su madre.

3. El (La) dependiente pregunta por la medida y el (la) cliente le contesta.

4. El (La) cliente duda antes de comprar una de esas cosas. El (La) dependiente le hace unos comentarios (e.g., el suéter fue importado de… /hecho por… / diseñado por…).

5. Pasa algo que causa un problema (e.g., hay un error en la etiqueta, hay un problema con la medida, etcétera).

6. Finalmente, se soluciona el problema. El (La) dependiente le dice al (a la) cliente que pague en la caja.

© Peter Horree/Alamy

# EN CONTACTO

 ## Videocultura: De compras en Madrid

Aunque no se puede comprar la felicidad, casi todo lo demás está a la venta en Madrid. En el video, se sigue una ruta comercial por las animadas calles de la capital. Mire el video y conteste esta pregunta: ¿Qué clase de tiendas o mercados hay en Madrid?

**Vocabulario:** grandes almacenes *department stores*; al peso *by the weight*; cazar una buena oferta *to hunt for a good deal (offer)*; los deleites *delights*; el equipo electrónico *electronic equipment*; las golosinas *sweets*; el obsequio *gift, present*; por pieza *by the item*; el Rastro *Madrid flea market (literally, trace, trail)*

© Bogdan Zlatkov

Google Busque «El Palacio del Hierro» u otra tienda grande en el mundo hispano (El Corte Inglés, Falabella). ¿Cómo son los (las) modelos? ¿Qué clase de artículos se puede comprar allí?

**10-24 Comprensión.** Conteste las siguientes preguntas después de ver el video.

1. ¿Cómo se llama la tienda madrileña que se ha convertido en «una institución»?

2. ¿Qué se puede comprar en la «calle del sonido»? ¿Qué habrán vendido allí en el pasado?

3. ¿Qué se vende en los mercados tradicionales? ¿Cómo se venden los productos?

4. ¿Cuándo es posible visitar el Rastro? ¿Qué se puede comprar allí?

5. ¿Cómo son los compradores madrileños? ¿A qué nivel han elevado la compra algunos de ellos?

**10-25 Puntos de vista.** Compare sus opiniones con las de dos o tres compañeros.

1. ¿Adónde va usted para comprar ropa, comida, equipo electrónico, regalos? ¿Al centro? ¿a un centro comercial? ¿Lc gusta «cazar buenas ofertas»?

2. ¿Qué le parece el regateo? ¿Por qué objetos en nuestra sociedad es común regatear? ¿Dónde y cuándo ha tratado usted de negociar una rebaja de precio? ¿Qué tal le ha resultado cuando lo ha hecho?

3. Si pudiera ir de compras en Madrid, ¿adónde iría? ¿Qué compraría?

4. ¿Ha comprado usted objetos de segunda mano en un mercado como el Rastro? ¿Dónde?

## Síntesis

**10-26 Un anuncio memorable.**

**Paso 1.** Escoja un anuncio comercial que usted haya visto en la televisión o escuchado en la radio. Descríbale el anuncio a un(a) compañero(a). ¿Qué producto o servicio se anunciaba? ¿Era chistoso? ¿tonto? ¿Le gustó? ¿Le molestó? Después, con su compañero(a), decidan por qué recuerdan algunos anuncios y se olvidan de otros. Hagan una lista de tres cosas importantes que debe tener un anuncio para tener éxito.

**Paso 2.** Escojan o inventen un producto y creen un anuncio para promocionarlo. Acuérdense de los tres factores importantes de su lista del Paso 1 e incluyan por lo menos dos participios pasados. ¿Quién ha comprado el producto? ¿Una persona famosa? ¿Por qué lo ha utilizado? ¿Qué habría hecho sin el producto? ¿Ha cambiado algún aspecto de su vida? ¿Ha solucionado algún problema que tenía? Compartan su anuncio con la clase.

**10-27 ¿Quién es más rápido?** La clase se divide en dos equipos. Hay dos sillas cerca del (de la) profesor(a): una tiene la etiqueta «Verdad» y la otra «Mentira». Un(a) estudiante de cada equipo se levanta y se pone de pie *(stands)* delante de la clase. El (La) profesor(a) hace una serie de afirmaciones usando la voz pasiva. Algunas son verdaderas y otras, falsas. Si la afirmación es verdadera, el (la) primer(a) estudiante en llegar a la silla y sentarse gana un punto. Si se sienta en la silla equivocada *(wrong)*, el otro equipo gana un punto. El (La) profesor(a) decidirá cuántos puntos hay que tener para ganar el juego.

**10-28 Mercado al aire libre.** Este juego es para toda la clase.

1. Cada persona trae uno o dos objetos para «vender» en el mercado (un libro, una planta o cualquier objeto).

2. Dos tercios (2/3) de la clase son los «turistas» que miran los objetos y regatean el precio de los que quieren. Los otros tratan de vender su mercancía. Refiérase a «Para regatear y hacer una compra» en la sección **En otras palabras.**

3. Después de un rato, cada persona «compra» algo y explica por qué. Luego llega otro grupo de «turistas».

## Composición

### Recomendaciones para hacer compras en mi pueblo (ciudad)

Uno de sus amigos hispanos le manda un e-mail y le pide información. Va a estar en su pueblo o su ciudad y quiere hacer unas compras. Quiere comprar unos discos compactos para su papá, unos libros para su mamá, ropa para su hermana, unos juguetes para su hermanito y recuerdos para sus amigos. Le pregunta adónde y cuándo ir para hacer compras, qué marcas comprar y cómo ahorrar dinero. Escríbale un e-mail con algunas recomendaciones. Podría mencionar las tiendas de segunda mano, los mercados de pulga (*flea*) y sus tiendas y marcas favoritas. También podría usar algunas ideas de las actividades 10-1, 10-10 y 10-25. Trate de usar por lo menos tres participios pasados.

**Tema alternativo:** Si hay alguna tienda o algún mercado en su pueblo donde el (la) vendedor(a) hable español, vaya allí para hacer un breve reportaje. ¿Qué clase de artículos se venden? ¿Cómo es el (la) vendedor(a)? Describa una compra típica.

**Opción:** Escriba un diálogo o haga un pequeño video sobre una compra típica. Podría usar algunas ideas de las actividades 10-7, 10-10 y 10-23.

# CAPÍTULO 11

# ¡Adiós, distancias!

## METAS

En este capítulo vamos a aprender a…

▶ expresar alivio *(relief)*, gratitud y comprensión

▶ expresar incredulidad y enojo

▶ hablar de la tecnología

Internet ha revolucionado las relaciones humanas. El mundo es una arroba (@).

Image © Yuri Arcurs. Used under license from Shutterstock.com

## LENGUA VIVA

Expresiones de alivio, gratitud y comprensión

Expresiones de incredulidad y enojo

## GRAMÁTICA

Los tiempos del subjuntivo: resumen

Las cláusulas con **si** (2)

Las conjunciones

Contraste entre **por** y **para**

## VOCABULARIO

La computadora y la comunicación

Expresiones con **por** y **para**

## L LECTURAS

«¿Hacia un planeta unido por la tecnología?»

«Hablan los usuarios de Internet» (encuesta)

*El Reino del Dragón de Oro* (fragmento) de Isabel Allende

# Presentación del tema

## Los medios sociales y los nuevos «prosumidores»

Parece que el mundo es cada vez más pequeño. Las nuevas tecnologías basadas en Internet representan un fenómeno sin igual en la historia de las comunicaciones. Nos ayudan a mantenernos en contacto con los amigos y familiares, hacer nuevas amistades, anunciar eventos sociales, conseguir empleo e informarnos sobre una variedad de temas. Hoy la misma gente que consume el contenido de Internet también lo produce. Estos «prosumidores» (productores-consumidores) suben contenido en cualquier lugar y a cualquier hora. Actualizan sus páginas principales con fotos y noticias del día; suben videos en YouTube™; escriben artículos en Wikipedia™ y hacen blogs sobre millones de temas. También se comunican con servicios de «microblogging» como Twitter™ y expresan sus opiniones sobre una gran variedad de productos. (La gente confía más en las opiniones de sus colegas en la Red que en los anuncios que pueden ver en la televisión.) Los «prosumidores» de hoy también producen literatura, utilizando sus celulares: microcuentos que llegan a un público mundial en cuestión de minutos.

© Maria Asensi Barcelona

Google
Busque «medios sociales».
¿Cuáles son más populares?
¿Cuáles conoce usted?

Dice el doctor ingeniero Andreu Veà, de Barcelona, España: «Se calcula que una persona bien interconectada puede llegar a recibir tanta información en un solo día como una persona del siglo XVII recibió a lo largo de toda su vida. Tenemos que tener en mente que "Todo va a cambiar"; la música ya lo ha hecho, la telefonía *(telephone systems)* y los periódicos están transformándose rápidamente y los libros son los siguientes en la lista. Además vamos a realizar un montón de actividades que hasta ahora nos parecían inimaginables».*

## 11-1 Preguntas

1. ¿Qué es un «prosumidor» de Internet?

2. ¿Utiliza usted los medios sociales (como Facebook™)? ¿Cómo los utiliza? ¿Cuántas veces por día los consulta?

3. ¿Manda usted muchos mensajes de texto todos los días? ¿Tiene un teléfono inteligente *(smart phone)*? ¿Con quiénes se comunica más a menudo? ¿En qué situaciones?

4. ¿Cree usted que los jóvenes de hoy tienen una perspectiva más global o internacional que sus padres o abuelos? ¿Consulta usted sitios web internacionales a veces (para ver noticias, anuncios de empleo, recetas de cocina, por ejemplo)? ¿Tiene ciberamigos de otros países?

5. ¿Cómo ha cambiado la tecnología la manera en que la gente se divierte hoy en día? ¿la manera en que trabaja? ¿estudia? ¿recibe noticias?

*Entrevista con el doctor Veà el 20 de abril de 2010.

# VOCABULARIO ÚTIL

## LA COMPUTADORA Y LA COMUNICACIÓN

### COGNADOS

| | |
|---|---|
| la aplicación | (el / la) Internet* |
| el blog | el sitio web |
| checar *(Mexico)*, chequear | el (teléfono) móvil *(Spain)*, el celular |
| el documento | la webcam |
| escanear | |

### VERBOS

| | |
|---|---|
| actualizar | *to update* |
| archivar | *to file* |
| bajar / descargar *(e.g., archivos)* | *to download (e.g., files)* |
| comprobar *(Spain)*, revisar *(e.g., el mail)* | *to check (e.g., e-mail)* |
| enviar por correo electrónico, mailear, emailear | *to send by e-mail* |
| guardar *(e.g., archivos)* | *to save (e.g., files)* |
| hacer una copia de seguridad (un backup) | *to make a backup* |
| imprimir | *to print, print out* |
| recorrer la Red | *to search (go through) the Net* |
| registrarse | *to log in* |
| salir del sistema | *to log off, quit* |
| subir *(e.g., archivos)* | *to upload (e.g., files)* |

### OTRAS PALABRAS

| | |
|---|---|
| el buscador | *search engine* |
| el ciberamigo (la ciberamiga) | *cyberfriend* |
| la computadora portátil | *laptop* |
| la dirección de correo electrónico, la dirección electrónica | *e-mail address* |
| la impresora (láser) | *(laser) printer* |
| el ordenador | *(Spain) computer* |
| la pantalla (táctil) | *(touch) screen* |
| el programa informático | *computer program* |
| los programas | *software* |
| el ratón | *mouse* |
| el salvapantallas, el fondo de pantalla | *screensaver* |
| el tono | *ringtone* |
| el usuario (la usuaria) | *user* |

*While often no article is used with the word **Internet**, in Mexico the article **el** is sometimes used and the article **la** is used among many Latin Americans. Words like **mailear** or **emailear** (pronounced maintaining the vowel sounds of "e-mail" in English) also come from English, as do words like **flamear** *(to flame),* **formatear** *(to format),* **faxear** *(to fax),* **cliquear** *(to click),* **hacer un backup,** and **hacer un download.**

**¡OJO!**

**el cibercafé** (*also:* **el ciber**) *Internet café* / **el locutorio** *(Spain) small Internet café that often has telephones also, usually less expensive than a* **cibercafé**

**enviar un mail o un e-mail** *to send e-mail* / **enviar correo postal** *to send regular mail*

**enviar un mensaje de texto** *to send a text message, IM* / **enviar un SMS** *(Spain, for short message system) to send a text message, IM*

**la página personal** *personal home page* / **la página principal** *home page or main page*

**entrar al chat, estar en un grupo de chat o foro de discusión** *to go into a chatroom, be in a chat group or discussion group*

## PRÁCTICA

**11-2 Fuera de lugar.** Para cada grupo, indique cuál de las palabras está fuera de lugar (*doesn't belong*).

**MODELO** usuario / «prosumidor» / locutorio / ingeniero
*locutorio*

1. navegar / bajar / viajar / recorrer
2. pantalla / ratón / dirección / impresora
3. enviar / mandar / actualizar / mailear
4. guardar / dar / archivar / conservar
5. el tono / el móvil / el buscador / el celular
6. chequear / revisar / registrarse / comprobar

**11-3 Entrevista.** Entreviste a un(a) compañero(a), usando las siguientes preguntas. Después, su compañero(a) lo (la) entrevista a usted.

1. ¿Cómo es el salvapantallas de tu computadora? ¿de tu celular? ¿Lo cambias a menudo?
2. ¿Participas en algún grupo de chat o foro de discusión? ¿Tienes un blog? ¿Participa mucha gente?
3. ¿Pasas mucho tiempo recorriendo la Red? ¿Cuáles son algunas de tus páginas favoritas?
4. ¿Tienes una página en la Red o has participado en algún grupo que tenga una página? ¿Qué información incluye?
5. ¿Tienes una webcam? Si es así, ¿para qué la usas? ¿Participas en videoconferencias a veces?
6. ¿Cuál es el peor problema que has tenido con las computadoras? Por ejemplo, ¿has perdido algún trabajo o archivo que habías hecho en la computadora? ¿Eres adicto(a) a la Red? ¿Tienes amigos con esta adicción?

currar *to work (Spain, colloquial)*

# LENGUA VIVA

Julia Gutiérrez, estudiante colombiana

Mike Martin, estudiante norteamericano

Susana Gutiérrez, la madre de Julia

Gabriel López, agente de aerolíneas en el aeropuerto de Bucaramanga

© Andresr, 2009. Used under license from Shutterstock.com; © Yuri Arcurs, 2009. Used under license from Shutterstock.com; Fuse/Jupiter Images; Jupiterimages.

## Audioviñetas: En Bucaramanga

CD 2, Track 11

**Conversación 1: Para expresar alivio, gratitud y comprensión.** Mike y Julia hablan con la señora Gutiérrez, la mamá de Julia.

**11-4** Escuche la **Conversación 1.** ¿Cuál es el dibujo que muestra el lugar donde están?

1.

2.

**11-5** Escuche la **Conversación 1** otra vez. Conteste **V** (verdad) o **F** (falso).

_____ **1.** La señora Gutiérrez está esperando a Julia desde las diez.

_____ **2.** Los jóvenes llegaron temprano.

_____ **3.** Mike y la señora Gutiérrez ya se conocían.

_____ **4.** Los jóvenes viajaron por autobús.

_____ **5.** Fue un viaje muy largo y aburrido.

_____ **6.** Mike le dice a la señora Gutiérrez: «Habrá estado muy preocupada».

CD 2, Track 12

**Conversación 2: Para expresar incredulidad y enojo.** Julia está en el aeropuerto. Va de regreso a Bogotá, donde tiene que asistir a un congreso. Le da el boleto a un agente de la aerolínea. Vocabulario: se venció _expired_

**11-6** Escuche la **Conversación 2** y conteste la pregunta que sigue: ¿Por qué está enojada Julia?

**11-7** Escuche la **Conversación 2** una vez más. ¿Qué expresiones se usan para expresar incredulidad o enojo?

_____ **1.** ¿Está bromeando?      _____ **5.** ¡No puede ser!

_____ **2.** ¡Qué barbaridad!      _____ **6.** ¡Qué ridículo!

_____ **3.** ¡Solo esto me faltaba!      _____ **7.** ¿Habla en serio?

_____ **4.** ¡Pero lo dice en broma!      _____ **8.** ¡Esto es el colmo!

## En otras palabras

### Para expresar alivio, gratitud y comprensión

In Chapter 3, you saw various ways to express approval, disapproval, and surprise. You have also looked at various ways of expressing emotions such as fear, hope, surprise, and so on that require the subjunctive (Chapter 5). Here are some ways to express other kinds of emotion:

**1.** alivio (_relief_)

| | |
|---|---|
| **¡Qué bien!** | **¡Cuánto me alegro!** |
| | **¡Qué alegría!** |
| **¡Qué alivio!** | **¡Menos mal!** |
| **¡Gracias a Dios!** | **¡Por fin!** (_when something good has finally happened_) |

**2.** gratitud

**Gracias. Mil (Muchas) gracias.**      **Muy agradecido(a).** _I'm very grateful._
**(Usted es) Muy amable.**

Mire el video en el sitio **www.cengagebrain.com/shop/ISBN/0495912654** y haga las actividades que lo acompañan.

© Anna Pérez

Rafael y Sandra tienen que terminar un trabajo y mandarlo a tiempo para aprobar una clase, o asignatura. ¿Qué problema tienen? ¿Lo resuelven?

**3.** comprensión *(empathy)*

> **Debe(s) estar muy contento(a).** *You must be very happy.*
> **Estará(s) muy orgulloso(a).** *You must be very proud.*
> **Se (Te) sentirá(s) muy decepcionado(a).** *You must feel very disappointed.*

Note that expressing empathy (that you understand what someone else is feeling) is different from expressing sympathy, discussed in Chapter 9.

### Para expresar incredulidad y enojo

**1.** incredulidad *(disbelief)*

> **¿Habla(s) en broma?**          **Increíble.**
> **¿Está(s) bromeando?**          **Imposible.**
> **¡Pero lo dice(s) en broma!**       **No puede ser.**
> **¡Pero no habla(s) en serio!**      **¡No me diga(s)!**
> **¡Qué ridículo!**                 **Vaya. ¡Qué va!** *Come on now!*

**2.** enojo *(anger)*

> **¡Esto es el colmo!**              **¡Qué barbaridad!**
> **¡Esto es demasiado!**         **¡Solo eso nos faltaba! (¡Solo nos faltaba eso!)** *That's all we needed!*

## PRÁCTICA

 **11-8 Situaciones.** Trabaje con un(a) compañero(a). Dé la respuesta apropiada de acuerdo con cada una de las siguientes situaciones.

>  **MODELO**   alguien le dice que ganó un premio por su microcuento celular
>                 *¡Qué bien! ¡Estarás muy contento(a)! (¡Te sentirás muy feliz!)*

**1.** alguien le cuenta que su mamá está en el hospital

**2.** alguien le dice que se va a casar

**3.** su hermana se lleva el coche de usted sin pedirle permiso; es la tercera vez que hace lo mismo este mes

**4.** hay un accidente de avión; usted teme que sea el mismo avión en que viaja su papá, pero resulta que no lo es

**5.** alguien le regala unos chocolates muy ricos

 **11-9 ¡Eso es increíble!** Trabaje con un(a) compañero(a). El (La) estudiante A hace cuatro afirmaciones poco probables. El (La) estudiante B expresa su incredulidad.

**Ideas:** Mi novio(a) es… (e.g., Míster/Miss Universo), Todos los norteamericanos son… (e.g., materialistas), Todos los profesores de esta universidad son… (e.g., expertos en informática), Mi hermano de doce años es… (e.g., astronauta).

# GRAMÁTICA Y VOCABULARIO

## Sequence of Tenses with the Subjunctive: Summary

You have seen that the subjunctive is used in a dependent clause after certain verbs or impersonal expressions that occur in a main clause (for a review of the subjunctive, see Chapters 5 and 7). This chart summarizes the sequence of tenses with the subjunctive:

| Main clause (indicative) | Dependent clause (subjunctive) |
|---|---|
| present (present perfect)<br>future<br>command | present or present perfect subjunctive |
| past (preterit, imperfect,<br>   past perfect)<br>conditional | imperfect or past perfect subjunctive |

In general, the *present* or *present perfect subjunctive* is used in a dependent clause that requires the subjunctive when the verb in the main clause is in the:

**1.** present tense

Espero que impriman el informe.    *I hope they print out the report.* (*present subjunctive:* **impriman**)

Espero que hayan imprimido el informe.    *I hope they have printed out the report.* (*present perfect subjunctive:* **hayan imprimido**)

**2.** present perfect tense

La directora ha pedido que lleguemos a las ocho.    *The director has requested that we be there at eight.*

**3.** future tense

El jefe insistirá en que aprendas el nuevo sistema.    *The boss will insist that you learn the new system.*

**4.** imperative

Dígale que me lo envíe hoy.    *Tell him (her) to send it to me today.*

In general, the *imperfect* or *past perfect subjunctive* is used in a dependent clause that requires the subjunctive when the verb in the main clause is in the:

**1.** preterit

| | |
|---|---|
| Me alegré de que hicieras una copia de seguridad. ¡Qué alivio! | *I was happy that you made a backup file. What a relief!* (imperfect subjunctive: **hicieras**) |
| Me alegré de que hubieras hecho una copia de seguridad. ¡Qué alivio! | *I was happy that you had made a backup file.* (past perfect subjunctive: **hubieras hecho**) |

**2.** imperfect

| | |
|---|---|
| Dudaba que Ana hubiera subido las fotos. | *I doubted that Ana had uploaded the photos.* |

**3.** past perfect

| | |
|---|---|
| La universidad no había permitido que hiciéramos copias de los programas. | *The university hadn't permitted us to make copies of the software.* |

**4.** conditional

| | |
|---|---|
| Mis padres me aconsejarían que estudiara informática. | *My parents would advise me to study computer science.* |

As you will remember from Chapter 10, compound tenses are generally used in Spanish just as they are in English. In the example **Espero que impriman el informe,** for instance, you use **impriman** if you mean *print* and **hayan imprimido** if you mean *have printed*. The progressive tenses (formed with **estar**) are practiced in Chapter 12.

## PRÁCTICA

**11-10 Breves conversaciones.** Las siguientes conversaciones tienen lugar en Honduras, donde la moneda se llama la **lempira**, en conmemoración del héroe indígena Lempira. Complete las oraciones con la forma apropiada del modo subjuntivo de los verbos indicados.

CLIENTE: Buenas tardes. ¿Cuánto cuesta usar el Internet?

DEPENDIENTE: Cien lempiras la hora.

CLIENTE: Solo necesito unos diez minutos para revisar el e-mail. Pero después de que (1) [yo] _____ (terminar), mi hija también quiere chequear rápidamente su e-mail.

DEPENDIENTE: Pues, en ese caso le recomiendo que (2) _____ (pagar) solo media hora. Serán sesenta lempiras. En caso de que (3) _____ (necesitar) más tiempo, le cobro solamente cien la hora.

\* \* \*

ALBA: ¡Caray! El jefe me dijo que (4) _____ (bajar) unos archivos, que (5) _____ (hacer) una copia de seguridad y que (6) _____ (imprimir) un montón de documentos, pero mi computadora no funciona.

ANTONIO: Pídale al jefe que le (7) _____ (prestar) a usted su computadora portátil.

* * *

MARINA: ¿Quiere que la (8) _____ (ayudar) a crear una página personal, Marta?

MARTA: Prefiero que me (9) _____ (arreglar) la impresora y que me (10) _____ (escanear) estas fotos.

MARINA: Sería mejor que le (11) _____ (enseñar) a hacer esas cosas, ¿no cree?

MARTA: Bueno, es que temo que (12) _____ (perder) la paciencia conmigo.

* * *

BEATRIZ: Inés me vuelve loca. Ayer quería que le (13) _____ (crear) un anuncio de trabajo y después insistió en que (14) _____ (recorrer) la Red para encontrar los vuelos más baratos a Miami. Me alegro de que hoy no (15) _____ (venir).

ÁNGELA: Pues, sí. Si ella (16) _____ (estar) aquí hoy, tendríamos mucho más trabajo.

 **11-11 Antes y ahora.** Trabaje con un(a) compañero(a). Turnándose, contesten las siguientes preguntas, usando los tiempos verbales apropiados del subjuntivo. Pueden usar las ideas que se dan entre paréntesis o sus propias ideas. Después, compartan algunas de sus respuestas con la clase.

**Cuando eras pequeño(a), …**

**Y ahora…**

1. ¿qué querías que tus amigos hicieran por ti? (jugar contigo, compartir sus dulces, ir contigo a patinar)

    ¿qué quieres que hagan? (dejarte en paz cuando necesitas estudiar, compartir sus apuntes, ir contigo al cine)

2. ¿qué les pedías a tus papás que hicieran por ti? (comprarte juguetes, llevarte al parque, pagar tus lecciones de natación)

    ¿qué les pides que hagan? (comprarte ropa, mandarte dinero, pagarte la matrícula)

3. ¿qué te gustaba que tus maestros hicieran? (mostrar películas, dejarte salir temprano, llevar a la clase a alguna excursión)

    ¿qué te gusta que tus profesores hagan? (explicar las tareas claramente, repasar [review] antes de los exámenes, ser generosos con las notas)

**4.** ¿qué **no** querías que la gente hiciera? (decirte «¡Qué grande estás!», tratarte como un bebé, comprarte libros o ropa para tu cumpleaños)

¿qué **no** quieres que la gente haga? (mandarte correo electrónico descortés, enviarte chistes tontos, insultarte en el foro de discusión)

ESE CONTROL NO ES PARA EL TELEVISOR PAPÁ... ¡ES LA LLAVE DEL AUTOMÓVIL!

© Oscar Sierra Quintero (OKI)

## *If* Clauses (2)

**1.** When an *if* clause expresses something hypothetical or contrary to fact, a past subjunctive is used. The conditional or conditional perfect is generally used in the main clause (if there is a main clause).

**Si** + imperfect subjunctive, ... conditional...:

Si ella estuviera aquí, ¿qué haría?

*If she were here, what would she do? (Fact: she isn't here.)*

**Si** + past perfect subjunctive, ... conditional perfect...:

Si hubiéramos usado otro buscador, habríamos encontrado la información.

*If we had used another search engine, we would have found the information. (Fact: we didn't use another search engine.)*

2. **Como si** always requires a past subjunctive form:

Verónica habla con orgullo de sus 545 ciberamigos de Facebook como si fueran personas que conociera en persona.

*Verónica talks proudly about her 545 cyberfriends on Facebook as if they were people she knew in person. (Fact: They are not people she knows in person.)*

¡Como si (yo) no me hubiera registrado!

*As if I had never logged in! (Fact: I did log in.)*

3. However, if the speaker or writer is not discussing something contrary to fact, if the statement is assumed to be true, the indicative is used. After **si,** a verb in the present tense is always in the indicative (never the present subjunctive).

Compare:

Si lo mandan por e-mail, llegará en seguida.

*If they send it by e-mail, it will arrive immediately. (simple statement, assumed to be true)*

Si lo mandaran por e-mail, llegaría en seguida.

*If they sent it by e-mail, it would arrive immediately. (Note that both clauses use a simple verb form.)*

Si lo hubieran mandado por e-mail, habría llegado en seguida.

*If they had sent it by e-mail, it would have arrived immediately. (Note that both clauses use a compound verb form.)*

## PRÁCTICA

**11-12 En el congreso de informática.** Complete las siguientes oraciones con las formas apropiadas de los verbos que están entre paréntesis.

MARTA: ¿Qué tal el congreso, Susana?

SUSANA: Pues, acabo de escuchar una conferencia muy interesante. ¿Sabías que si se (1) _____ (utilizar) la energía solar, se podría tener cibercafés portátiles en medio del Sahara y que ya hay planes para instalar Internet en unos pueblos muy remotos de África?

MARTA: Nunca pensé en eso. Bueno… yo también he aprendido mucho. Fui a una conferencia sobre los biochips y parece que si alguien (2) _____ (querer) saber si tiene cierto tipo de cáncer, ya hay un biochip que le dará la respuesta instantáneamente.

\* \* \*

JOSÉ: Si te (3) _____ (dar) mi dirección electrónica, ¿me mandarás una copia de tus apuntes?

EDUARDO: Claro, y también te (4) _____ (enviar) ese artículo sobre buscadores.

\* \* \*

ANA: Carlos, si no (5) _____ (venir) al congreso, ¿qué habrías hecho este fin de semana?

CARLOS: No sé. Quizás (6) _____ (actualizar) mi blog.

\* \* \*

EDUARDO: ¿Qué habría pasado si este congreso (7) _____ (tener) lugar en Buenos Aires?

SILVIA: Pues, yo estaría paseando ahora, visitando los sitios de interés. Creo que nadie (8) _____ (asistir) a ninguna conferencia si pudiera ver «el París de Sudamérica».

 **11-13 Mi celular y yo.**

**Paso 1.** Complete las siguientes oraciones. Vocabulario: sonar *to ring*; apagar *to turn off*

1. Si [yo] pudiera tener el número del celular personal de cualquier persona del mundo, …

2. Perder el celular es un problema. Una vez perdí mi celular y si…, habría tenido que pagar las llamadas que no había hecho.

3. A veces el celular me ayuda mucho. Por ejemplo, un día… Si no hubiera tenido un celular, …

4. Pero otras veces es un problema. Por ejemplo, un día sonó cuando… Si no quiero que la gente me llame, …

5. Le dejo a alguien usar mi celular si…

6. Pero no dejaría que una persona usara mi celular si…

**Paso 2.** Trabaje con un(a) compañero(a). Describan el teléfono inteligente ideal. ¿Tendría pantalla táctil? ¿Cómo sería el tono? ¿el salvapantallas? ¿Qué aplicaciones tendría? Por ejemplo, si quisieran saber dónde se encuentra la pizzería más cercana (la gasolina más barata, su música favorita, etcétera), ¿tendría una aplicación? Si quisieran describir un día fatal, buscar apuntes para una clase, hacer un presupuesto, ¿podrían hacerlo? Traten de usar la imaginación y escriban por lo menos dos cláusulas con el **si** condicional en su descripción.

 **11-14 Entrevista.** Entreviste a un(a) compañero(a), usando las siguientes preguntas. Después, su compañero(a) lo (la) entrevista a usted.

1. ¿En qué aspectos sería diferente tu vida si no existieran los medios sociales? ¿Qué otra invención cambió la vida de los seres humanos? ¿Cómo habría sido diferente tu vida si no la hubieran inventado?

2. ¿Conoces a alguien que haya conocido a su novio(a) por Internet? Si tú buscaras novio(a), ¿usarías los medios sociales?

3. Si pudieras tener una videoconferencia con cualquier persona del mundo, ¿con quién hablarías? ¿Qué le dirías? ¿Cómo te vestirías?

**11-15 Una reunión de amigos.** Haga una pregunta, usando una cláusula con el **si** condicional y escríbala en una tarjeta. (Por ejemplo, «Si pudieras seguir todas tus clases por Internet, ¿lo harías?» o «Si fueras Bill Gates, ¿qué comprarías?») Levántese y hágale la pregunta a otro(a) estudiante. Después de contestar, el (la) otro(a) estudiante le hará una pregunta a usted. Intercambien las tarjetas. Hágale la pregunta que ha recibido a otro(a) estudiante. Haga y conteste por lo menos seis preguntas. ¿Cuál es la pregunta más interesante de todas?

## Conjunctions

### Y to *E*, O to *U*

Use **e** instead of **y** when the following word begins with **i-** or **hi-** (but not when it begins with **hie-**).

| | |
|---|---|
| padre e hijo | *father and son* |
| Fernando e Isabel | *Ferdinand and Isabella* |
| fuego y hielo | *fire and ice* |
| gracia e ironía | *humor and irony* |
| verano e invierno | *summer and winter* |

Use **u** instead of **o** when the following word begins with **o-** or **ho-**.

| | |
|---|---|
| plata u oro | *silver or gold* |
| uno u otro | *one or another* |
| dinero u honor | *money or honor* |

### *Pero* versus *Sino*

**Pero** is generally used to mean *but;* however, if the first phrase or clause is negative and the second phrase or clause contradicts the first, **sino** or **sino que** is used. **Sino** means *but on the contrary* or *but rather* and is followed by information that contradicts and replaces the previous information.

| | |
|---|---|
| Tomás no llegó temprano, sino tarde. | *Tomás didn't arrive early, but late.* |
| Tomás no llegó temprano, pero por lo menos vino. | *Tomás didn't arrive early, but at least he came.* |
| Papá no está en su oficina, sino en casa. | *Papa isn't in his office, but at home.* |
| Papá no está en casa, pero no sé dónde está. | *Papa isn't at home, but I don't know where he is.* |

**Sino que,** not **sino,** is often used to introduce a clause (which by definition contains a conjugated verb):

| | |
|---|---|
| Rosalba no parecía triste, sino que sonreía. | *Rosalba didn't seem sad; (but rather) she was smiling.* |

lentejas *lentils*
te grabo y lo cuelgo *I'll record you and put it up*

## PRÁCTICA

**11-16 Combinaciones.** Una (Combine) las siguientes palabras con **y** o **e**.

⚙ **MODELOS**   chistes / anécdotas      genial / inteligente
                *chistes y anécdotas*     *genial e inteligente*

1. ida / vuelta
2. español / inglés
3. anglos / hispanos
4. nieve / hielo
5. carne / hueso
6. inmigrantes / emigrantes

**11-17 ...y más combinaciones.** Una las siguientes palabras con **o** o **u**.

⚙ **MODELOS**   gracia / humor       invierno / otoño
                *gracia o humor*      *invierno u otoño*

1. oreja / ojo
2. oro / plata
3. espalda / hombro
4. unos / otros
5. ayer / hoy
6. mujer / hombre

© Robin and Leslie Webster

**11-18 Las comunicaciones del Imperio inca.** Los incas del siglo XV podían mandar un mensaje de Quito, Ecuador, a Cuzco, Perú —una distancia de dos mil kilómetros— en solo cinco días. Complete las siguientes oraciones sobre su sistema de comunicaciones con **pero, sino** o **sino que.**

**1.** El sistema de comunicación más rápido del siglo XV no se encontraba en Europa, _____ en Perú.

**2.** Los incas de Perú tenían un sistema de carreteras muy avanzado, _____ no conocían la rueda *(wheel)*.

**3.** Por eso, en sus grandes carreteras, no siempre usaban rampas para subir y bajar, _____ tenían escaleras en los caminos.

**4.** No tenían caballos, _____ usaban llamas para transportar materiales.

**5.** La capital de su imperio no era Machu Picchu, _____ Cuzco.

**6.** Los caminos del Imperio romano eran extensos, _____ no tanto como los del Imperio inca.

# *Por* versus *Para*

The most common meaning of both **por** and **para** in English is *for*. In general, **por** often has to do with source, cause, or motive, whereas **para** has to do with intended destination, purpose, or use.

| | |
|---|---|
| La página principal fue creada por Carlos para los otros estudiantes. | *The home page was created by Carlos for the other students.* |
| —¿Por qué nací, padre? —Pregunte más bien para qué nació. —Miguel de Unamuno, *Abel Sánchez* | *Why was I born, father (for what reason)? Ask instead for what purpose you were born. —Miguel de Unamuno,* Abel Sánchez |

## *Para* is used to express:

**1.** direction or destination *(toward)*

| Salieron para Colombia ayer. | *They left for Colombia yesterday.* |
|---|---|

**2.** intended recipient *(for someone or something)*

| Estas flores son para ti. —Gracias. Muy agradecida. | *These flowers are for you. —Thank you. I'm very grateful.* |
|---|---|
| ¿Trabaja usted para ellos? | *Do you work for them?* |

**3.** purpose *(in order to)*

| Para encontrar información rápidamente, recorra la Red. | *(In order) To find information fast, search the Net.* |
|---|---|

**4.** a specific point in time

| Tengo que contestar para el viernes. | *I have to answer by Friday.* |
|---|---|
| Vamos a casa de mis abuelos para Semana Santa. | *We're going to my grandparents' house for Easter (Holy Week).* |

**5.** lack of correspondence in a comparison

Para su edad, el niño es muy fuerte. *For his age, the child is very strong.*

Ella es muy joven para José. *She's very young for José.*

**6.** intended use

Utilizamos una webcam para
comunicarnos con la familia. *We used a webcam to communicate
with our family.*

Este papel es para la impresora. *This paper is for the printer.*

## *Por* is used to express:

**1.** cause, motive (*on account of, for the sake of, because of*)

¿Por qué salieron del sistema?
¿Por frustración? *Why did they log out? Out of
frustration?*

**2.** *through, along, by, by means of* (a mode of transportation or communication)

Todos los domingos damos un
paseo por esta calle y por la
plaza principal. *Every Sunday we take a walk along this
street and through the main square.*

El mensaje fue mandado por
e-mail por José Luis. Mandó el
paquete por avión. *The message was sent by e-mail by José
Luis. He sent the package by airmail.*

**3.** *in exchange for*

En 1763 los españoles cambiaron
la Florida por La Habana (que
había sido capturada por los
ingleses en 1762). *In 1763 the Spanish exchanged Florida
for Havana (which had been
captured by the English in 1762).*

Pepito, ¡esto es el colmo! ¿Pagaste
tres mil pesos por esos dulces? *Pepito, this is the last straw! You paid
three thousand pesos for those candies?*

**4.** the object of an errand

Armando fue a la tienda por papel. *Armando went to the store for paper.*

**5.** *in place of (as a substitute for, on behalf of)*

Acepté el premio por José; él está
enfermo. *I accepted the prize for José; he's sick.*

Hoy Isabel trabaja por mí en
el banco. *Today Isabel is working instead of me
(taking my place) in the bank.*

**6.** duration or length of time

¿Por cuántas semanas te vas de
vacaciones? —Por dos semanas. *For how many weeks are you going on
vacation? —For two weeks.*

**7.** unit of measure, *per*

Iban a cien kilómetros por hora. *They were going 100 kilometers an hour.*

¿Cuánto gastas por mes en
alquiler? *How much do you spend per month
on rent?*

**¡OJO!** Notice the difference between **trabajar por** in the example on the left and **trabajar para** in the example ¿**Trabaja usted para ellos?**

## VOCABULARIO ÚTIL

### EXPRESIONES CON *POR* Y *PARA*

| | |
|---|---|
| darse por vencido(a) | to give up, surrender |
| estar por (salir, comer, etcétera) | to be about to (leave, eat, etc.) |
| para mí (ti, etcétera) | as far as I'm (you're, etc.) concerned |
| para siempre | forever |
| por completo | totally, completely |
| por eso | for that reason |
| por desgracia | unfortunately |
| por lo menos | at least |
| por otra parte | on the other hand |
| por primera vez | for the first time |
| por si acaso | just in case |
| por todos lados, por todas partes | everywhere |

© Edward P. Faith

No nos demos por vencidos, cariño. Podemos comunicarnos por Skype. Para el amor, no hay nada imposible.

## PRÁCTICA

**11-19 ¿*Por* o *para?*** Haga oraciones con **por** o **para**.

⚙ **MODELO** Mandé el mensaje / correo electrónico
*Mandé el mensaje por correo electrónico.*

1. Esa computadora es demasiado grande / el escritorio
2. Estaremos en Barcelona / el sábado
3. Vamos a Toledo / una semana

**4.** Olvidé su nombre / estar muy nervioso

**5.** Fue a la sala / hablar con los invitados

**6.** Pagué demasiado / la impresora

**7.** Tengo el dinero / comprar la videocámara

**8.** Dimos un paseo / el centro

**11-20 Dos chistes.** Complete los párrafos con **por** o **para.**

Una pareja decide ir (1) _____ dos semanas a pasar vacaciones en Miami. El señor va (2) _____ avión dos días antes que su esposa porque tiene negocios allí. En el hotel el marido decide enviarle a su esposa un e-mail (3) _____ decirle que ha llegado sin problemas. Le envía un mensaje (4) _____ correo electrónico. (5) _____ desgracia, la dirección de correo que escribe no es la correcta y el mensaje le llega a una viuda. Cuando la viuda ve su e-mail, grita y se desmaya *(she cries out and faints)*. Sus hijos entran y miran la computadora donde está escrito lo siguiente:

Cariño,

Todo está listo (6) _____ tu llegada.

Tu marido que te quiere mucho.

P.D. Hace mucho calor aquí.

\* \* \*

Un ingeniero informático viaja con dos amigos, un ingeniero mecánico y un ingeniero eléctrico, (7) _____ asistir a un congreso. Van (8) _____ la carretera de León a la capital. Después de media hora, el motor del coche se para *(stops)* y el coche no quiere moverse. El ingeniero eléctrico dice: «Creo que el problema debe ser (9) _____ el sistema eléctrico; hay que limpiar los contactos». El ingeniero mecánico dice: «Será un problema con el motor, quizás los pistones». El ingeniero informático dice: «Yo creo que la solución es más fácil. ¿(10) _____ qué no nos bajamos? Después, esperemos un par de minutos, nos subimos de nuevo y el coche deberá arrancar *(start up)*».

 **11-21 Opiniones.** Trabaje con un(a) compañero(a). Hágale por lo menos tres preguntas, usando **por** o **para.** Consulte la lista de **Vocabulario útil** en esta sección. Esté preparado(a) para compartir la información con la clase.

⚙ **MODELOS** *¿Crees que dos personas pueden estar enamorados «para siempre» o no? ¿Por qué?*
*¿En qué ocasión te has dado por vencido(a)?*
*Para ti, ¿cuál es el momento más agradable del día? ¿Por qué?*

# EN CONTACTO

## Videocultura: Los cibercafés

Mucha gente latinoamericana va a los cibercafés. Mire el video y conteste esta pregunta: ¿Por qué es el cibercafé tan importante en Latinoamérica?

**Vocabulario:** la alta tecnología *high technology;* amplio *broad, large;* digamos *let's say;* degustar *to taste, sample;* plática *chat;* juntarse *to get together*

**iLrn**

Para aprender más sobre los 21 países que hablan español, mire los videos culturales en la Mediateca (*Media Library*).

Google Busque «cibercafés» para saber más sobre este fenómeno en Latinoamérica.

© Heinle, Cengage Learning

**11-22 Comprensión.** Conteste las siguientes preguntas después de ver el video.

1. ¿Qué posibilidades le da el cibercafé al público?
2. ¿Dónde se encuentran los cibercafés? ¿Cómo son?
3. ¿Se enseña más sobre alta tecnología en la escuela pública o en la privada? Explique.
4. ¿Qué tareas hace la gente en el cibercafé? ¿Cómo se divierte allí?
5. ¿Qué consigue la gente a través del chat o de la plática en Internet?

**11-23 Puntos de vista.** Compare sus opiniones con las de dos o tres compañeros.

1. ¿Ha ido usted alguna vez a un cibercafé? ¿Cómo era el ambiente?
2. ¿Prefiere trabajar en casa, en la biblioteca, en un cibercafé o…? ¿Por qué?
3. Si usted pudiera abrir un cibercafé, ¿dónde lo haría? (¿en Latinoamérica?) ¿Cómo sería?
4. Si usted conociera a alguien en un chat o en una plática, ¿iría a una cita con esa persona? ¿Por qué sí o por qué no?

## Síntesis

**11-24 Busco a…** Busque a un(a) compañero(a) que haga las siguientes cosas. Debe hablar con varios compañeros. Puede hacerle solo una pregunta a cada persona.

☼ **MODELO** actualizar un blog todos los días
A: *¿Actualiza un blog todos los días?*
B: *Sí, actualizo… No, no actualizo…*

(Si la respuesta es afirmativa, el [la] estudiante B firma abajo.)

| | Firma |
|---|---|
| **1.** ve programas de televisión por Internet a menudo | |
| **2.** ha escrito un «post» o entrada en Wikipedia™ | |
| **3.** ha comprado por lo menos dos cosas por Internet recientemente | |
| **4.** sube videos a YouTube™ con frecuencia | |
| **5.** usa el celular más de treinta veces al día | |
| **6.** ha trabajado para una compañía u organización que no tenga sitio web | |
| **7.** usó una webcam por primera vez hace poco | |
| **8.** va de vacaciones por más de dos meses este verano | |

**11-25 ¿Quién es?** Este juego es para grupos de cuatro jugadores o más.

**1.** Una persona sale de la sala de clase mientras las otras escogen a alguien del grupo o a alguna persona conocida de todos.

**2.** La persona que está afuera vuelve al grupo y trata de adivinar quién es el individuo que han escogido, haciendo preguntas que empiezan con **Si.** Ejemplos: **Si esta persona se casara, ¿con qué tipo de hombre (mujer) se casaría? Si fuera una máquina (un país, un edificio), ¿qué máquina sería? Si escribiera un cuento, ¿qué tipo de cuento escribiría?**

**3.** Las otras personas del grupo deben turnarse para contestar hasta que la persona que juega adivina correctamente o se da por vencida.

**11-26 Los medios sociales y nosotros.** Entreviste a un(a) compañero(a), usando las preguntas que siguen. Después, su compañero(a) lo (la) entrevista a usted.

1. ¿Cuáles son algunas ventajas de los medios sociales? ¿Cómo los utilizamos para comunicarnos? ¿para conseguir información? ¿para divertirnos?

2. ¿Cuáles son las desventajas de los medios sociales? Por ejemplo, ¿nos hacen perder tiempo? ¿Hay problemas cuando los criminales los utilizan para conseguir información sobre sus víctimas? ¿Causan problemas por el correo basura o mensajes no solicitados? ¿Hay mucha gente adicta a estas redes de comunicación?

## Composición

### Los medios sociales

Usando la lista de vocabulario de este capítulo, escriba un párrafo sobre los medios sociales. En general, ¿cree que representan una ventaja o una desventaja para la sociedad? Puede usar algunas de las ideas de las actividades 11-1, 11-3, 11-14 y 11-26.

1. Escriba una oración que presente su punto de vista. Por ejemplo: **Según mi opinión, los medios sociales han mejorado la vida de mi generación y de la sociedad en general** (o, **Los medios sociales han creado muchos problemas que nuestros antepasados no tenían**).

2. En cinco o más oraciones, explique su punto de vista. Dé ejemplos concretos.

3. Termine con una oración de conclusión: ¿Por qué representan una ventaja o una desventaja los medios sociales?

**Tema alternativo:** Haga un «wiki» con otros compañeros de clase. Hay varios sitios «wiki» gratuitos; para encontrar uno, busque en Internet o pídale ayuda a su profesor(a). Primero, en grupos de tres o cuatro estudiantes, escojan un tema. Una persona del grupo va al sitio «wiki» y escribe una entrada. La segunda persona edita la página y hace una contribución. Túrnense y sigan así hasta que cada persona del grupo haya contribuido algo sobre el tema que escogieron y todos estén contentos con el resultado. Pueden incluir videos, fotos, enlaces (links) a sitios en Internet o cualquier cosa de interés.

# CAPÍTULO 12

# ¡Viva la imaginación!

## METAS

En este capítulo vamos a aprender a...

▶ disculparnos

▶ expresar vacilación (hesitation)

▶ resumir una idea

▶ cambiar de tema

▶ hablar de personas creativas

▶ expresar acciones en progreso

© Rufino Tamayo/Art Resource, NY

*Vendedora de toronjas (grapefruit)*, Rufino Tamayo

## LENGUA VIVA

Expresiones para disculparse, expresar vacilación, resumir una idea, cambiar de tema

## VOCABULARIO

La creación humana

El mundo literario

## GRAMÁTICA

Los participios presentes y las formas progresivas

Los pronombres relativos

Los diminutivos

## L LECTURAS

«La tradición literaria en España y Latinoamérica»

«Coplas *(Verses)* a la muerte de su padre» de Jorge Manrique

«Nada te turbe» *("Let nothing disturb you")* de Teresa de Ávila

«Cuadros y ángulos» y «Hombre» de Alfonsina Storni

«Defensa de la alegría» de Mario Benedetti

«Mujeres de ojos grandes» de Ángeles Mastretta

«La peste *(plague)* del insomnio» (episodio) de *Cien años de soledad* de Gabriel García Márquez

# Presentación del tema

## Arte y artesanía

Hay muchos ejemplos de la imaginación creadora en el mundo hispano. Entre los pintores, dibujantes y escultores hay nombres tan conocidos mundialmente como Fernando Botero, Pablo Picasso y Frida Kahlo. En la página anterior se ve un cuadro del pintor mexicano Rufino Tamayo (1899–1991). Sus cuadros son famosos por la intensidad y belleza de sus colores. Muestran una fuerte influencia del arte indígena de su tierra natal. Tamayo es famoso por sus retratos de temas esencialmente simples y humanísticos y por su habilidad para evocar las texturas y los colores de la naturaleza. De niño, Tamayo trabajó en un puesto de fruta, y la fruta es un tema recurrente en sus obras.

Latinoamérica tiene una larga tradición de artesanía, desde las cerámicas precolombinas hasta los artículos finos de cuero *(leather)*, plata o cobre *(copper)* que se encuentran en las boutiques modernas. En los mercados tradicionales se ven, entre muchas otras cosas, canastas *(baskets)*, tejidos, cerámicas, esculturas, encaje *(lace)* y tallados en madera.

Guatemala tiene una de las tradiciones textiles más ricas del mundo, con cientos de trajes típicos diferentes. Los tejidos guatemaltecos son famosos por sus diseños imaginativos y sus colores vivos.

© Jan Butchofsky/Corbis

Google Para ver ejemplos de artesanías de Latinoamérica, busque «textiles guatemaltecos», «oro precolombino» y «tallados en madera».

### 12-1 Preguntas.

1. Describa el cuadro *Vendedora de toronjas*. ¿Le gusta a usted esta obra? ¿Conoce otras obras de Rufino Tamayo?

2. ¿Por qué son famosos los tejidos guatemaltecos? ¿Tiene usted algunas artesanías hechas en España o Latinoamérica?

3. Dé un ejemplo de alguien que usted conozca que sea creativo(a) en la vida diaria; por ejemplo, alguien que sepa cocinar, sacar fotos, tejer, coser, dibujar, hacer carpintería... ¿Puede dar algún ejemplo de algo que usted o alguna otra persona haya creado o inventado recientemente?

4. ¿Se considera usted una persona creativa? Explique.

# VOCABULARIO ÚTIL

## LA CREACIÓN HUMANA

### COGNADOS

| | |
|---|---|
| el artesano (la artesana) | la escultura |
| la carpintería | el fotógrafo (la fotógrafa) |
| el carpintero (la carpintera) | el invento |
| la colección de estampillas (antigüedades) | el inventor (la inventora) |
| creativo(a) | el pintor (la pintora) |
| el escultor (la escultora) | |

### VERBOS

| | |
|---|---|
| adornar | to decorate |
| coser | to sew, stitch |
| crear | to create |
| dibujar | to draw |
| diseñar | to design; to draw |
| entusiasmarse por | to be (get) enthusiastic about |
| ilustrar | to illustrate |
| inventar | to invent |
| investigar | to research |
| producir (zc) | to produce |
| tejer | to weave; to knit |

### OTRAS PALABRAS

| | |
|---|---|
| la artesanía | handicrafts |
| creador(a) | creative (of artistic work) |
| el, la dibujante | illustrator, drawer of pictures |
| el dibujo | drawing |
| la investigación | research |
| la joyería (el collar, la pulsera, el pendiente) | jewelry (necklace, bracelet, earring) |
| la obra | work (of art, literature) |
| la pintura | painting |
| el retrato | portrait |
| el tallado en madera | wood carving |
| el tejido | weaving |
| la tela | fabric |

## PRÁCTICA

**12-2 ¿Quién es?** Para cada uno de los siguientes sustantivos, dé el sustantivo derivado que se aplique a los profesionales en ese campo.

 **MODELO** la escultura
*el escultor (la escultora)*

1. la pintura
2. la carpintería
3. la fotografía
4. el invento
5. el dibujo
6. la artesanía

 **12-3 Entrevista.** Entreviste a un(a) compañero(a), usando las siguientes preguntas. Después, su compañero(a) lo (la) entrevista a usted.

1. ¿Sabes coser? ¿tejer? ¿Diseñas la ropa que coses o tejes?
2. ¿Tienes una colección de estampillas? ¿de monedas? ¿de alguna otra cosa?
3. ¿A ti te interesa la fotografía? ¿Salen bien las fotos que sacas? ¿De qué o de quién sacas fotos, generalmente?
4. ¿Te entusiasmas por la carpintería? ¿la jardinería?
5. ¿Te gusta hacer cosas de cerámica? ¿hacer collares, pendientes o pulseras?
6. ¿Sabes dibujar? ¿pintar? ¿Seguiste una clase de arte alguna vez?

# LENGUA VIVA

Julia Gutiérrez　　　　　Mike Martin

## Audioviñetas: El arte y la imaginación

**CD 2, Track 13** **Conversación: Para disculparse; para expresar vacilación; para cambiar de tema.** Mike y Julia se reúnen en la Plaza Bolívar.

**12-4** Escuche la conversación. ¿Dónde va a estar Julia en el verano? ¿y Mike?

**12-5** Escuche la conversación otra vez. Conteste **V** (verdad) o **F** (falso).

_____ **1.** Mike recibió una carta de un fotógrafo que está en Brasil y va a ir allí a trabajar con él.

_____ **2.** Va a hacer un reportaje fotográfico acerca de Río de Janeiro.

_____ **3.** Julia va a ir a Italia a estudiar literatura italiana.

_____ **4.** Julia piensa mucho en el matrimonio.

_____ **5.** Mike y Julia van a celebrar las fiestas navideñas en Colombia.

# En otras palabras

### Para disculparse

How do you excuse yourself or apologize for something? How do you express forgiveness if someone apologizes to you? Here are some ways to do that:

 Mire el video en el sitio **www.cengagebrain.com/shop/ISBN 0495912654** y haga las actividades que lo acompañan.

**Lo siento (mucho). Siento mucho que (+** _subj._**)...**

**Perdón. Perdóneme. (Perdóname.)**

**Discúlpeme. (Discúlpame.)**

**La culpa fue mía.** _It was my fault._

**No se preocupe. (No te preocupes.)**

**No importa. No hay problema.**

**No tenga(s) pena.** _No need to be embarrassed._
   _(Mexico, Central America)_

¿Por qué se reúnen Sandra, Ana, Javier, Rafael y los padres de Javier?

### Para expresar vacilación

Here are some phrases you can use when you need time to think (hesitation phrases).

**Pues... / Bueno... / Este...**

**A ver.** _Let's see._

**Buena pregunta.**

**Depende (de)...** _It depends (on) . . ._

**Yo diría... / ¿Cómo diría?**

**Tendría que pensarlo.**

### Para resumir una idea

Summarizing, or drawing conclusions, is important in both speaking and writing. Here are some ways to indicate that you are coming to the point, expressing a conclusion.

**A fin de cuentas..., Al fin y al cabo...** *In the end . . ., After all is said and done . . ., In the final analysis . . .*

**Después de todo...** *After all . . .*

**Total (que)...** *So . . .*

**En conclusión..., En resumen...** *(formal) In summary . . .*

**En síntesis...** *In short . . .*

### Para cambiar de tema

The ability to make a transition, or change of subject, is also important in both speaking and writing. Here are some ways to do this in Spanish.

**En cambio...** *On the other hand . . ., In contrast . . .*

**Por el contrario...** *However . . ., On the contrary . . .*

**Por otra parte...** *On the other hand . . .*

**Sin embargo...** *However . . .*

**Cambiando de tema...** *To change the subject . . .*

**A propósito, ...** *By the way, . . .*

**A propósito de...** *Regarding . . ., Talking about . . .*

**En cuanto a..., Con respecto a...** *As far as . . . is concerned . . .*

## PRÁCTICA

**12-6 Disculpas.** Dé la respuesta apropiada de acuerdo con cada una de las siguientes situaciones.

1. Su mamá le dice: «Siento mucho que tu papá y yo no te podamos acompañar al cine».
2. Usted llega media hora tarde a una reunión en casa de su hermano.
3. Usted llega media hora tarde a una cita que tiene con un profesor.
4. Usted tropieza con *(bump against)* alguien en el cine.
5. Alguien le dice: «Me olvidé de presentarte a María en la fiesta de anoche. Lo siento mucho».

**12-7 Entrevista.** Trabaje con un(a) compañero(a). Usted tiene una entrevista para conseguir un trabajo de verano y piensa mucho antes de responder a las preguntas que le hacen. Utilice las frases que sirven para expresar vacilación.

1. ¿Por qué cree usted que tiene las cualidades necesarias para hacer este tipo de trabajo?
2. ¿Para qué tipo de persona desea usted trabajar?
3. ¿Podría usted trabajar para una persona un poco exigente y agresiva?
4. Una de sus cartas de recomendación dice que usted es inteligente pero no muy trabajador(a). ¿Qué dice usted?
5. ¿Qué tipo de trabajo piensa usted tener dentro de diez años?

**12-8 ¡Socorro! (*Help!*)** La siguiente composición está incompleta; necesita frases de transición. Ayude a quien la escribe a sacar mejor nota, completándola con las expresiones apropiadas.

Estatuas de don Quijote, Sancho Panza y Miguel de Cervantes en la Plaza de España, Madrid

(1) _____ la literatura española del siglo XVI, no hay duda de que el escritor más famoso de entonces es Miguel de Cervantes. Su conocido *Don Quijote* es una parodia de las novelas de caballería. En esas novelas, el caballero andante *(knight errant)* siempre es una encarnación del héroe típico. (2) _____, don Quijote y su amigo Sancho Panza son fieles retratos humanos, y la novela muestra la realidad cotidiana *(daily)* de la época. (3) _____ de Sancho Panza, la obra lo presenta como un personaje materialista cuya idiosincrasia contrasta con el idealismo de don Quijote. Los dos personajes reflejan un extenso panorama de cualidades humanas que van de lo ridículo a lo sublime. La novela trata algunas cuestiones fundamentales. ¿Qué somos los seres humanos: lo que creemos ser o lo que los demás *(other people)* creen que somos? ¿Existe una verdad ideal, como cree don Quijote en su locura, o no hay más realidad que la que percibimos *(we perceive)* por los sentidos *(senses)*? (4) _____, Cervantes no nos da la respuesta. (5) _____, nos hace pensar y nos obliga a buscar la respuesta por nosotros mismos.

# GRAMÁTICA Y VOCABULARIO
## The Present Participle and the Progressive Forms

### The Present Participle

**1.** To form present participles, add **-ando** to the stems of **-ar** verbs and **-iendo** to the stems of **-er** and **-ir** verbs.

hablar → habl**ando**      comer → com**iendo**      vivir → viv**iendo**

**2.** If the **-er** or **-ir** verb stem ends in a vowel, add **-yendo** rather than **-iendo** (since an unaccented **i** between two vowels becomes a **y**).

creyendo      cayendo      oyendo      trayendo

The present participle of **ir**, **yendo**, is rarely used.

**3.** In stem-changing **-er** and **-ir** verbs, the stem changes from **e** to **i** or **o** to **u** (as in the third-person singular and plural of the preterit).

diciendo      d**u**rmiendo      s**i**guiendo
p**i**diendo      m**u**riendo      s**i**ntiendo
prefiriendo      p**u**diendo      viniendo

**4.** Present participles are invariable except that reflexive or object pronouns can follow and be attached to them.

| | |
|---|---|
| Clara se despertó creyendo que había oído algo. | *Clara woke up thinking she'd heard something.* |
| No conociéndolos bien, decidí no hablarles de política. | *Not knowing them well, I decided not to talk politics with them.* |

Note that when pronouns are attached an accent is required to maintain the syllable stressed in the infinitive, as in the preceding example.

**5.** Sometimes the present participle can be used to mean *by* plus a present participle in English.

| | |
|---|---|
| No vas a solucionar nada llorando, Martita. | *You're not going to solve anything by crying, Martita.* |

### The Progressive Forms

**1.** The progressive forms, **estar** plus a present participle, are used when attention to a specific moment is emphasized. They indicate that an action *is (was, would be) taking place or in progress* at a specific time, at this or that moment in time.

| | |
|---|---|
| Estoy adornando la sala para la fiesta. | *I'm decorating the room for the party.* |
| Ana estaba cosiendo una blusa para su hija. | *Ana was sewing a blouse for her daughter.* |
| Cristina estará pintando ahora. | *Cristina must be painting now.* |
| Estaría bailando ahora si no tuviera que estudiar. —¡Así es la vida! | *I would be dancing now if I didn't have to study. —That's life!* |

The progressive is used far less in Spanish than in English, since the simple forms in Spanish (for instance, the present) are preferred. It is generally used in reference to a very specific time frame. The use of the preterit progressive is especially rare.

**2.** The present progressive is never used for future or anticipated actions, when the simple present is often used.

| | |
|---|---|
| El martes salgo para Montevideo. | *Tuesday I'm leaving for Montevideo.* (*not* estoy saliendo) |

**3.** **Andar, ir, seguir,** and **venir** can also be used to form the progressive, although these constructions are not as common as the progressive with **estar.** In general, they imply a repeated or sustained action or situation.

| | |
|---|---|
| Bárbara anda investigando las telas tradicionales de Guatemala. | *Bárbara's (going around) researching traditional fabrics from Guatemala.* |
| Iban cantando por la calle. | *They went singing down the street.* |
| El muchachito seguía mirándola. ¡Qué mujer más rara! | *The little boy kept watching her. What a strange woman!* |
| Viene componiendo música desde que tenía quince años. | *She's been composing music since she was fifteen years old.* |

**¡OJO! Seguir** + present participle is often translated with the verb *keep* in English.

vago *lazy*

# PRÁCTICA

**12-9 Pablo Picasso: una persona creadora.** Picasso nació en 1881; a la edad de 92 años, en 1973, todavía se mantenía activo y creador. Diga qué estaba haciendo en los años siguientes.

> ⚙ **MODELO** 1897 / estudiar en la Real Academia de Bellas Artes de Madrid (a la edad de dieciséis años)
> *En 1897 estaba estudiando en la Real Academia de Bellas Artes de Madrid.*

1. 1900 / vivir en París; descubrir las obras de Toulouse-Lautrec y de otros pintores
2. 1907 / trabajar con los «Ballets Rusos»; hacer el montaje de escenarios *(sets)*
3. 1908 / desarrollar el estilo cubista
4. entre 1930 y 1935 / ilustrar obras literarias y hacer esculturas
5. 1937 / pintar *Guernica*, que trata de la Guerra Civil Española
6. entre 1937 y 1944, durante la Segunda Guerra Mundial / sufrir hambre y miseria
7. 1947 / producir cerámica muy original
8. entre 1955 y 1973 / todavía crear nuevos estilos y técnicas artísticas

 **12-10 ¡Ajá!** Trabaje con un(a) compañero(a). Describa un incidente en que usted tuvo una idea original o una inspiración. ¿Dónde estaba? ¿Qué estaba haciendo? ¿Había otras personas con usted? ¿Quiénes? ¿Qué estaban haciendo ellos?

> ⚙ **MODELO** *Un día hace muchos años estaba en la sala de clase del primer grado. Estaba lloviendo. Estábamos leyendo un libro; unos alumnos estaban leyendo muy despacio. La maestra estaba repitiendo lo que leían. De repente se me ocurrió que el libro era una manera en que una persona se comunica con otra. Y empecé a leer a una velocidad normal.*

**12-11 ¿Qué estarías haciendo si...?**

**Paso 1.** En una tarjeta, va a escribir dos preguntas. Empiece con estas frases:

¿Qué estarías haciendo si...?

¿Qué estarás haciendo...?

**Paso 2.** Levántese y hágale las preguntas a otro(a) estudiante. Después de contestar, el (la) otro(a) estudiante le hará sus preguntas a usted. Intercambien las tarjetas. Hágale las preguntas que ha recibido a otro(a) estudiante. Haga y conteste por lo menos seis preguntas. ¿Cuál es la pregunta más interesante de todas?

**12-12 ¿Qué estoy haciendo?** Piense en una acción que sepa decir en español: por ejemplo, **Estoy cosiendo, jugando al tenis, abriendo un paquete, tocando el trombón.** Exprese la acción con gestos para que la vean los otros miembros del grupo. (Habrá que repetir la acción varias veces.) Después, la persona que adivine lo que usted está haciendo debe expresar otra acción con gestos, etcétera.

Estas mujeres hondureñas están haciendo tallados en madera.
Pasamos entre ocho y nueve años de nuestra vida trabajando.

**Paso 1.** Primero, lea la siguiente información: «Si tomamos como referencia a un ciudadano mexicano que viva setenta años, y calculamos lo que le ocupan las más diversas tareas cotidianas [*daily*], comprobaremos [*we'll find*] que emplea un año en correr, otro en divertirse, y siete los dedica a comer... Así gastamos el tiempo del que disponemos [*that we have available*]». —Elena García de Guinea, *Muy interesante,* año XVI, número 7, páginas 68–72.

**Paso 2.** Con un(a) compañero(a), háganse y contesten preguntas acerca de las actividades del cuadro, usando participios presentes. ¿Hay algunos datos que les sorprendan? ¿Cuáles?

Vocabulario: resfriado *ill with a cold,* cortejar *to court,* festejar *to celebrate,* rellenar *to fill out,* afeitarse *to shave,* peinarse *to comb or brush one's hair,* depilarse *to remove unwanted hair*

🌼 **MODELO**  A: *¿Cuánto tiempo se pasa viendo televisión?*
B: *Cinco años, 303 días.*

**Paso 3.** Hagan y contesten preguntas acerca de su propia rutina.

🌼 **MODELOS**  *En un día típico, ¿cuánto tiempo pasas viendo televisión?*
*¿Crees que vas a pasar un año y 195 días de tu vida cocinando?*
*En una semana típica, ¿cuánto tiempo pasas cocinando?*

## TABLA DE TIEMPOS

| | |
|---|---|
| Estar de pie | 30 años |
| Dormir | 23 años |
| Estar sentado | 17 años |
| Caminar | 16 años |
| Trabajar | 8-9 años |
| Comer | 6-7 años |
| Soñar | 4 años |
| Transporte colectivo | 3 años |
| Ver televisión | 5 años + 303 días |
| Hablar y escuchar | 2 años |
| Reír | 1 año + 258 días |
| Cocinar | 1 año + 195 días |
| Estar resfriado | 1 año + 135 días |
| Cortejar y ser cortejado | 1 año + 139 días |
| Correr | 1 año + 75 días |
| Estar enfermo | 1 año + 55 días |
| Ir a la escuela | 1 año + 40 días |
| Festejar | 1 año + 10 días |
| Hacer colas | 500 días |
| Rellenar formularios | 305 días |
| Leer | 250 días |
| Telefonear | 180 días |
| Vestirse (hombre) | 177 días |
| (mujer) | 531 días |
| Hacer las compras | 140 días |
| Afeitarse | 140 días |
| Lavarse (hombre) | 117 días |
| (mujer) | 2 años |
| Peinarse | 108 días |
| Cepillarse los dientes | 92 días |
| Depilarse (mujer) | 72 días |
| Llorar | 50 días |
| Saludar | 8 días |
| Rellenar formas fiscales | 3- 6 días |
| Consultar el reloj | 3 días |

FUENTE: SCIENCE ET VIE

Courtesy of Gloria Achucarro

Gloria Achucarro, escultora y dibujante argentina cuyas obras expresan mucho amor por la vida

**12-14 ¿Qué están haciendo?** Escoja una foto de este libro (una de las que aparcen a continuación u otra en este u otro capítulo) y escriba por lo menos dos oraciones, usando el tiempo progresivo. ¿Qué están haciendo las personas de la foto?

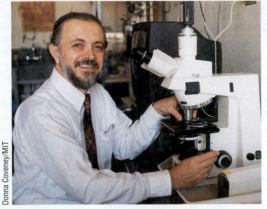

Donna Coveney/MIT

Mario Molina, científico mexicano que ganó el Premio Nobel de Química por sus investigaciones acerca de la capa de ozono

Pierre Philippe Marrow/AFP/Getty Images

Ferrán Adriá, el innovador chef de Barcelona (La revista *Gourmet* lo llama «El Dalí de la cocina», haciendo referencia al famoso artista catalán Salvador Dalí.)

## Relative Pronouns; The Neuter *Lo, Lo que*

**Google** Para saber más sobre esta celebración de arte popular en Oaxaca, México, busque «La Noche de Rábanos».

© Marina Brodskaya

Según mi amiga de Oaxaca, hay un festival allí el 23 de diciembre. Se llama «La Noche de Rábanos *(Radishes)*». → Según mi amiga de Oaxaca hay un festival allí el 23 de diciembre **que** se llama «La Noche de Rábanos».

© Marina Brodskaya

Me hablaba de una artesana. La artesana es su abuela. → La artesana de **quien** me hablaba es su abuela.

1. Relative pronouns replace nouns and are used to join simple sentences. The relative pronoun **que** *(that, which, who, whom)* can refer to either people or things.

| | |
|---|---|
| El pastel que hiciste y adornaste estaba muy rico. | *The cake (that) you made and decorated was very delicious.* |
| El poeta que escribió «La hora cero» se llama Ernesto Cardenal. | *The poet who wrote "Zero Hour" is Ernesto Cardenal.* |

**Quien** cannot be used in the preceding example—**que** is essential. Note that relative pronouns cannot be omitted in Spanish as they often are in English.

2. **Quien** (plural **quienes**), meaning *who* or *whom,* is used to refer to people. It is frequently used after prepositions (often the preposition **a**).

| | |
|---|---|
| Los amigos a quienes busco son periodistas. | *The friends I'm looking for (for whom I'm looking) are journalists.* |
| El inventor de quien me hablabas vive en Madrid, ¿no? | *The inventor you were talking to me about (about whom you were talking) lives in Madrid, doesn't he?* |

**Que** is not used after a preposition to refer to people; **quien(es)** must be used in the preceding examples and has the meaning *whom.* Notice that although in informal English a sentence can end with a preposition, this is not possible in Spanish.

| | |
|---|---|
| ¿Cómo se llama el estudiante con quien habla el profesor? | *What's the name of the student the teacher is talking to (to whom the teacher is talking)?* |

3. **Cuyo** *(whose, of which)* agrees in gender and number with the noun it modifies (person or thing), not with the possessor.

| | |
|---|---|
| El inventor cuyas investigaciones lo llevaron a... | *The inventor whose research led him to . . .* |
| Una novela cuyos personajes viven en Macondo... | *A novel whose characters (the characters of which) live in Macondo . . .* |

¡**OJO!** To say *whose* when asking a question, use ¿**De quién...?**: ¿**De quién es esta composición?**

4. **El cual (que), la cual (que), los cuales (que),** and **las cuales (que)** are sometimes used instead of **que** or **quien** after prepositional phrases or prepositions with two or more syllables (e.g., **hacia, para, detrás, contra**) and after **por** and **sin** to avoid confusion with the conjunctions **porque** and **sin que.**

| | |
|---|---|
| La joyería detrás de la cual (la que) hay un museo de arte... | *The jewelry store behind which there is an art museum . . .* |
| Las antigüedades por las cuales (las que) pagamos cien mil pesos... | *The antiques for which we paid one hundred thousand pesos . . .* |
| La hermana de Luis, para la que compré el collar... | *Luis's sister, for whom I bought the necklace . . .* |

5. **El (la) que** and **los (las) que** have a use that **el cual** does not have. These forms can mean *he (she, the one) who (that)* or *those who (that).*

| | |
|---|---|
| Uno de mis primos, el que vive en México, viene a visitarnos el domingo. | *One of my cousins, the one who lives in Mexico, is coming to visit us on Sunday.* |
| Los que no ayudan, no comen. | *Those who don't help don't eat.* |

**Quien** can also mean *he (she) who;* it is often used in proverbs.

Quien habla dos lenguas vale
por dos.

*He (She) who speaks two languages
is worth two people.*

**6.** The neuter **lo** can be used with a masculine singular adjective to express an abstract idea or quality.

Lo único que comprendí de esa
obra fue el título.

*The only thing I understood about that
play (work) was the title.*

**7.** **Lo** can also refer to an idea or quality already mentioned.

¡Esas fotos de mí son horribles!
—No, querida, no lo son.

*Those photos of me are terrible! —No,
dear, they aren't.*

Marisa se entusiasma mucho por
el diseño de ropa con telas
naturales. —Sí, lo sé.

*Marisa's very enthusiastic about
designing clothing with natural
fabrics. —Yes, I know.*

**8.** **Lo que** expresses the English relative pronoun *what* or, less often, *that which.*

No entiendo lo que quiere decir,
señor.

*I don't understand what you mean, sir.*

## VOCABULARIO ÚTIL

### EL MUNDO LITERARIO

#### COGNADOS

| | |
|---|---|
| **el autor (la autora)** | **el, la novelista** |
| **la (auto)biografía** | **la poesía** |
| **la ciencia ficción** | **el, la poeta** (*also,* **la poetisa**) |
| **la fantasía (fantástica)** | **publicar** |
| **la novela (romántica, histórica, policíaca, de misterio)** | **satírico(a)** |

#### OTRAS PALABRAS

| | |
|---|---|
| **el cuento** | *story* |
| **el ensayo** | *essay* |
| **el escritor (la escritora)** | *writer* |

#### ¡OJO!

**el personaje** *character in film or literature; personage* **/ el carácter** *character, personality, temper*

**el tiempo** *time (as an abstract concept)* **/ la hora** *time (of day)* **/ la vez** *time (instance)* **/ el rato** *short time or while*

## PRÁCTICA

**12-15 La creación literaria.** Combine las oraciones, usando **que** o **quien(es)**, de acuerdo con los modelos.

⚙ **MODELOS**  Junot Díaz es un autor dominico-americano. Escribió *La breve y maravillosa vida de Óscar Wao.*
*Junot Díaz es el autor dominico-americano que escribió* La breve y maravillosa vida de Óscar Wao.

Isabel Allende es una escritora chilena. El profesor habló de ella ayer.
*Isabel Allende es la escritora chilena de quien el profesor habló ayer.*

**1.** Estoy buscando un libro de poemas. Se llama *Rimas.*

**2.** Pablo Neruda era un poeta chileno. Ganó el Premio Nobel.

**3.** Son novelistas chicanos. Hablé con ellos en el congreso.

**4.** Voy a una conferencia sobre Gabriela Mistral. Empieza a las dos.

**5.** Cervantes era un escritor excepcional. Se dijo de él: «Él es la vida y la naturaleza».

**12-16 Escritores hispanos.** Combine las oraciones con la forma correcta del relativo **cuyo,** de acuerdo con el modelo.

⚙ **MODELO**  Gabriel García Márquez es un escritor colombiano. Su autobiografía se llama *Vivir para contarla.*
*Gabriel García Márquez es el escritor colombiano cuya autobiografía se llama* Vivir para contarla.

**1.** Ángeles Mastretta es una autora mexicana. Sus libros tratan de mujeres fuertes e independientes.

**2.** Arturo Pérez-Reverte es un escritor español. Sus novelas son muy imaginativas.

**3.** Jorge Luis Borges era un escritor argentino. Sus cuentos son muy populares en todo el mundo.

**4.** Tino Villanueva es un escritor chicano. Su poesía es satírica.

**5.** José Martí era un poeta cubano. Sus *Versos sencillos* son muy famosos.

**12-17 Proverbios.** Complete los siguientes proverbios con **lo que** o **el que.**

**1.** Ni _____ ama ni _____ manda quieren compañía.

**2.** _____ saben tres, público es *(is public knowledge).*

**3.** _____ espera, desespera, si no alcanza _____ desea.

**4.** Paga _____ debes y sabrás _____ tienes.

**5.** No hay peor sordo *(deaf person)* que _____ no quiere oír.

Después, invente su propio proverbio con **lo que** o **el que.**

⚙ **MODELOS**  *El que nunca ama, nunca sufre.*
*El que se queja de lo que le falta, no sabe apreciar lo que tiene.*

**12-18 «Cosas que me molestan» y «Cosas que me encantan».** Trabaje con un(a) compañero(a). Haga y conteste preguntas sobre sus gustos y sobre las cosas que de veras lo (la) vuelven loco(a). Ayude a su compañero(a) a crear dos listas, una con varias cosas que le molestan y otra con varias cosas que le encantan. Use pronombres relativos.

⚙ **MODELOS**   *Lo que me molesta:*
(1) *la gente que habla en el cine durante una película*
(2) *las personas a quienes siempre hay que esperar porque siempre llegan tarde*
(3) *los profesores cuya escritura no se puede leer...*

**12-19 ¿Qué te gusta leer?** Entreviste a un(a) compañero(a) sobre sus gustos literarios, usando las preguntas que siguen. Después, su compañero(a) lo (la) entrevista a usted. Esté preparado(a) para compartir la información con la clase.

1. ¿Cuál es el nombre de un(a) novelista cuyas obras te gustan mucho? ¿Por qué te gustan? Entre sus obras, ¿cuál fue la que más te gustó? ¿Hay un personaje con quien te identifiques?

2. En Estados Unidos y Canadá, la gran mayoría de los libros que se venden son novelas románticas, policíacas o de misterio. Para mucha gente representan un escape de la realidad. ¿A ti te gustan estas clases de libros o prefieres leer libros que traten de la vida real?

3. ¿Lees biografías o autobiografías? Entre las que has leído, ¿cuáles eran las más interesantes?

4. ¿Lees poesía? ¿Hay un(a) poeta cuyos versos hayas leído varias veces? ¿Cómo se llama?

5. ¿Qué clase de revistas te gusta leer? ¿Te gustan las revistas que traen información o las que entretienen con humor, artículos sobre deportes, la moda...?

6. En vez de leer libros, ¿escuchas audiolibros a veces? ¿Lees artículos en Internet en vez de comprar revistas? ¿Lees literatura o microcuentos en el celular?

**Google**

Busque «literatura móvil» para ver ejemplos de microcuentos en español.

SIEMPRE METIDA EN CASA,
QUE NO ES SEÑORIAL NI CON PISCINA.
NO VIAJAMOS NI ESQUIAMOS NUNCA.
NO ALTERNAMOS CON LA JET-SET.
NI TENEMOS CRIADOS QUE LUEGO
HABLARÁN DE NOSOTROS EN
SUS MEMORIAS...

¿YA HAS VUELTO A LEER EL HOLA?

© Núria Pompeia

**No alternamos** *We don't mingle*
**criados** *servants*

**¡Hola!** *magazine that focuses on celebrities*

# Diminutives

1. Diminutives are often used to express smallness in size or to show affection. The most common diminutive endings are **-ito, -illo, -(e)cito,** and **-(e)cillo** (and their feminine and plural forms). A final vowel is often dropped before a diminutive ending is added.

| | | | |
|---|---|---|---|
| amiguita | pajarillo | pueblecito | florecilla |
| muchachito | chiquilla | viajecito | panecillo *(roll)* |
| ratito | librillo | jovencita | |

Notice the words **amiguita** and **chiquilla.** Just as a final **-go (-ga)** becomes **gu** and a final **-co (-ca)** becomes **qu** in verb forms you have studied (e.g., **sigo** becomes **sigue** or **toca** becomes **toque** in the subjunctive), this spelling change occurs also with diminutives.

2. Sometimes diminutives can express ridicule—the ending **-illo** or **-ecillo** is sometimes used for this purpose.

| | |
|---|---|
| No he leído los ensayos de ese autorcillo. | *I haven't read the essays of that author (implying dislike).* |
| ¡Qué carácter más fuerte! Pero ¡qué coquetilla! | *What a strong personality! But what a little flirt!* |

## PRÁCTICA

**12-20 Un chiste.** Para cada diminutivo en negrilla, dé la palabra base.

⚙ **MODELO** florecilla
*flor*

Una mujer mexicana que tiene tendencia a usar muchos diminutivos se casa con un hombre venezolano. Se van a vivir a Venezuela. Un día están almorzando cuando la mujer le dice a su marido: «Ay, mi (1) **amorcito,** ¡cómo extraño a mi querida familia en México! Quisiera ver a mamá, a papá, a mis (2) **hermanitos** y a sus (3) **chiquillos...** ¿No podríamos hacer un (4) **viajecito** para verlos? Podríamos quedarnos allí en la (5) **casita** de mi (6) **abuelita** para no gastar en hoteles. Tú sabes que ella tiene sus 80 años y está muy (7) **viejita** ahora... ¿Me pasas un (8) **panecillo,** por favor?» El hombre, cansado ya de oír tantos diminutivos, le dice, «Mi amor, ¿qué es esto de "abuelita", "viajecito", "chiquillos"? ¿No puedes hablar como todo el mundo?» La mujer se calla, y después de un rato él nota que ella no ha comido nada. «Y ahora, ¿qué te pasa, cariño? ¿No quieres comer?», le dice. Y ella responde: «Bueno, es que ya no tengo mucho... apeto».

 **12-21 Use la imaginación.** Escriba una oración, usando tantos diminutivos como le sea posible.

⚙ **MODELO** *El perrito estaba jugando con los zapatitos de mi hermanita en el jardincito.*

# EN CONTACTO

## Videocultura: El Nuyorican Poets Café

**iLrn**

Para aprender más sobre los 21 países que hablan español, mire los videos culturales en la Mediateca (*Media Library*).

Los puertorriqueños han creado en Nueva York instituciones culturales como el Museo del Barrio, teatros en español y un café que funciona como salón literario, el Nuyorican Poets Café. A Miguel Algarín, fundador (*founder*) del café, le encanta recitar sus obras para el público. El café se ha convertido en (*has become*) un centro internacional. Mire el video y conteste esta pregunta: ¿Cuál es la importancia del Nuyorican Poets Café para los poetas jóvenes y para la cultura puertorriqueña?

**Vocabulario:** acude a *comes to*; lograron habituarse *managed to get accustomed*; me crié *I grew up*; en búsqueda de *in search of*; sin pretensión *unpretentious*; oralidad *oral expression*; la nobleza *nobility, integrity*; arrimarse *to move or draw near to*

> **You Tube** Busque «Nuyorican Poets Café» para ver videos de algunas actuaciones.

© Heinle, Cengage Learning

**12-22 Comprensión.** Conteste las siguientes preguntas después de ver el video.

1. ¿Dónde se crió (creció) Miguel Algarín?
2. ¿Qué significa el Nuyorican Poets Café para él?
3. ¿Cómo era el café cuando se abrió? ¿En qué se convirtió?
4. Cuente lo de la visita de los poetas japoneses. ¿Cómo los recibió el público?

**12-23 Puntos de vista.** Compare sus opiniones con las de dos o tres compañeros.

1. ¿Qué contactos tiene usted con la poesía? ¿La escucha en rap o en canciones? ¿La lee en tarjetas o en libros? ¿La inventa?
2. ¿Qué lugares hay en su ciudad donde se recite poesía? ¿Cuál es su poema favorito?
3. Miguel Algarín dice que «estoy en casa» en el café. ¿Qué significa? ¿En qué lugares se siente usted en casa?

## Síntesis

**12-24 Las mejores películas de todos los tiempos.** Haga una lista de tres películas que para usted sean las más interesantes de todos los tiempos. Después, hable con un(a) compañero(a). Juntos, escojan los tres filmes que consideren los más interesantes. Luego hablen con otra pareja de estudiantes y, entre los cuatro, hagan una lista final, escogiendo tres películas. Los cuatro tienen que estar de acuerdo. Cuando tengan su lista, escriban tres oraciones acerca de sus selecciones, usando pronombres relativos y **lo** o **lo que.** ¿Qué grupo puede usar más pronombres relativos?

Cecilia Roth y Penélope Cruz en *Todo sobre mi madre*, del director Pedro Almodóvar

> ⚙ **MODELOS**  *La película más interesante para nosotros es ___; es la que...*
> *Es una película cuyo...*
> *Lo que más nos gusta de esta película es...*
> *Otra película que nos hizo reír (pensar) fue...*

**12-25 Entrevista.** ¿Qué lo (la) ayuda a ser más creativo(a)? Para el autor alemán Federico Schiller era el aroma de las manzanas podridas *(rotten)*. Ernest Hemingway necesitaba «un lugar limpio y bien iluminado». Honorato de Balzac se vestía de monje *(monk)* para buscar inspiración. Entreviste a un(a) compañero(a), usando las siguientes preguntas. Después, su compañero(a) lo (la) entrevista a usted.

1. ¿Qué te ayuda a ser creativo(a)? ¿Alguna comida? ¿bebida? ¿cierto tipo de música? ¿ejercicio físico?

2. ¿Existe cierto lugar en el cual trabajas mejor o algún momento del día durante el cual se te ocurren las ideas más creativas? ¿Dónde o cuándo?

3. ¿Conoces a alguien a quien tú consideres muy creativo(a)? ¿Quién? ¿Qué hace?

**12-26 La poesía «concreta».** La poesía «concreta» es una combinación de palabras y diseños o imágenes que ilustran una cosa o un concepto. Con un(a) compañero(a), escriba un poema «concreto». Hay algunos ejemplos a la derecha.

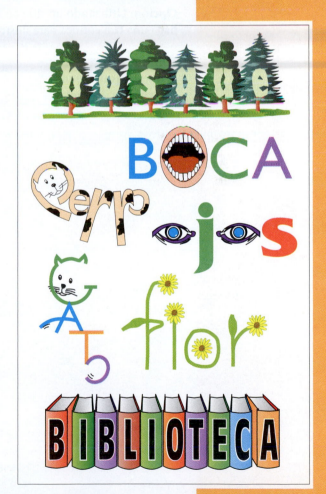

# Composición

## Una persona creadora

Usando las listas de vocabulario de este capítulo y algunas ideas de las actividades 12-1, 12-9, 12-14, 12-15, 12-16, 12-19, 12-24 y 12-25, escriba un párrafo sobre una persona que, según su opinión, es muy creativa. Trate de usar pronombres relativos y algunas expresiones de la sección **En otras palabras** de este capítulo. Siga estas instrucciones.

1. Escriba una oración que presente a la persona que escogió. Por ejemplo:
   **Según mi opinión, la pintora cubana Alicia Leal es una persona muy creativa.**

2. En por lo menos cinco oraciones, describa lo que hace la persona que escogió. Si sabe algo sobre su vida, cuéntelo en dos o tres oraciones, diciendo dónde nació, dónde vive (o vivía), algún hecho que influyó en su vida, etcétera.

3. Termine con una oración de conclusión: ¿Por qué escogió usted a esta persona?

**Opción:** Utilizando un sitio en Internet como «Comic Life» o sus propios dibujos, haga una tira cómica para ilustrar su composición.

# Capitalization, Punctuation, Syllabication, and Word Stress

## Capitalization

**A.** Names of languages and adjectives or nouns of nationality are not capitalized in Spanish; names of countries are.

> Robin es inglés, pero habla muy bien el español. Pasó varios años en Panamá.

> *Robin is English, but he speaks Spanish very well. He spent several years in Panama.*

**B.** The first-person singular **yo** is not capitalized, as *I* is in English. Days of the week and names of months are also lowercased in Spanish.

> En enero, durante el verano, yo voy a la playa todos los domingos por la tarde.

> *In January, during the summer, I go to the beach every Sunday afternoon.*

**C.** In Spanish titles, with rare exceptions, only the first word and any subsequent proper nouns are capitalized.

> *El amor en los tiempos del cólera*

> Love in the Time of Cholera

> *La casa de Bernarda Alba*

> The House of Bernarda Alba

**D.** **Usted** and **ustedes** are capitalized only when abbreviated: **Ud. (Vd.), Uds. (Vds.).** Similarly, **señor (Sr.), señora (Sra.),** and **señorita (Srta.)** are capitalized only in abbreviations.

## Punctuation

**A.** The question mark and exclamation mark appear, in inverted form, at the beginning of a question or exclamation. They are not always placed at the beginning of a sentence but, rather, at the beginning of the actual question or exclamation.

> ¡Hola! ¿Cómo estás?

> *Hi! How are you?*

> Si usted pudiera viajar a Sudamérica, ¿a qué país viajaría?

> *If you could travel to South America, to what country would you travel?*

**B.** Guillemets (« ») are used instead of the quotation marks used in English.

> «¡Felicitaciones!» me dijo.

> *"Congratulations!" he said to me.*

# Syllabication

**A.** A single consonant forms a syllable with the following vowel(s), as do the letters **ch, ll,** and **rr.**

| | | |
|---|---|---|
| co-ci-na | ba-rrio | lla-ma |
| mu-cha-cha | de-sa-rro-lla-do | hu-ma-ni-dad |

**B.** Syllables are usually divided between two consonants.

| | | | |
|---|---|---|---|
| Mar-ta | sal-go | gen-te | ár-bol |

**C.** However, most consonants with **l** or **r** form a consonant group that can't be divided.

| | | |
|---|---|---|
| a-bril | so-pra-no | de-mo-cra-cia |
| re-gla | a-gra-da-ble | ha-bla-dor |

**D.** Groups of two or more consonants are normally divided so that the final consonant goes with the following vowel(s): pe**rs-p**ec-ti-va, i**ns-t**an-te. However, if there is a combination of consonants that can't be divided (one of the consonants is **r** or **l**), this rule does not apply: mo**ns-tr**uo (**tr** can't be divided), so**r-pr**en-der (**pr** can't be divided).

**E.** Combinations of strong vowels (**a, e, o**) are divided to form separate syllables.

| | | | |
|---|---|---|---|
| ca-es | le-er | ca-no-a | pa-se-o |

However, a weak vowel (**i** or **u**) combines with a strong vowel or with another weak vowel to form a diphthong, which functions with a consonant or consonants as a single syllable if unaccented.

| | | | |
|---|---|---|---|
| ciu-dad | puer-to | bai-lar | au-di-to-rio |

Note that in combinations of a weak and strong vowel where the weak vowel is accented, the two vowels are divided into separate syllables.

| | | | |
|---|---|---|---|
| mí-o | pa-ís | re-ír | po-li-cí-a |

# Word Stress

**A.** Words that end in a vowel, **n,** or **s** are stressed on the next-to-the-last syllable.

| | | | |
|---|---|---|---|
| **dul**-ce | **dis**-co | man-**za**-nas | o-**ri**-gen |

**B.** Words that end in a consonant other than **n** or **s** are stressed on the final syllable.

| | | | |
|---|---|---|---|
| ju-ven-**tud** | ve-**jez** | pa-**pel** | ad-mi-**rar** |

**C.** An accent changes the pattern; a word is always stressed on a syllable with an accent.

| | | | |
|---|---|---|---|
| a-**diós** | **ár**-bol | **pá**-ja-ro | **ó**-pe-ra |

# Numbers, Dates, and Time

## Cardinal Numbers

| | | | |
|---|---|---|---|
| 0 | cero | 29 | veintinueve (veinte y nueve) |
| 1 | uno, una | 30 | treinta |
| 2 | dos | 31 | treinta y un(o), una |
| 3 | tres | 40 | cuarenta |
| 4 | cuatro | 50 | cincuenta |
| 5 | cinco | 60 | sesenta |
| 6 | seis | 70 | setenta |
| 7 | siete | 80 | ochenta |
| 8 | ocho | 90 | noventa |
| 9 | nueve | 100 | ciento (cien) |
| 10 | diez | 101 | ciento un(o, a) |
| 11 | once | 110 | ciento diez |
| 12 | doce | 200 | doscientos(as) |
| 13 | trece | 300 | trescientos(as) |
| 14 | catorce | 400 | cuatrocientos(as) |
| 15 | quince | 500 | quinientos(as) |
| 16 | dieciséis (diez y seis) | 600 | seiscientos(as) |
| 17 | diecisiete (diez y siete) | 700 | setecientos(as) |
| 18 | dieciocho (diez y ocho) | 800 | ochocientos(as) |
| 19 | diecinueve (diez y nueve) | 900 | novecientos(as) |
| 20 | veinte | 1000 | mil |
| 21 | veintiún, veintiuno, veintiuna (veinte y un[o, a]) | 1100 | mil ciento (mil cien) |
| 22 | veintidós (veinte y dos) | 1500 | mil quinientos(as) |
| 23 | veintitrés (veinte y tres) | 2000 | dos mil |
| 24 | veinticuatro (veinte y cuatro) | 100 000 | cien mil |
| 25 | veinticinco (veinte y cinco) | 200 000 | doscientos(as) mil |
| 26 | veintiséis (veinte y seis) | 1 000 000 | un millón (de) |
| 27 | veintisiete (veinte y siete) | 2 000 000 | dos millones (de) |
| 28 | veintiocho (veinte y ocho) | 2 500 000 | dos millones quinientos(as) mil |

# Ordinal Numbers

| | | | |
|---|---|---|---|
| 1st | primer(o, a) | 6th | sexto(a) |
| 2nd | segundo(a) | 7th | séptimo(a) |
| 3rd | tercer(o, a) | 8th | octavo(a) |
| 4th | cuarto(a) | 9th | noveno(a) |
| 5th | quinto(a) | 10th | décimo(a) |

**A.** Cardinal numbers are invariable …

cuatro hermanas y cinco hermanos          *four sisters and five brothers*

except **ciento** and **uno** and their compound forms:

| | |
|---|---|
| doscientas personas | *two hundred people* |
| un viudo y una viuda | *a widower and a widow* |
| treinta y una familias | *thirty-one families* |
| veintiún maridos y veintiuna esposas | *twenty-one husbands and twenty-one wives* |

**B. Ciento** becomes **cien** before a noun or before **mil** or **millones.**

*Cien años de soledad* es una novela famosa de Gabriel García Márquez.          *One Hundred Years of Solitude is a famous novel by Gabriel García Márquez.*

Hace cien mil años el hombre neandertal vivía en España.          *One hundred thousand years ago Neanderthal man lived in Spain.*

**C.** Above 999 **mil** must be used.

En mil novecientos cincuenta y nueve Fidel Castro llegó al poder en Cuba.          *In nineteen (hundred) fifty-nine Fidel Castro came to power in Cuba.*

**D. Un millón de** (**dos millones de,** etc.) are used for millions.

España tiene unos 46 millones de habitantes.          *Spain has about 46 million inhabitants.*

**E.** Ordinal numbers have to agree in gender with the nouns they modify.

| | |
|---|---|
| la décima vez | *the tenth time* |
| el noveno día | *the ninth day* |

**F.** The final **o** of **primero** and **tercero** is dropped before a masculine singular noun.

¿Es el primer o el tercer día del mes?          *Is it the first or third day of the month?*

**G. El primero** is used in dates for the first of the month; cardinal numbers are used for other days of the month.

El primero de mayo es el Día del Trabajo; el cinco de mayo es el día de la batalla de Puebla contra los franceses en México.          *The first of May is Labor Day; the fifth of May is the day of the battle of Puebla against the French in Mexico.*

**H.** Ordinal numbers are used with names of kings or queens up to **décimo(a),** *tenth*; beyond that cardinal numbers are normally used.

Isabel Primera (I)          Carlos Quinto (V)          Alfonso Doce (XII)

**I.** Note that ordinal numbers are used for fractions up to *tenth,* except that **medio** is used for *half* and **tercio** for *third.* **La mitad (de algo)** is used for *half of a definite amount.*

| | |
|---|---|
| una cucharada y media | *a teaspoon and a half* |
| medio segundo | *half a second* |
| la mitad de una manzana | *half an apple* |
| dos tercios del trabajo | *two-thirds of the work* |
| un cuarto (quinto) del libro | *a fourth (fifth) of the book* |

# Days of the Week

| | | | | | |
|---|---|---|---|---|---|
| domingo | *Sunday* | miércoles | *Wednesday* | sábado | *Saturday* |
| lunes | *Monday* | jueves | *Thursday* | | |
| martes | *Tuesday* | viernes | *Friday* | | |

# Months of the Year

| | | | | | |
|---|---|---|---|---|---|
| enero | *January* | mayo | *May* | se(p)tiembre | *September* |
| febrero | *February* | junio | *June* | octubre | *October* |
| marzo | *March* | julio | *July* | noviembre | *November* |
| abril | *April* | agosto | *August* | diciembre | *December* |

# Seasons

| | | | |
|---|---|---|---|
| la primavera | *spring* | el otoño | *autumn* |
| el verano | *summer* | el invierno | *winter* |

# Time of Day

The verb **ser** is used to tell time in Spanish.

| | |
|---|---|
| ¿Qué hora es? | *What time is it?* |
| Era la una. | *It was one o'clock.* |
| Son las tres en punto. | *It's exactly three o'clock.* |
| Serán las diez y media. | *It must be 10:30.* |
| Son las cuatro y cuarto (quince). | *It's 4:15.* |
| Son las siete menos diez. | *It's 6:50.* |
| Eran las nueve y veinte de la noche. | *It was 9:20 at night.* |

# Use of Prepositions

**A.** Verbs that are followed by **a** before an infinitive:

| | | | | |
|---|---|---|---|---|
| **acostumbrarse a** | to get used to | | **enseñar a** | to teach (how) to |
| **aprender a** | to learn (how) to | | **enviar a** | to send to |
| **atreverse a** | to dare to | | **invitar a** | to invite to |
| **ayudar a** | to help to | | **ir a** | to go to |
| **bajar a** | to come down to | | **obligar a** | to force or oblige to |
| **comenzar a** | to begin to | | **oponerse a** | to oppose |
| **contribuir a** | to contribute to | | **pasar a** | to go to |
| **correr a** | to run to | | **salir a** | to go out to |
| **decidirse a** | to decide to | | **venir a** | to come to |
| **empezar a** | to begin to | | **volver a** | to do (something) again |

**B.** Verbs followed by **a** before an object:

| | | | | |
|---|---|---|---|---|
| **acercarse a** | to approach | | **jugar a** | to play |
| **acostumbrarse a** | to get used to | | **llegar a** | to arrive (at) |
| **asistir a** | to attend | | **manejar a** | to drive to |
| **bajar a** | to come down to | | **oler a** | to smell of |
| **contribuir a** | to contribute to | | **oponerse a** | to oppose |
| **correr a** | to run to | | **pasar a** | to go to |
| **corresponder a** | to correspond to | | **referirse a** | to refer to |
| **dar a** | to face | | **salir a** | to go out to |
| **dirigir a** | to direct to | | **subir a** | to get on |
| **invitar a** | to invite | | **venir a** | to come to |
| **ir a** | to go to | | **volver a** | to return to |

**C.** Verbs followed by **con** before an object:

| | | | | |
|---|---|---|---|---|
| **acabar con** | to finish, put an end to | | **encontrarse con** | to run into, meet |
| **amenazar con** | to threaten with | | **enfrentarse con** | to face |
| **casarse con** | to marry | | **romper con** | to break (up) with |
| **consultar con** | to consult with | | **soñar con** | to dream about |
| **contar con** | to count on | | | |

**D.** Verbs followed by **de** before an infinitive:

| | | | | |
|---|---|---|---|---|
| **acabar de** | to have just | | **dejar de** | to stop |
| **acordarse de** | to remember to | | **haber de** | to be supposed to |
| **alegrarse de** | to be happy to | | **olvidarse de** | to forget to |
| **cansarse de** | to get tired of | | **tratar de** | to try to |

**E.** Verbs followed by **de** before an object:

| | | | |
|---|---|---|---|
| **acordarse de** | to remember | **equivocarse de** | to (verb) the wrong (noun)* |
| **arrepentirse de** | to regret | **gozar de** | to enjoy |
| **bajarse de** | to get off | **jactarse de** | to boast about |
| **burlarse de** | to make fun of | **olvidarse de** | to forget |
| **cansarse de** | to get tired of | **padecer de** | to suffer from |
| **constar de** | to consist of | **preocuparse de** | to worry about |
| **cuidar(se) de** | to take care of (oneself) | **quejarse de** | to complain about |
| **darse cuenta de** | to realize | **reírse de** | to laugh at |
| **depender de** | to depend on | **salir de** | to leave |
| **despedirse de** | to say good-bye to | **servir de** | to serve as |
| **disfrutar de** | to enjoy | **sufrir de** | to suffer from |
| **enamorarse de** | to fall in love with | **tratar de** | to deal with, be about |

**F.** Verbs followed by **en** before an infinitive:

| | | | |
|---|---|---|---|
| **consentir en** | to consent to | **tardar en** | to delay in, take (so long, so much time) to |
| **insistir en** | to insist on | | |

**G.** Verbs followed by **en** before an object:

| | | | |
|---|---|---|---|
| **confiar en** | to trust in, to | **fijarse en** | to notice |
| **convertirse en** | to change into | **fracasar en** | to fail |
| **entrar en** | to go in, enter | **influir en** | to influence |
| **especializarse en** | to major in | **pensar en** | to think about |

**H.** Verbs followed by **por** before an infinitive:

| | |
|---|---|
| **preocuparse por** | to worry about |

**I.** Verbs followed by **por** before an object:

| | | | |
|---|---|---|---|
| **estar por** | to be in favor of | **preocuparse por** | to worry about; take care of |
| **luchar por** | to fight for | **votar por** | to vote for |
| **preguntar por** | to ask about | | |

---

*Me equivoqué de autobús.* *I took the wrong bus.* **Me equivoqué de puerta.** *I went to the wrong door.*

# Regular Verbs

## Simple Tenses

| | Present | Imperfect | Preterit | Future | Conditional |
|---|---|---|---|---|---|
| **hablar** | hablo | hablaba | hablé | hablaré | hablaría |
| | hablas | hablabas | hablaste | hablarás | hablarías |
| | habla | hablaba | habló | hablará | hablaría |
| | hablamos | hablábamos | hablamos | hablaremos | hablaríamos |
| | habláis | hablabais | hablasteis | hablaréis | hablaríais |
| | hablan | hablaban | hablaron | hablarán | hablarían |
| **comer** | como | comía | comí | comeré | comería |
| | comes | comías | comiste | comerás | comerías |
| | come | comía | comió | comerá | comería |
| | comemos | comíamos | comimos | comeremos | comeríamos |
| | coméis | comíais | comisteis | comeréis | comeríais |
| | comen | comían | comieron | comerán | comerían |
| **vivir** | vivo | vivía | viví | viviré | viviría |
| | vives | vivías | viviste | vivirás | vivirías |
| | vive | vivía | vivió | vivirá | viviría |
| | vivimos | vivíamos | vivimos | viviremos | viviríamos |
| | vivís | vivíais | vivisteis | viviréis | viviríais |
| | viven | vivían | vivieron | vivirán | vivirían |

# Simple Tenses

| | Present Subjunctive | Imperfect Subjunctive | Imperative |
|---|---|---|---|
| **hablar** | hable | hablara (se) | — |
| | hables | hablaras (ses) | habla (no hables) |
| | hable | hablara (se) | hable |
| | hablemos | habláramos (semos) | hablemos |
| | habléis | hablarais (seis) | hablad (no habléis) |
| | hablen | hablaran (sen) | hablen |
| **comer** | coma | comiera (se) | — |
| | comas | comieras (ses) | come (no comas) |
| | coma | comiera (se) | coma |
| | comamos | comiéramos (semos) | comamos |
| | comáis | comierais (seis) | comed (no comáis) |
| | coman | comieran (sen) | coman |
| **vivir** | viva | viviera (se) | — |
| | vivas | vivieras (ses) | vive (no vivas) |
| | viva | viviera (se) | viva |
| | vivamos | viviéramos (semos) | vivamos |
| | viváis | vivierais (seis) | vivid (no viváis) |
| | vivan | vivieran (sen) | vivan |

# Perfect Tenses

|  | Present Perfect | Past Perfect | Future Perfect | Conditional Perfect |
|---|---|---|---|---|
| **hablado** | he hablado | había hablado | habré hablado | habría hablado |
|  | has hablado | habías hablado | habrás hablado | habrías hablado |
|  | ha hablado | había hablado | habrá hablado | habría hablado |
|  | hemos hablado | habíamos hablado | habremos hablado | habríamos hablado |
|  | habéis hablado | habíais hablado | habréis hablado | habríais hablado |
|  | han hablado | habían hablado | habrán hablado | habrían hablado |
| **comido** | he comido | había comido | habré comido | habría comido |
|  | has comido | habías comido | habrás comido | habrías comido |
|  | ha comido | había comido | habrá comido | habría comido |
|  | hemos comido | habíamos comido | habremos comido | habríamos comido |
|  | habéis comido | habíais comido | habréis comido | habríais comido |
|  | han comido | habían comido | habrán comido | habrían comido |
| **vivido** | he vivido | había vivido | habré vivido | habría vivido |
|  | has vivido | habías vivido | habrás vivido | habrías vivido |
|  | ha vivido | había vivido | habrá vivido | habría vivido |
|  | hemos vivido | habíamos vivido | habremos vivido | habríamos vivido |
|  | habéis vivido | habíais vivido | habréis vivido | habríais vivido |
|  | han vivido | habían vivido | habrán vivido | habrían vivido |

# Progressive Tenses

|  | Present Progressive | Past Progressive |  | Present Progressive |
|---|---|---|---|---|
| **hablando** | estoy hablando | estaba hablando | **comiendo** | estoy comiendo |
|  | estás hablando | estabas hablando |  | estás comiendo |
|  | está hablando | estaba hablando |  | está comiendo |
|  | estamos hablando | estábamos hablando |  | estamos comiendo |
|  | estáis hablando | estabais hablando |  | estáis comiendo |
|  | están hablando | estaban hablando |  | están comiendo |

# Perfect Tenses

| Present Perfect Subjunctive | Past Perfect Subjunctive |
|---|---|
| haya hablado | hubicra (se) hablado |
| hayas hablado | hubieras (ses) hablado |
| haya hablado | hubiera (se) hablado |
| hayamos hablado | hubiéramos (semos) hablado |
| hayáis hablado | hubierais (seis) hablado |
| hayan hablado | hubieran (sen) hablado |
| haya comido | hubiera (se) comido |
| hayas comido | hubieras (ses) comido |
| haya comido | hubiera (se) comido |
| hayamos comido | hubiéramos (semos) comido |
| hayáis comido | hubierais (seis) comido |
| hayan comido | hubieran (sen) comido |
| haya vivido | hubiera (se) vivido |
| hayas vivido | hubieras (ses) vivido |
| haya vivido | hubiera (se) vivido |
| hayamos vivido | hubiéramos (semos) vivido |
| hayáis vivido | hubierais (seis) vivido |
| hayan vivido | hubieran (sen) vivido |

# Progressive Tenses

| Past Progressive | | Present Progressive | Past Progressive |
|---|---|---|---|
| estaba comiendo | vivendo | estoy viviendo | estaba viviendo |
| estabas comiendo | | estás viviendo | estabas viviendo |
| estaba comiendo | | está viviendo | estaba viviendo |
| estábamos comiendo | | estamos viviendo | estábamos viviendo |
| estabais comiendo | | estáis viviendo | estabais viviendo |
| estaban comiendo | | están viviendo | estaban viviendo |

# Spelling-Changing, Stem-Changing, and Irregular Verbs

## Orthographic Changes

Some rules to help you conjugate verbs that have orthographic (spelling) changes are:

1. A **c** before **a, o,** or **u** is pronounced like a *k* in English; a **c** before **e** or **i** is pronounced like *s* (except in certain parts of Spain, where it is pronounced like *th*). A **c** changes to **qu** before **e** or **i** to preserve the *k* sound.

2. A **g** before **a, o,** or **u** is pronounced like a *g* in English, but before **e** or **i** it is pronounced like a Spanish **j** (*h* in English). Before **e** or **i, g** is often changed to **gu** to preserve the *g* sound. Similarly, a **g** may be changed to **j** to preserve the *h* sound before **a, o,** or **u.**

3. A **z** is changed to **c** before **e** or **i.**

4. An unstressed **i** between two vowels is changed to **y.**

Examples of orthographic changes are noted in the list of verbs that follows.

## Verb Index

In the following list, the numbers in parentheses refer to the verbs conjugated in the charts on pages 304–315. Footnotes are on page 315.

**acordar** o *to* ue (*see* contar)
**acostar** o *to* ue (*see* contar)
**adquirir** i *to* ie, i (*see* sentir)
**agradecer** c *to* zc (*see* conocer)
**alargar** g *to* gu[1]
**almorzar** o *to* ue, z *to* c[2] (*see* contar)
**analizar** z *to* c[2]
**andar** (1)
**apagar** g *to* gu[1]
**aparecer** c *to* zc (*see* conocer)
**aplicar** c *to* qu[3]
**aprobar** o *to* ue (*see* contar)
**arrepentirse** e *to* ie, i (*see* sentir)
**atacar** c *to* qu[3]
**atender** e *to* ie (*see* perder)
**buscar** c *to* qu[3]

**caber** (2)
**caer** (3)
**cerrar** e *to* ie (*see* pensar)
**comenzar** e *to* ie, z *to* c[2] (*see* pensar)
**componer** (*see* poner)
**concluir** y[4] (*see* huir)
**conducir** (4) c *to* zc, j
**confiar** (*see* enviar)
**conocer** (5) c *to* zc
**conseguir**[6] (*see* seguir)
**construir** y[4] (*see* huir)
**contar** (6) o *to* ue
**contribuir** y[4] (*see* huir)
**costar** o *to* ue (*see* contar)
**crecer** c *to* zc
**creer** (7) i *to* y[5]

**criticar** c *to* qu[3]
**cruzar** z *to* c[2]
**dar** (8)
**decir** (9)
**defender** e *to* ie (*see* perder)
**demostrar** o *to* ue (*see* contar)
**desaparecer** c *to* zc (*see* conocer)
**despedir** e *to* i (*see* pedir)
**despertar** e *to* ie (*see* pensar)
**destruir** y[4] (*see* huir)
**detener** (*see* tener)
**diagnosticar** c *to* qu[3]
**dirigir** g *to* j
**divertirse** e *to* ie, i (*see* sentir)
**doler** o *to* ue (*see* volver)
**dormir** (10) o *to* ue, u

elegir e *to* ie, j (*see* pedir)
empezar e *to* ie, z *to* c$^2$ (*see* pensar)
encontrar o *to* ue (*see* contar)
enriquecer c *to* zc (*see* conocer)
entender e *to* ie (*see* perder)
enviar (11)
envolver o *to* ue (*see* volver)
escoger g *to* j
establecer c *to* zc (*see* conocer)
estar (12)
exigir g *to* j
explicar c *to* qu$^3$
extender e *to* ie (*see* perder)
favorecer c *to* zc (*see* conocer)
gozar z *to* c$^2$
haber (13)
hacer (14)
herir e *to* ie, i (*see* sentir)
hervir e *to* i (*see* pedir)
huir (15) y$^4$
impedir e *to* i (*see* pedir)
influir y$^4$ (*see* huir)
intervenir (*see* venir)
introducir c *to* zc, j (*see* conducir)
invertir e *to* ie, i (*see* sentir)
ir (16)
jugar (17) g *to* gu$^1$
justificar c *to* qu$^3$
juzgar g *to* gu$^1$
leer i *to* y$^5$ (*see* creer)
llegar g *to* gu$^1$
llover o *to* ue (*see* volver)

mantener (*see* tener)
mentir e *to* ie, i (*see* sentir)
merecer c *to* zc (*see* conocer)
morir o *to* ue, u (*see* dormir)
mostrar o *to* ue (*see* contar)
nacer c *to* zc (*see* conocer)
negar e *to* ie, g *to* gu$^1$ (*see* pensar)
nevar e *to* ie (*see* pensar)
obtener (*see* tener)
ofrecer c *to* zc (*see* conocer)
oír (18)
oponer (*see* poner)
padecer c *to* zc (*see* conocer)
pagar g *to* gu$^1$
parecer c *to* zc (*see* conocer)
pedir (19) e *to* i
pensar (20) e *to* ie
perder (21) e *to* ie
pertenecer c *to* zc (*see* conocer)
poder (22)
poner (23)
preferir e *to* ie, i (*see* sentir)
probar o *to* ue (*see* contar)
producir c *to* zc, j (*see* conducir)
publicar c *to* qu$^3$
quebrar e *to* ie (*see* pensar)
querer (24)
reaparecer c *to* zc (*see* conocer)
reconocer c *to* zc (*see* conocer)
recordar o *to* ue (*see* contar)
reducir c *to* zc, j (*see* conducir)
reír (25)

renacer c *to* zc (*see* conocer)
repetir e *to* i (*see* pedir)
resolver o *to* ue (*see* volver)
rezar z *to* c$^2$
rogar o *to* ue, g *to* gu$^1$ (*see* contar)
saber (26)
salir (27)
seguir e *to* i, gu *to* g$^6$ (*see* pedir)
sembrar e *to* ie (*see* pensar)
sentar e *to* ie (*see* pensar)
sentir (28) e *to* ie, i
ser (29)
servir e *to* i (*see* pedir)
sonreír (*see* reír)
soñar o *to* ue (*see* contar)
sostener (*see* tener)
sugerir e *to* ie, i (*see* sentir)
tener (30)
tocar c *to* qu$^3$
traducir c *to* zc, j (*see* conducir)
traer (31)
tropezar e *to* ie, z *to* c$^2$ (*see* pensar)
utilizar z *to* c$^2$
valer (32)
vencer c *to* z
venir (33)
ver (34)
vestir e *to* i (*see* pedir)
visualizar z *to* c$^2$
volar o *to* ue (*see* contar)
volver (35) o *to* ue

# Verb Conjugations

| Infinitive | Indicative | | | | |
|---|---|---|---|---|---|
| | Present | Imperfect | Preterit | Future | Conditional |
| **1. andar** | ando | andaba | anduve | andaré | andaría |
| | andas | andabas | anduviste | andarás | andarías |
| | anda | andaba | anduvo | andará | andaría |
| | andamos | andábamos | anduvimos | andaremos | andaríamos |
| | andáis | andabais | anduvisteis | andaréis | andaríais |
| | andan | andaban | anduvieron | andarán | andarían |
| **2. caber** | quepo | cabía | cupe | cabré | cabría |
| | cabes | cabías | cupiste | cabrás | cabrías |
| | cabe | cabía | cupo | cabrá | cabría |
| | cabemos | cabíamos | cupimos | cabremos | cabríamos |
| | cabéis | cabíais | cupisteis | cabréis | cabríais |
| | caben | cabían | cupieron | cabrán | cabrían |
| **3. caer** | caigo | caía | caí | caeré | caería |
| | caes | caías | caíste | caerás | caerías |
| | cae | caía | cayó | caerá | caería |
| | caemos | caíamos | caímos | caeremos | caeríamos |
| | caéis | caíais | caísteis | caeréis | caeríais |
| | caen | caían | cayeron | caerán | caerían |
| **4. conducir** | conduzco | conducía | conduje | conduciré | conduciría |
| | conduces | conducías | condujiste | conducirás | conducirías |
| | conduce | conducía | condujo | conducirá | conduciría |
| | conducimos | conducíamos | condujimos | conduciremos | conduciríamos |
| | conducís | conducíais | condujisteis | conduciréis | conduciríais |
| | conducen | conducían | condujeron | conducirán | conducirían |
| **5. conocer** | conozco | conocía | conocí | conoceré | conocería |
| | conoces | conocías | conociste | conocerás | conocerías |
| | conoce | conocía | conoció | conocerá | conocería |
| | conocemos | conocíamos | conocimos | conoceremos | conoceríamos |
| | conocéis | conocíais | conocisteis | conoceréis | conoceríais |
| | conocen | conocían | conocieron | conocerán | conocerían |
| **6. contar** | cuento | contaba | conté | contaré | contaría |
| | cuentas | contabas | contaste | contarás | contarías |
| | cuenta | contaba | contó | contará | contaría |
| | contamos | contábamos | contamos | contaremos | contaríamos |
| | contáis | contabais | contasteis | contaréis | contaríais |
| | cuentan | contaban | contaron | contarán | contarían |

| Subjunctive | | Commands | Participles | |
| --- | --- | --- | --- | --- |
| Present | Imperfect | | Present | Past |
| ande | anduviera (se) | — | andando | andado |
| andes | anduvieras (ses) | anda (no andes) | | |
| ande | anduviera (se) | ande | | |
| andemos | anduviéramos (semos) | andemos | | |
| andéis | anduvierais (seis) | andad (no andéis) | | |
| anden | anduvieran (sen) | anden | | |
| quepa | cupiera (se) | — | cabiendo | cabido |
| quepas | cupieras (ses) | cabe (no quepas) | | |
| quepa | cupiera (se) | quepa | | |
| quepamos | cupiéramos (semos) | quepamos | | |
| quepáis | cupierais (seis) | cabed (no quepáis) | | |
| quepan | cupieran (sen) | quepan | | |
| caiga | cayera (se) | — | cayendo | caído |
| caigas | cayeras (ses) | cae (no caigas) | | |
| caiga | cayera (se) | caiga | | |
| caigamos | cayéramos (semos) | caigamos | | |
| caigáis | cayerais (seis) | caed (no caigáis) | | |
| caigan | cayeran (sen) | caigan | | |
| conduzca | condujera (se) | — | conduciendo | conducido |
| conduzcas | condujeras (ses) | conduce (no conduzcas) | | |
| conduzca | condujera (se) | conduzca | | |
| conduzcamos | condujéramos (semos) | conduzcamos | | |
| conduzcáis | condujerais (seis) | conducid (no conduzcáis) | | |
| conduzcan | condujeran (sen) | conduzcan | | |
| conozca | conociera (se) | — | conociendo | conocido |
| conozcas | conocieras (ses) | conoce (no conozcas) | | |
| conozca | conociera (se) | conozca | | |
| conozcamos | conociéramos (semos) | conozcamos | | |
| conozcáis | conocierais (seis) | conoced (no conozcáis) | | |
| conozcan | conocieran (sen) | conozcan | | |
| cuente | contara (se) | — | contando | contado |
| cuentes | contaras (ses) | cuenta (no cuentes) | | |
| cuente | contara (se) | cuente | | |
| contemos | contáramos (semos) | contemos | | |
| contéis | contarais (seis) | contad (no contéis) | | |
| cuenten | contaran (sen) | cuenten | | |

| Infinitive | Indicative | | | | |
|---|---|---|---|---|---|
| | Present | Imperfect | Preterit | Future | Conditional |
| **7. creer** | creo | creía | creí | creeré | creería |
| | crees | creías | creíste | creerás | creerías |
| | cree | creía | creyó | creerá | creería |
| | creemos | creíamos | creímos | creeremos | creeríamos |
| | creéis | creíais | creísteis | creeréis | creeríais |
| | creen | creían | creyeron | creerán | creerían |
| **8. dar** | doy | daba | di | daré | daría |
| | das | dabas | diste | darás | darías |
| | da | daba | dio | dará | daría |
| | damos | dábamos | dimos | daremos | daríamos |
| | dais | dabais | disteis | daréis | daríais |
| | dan | daban | dieron | darán | darían |
| **9. decir** | digo | decía | dije | diré | diría |
| | dices | decías | dijiste | dirás | dirías |
| | dice | decía | dijo | dirá | diría |
| | decimos | decíamos | dijimos | diremos | diríamos |
| | decís | decíais | dijisteis | diréis | diríais |
| | dicen | decían | dijeron | dirán | dirían |
| **10. dormir** | duermo | dormía | dormí | dormiré | dormiría |
| | duermes | dormías | dormiste | dormirás | dormirías |
| | duerme | dormía | durmió | dormirá | dormiría |
| | dormimos | dormíamos | dormimos | dormiremos | dormiríamos |
| | dormís | dormíais | dormisteis | dormiréis | dormiríais |
| | duermen | dormían | durmieron | dormirán | dormirían |
| **11. enviar** | envío | enviaba | envié | enviaré | enviaría |
| | envías | enviabas | enviaste | enviarás | enviarías |
| | envía | enviaba | envió | enviará | enviaría |
| | enviamos | enviábamos | enviamos | enviaremos | enviaríamos |
| | enviáis | enviabais | enviasteis | enviaréis | enviaríais |
| | envían | enviaban | enviaron | enviarán | enviarían |
| **12. estar** | estoy | estaba | estuve | estaré | estaría |
| | estás | estabas | estuviste | estarás | estarías |
| | está | estaba | estuvo | estará | estaría |
| | estamos | estábamos | estuvimos | estaremos | estaríamos |
| | estáis | estabais | estuvisteis | estaréis | estaríais |
| | están | estaban | estuvieron | estarán | estarían |

| Subjunctive | | Commands | Participles | |
| Present | Imperfect | | Present | Past |
| --- | --- | --- | --- | --- |
| crea | creyera (se) | — | creyendo | creído |
| creas | creyeras (ses) | cree (no creas) | | |
| crea | creyera (se) | crea | | |
| creamos | creyéramos (semos) | creamos | | |
| creáis | creyerais (seis) | creed (no creáis) | | |
| crean | creyeran (sen) | crean | | |
| dé | diera (se) | — | dando | dado |
| des | dieras (ses) | da (no des) | | |
| dé | diera (se) | dé | | |
| demos | diéramos (semos) | demos | | |
| deis | dierais (seis) | dad (no deis) | | |
| den | dieran (sen) | den | | |
| diga | dijera (se) | — | diciendo | dicho |
| digas | dijeras (ses) | di (no digas) | | |
| diga | dijera (se) | diga | | |
| digamos | dijéramos (semos) | digamos | | |
| digáis | dijerais (seis) | decid (no digáis) | | |
| digan | dijeran (sen) | digan | | |
| duerma | durmiera (se) | — | durmiendo | dormido |
| duermas | durmieras (ses) | duerme (no duermas) | | |
| duerma | durmiera (se) | duerma | | |
| durmamos | durmiéramos (semos) | durmamos | | |
| durmáis | durmierais (seis) | dormid (no durmáis) | | |
| duerman | durmieran (sen) | duerman | | |
| envíe | enviara (se) | — | enviando | enviado |
| envíes | enviaras (ses) | envía (no envíes) | | |
| envíe | enviara (se) | envíe | | |
| enviemos | enviáramos (semos) | enviemos | | |
| enviéis | enviarais (seis) | enviad (no enviéis) | | |
| envíen | enviaran (sen) | envíen | | |
| esté | estuviera (se) | — | estando | estado |
| estés | estuvieras (ses) | está (no estés) | | |
| esté | estuviera (se) | esté | | |
| estemos | estuviéramos (semos) | estemos | | |
| estéis | estuvierais (seis) | estad (no estéis) | | |
| estén | estuvieran (sen) | estén | | |

| Infinitive | Indicative | | | | |
|---|---|---|---|---|---|
| | **Present** | **Imperfect** | **Preterit** | **Future** | **Conditional** |
| **13. haber** | he | había | hube | habré | habría |
| | has | habías | hubiste | habrás | habrías |
| | ha | había | hubo | habrá | habría |
| | hemos | habíamos | hubimos | habremos | habríamos |
| | habéis | habíais | hubisteis | habréis | habríais |
| | han | habían | hubieron | habrán | habrían |
| **14. hacer** | hago | hacía | hice | haré | haría |
| | haces | hacías | hiciste | harás | harías |
| | hace | hacía | hizo | hará | haría |
| | hacemos | hacíamos | hicimos | haremos | haríamos |
| | hacéis | hacíais | hicisteis | haréis | haríais |
| | hacen | hacían | hicieron | harán | harían |
| **15. huir** | huyo | huía | huí | huiré | huiría |
| | huyes | huías | huiste | huirás | huirías |
| | huye | huía | huyó | huirá | huiría |
| | huimos | huíamos | huimos | huiremos | huiríamos |
| | huís | huíais | huisteis | huiréis | huiríais |
| | huyen | huían | huyeron | huirán | huirían |
| **16. ir** | voy | iba | fui | iré | iría |
| | vas | ibas | fuiste | irás | irías |
| | va | iba | fue | irá | iría |
| | vamos | íbamos | fuimos | iremos | iríamos |
| | vais | ibais | fuisteis | iréis | iríais |
| | van | iban | fueron | irán | irían |
| **17. jugar** | juego | jugaba | jugué | jugaré | jugaría |
| | juegas | jugabas | jugaste | jugarás | jugarías |
| | juega | jugaba | jugó | jugará | jugaría |
| | jugamos | jugábamos | jugamos | jugaremos | jugaríamos |
| | jugáis | jugabais | jugasteis | jugaréis | jugaríais |
| | juegan | jugaban | jugaron | jugarán | jugarían |
| **18. oír** | oigo | oía | oí | oiré | oiría |
| | oyes | oías | oíste | oirás | oirías |
| | oye | oía | oyó | oirá | oiría |
| | oímos | oíamos | oímos | oiremos | oiríamos |
| | oís | oíais | oísteis | oiréis | oiríais |
| | oyen | oían | oyeron | oirán | oirían |

| Subjunctive | | Commands | Participles | |
|---|---|---|---|---|
| **Present** | **Imperfect** | | **Present** | **Past** |
| haya | hubiera (se) | | habiendo | habido |
| hayas | hubieras (ses) | | | |
| haya | hubiera (se) | | | |
| hayamos | hubiéramos (semos) | | | |
| hayáis | hubierais (seis) | | | |
| hayan | hubieran (sen) | | | |
| haga | hiciera (se) | — | haciendo | hecho |
| hagas | hicieras (ses) | haz (no hagas) | | |
| haga | hiciera (se) | haga | | |
| hagamos | hiciéramos (semos) | hagamos | | |
| hagáis | hicierais (seis) | haced (no hagáis) | | |
| hagan | hicieran (sen) | hagan | | |
| huya | huyera (se) | — | huyendo | huido |
| huyas | huyeras (ses) | huye (no huyas) | | |
| huya | huyera (se) | huya | | |
| huyamos | huyéramos (semos) | huyamos | | |
| huyáis | huyerais (seis) | huid (no huyáis) | | |
| huyan | huyeran (sen) | huyan | | |
| vaya | fuera (se) | — | yendo | ido |
| vayas | fueras (ses) | ve (no vayas) | | |
| vaya | fuera (se) | vaya | | |
| vayamos | fuéramos (semos) | vayamos | | |
| vayáis | fuerais (seis) | id (no vayáis) | | |
| vayan | fueran (sen) | vayan | | |
| juegue | jugara (se) | — | jugando | jugado |
| juegues | jugaras (ses) | juega (no juegues) | | |
| juegue | jugara (se) | juegue | | |
| juguemos | jugáramos (semos) | juguemos | | |
| juguéis | jugarais (seis) | jugad (no jugéis) | | |
| jueguen | jugaran (sen) | jueguen | | |
| oiga | oyera (se) | — | oyendo | oído |
| oigas | oyeras (ses) | oye (no oigas) | | |
| oiga | oyera (se) | oiga | | |
| oigamos | oyéramos (semos) | oigamos | | |
| oigáis | oyerais (seis) | oíd (no oigáis) | | |
| oigan | oyeran (sen) | oigan | | |

| Infinitive | Indicative | | | | |
|---|---|---|---|---|---|
| | Present | Imperfect | Preterit | Future | Conditional |
| **19. pedir** | pido | pedía | pedí | pediré | pediría |
| | pides | pedías | pediste | pedirás | pedirías |
| | pide | pedía | pidió | pedirá | pediría |
| | pedimos | pedíamos | pedimos | pediremos | pediríamos |
| | pedís | pedíais | pedisteis | pediréis | pediríais |
| | piden | pedían | pidieron | pedíran | pedíran |
| **20. pensar** | pienso | pensaba | pensé | pensaré | pensaría |
| | piensas | pensabas | pensaste | pensarás | pensarías |
| | piensa | pensaba | pensó | pensará | pensaría |
| | pensamos | pensábamos | pensamos | pensaremos | pensaríamos |
| | pensáis | pensabais | pensasteis | pensaréis | pensaríais |
| | piensan | pensaban | pensaron | pensarán | pensarían |
| **21. perder** | pierdo | perdía | perdí | perderé | perdería |
| | pierdes | perdías | perdiste | perderás | perderías |
| | pierde | perdía | perdió | perderá | perdería |
| | perdemos | perdíamos | perdimos | perderemos | perderíamos |
| | perdéis | perdíais | perdisteis | perderéis | perderíais |
| | pierden | perdían | perdieron | perderán | perderían |
| **22. poder** | puedo | podía | pude | podré | podría |
| | puedes | podías | pudiste | podrás | podrías |
| | puede | podía | pudo | podrá | podría |
| | podemos | podíamos | pudimos | podremos | podríamos |
| | podéis | podíais | pudisteis | podréis | podríais |
| | pueden | podían | pudieron | podrán | podrían |
| **23. poner** | pongo | ponía | puse | pondré | pondría |
| | pones | ponías | pusiste | pondrás | pondrías |
| | pone | ponía | puso | pondrá | pondría |
| | ponemos | poníamos | pusimos | pondremos | pondríamos |
| | ponéis | poníais | pusisteis | pondréis | pondríais |
| | ponen | ponían | pusieron | pondrán | pondrían |
| **24. querer** | quiero | quería | quise | querré | querría |
| | quieres | querías | quisiste | querrás | querrías |
| | quiere | quería | quiso | querrá | querría |
| | queremos | queríamos | quisimos | querremos | querríamos |
| | queréis | queríais | quisisteis | querréis | querríais |
| | quieren | querían | quisieron | querrán | querrían |

| Subjunctive | | Commands | Participles | |
|---|---|---|---|---|
| Present | Imperfect | | Present | Past |
| pida | pidiera (se) | — | pidiendo | pedido |
| pidas | pidieras (ses) | pide (no pidas) | | |
| pida | pidiera (se) | pida | | |
| pidamos | pidiéramos (semos) | pidamos | | |
| pidáis | pidierais (seis) | pedid (no pidáis) | | |
| pidan | pidieran (sen) | pidan | | |
| piense | pensara (se) | — | pensando | pensado |
| pienses | pensaras (ses) | piensa (no pienses) | | |
| piense | pensara (se) | piense | | |
| pensemos | pensáramos (semos) | pensemos | | |
| penséis | pensarais (seis) | pensad (no penséis) | | |
| piensen | pensaran (sen) | piensen | | |
| pierda | perdiera (se) | — | perdiendo | perdido |
| pierdas | perdieras (ses) | pierde (no pierdas) | | |
| pierda | perdiera (se) | pierda | | |
| perdamos | perdiéramos (semos) | perdamos | | |
| perdáis | perdierais (seis) | perded (no perdáis) | | |
| pierdan | perdieran (sen) | pierdan | | |
| pueda | pudiera (se) | — | pudiendo | podido |
| puedas | pudieras (ses) | | | |
| pueda | pudiera (se) | | | |
| podamos | pudiéramos (semos) | | | |
| podáis | pudierais (seis) | | | |
| puedan | pudieran (sen) | | | |
| ponga | pusiera (se) | — | poniendo | puesto |
| pongas | pusieras (ses) | pon (no pongas) | | |
| ponga | pusiera (se) | ponga | | |
| pongamos | pusiéramos (semos) | pongamos | | |
| pongáis | pusierais (seis) | poned (no pongáis) | | |
| pongan | pusieran (sen) | pongan | | |
| quiera | quisiera (se) | — | queriendo | querido |
| quieras | quisieras (ses) | quiere (no quieras) | | |
| quiera | quisiera (se) | quiera | | |
| queramos | quisiéramos (semos) | queramos | | |
| queráis | quisierais (seis) | quered (no queráis) | | |
| quieran | quisieran (sen) | quieran | | |

| Infinitive | Indicative | | | | |
|---|---|---|---|---|---|
| | Present | Imperfect | Preterit | Future | Conditional |
| **26. roír** | río | reía | reí | reiré | reiría |
| | ríes | reías | reíste | reirás | reirías |
| | ríe | reía | rio | reirá | reiría |
| | reímos | reíamos | reímos | reiremos | reiríamos |
| | reís | reíais | reísteis | reiréis | reiríais |
| | ríen | reían | rieron | reirán | reirían |
| **26. saber** | sé | sabía | supe | sabré | sabría |
| | sabes | sabías | supiste | sabrás | sabrías |
| | sabe | sabía | supo | sabrá | sabría |
| | sabemos | sabíamos | supimos | sabremos | sabríamos |
| | sabéis | sabíais | supisteis | sabréis | sabríais |
| | saben | sabían | supieron | sabrán | sabrían |
| **27. salir** | salgo | salía | salí | saldré | saldría |
| | sales | salías | saliste | saldrás | saldrías |
| | sale | salía | salió | saldrá | saldría |
| | salimos | salíamos | salimos | saldremos | saldríamos |
| | salís | salíais | salisteis | saldréis | saldríais |
| | salen | salían | salieron | saldrán | saldrían |
| **28. sentir** | siento | sentía | sentí | sentiré | sentiría |
| | sientes | sentías | sentiste | sentirás | sentirías |
| | siente | sentía | sintió | sentirá | sentiría |
| | sentimos | sentíamos | sentimos | sentiremos | sentiríamos |
| | sentís | sentíais | sentisteis | sentiréis | sentiríais |
| | sienten | sentían | sintieron | sentirán | sentirían |
| **29. ser** | soy | era | fui | seré | sería |
| | eres | eras | fuiste | serás | serías |
| | es | era | fue | será | sería |
| | somos | éramos | fuimos | seremos | seríamos |
| | sois | erais | fuisteis | seréis | seríais |
| | son | eran | fueron | serán | serían |
| **30. tener** | tengo | tenía | tuve | tendré | tendría |
| | tienes | tenías | tuviste | tendrás | tendrías |
| | tiene | tenía | tuvo | tendrá | tendría |
| | tenemos | teníamos | tuvimos | tendremos | tendríamos |
| | tenéis | teníais | tuvisteis | tendréis | tendríais |
| | tienen | tenían | tuvieron | tendrán | tendrían |

| | Subjunctive | | Commands | Participles | |
|---|---|---|---|---|---|
| **Present** | **Imperfect** | | | **Present** | **Past** |
| ría | riera (se) | — | | riendo | reído |
| rías | rieras (ses) | ríe (no rías) | | | |
| ría | riera (se) | ría | | | |
| riamos | riéramos (semos) | riamos | | | |
| riáis | rierais (seis) | reíd (no riáis) | | | |
| rían | rieran (sen) | rían | | | |
| sepa | supiera (se) | — | | sabiendo | sabido |
| sepas | supieras (ses) | sabe (no sepas) | | | |
| sepa | supiera (se) | sepa | | | |
| sepamos | supiéramos (semos) | sepamos | | | |
| sepáis | supierais (seis) | sabed (no sepáis) | | | |
| sepan | supieran (sen) | sepan | | | |
| salga | saliera (se) | — | | saliendo | salido |
| salgas | salieras (ses) | sal (no salgas) | | | |
| salga | saliera (se) | salga | | | |
| salgamos | saliéramos (semos) | salgamos | | | |
| salgáis | salierais (seis) | salid (no salgáis) | | | |
| salgan | salieran (sen) | salgan | | | |
| sienta | sintiera (se) | — | | sintiendo | sentido |
| sientas | sintieras (ses) | siente (no sientas) | | | |
| sienta | sintiera (se) | sienta | | | |
| sintamos | sintiéramos (semos) | sintamos | | | |
| sintáis | sintierais (seis) | sentid (no sintáis) | | | |
| sientan | sintieran (sen) | sientan | | | |
| sea | fuera (se) | — | | siendo | sido |
| seas | fueras (ses) | sé (no seas) | | | |
| sea | fuera (se) | sea | | | |
| seamos | fuéramos (semos) | seamos | | | |
| seáis | fuerais (seis) | sed (no seáis) | | | |
| sean | fueran (sen) | sean | | | |
| tenga | tuviera (se) | — | | teniendo | tenido |
| tengas | tuvieras (ses) | ten (no tengas) | | | |
| tenga | tuviera (se) | tenga | | | |
| tengamos | tuviéramos (semos) | tengamos | | | |
| tengáis | tuvierais (seis) | tened (no tengáis) | | | |
| tengan | tuvieran (sen) | tengan | | | |

| Infinitive | Indicative | | | | |
|---|---|---|---|---|---|
| | Present | Imperfect | Preterit | Future | Conditional |
| **31.** traer | traigo | traía | traje | traeré | traería |
| | traes | traías | trajiste | traerás | traerías |
| | trae | traía | trajo | traerá | traería |
| | traemos | traíamos | trajimos | traeremos | traeríamos |
| | traéis | traíais | trajisteis | traeréis | traeríais |
| | traen | traían | trajeron | traerán | traerían |
| **32.** valer | valgo | valía | valí | valdré | valdría |
| | vales | valías | valiste | valdrás | valdrías |
| | vale | valía | valió | valdrá | valdría |
| | valemos | valíamos | valimos | valdremos | valdríamos |
| | valéis | valíais | valisteis | valdréis | valdríais |
| | valen | valían | valieron | valdrán | valdrían |
| **33.** venir | vengo | venía | vine | vendré | vendría |
| | vienes | venías | viniste | vendrás | vendrías |
| | viene | venía | vino | vendrá | vendría |
| | venimos | veníamos | vinimos | vendremos | vendríamos |
| | venís | veníais | vinisteis | vendréis | vendríais |
| | vienen | venían | vinieron | vendrán | vendrían |
| **34.** ver | veo | veía | vi | veré | vería |
| | ves | veías | viste | verás | verías |
| | ve | veía | vio | verá | vería |
| | vemos | veíamos | vimos | veremos | veríamos |
| | veis | veíais | visteis | veréis | veríais |
| | ven | veían | vieron | verán | verían |
| **35.** volver | vuelvo | volvía | volví | volveré | volvería |
| | vuelves | volvías | volviste | volverás | volverías |
| | vuelve | volvía | volvió | volverá | volvería |
| | volvemos | volvíamos | volvimos | volveremos | volveríamos |
| | volvéis | volvíais | volvisteis | volveréis | volveríais |
| | vuelven | volvían | volvieron | volverán | volverían |

| Subjunctive | | Commands | Participles | |
|---|---|---|---|---|
| Present | Imperfect | | Present | Past |
| traiga | trajera (se) | — | trayendo | traído |
| traigas | trajeras (ses) | trae (no traigas) | | |
| traiga | trajera (se) | traiga | | |
| traigamos | trajéramos (semos) | traigamos | | |
| traigáis | trajerais (seis) | traed (no traigáis) | | |
| traigan | trajeran (sen) | traigan | | |
| valga | valiera (se) | — | valiendo | valido |
| valgas | valieras (ses) | val (no valgas) | | |
| valga | valiera (se) | valga | | |
| valgamos | valiéramos (semos) | valgamos | | |
| valgáis | valierais (seis) | valed (no valgáis) | | |
| valgan | valieran (sen) | valgan | | |
| venga | viniera (se) | — | viniendo | venido |
| vengas | vinieras (ses) | ven (no vengas) | | |
| venga | viniera (se) | venga | | |
| vengamos | viniéramos (semos) | vengamos | | |
| vengáis | vinierais (seis) | venid (no vengáis) | | |
| vengan | vinieran (sen) | vengan | | |
| vea | viera (se) | — | viendo | visto |
| veas | vieras (ses) | ve (no veas) | | |
| vea | viera (se) | vea | | |
| veamos | viéramos (semos) | veamos | | |
| veáis | vierais (seis) | ved (no veáis) | | |
| vean | vieran (sen) | vean | | |
| vuelva | volviera (se) | — | volviendo | vuelto |
| vuelvas | volvieras (ses) | vuelve (no vuelvas) | | |
| vuelva | volviera (se) | vuelva | | |
| volvamos | volviéramos (semos) | volvamos | | |
| volváis | volvierais (seis) | volved (no volváis) | | |
| vuelvan | volvieran (sen) | vuelvan | | |

---

[1] In verbs ending in -**gar**, the **g** is changed to **gu** before **e**: **jugué, llegué, negué, pagué, rogué.**

[2] In verbs ending in -**zar**, the **z** is changed to **c** before **e**: **almorcé, analicé, comencé, empecé, especialicé, gocé, recé.**

[3] In verbs ending in -**car**, the **c** is changed to **qu** before an **e**: **ataqué, busqué, critiqué, equivoqué, publiqué.**

[4] In verbs like **concluir**, a **y** is inserted before any ending that does not begin with **i**: **concluyo, construyo, contribuyo, destruyo, huyo.**

[5] An unstressed **i** between two vowels is changed to **y**: **creyó, leyó.**

[6] In verbs ending in -**guir**, the **gu** is changed to **g** before **a** and **o**: **sigo (siga).**

# Vocabulary

## Spanish-English Vocabulary

The following vocabulary includes all Spanish words used in this text except exact or certain very close cognates, cognates ending in -**ción** or -**sión,** most proper nouns, most numbers, most conjugated verb forms, regular past participles when the infinitive is listed, and adverbs ending in -**mente** when the corresponding adjective is listed. Stem-changing verbs are indicated by (**ie**), (**ue**), or (**i**) following the infinitive. A (**zc**) after an infinitive indicates that **c** is changed to **zc** in the first-person singular form of the present tense; similarly, (**z**) indicates a change from **c** to **z**. The following abbreviations are used:

| | |
|---|---|
| *abbr.* abbreviation | *obj. of prep.* object of a preposition |
| *adj.* adjective | *obj. pron.* object pronoun |
| *adv.* adverb | *p. part.* past participle |
| *coll.* colloquial | *pl.* plural |
| *conj.* conjunction | *prep.* preposition |
| *dir. obj.* direct object | *pron.* pronoun |
| *f.* feminine | *recip. reflex.* reciprocal reflexive |
| *fam.* familiar (**tú** or **vosotros**) | *refl. pron.* reflexive pronoun |
| *indir. obj.* indirect object | *rel. pron.* relative pronoun |
| *inf.* infinitive | *sing.* singular |
| *m.* masculine | *subj. pron.* subject pronoun |
| *n.* noun | |

Note also that in Spanish **ñ**—a separate letter of the alphabet—follows **n** in dictionaries, so that, for example, **bañar** would occur after **bandera**.

## A

**a** at; to; for; from; on
**abajo** below, underneath
**abandonar** to abandon, leave
la **abeja** bee
**abierto** open
el **abogado** (la **abogada**) lawyer
**abrazar** to embrace
el **abrazo** hug
**abrigado** heavy, warm
el **abrigo** coat, overcoat
**abril** April
**abrir** to open
**absoluto** absolute; **no... en absoluto** not ... at all

**absurdo** absurd, ridiculous
la **abuela** grandmother
el **abuelo** grandfather; *pl.* grandparents
la **abundancia** abundance
**abundante** abundant
**aburrido** bored; boring
**aburrir** to bore; **aburrirse** to get bored
el **abuso** abuse
**acá** here
**acabar** to end, finish, run out; **acabar bien (mal)** to end well (badly), have a happy (sad) ending; **acabar de** + *inf.* to have just (done something)
la **academia** academy

**académico** academic
**acaso** perhaps
**acceder a** to get into
el **acceso** access
el **accidente** accident
la **acción** action; **Día de Acción de Gracias** Thanksgiving Day
el **aceite** oil
**acelerado** accelerated, hurried
el **acento** accent
**aceptar** to accept
**acerca (de)** concerning, about
**acercarse (a)** to approach
**acompañar** to accompany, go with
**acondicionado: aire acondicionado** air conditioning

aconsejar   to advise, counsel

acordar (ue)   to agree; acordarse
  de   to remember

acortar   to shorten

acostar (ue)   to put to bed;
  acostarse   to go to bed

acostumbrarse (a)   to become
  accustomed to, get used to

la actitud   attitude, position

la actividad   activity

activo   active

el acto   act

el actor   actor

la actriz   actress

actual   current, present day

la actualidad   present, present time

actualizar   to update

actualmente   currently

actuar   to act (out), play a role

el acuario   aquarium

acuático   aquatic

acudir a   to go (come) to

el acueducto   aqueduct

el acuerdo   agreement; ¿de acuerdo?
  okay?; estar de acuerdo con   to
  agree with, be in agreement with;
  ponerse de acuerdo   to come to
  an agreement; Sí, de acuerdo.   All
  right, okay.

acumular   to accumulate

acusar   to accuse

la adaptación   adjustment,
  adaptation

adaptarse a   to adapt to

adecuado   adequate

adelantado   ahead

adelante   forward; adelante con...
  on with . . .; desde ese día en
  adelante   from that day on; salir
  adelante   to get ahead, make
  progress; seguir adelante   to
  proceed straight ahead

además   besides; also, in addition;
  además de   in addition to

adentro   inside

adicional   additional

adicto a   addicted to

adiós   good-bye

adivinar   to guess

el adjetivo   adjective

la administración de
  empresas   business administration

administrar   to administer, keep
  account of

admirar   to admire

el, la adolescente   adolescent

adonde   where

¿adónde?   (to) where?

adoptar   to adopt

adorar   to adore

adornar   to adorn, decorate

adquirir (ie)   to acquire

la aduana   customs (office)

adulto   adult

el adverbio   adverb

aéreo   adj. air

aeróbico   aerobic

la aerolínea   airline

el aeropuerto   airport

afectar   to affect

el aficionado (la aficionada)   fan

la afirmación   statement

afirmar   to state, affirm

afirmativo   affirmative

afortunadamente   fortunately

africano   African

afrocubano   Afro-Cuban

afuera   outside

la agencia   agency; agencia de
  empleos   employment agency

la agenda   calendar

el, la agente   agent; agente de viajes
  travel agent

agosto   August

agradable   pleasant

agradar   to give pleasure, please

agradecer (zc)   to thank

agradecido   grateful, thankful

agregar   to add

agresivo   aggressive

agrícola   agricultural

el agricultor (la agricultora)   farmer

la agricultura   agriculture

el agua   f. water

ahora   now, currently, at present;
  ahora más que nunca   now more
  than ever; ahora mismo   right
  away, immediately

ahorrar   to save (money, time, etc.)

el ahorro   saving(s)

el aire   air; al aire libre   in the open
  air

aislado   isolated

el ajo   garlic

al   (contraction of a + el); al + inf.
  on or upon doing something;
  al aire libre   in the open
  air; al amanecer   at dawn;

al contrario   on the contrary; al
  fin   finally; al final de   at the end
  of; al mismo tiempo   at the same
  time; al peso   by the weight; de al
  lado   next door

alargar   to lengthen

la alberca   swimming pool

el albergue   inn, hostel

alcanzar   to catch; to reach; to
  be enough; No me alcanza el
  dinero.   My money won't reach—or
  stretch—that far.

la alcoba   bedroom

alcohólico   alcoholic

alegrar   to make happy: alegrar la
  vida   to cheer up

alegrarse (de)   to be glad, happy;
  ¡Cuánto me alegro!   How happy
  I am!

alegre   cheerful, happy

la alegría   joy, happiness; ¡Qué alegría!
  How terrific!; ¡Qué alegría verte!
  How nice to see you!

alemán   German

el alfabeto   alphabet

algo   pron. something, anything;
  adv. somewhat; tener algo que ver
  con   to have something to do with

alguien   someone, somebody; anyone,
  anybody

algún, alguno   some; any; some sort
  of; pl. some; a few; some people; a
  (en) alguna parte   somewhere;
  alguna vez   ever; algunas
  veces   sometimes; de alguna
  manera   in some way, somehow;
  en algunas partes   in some places,
  somewhere; sin duda alguna   with
  no doubt

la alimentación   food

alimentarse (de)   to nourish oneself (by)

el alimento   nourishment, food

el alivio   relief; ¡Qué alivio!   What
  a relief!

allá   there

allí   there; Sigan por allí.   Continue
  that way (direction).

el alma   f. soul, spirit, heart

la almeja   clam

el almirante   admiral

almorzar (ue)   to have lunch, a large
  midday meal

el almuerzo   lunch

Aló.   Hello. (on telephone)

el **alojamiento**   lodging, boarding

el **alpinismo**   climbing, hiking

**alquilar**   to rent

el **alquiler**   rent

**alrededor (de)**   around

**alternado: en forma alternada**   alternating, taking turns

**alternativo**   alternative

la **alternativa**   alternative, choice

los **altibajos**   ups and downs

la **altitud**   height

**alto**   tall, high; **la clase alta**   upper class

la **altura**   height; **tener seis pies de altura**   to be six feet tall

la **alucinación**   hallucination

el **aluminio**   aluminum

el **alumno (la alumna)**   student

el **ama de casa**   *f.* housewife

la **amabilidad**   friendliness

**amable**   kind

**amanecer**   to dawn; to get up; *m. n.* dawn, daybreak

el, la **amante**   lover

**amar**   to love

**amarillo**   yellow

la **Amazonia**   the Amazon (region)

**ambiental**   environmental

el **ambiente**   environment; setting, ambience; **medio ambiente** (natural) environment

**ambos**   both

**americano**   American; **fútbol americano**   football

el **amigo (la amiga)**   friend; **ser muy amigo de**   to be a good friend of

la **amistad**   friendship

**amistosamente**   in a friendly way

el **amor**   love

**amoroso**   loving, affectionate; amorous

**ancho**   wide; **tener 50 pies de ancho**   to be 50 feet wide

el **anciano (la anciana)**   elderly person

**anciano**   old, aged, elderly

**andaluz**   Andalusian

**andar**   to walk; to ride in; to function

**andino**   Andean, in the Andes

la **anécdota**   anecdote

**la angustia**   anxiety, anguish

**animado**   animated, lively

el **ánimo**   spirit

el **aniversario**   anniversary

**anoche**   last night

**anochecer**   to get dark; *m. n.* dusk, nightfall

**ante**   before; in the presence of

el **antepasado (la antepasada)**   ancestor

**anterior**   preceding; **anterior a**   before

**antes**   before, first; **antes de (que)**   before

el **antibiótico**   antibiotic

la **antigüedad**   antique

**antiguo**   old, ancient; former

**antipático(a)**   unfriendly, not nice, unlikeable

el **antónimo**   antonym

la **antropología**   anthropology

el **antropólogo (la antropóloga)**   anthropologist

**anunciar**   to announce

el **anuncio**   announcement, advertisement

el **año**   year; **a fines del año**   at the end of the year; **a los siete años**   at the age of seven; **celebrar tus 80 años**   to celebrate your 80th birthday; **durante dos años**   for two years; **el año pasado**   last year; **el año que viene**   next year; **los años 70**   the seventies; **hace un año**   a year ago; **tener 19 años**   to be 19 years old

**apagar**   to turn off

el **aparato**   appliance

**aparecer (zc)**   to appear

la **apariencia**   appearance

el **apartamento**   apartment

**aparte**   apart

el **apellido**   last name

el **apéndice**   appendix

el **aperitivo**   aperitif, appetizer

el **apetito**   appetite

**aplicar**   to apply

la **aplicación**   application, app

**aportar**   to bring

**apoyar**   to support, back

el **apoyo**   support

**apreciar**   to appreciate

**aprender**   to learn

**aprobar (ue)**   to pass (e.g., an exam)

**apropiado**   appropriate

**aproximadamente**   approximately

**aproximarse a**   to approach, move near

**apuntar**   to make a note of

el **apunte**   note; **tomar apuntes**   to take notes

**aquel, aquella**   *adj., pron.* that (one)

**aquello**   *pron.* that

**aquellos, aquellas**   *adj., pron.* those

**aquí**   here; **aquí cerca**   nearby; **Aquí tienes.**   Here you are.

el, la **árabe**   Arab

el **árbol**   tree

**archivar**   to file

el **archivo**   file

el **área**   *f.* area

la **arepa**   corn pancake

**argentino**   Argentinean

la **armonía**   harmony

la **aromaterapia**   aromatherapy

el **arquitecto (la arquitecta)**   architect

la **arquitectura**   architecture

**arreglar**   to fix

**arrepentirse (ie)**   to repent; **arrepentirse de**   to regret

**arriba**   on top; up; **de arriba**   above

la **arroba**   @ or at sign

el **arroz**   rice

**arruinar**   to ruin

el **arte**   art; *pl.* **las artes**   arts; **bellas artes**   fine arts

la **artesanía**   handicrafts

el **artesano (la artesana)**   artisan, craftsperson

el **artículo**   article; **artículo definido**   definite article; **artículo indefinido**   indefinite article

el, la **artista**   artist; actor, actress

**artístico**   artistic

**asar**   to roast

la **ascendencia**   descent, origin

**ascender**   to ascend, go up

el **ascensor**   elevator

**asegurar(se)**   to make sure

**así**   in this way; like this (that); so; thus; **así que**   so, in that way; **si es así**   if so

**asiático**   Asian

el **asiento**   seat; **tomar asiento**   to take a seat

la **asignatura**   subject, class

**asistir (a)**   to attend

**asociado**   associate(d)

**asociarse**   to be associated

el **aspecto**   aspect

la **astronauta**   astronaut

el **asunto**   matter, subject, issue, affair

**atacar**  to attack

**el ataque**  attack

**la atención**  attention; **prestar atención**  to pay attention

**atender (ie)**  to attend to; to wait on, respond

**el, la atleta**  athlete

**atlético**  athletic

**la atmósfera**  atmosphere, air

**atmosférico**  atmospheric

**la atracción**  attraction; **el parque de atracciones**  amusement park

**atractivo**  attractive

**atraer**  to attract

**atrás**  behind

**atreverse a**  to dare

**el audiolibro**  audiobook

**la audioviñeta**  audiovignette

**el auditorio**  auditorium

**aumentar**  to go up; to increase; **aumentar de peso**  to gain weight; **aumentar el doble**  to double

**el aumento**  increase; **aumento de sueldo**  increase in salary, raise

**aun**  even

**aún**  still, yet

**aunque**  even though, although

**auténtico**  authentic

**la autoayuda**  self help

**la autobiografía**  autobiography

**el autobús**  bus; **en autobús**  by bus

**automático**  automatic

**el automóvil**  automobile, car

**la autonomía**  autonomy, independence

**el autor (la autora)**  author

**la autoridad**  authority

**autoritario**  authoritarian

**el autostop**  hitchhiking; **hacer autostop**  to hitchhike

**avanzado**  advanced

**avanzar**  to advance

**la avenida**  avenue

**la aventura**  adventure

**aventurero**  adventurous

**avergonzado**  embarrassed

**averiguar**  to find out

**el avión**  plane; **en avión**  by plane

**¡Ay!**  Ouch! Oh!

**ayer**  yesterday

**la ayuda**  help

**el, la ayudante**  helper, assistant

**ayudar**  to help, assist

**azteca**  Aztec

**el azúcar**  sugar

**azul**  blue

# B

**el bachillerato**  secondary school degree

**el bailador (la bailadora)**  dancer

**bailar**  to dance

**el bailarín (la bailarina)**  dancer

**el baile**  dance

**bajar**  to descend; to go down; **bajar de peso**  to lose weight; **bajar un archivo**  to download a file; **bajarse de**  to get off

**bajo**  *prep.* under; *adj.* short; low; **a precio más bajo**  at a lower price

**el balcón**  balcony

**el banco**  bank; bench

**la bandera**  flag

**el bandido**  bandit

**bañar**  to bathe; **bañarse**  to take a bath

**el baño**  bath; bathroom

**el bar**  bar

**barato**  cheap

**la barbaridad**  atrocity; **¡Qué barbaridad!**  Good grief! How awful!

**barcelonés**  of or from Barcelona, Spain

**el barco**  boat

**la barra**  bar

**el barrio**  neighborhood

**basar (en)**  to base (on)

**la base**  staple, basis; **a base de**  based on

**básico**  basic

**el básquetbol**  basketball

**bastante**  *adj.* enough; *adv.* rather; quite a bit; **bastante bien**  pretty good

**bastar**  to be enough, suffice; **¡Basta!**  That's enough!

**la basura**  garbage

**el basurero**  garbage can

**la batalla**  battle

**el bautismo**  baptism

**el bebé**  baby

**beber**  to drink

**la bebida**  drink, beverage

**la beca**  scholarship

**el béisbol**  baseball

**la belleza**  beauty

**bello**  beautiful; **bellas artes**  fine arts

**el beneficio**  benefit

**besar**  to kiss

**el beso**  kiss

**la biblioteca**  library

**la bicicleta**  bicycle; **andar en bicicleta**  to go by bicycle

**bien**  well; very; good, fine; **acabar bien**  to have a happy ending; **bastante bien**  pretty good; **¿Está bien que** + *subjunctive*... ? Is it okay to . . . ?; **pasarlo bien**  to have a good time

**la bienvenida**  welcome; **dar la bienvenida a**  to welcome

**bienvenido**  welcome

**bilingüe**  bilingual

**el billete**  *(Spain)* ticket

**la biografía**  biography

**la biología**  biology

**el biólogo (la bióloga)**  biologist

**la bisabuela**  great-grandmother

**el bisabuelo**  great-grandfather; *pl.* great-grandparents

**la bisnieta**  great-granddaughter

**el bisnieto**  great-grandson; *pl.* great-grandchildren

**blanco**  white; **en blanco**  blank

**la blusa**  blouse

**la boca**  mouth

**la boda**  wedding

**el bolero**  slow-tempo Latin music

**el boleto**  ticket

**el bolígrafo**  ballpoint pen

**la bolsa**  bag; **bolsa de valores**  stock market

**el bolsillo**  pocket

**el bolso**  bag, purse

**bombardear**  to bombard

**bonito**  pretty

**borracho**  drunk

**el bosque**  forest

**la botella**  bottle

**el Brasil**  Brazil

**brasileño**  Brazilian

**breve**  brief, short

**brillante**  brilliant

**la brillantez**  brilliance

**la broma**  joke; **en broma**  in fun, jokingly

**bromear**  to joke

**bucear**  to dive, go diving

el **buceo** (scuba) diving; **hacer buceo** to go diving

**buen, bueno** good, nice; well, okay; **¡Buen provecho!** Enjoy your meal!; **Buen viaje.** Have a good trip.; **¡Buena lección!** That will teach you (him, her, etc.)!; **Bueno.** Hello. (*Mexico, used as telephone greeting*); Well...; **Hace buen tiempo.** The weather is nice.; **¡Qué buenas noticias!** What good news!; **¡Qué bueno!** Great!

el **búho** owl

**burlarse de** to mock; to make fun of

la **burra** female donkey

el **burrito** large tortilla rolled around meat, beans, etc.

el **buscador** search engine

**buscar** to look for; **en busca de** in search of

la **búsqueda** search; **en búsqueda de** in search of

el **buzón** mailbox

# C

**caballeresco** knightly, chivalrous

la **caballería** chivalry

el **caballero** gentleman

el **caballo** horse; **montar a caballo** to go horseback riding

**caber** to fit

la **cabeza** head; **de cabeza** on its head; **le duele la cabeza** his (her) head aches

el **cabo** end; **al fin y al cabo** in the end

el **cacao** cacao tree or bean; chocolate, cocoa bean

**cada** each, every

**caer(se)** to fall (off)

el **café** coffee; café

la **cafeína** caffeine

la **caja** box; (cash) register

el **cajero** (la **cajera**) cashier

el **calcetín** sock

la **calculadora** calculator

**calcular** to calculate

el **calendario** calendar

la **calidad** quality

**caliente** hot (temperature)

la **calificación** grade

**callar** to quiet, silence; **callarse** to keep quiet

la **calle** street; **calle principal** main street

la **calma** calmness, composure; **con calma** calmly

el **calor** heat, warmth; **hace calor** the weather is hot; **tener calor** to be warm, hot

la **caloría** calorie

la **cama** bed

la **cámara** camera

el **camarero** (la **camarera**) (*Spain*) waiter (waitress)

el **camarón** shrimp

**cambiar** to change; to exchange; **Cambiando de tema...** Changing the subject . . .; **cambiar de opinión** to change one's mind; **cambiar de residencia** to move; **cambiar de trabajo** to change jobs

el **cambio** change; **en cambio** on the other hand, in contrast; **la casa de cambio** place for currency exchange; **la tasa de cambio** rate of exchange

**caminar** to walk

la **caminata** walk; **hacer una caminata** to take a walk

el **camino** road

el **camión** truck

la **camisa** shirt

la **camiseta** T-shirt

el **campamento** camp; **ir de campamento** to go camping

la **campaña** campaign

el **campeón** (la **campeona**) champion

el **campeonato** championship

el **campesino** (la **campesina**) country person, peasant, farmer

el **campo** country; field

**canadiense** Canadian

el **canal** channel

la **canción** song

la **canoa** canoe

**cansado** tired

**cansar** to tire out; **cansarse** to become tired

el, la **cantante** singer

**cantar** to sing

la **cantidad** quantity; **cantidad** *coll.* a whole lot

el **cañón** canyon; cannon

la **capa (de ozono)** (ozone) layer

la **capacidad** capacity

**capaz** able, capable

**Caperucita Roja** Little Red Riding Hood

el **capítulo** chapter

**capturar** to capture

la **cara** face

el **carácter** character; nature; **de buen carácter** good-natured

la **característica** characteristic

**caracterizar** to characterize

**¡Caramba!** Good grief!

el **caramelo** sweet, candy

**¡Caray!** Good grief! Wow!

**carecer de** to lack; to be without

el **cargo: a cargo de** in charge of

el **Caribe** Caribbean

**caribeño** Caribbean

el **cariño** affection

**cariñoso** affectionate, loving

**carismático** charismatic

**Carnaval** Mardi Gras celebration

la **carne** meat; **carne de vaca (de res)** beef

**caro** expensive

la **carpintería** carpentry

el **carpintero** (la **carpintera**) carpenter

la **carrera** career; race; course of study; **estudiar a la carrera** to cram

la **carretera** highway

la **carta** letter; card

la **cartera** small purse; (*Mexico*) wallet

el **cartón** cardboard

el **cartonero** (la **cartonera**) (*Colombia*) person who collects recyclable materials from garbage bins or cans

la **casa** house; **en casa** in the home, at home; **fuera de casa** outside the home, out; **casa de cambio** place for currency exchange

el **casamiento** wedding

**casar** to marry; **casarse (con)** to get married (to)

**casi** almost

el **caso** case; **en caso de que** in case; **hacer caso** to pay attention

el **castellano** Castilian, Spanish (language)

el **castillo** castle

**catalán** of or from Catalonia, Spain

la **catarata** waterfall

la **catedral** cathedral

la **categoría** category, class

**católico** Catholic

la **causa** cause; **a causa de** because of

causar to cause
la cebolla onion
ceder to cede, give up
celebrar to celebrate
célebre famous
el celo jealousy; tener celos to be jealous
celoso jealous
celta Celtic
celtíbero Celtiberian
celular: el (teléfono) celular cell (phone)
el cementerio cemetery
la cena dinner
cenar to eat dinner
el censo census
el centavo cent
céntrico central
el centro center; downtown; centro comercial shopping center
Centroamérica Central America
centroamericano Central American
cepillar: cepillarse los dientes to brush one's teeth
la cerámica ceramics
cerca (de) near; aquí cerca nearby
cercano(a) nearby
el cerdo pork
el cereal grain
el cerebro brain
la ceremonia ceremony
cero zero
cerrar (ie) to close; cerrar con llave to lock
el cerro hill
la cerveza beer
el chaleco vest
la chaqueta jacket
la charla talk, chat
charlar to chat, talk
el chat chatroom
¡Chau! (Southern Cone of South America, from Italian "ciao") So long!, Bye!
checar (Mexico, Anglicism) to check
el cheque check; cheque de viajero traveler's check
chequear (parts of L. America, Anglicism) to check
la chica girl
el chico boy; pl. boys or boys and girls
chico small
el chile chili pepper
chileno Chilean
¡Chin chin! Cheers! (said when clinking glasses together)

chino Chinese
el chiste joke
chistoso amusing, witty, funny
el ciberamigo (la ciberamiga) cyberfriend
el cibercafé cybercafé
el ciclismo cycling
el, la ciclista cyclist
ciego blind
el cielo sky, heaven
cien, ciento one hundred; por ciento per cent
la ciencia science; ciencias de computación computer science; ciencia ficción science fiction; ciencias políticas political science; ciencias sociales social sciences
el científico (la científica) scientist
cierto adj. certain, a certain; true; adv. of course, certainly; lo cierto es que the fact is that
el cine cinema, movie theater
el círculo circle
la cita appointment; date
la ciudad city
el ciudadano (la ciudadana) citizen
el clarinete clarinet
claro clear; light; ¡Claro! Of course! ¡Claro que no! Of course not!
la clase class; kind, type; clase alta upper class; compañero(a) de clase classmate
clásico classical
la cláusula clause
el, la cliente customer
el clima climate
climático climate; el cambio climático climate change
la clínica clinic
cobrar to charge
el coca-colero Coca-Cola man
la cocaína cocaine
el coche car; en coche by car
la cocina cuisine, cooking; kitchen; stove
cocinar to cook
el cocinero (la cocinera) cook, chef
el coco coconut
el cocodrilo crocodile
el cognado cognate
la coincidencia coincidence
la cola line; hacer cola to stand in line
colaborar to collaborate
colectivo collective
el, la colega colleague

el colegio (elementary or secondary) school, usually private
el collar necklace
el colmo height, limit, ¡Esto es el colmo! This is the last straw!
colocar to place
colombiano Colombian
la colonia colony
coloquial colloquial, informal
la columna column
la comadre close family friend; godmother of one's child
el, la comandante commander
combinar to combine
el comediante (la comedianta) comedian (comedienne)
el comedor dining room
comentar to comment (on)
el comentario comment; commentary
comenzar (ie) to begin
comer to eat
comercial commercial
el, la comerciante businessperson
el comercio commerce, business
cometer to commit, make
cómico comical, funny; la tira cómica cartoon, comic strip
la comida food; meal
el comienzo beginning; a comienzos de at the beginning of
como adv. as, as though; like, such as; how; conj. since, as long as; cómo how (to); como quieras as you like; como si as if; tan... como as ... as; tanto (...) como as much (...) as
¿cómo? (¡cómo!) how? (how); what? what did you say? what is it?; ¡cómo no! of course!; ¿Cómo se dirá...? How does one say . . . ?; ¿Cómo te va? How's it going?
cómodo comfortable
el compa' short for compadre
el compadre close family friend; godfather of one's child
el compañero (la compañera) companion; compañero(a) de clase classmate; compañero(a) de cuarto roommate
la compañía company; malas compañías bad company
la comparación comparison
comparar to compare
comparativo comparative
compartir to share

la **compasión**   compassion, pity, sympathy
la **competencia**   competition
el **complemento**   object (grammar)
**completar**   to complete
**completo**   complete; full (i.e., no vacancies)
**complicado**   complicated
**componer**   to compose
**comportarse**   to behave
el **compositor** (la **compositora**) composer
la **compra**   purchase; **ir de compras** to go shopping
el **comprador** (la **compradora**) buyer
**comprar**   to buy
**comprender**   to understand
la **comprensión**   understanding, comprehension; empathy
**comprensivo**   understanding
**comprobar** (**ue**)   (Spain) to check (e-mail)
**compuesto**   adj. composed; compound
la **computación**   computation; **las ciencias de computación** computer science
la **computadora**   computer; **computadora portátil**   laptop computer
**común**   common; **en común**   in common
la **comunicación**   communication
**comunicar(se)**   to communicate
la **comunidad**   community
**comunista**   communist
**con**   with; **con gran interés en**   greatly interested in; **con más razón**   all the more reason; **con mucho gusto**   gladly; **con permiso**   excuse me, with your permission; **con respecto a**   with respect to, in reference to; **con tal (de) que**   provided that
**concentrarse en**   to be centered in
el **concepto**   concept
la **conciencia**   conscience; consciousness
el **concierto**   concert
**concluir**   to finish
**concreto**   concrete
**conducir** (**zc**)   to drive (Spain); to lead, conduct
el **conejo**   rabbit, bunny

la **conferencia**   lecture
**confesar** (**ie**)   to confess
la **confianza**   confidence, trust
**confiar** (**en**)   to trust
el **congreso**   congress; conference
el **conjunto**   band
**conmemorar**   to commemorate
**conmigo**   with me
**conocer** (**zc**)   to meet; to know; to know about, be familiar with; (preterit) to meet for the first time; **¡Qué gusto conocerlo(la)!**   Nice to meet you! Pleasure to meet you!
el **conocido** (la **conocida**) acquaintance; adj. known, well known
el **conocimiento**   knowledge
la **conquista**   conquest
el **conquistador**   conqueror
la **consecuencia**   consequence
**consecutivo**   consecutive
**conseguir** (**i**)   to obtain, get
el **consejero** (la **consejera**)   adviser; counselor
el **consejo**   piece of advice; **dar consejos**   to advise
**conservador**   conservative
**conservar**   to conserve; save
**considerar**   to consider
**consigo**   pron. with you (him, her, them, yourself, yourselves, himself, herself, oneself, themselves)
**consistir** (**en**)   to consist (of)
**consolado**   consoled
**constante**   constant
**construir**   to build
el **consuelo**   consolation
**consultar**   to consult
el **consumidor** (la **consumidora**) consumer
**consumir**   to consume
el **consumo**   consumption
el **contacto**   contact; **los datos de contacto**   contact information; **en contacto**   in touch
**contado: pagar al contado**   to pay cash
la **contaduría**   accounting
**contagioso**   contagious
la **contaminación**   pollution
**contaminante**   contaminating, polluting
**contaminar**   to pollute
**contar** (**ue**)   to tell; **contar** (**con**) to count (on)
**contemplar**   to contemplate
**contemporáneo**   contemporary

**contener** (**ie**)   to contain
el **contenido**   contents
**contento**   happy
el **contestador**   answering machine
**contestar**   to answer, respond
el **contexto**   context
**contigo**   with you (fam. sing.)
el **continente**   continent
**continuación: a continuación**   immediately after(wards), following
**continuar**   to continue
**contra**   against
**contrario: al contrario**   on the contrary; **por el contrario**   on the contrary, however
**contrastar**   to contrast
el **contraste**   contrast
**contratar**   to hire, employ
el **contrato**   contract
**contribuir** (**con**)   to contribute
**controlar**   to control; to check
**convencer** (**z**)   to convince
**convenir** (**ie**)   to be convenient, suitable
el **convento**   convent
**conversar**   to converse
**convertir** (**ie, i**)   to convert, change; **convertirse en**   to become
**convivir**   to live together, live with
la **copa**   drink, cup; **tomar una copa** to have a drink (usually alcoholic)
la **copia**   copy; **copia de seguridad**   backup copy or file
**copiar**   to copy
**coqueto**   flirtatious
el **corazón**   heart
la **corbata**   necktie
la **cordillera**   range, chain (of mountains)
el **coro**   chorus
**Correcaminos**   Roadrunner
**correcto**   correct, right
**corregir** (**i**)   to correct
el **correo**   post office; mail; **correo postal**   regular mail (through the post office)
**correr**   to run
**corresponder**   to correspond
**cortar**   to cut
la **corte**   court (royal or of justice)
**cortés**   courteous
la **cortesía**   courtesy, politeness
**corto**   short, brief
la **cosa**   thing
**coser**   to sew

la **costa** coast; **costa marítima** seacoast

**costar (ue)** to cost

el **costo** cost; **costo de vida** cost of living

la **costumbre** custom, habit

el **creador** (la **creadora**) creator; *adj.* creative

**crear** to create

la **creatividad** creativity

**creativo** creative

**crecer (zc)** to grow; to grow up

el **crecimiento** growth

el **crédito** credit; **la tarjeta de crédito** credit card

la **creencia** belief

**creer** to believe, think; **Creo que no.** I don't think so.; **¿No crees?** Don't you think so?; **¡Ya lo creo!** I believe it!

**criarse** to grow up, be brought up

el **crimen** crime; murder

el **cristal** glass, crystal

**cristiano** Christian

**criticar** to criticize

la **crónica** chronicle

la **cruz** cross

**cruzar** to cross

el **cuaderno** notebook

la **cuadra** city block

el **cuadro** picture, painting; chart; square

**cual, cuales: el (la) cual, los (las) cuales** which, whom; **lo cual** which

**¿cuál? ¿cuáles?** which? which one(s)? what?

la **cualidad** quality, attribute, characteristic

**cualquier** any; **cualquiera** anyone

**cuando** when, whenever

**¿cuándo?** when?

**cuanto: en cuanto** as soon as; **en cuanto a** as far as . . . is concerned; **unos cuantos** a few

**¿cuánto?** how much? how many?; **¡Cuánto me alegro!** How happy I am!; **¡Cuánto lo siento!** How sorry I am! I'm very sorry!; **¿cuánto tiempo?** how long?

el **cuarto** room; quarter; fourth; **cuarto de baño** bathroom; **cuarto doble** double room; **cuarto sencillo (individual)** single room

**cubano** Cuban

**cubierto (de)** covered (with); *m.* tableware

**cubista** cubist (art)

**cubrir** to cover

la **cuchara** spoon

el **cuchillo** knife

la **cuenta** bill, check; **a fin de cuentas** in the final analysis; **darse cuenta de** to realize

el **cuento** story

el **cuerpo** body

la **cuestión** question, matter, issue

el **cuestionario** questionnaire

el **cuidado** care; **Cuidado.** Be careful.; **tener cuidado** to be careful

**cuidadoso** careful

**cuidar(se)** to take care of (oneself)

la **culpa** blame, guilt; **La culpa fue mía.** It was my fault.; **por culpa de** because of; **tener la culpa** to be guilty

**culpable** guilty

**cultivar** to cultivate

el **cultivo** cultivation

**culto** well educated, cultured

la **cultura** culture

el **cumpleaños** birthday

**cumplir** to reach; fulfill; **cumplir... años** to be . . . years old

la **cuna** cradle

la **cuota** fee; installment, payment

el **cura** priest

la **cura** cure

**curar(se)** to cure (oneself)

la **curiosidad** curiosity

**curioso** curious, strange

el **curso** course; **seguir un curso** to take a course

**cuyo** *rel pron.* whose, of whom, of which

## D

**dado** given

la **danza** dance

el **daño** harm; **hacer daño** to harm

**dar** to give; **dar a** to face, be on; **dar la bienvenida a** to welcome; **dar consejos** to give advice; **dar importancia a** to consider (something) important; **dar un paseo** to take a walk; **dar un paso** to take a step; **dar una vuelta** to go for a walk; **darse cuenta de** to realize; **darse la mano** to shake hands; **darse por vencido** to give up, surrender; **darse prisa** to be in a hurry; **¿Qué más da?** So what?

los **datos** data; **datos de contacto** contact information

**de** of, from, about; in; on *(after a superlative)*; by; made of; as, with; **De nada.** You're welcome.; **de veras** really; **más de** more than *(before a number)*

**debajo de** underneath

**deber** to owe; to be obliged to, have to, ought to, should; *m. n.* duty; *pl.* homework

**debido: debido a** due to

**débil** weak

la **década** decade

la **decepción** disappointment

**decepcionado** disappointed

**decidir** to decide

**decir (i)** to say, tell; **¿Cómo se dice (dirá)... ?** How does one say . . . ?; **es decir, ...** that is, . . .; **¿Es decir que... ?** Is that to say . . . ? Do you mean . . . ?; **querer decir** to mean

la **decisión** decision; **tomar una decisión** to make a decision

**declarar** to declare

**dedicar** to dedicate; **dedicarse a** to dedicate oneself to

el **defecto** defect

**defender (ie)** to defend

la **defensa** defense

**definido** definite

**degustar** to taste, try

**dejar** to leave (something behind); to let, allow; **dejar de** to stop; **Déjeme presentarme.** Allow me to introduce myself.; **dejar caer** to let fall; to drop

**del** *contraction of* **de** + **el**

**delante (de)** in front of, before

el **delfín** dolphin

**delgado** slender

**delicado** delicate

**delicioso** delicious

**demás** rest, remaining; **lo demás** the rest; **los demás** (the) others

**demasiado** too, too much; *pl.* too many

la **democracia** democracy

el, la **demócrata** democrat

**democrático** democratic

**demográfico: la explosión demográfica** population explosion

**demostrar (ue)** to demonstrate, show

el **demostrativo** demonstrative

el, la **dentista** dentist

**dentro (de)** inside; within

**depender (de)** to depend (on)

el, la **dependiente** clerk

el **deporte** sport; **hacer deportes** to play sports

el, la **deportista** athlete

**deportivo** *adj.* relating to sports

**deprimido** depressed

**derecho** straight; right; **a la derecha** to the right; **seguir derecho** to proceed straight ahead

el **derecho** right; law (as a field)

**derivar** to derive

el **desacuerdo** disagreement; **estar en desacuerdo con** to disagree with

**desafortunadamente** unfortunately

**desagradable** unpleasant

**desaparecer (zc)** to disappear

la **desaprobación** disapproval

**desarrollar** to develop; to unfold

el **desarrollo** development; growth; evolution

el **desastre** disaster

**desayunar(se)** to have breakfast

el **desayuno** breakfast; **tomar el desayuno** to have breakfast

**descansar** to rest

**descargar** to download (e.g., files)

**descender (ie)** to descend

el, la **descendiente** descendent

**descomponer** to break down

**desconectar** to disconnect

**desconocido** unfamiliar, not known; *n.* stranger

**descontento** unhappy

**descortés** impolite, rude

**describir** to describe

**descriptivo** descriptive

**descubierto** discovered

el **descubrimiento** discovery

**descubrir** to discover

el **descuento** discount

**desde** since; from; **desde chico** since childhood; **desde ese día en adelante** from that day on; **desde hace mucho tiempo** for a long time; **desde hace muchos años** for many years

**deseable** desirable

**desear** to wish, want

el **desempleo** unemployment

el **deseo** wish

**desesperar** to despair, lose hope

la **desgracia** misfortune; **¡Qué desgracia!** What bad luck!

**deshacer** to undo, take apart

**deshonesto** dishonest

el **desierto** desert; *adj.* deserted, desert

la **desigualdad** inequality

**desorganizado** disorganized

**despacio** slow

la **despedida** farewell, good-bye

**despedir (i)** to fire; **despedirse (de)** to say goodbye (to), take leave (of)

**desperdiciar** to waste

**despertar (ie)** to waken; **despertarse** to wake up, awaken

**despierto** awake; alert; bright

**después (de)** after, afterwards; **después (de) que** *conj.* after; **después de todo** after all, in the end; **poco después** shortly afterwards

**destruir** to destroy

la **desventaja** disadvantage

el **detalle** detail

**determinar** to determine, fix

**detestar** to hate, detest

**detrás de** behind

la **deuda** debt

**devastar** to devastate

**devolver (ue)** to return, give back

el **día** day; **al día siguiente** on the following day; **Buenos días.** Good morning.; **de día** by day; **día de fiesta** holiday; **el Día de Acción de Gracias** Thanksgiving Day; **el Día de Año Nuevo** New Year's Day; **el Día de la Independencia** Independence Day; **el Día de la Madre** Mother's Day; **el Día de los Muertos** All Souls' Day, Day of the Dead; **el Día de la Raza (o Día de la Hispanidad)** Columbus Day; **el Día de los Reyes Magos** Epiphany; **el Día de San Valentín** Valentine's Day; **el Día del Trabajo** Labor Day; **hoy (en) día** today, nowadays; *pl.* **en aquellos días** in those days; **en unos días** in a few days; **todos los días** every day

el **diablo** devil

el **diálogo** dialogue

**diario** daily; *m. n.* newspaper; diary

el, la **dibujante** illustrator

**dibujar** to draw

el **dibujo** drawing

el **diccionario** dictionary

el **dicho** saying; *p. part.* said, told

**diciembre** December

el **dictador** dictator

el **diente** tooth

la **dieta** diet; **estar a dieta** to be on a diet

la **diferencia** difference

**diferente** different

**difícil** difficult, hard

la **dificultad** difficulty

la **dignidad** dignity

el **diminutivo** diminutive; *adj.* tiny

**dinámico** dynamic, energetic

el **dinero** money; **dinero en efectivo** cash; **¡Ni por todo el dinero del mundo!** Not (even) for all the money in the world!

el **dios (la diosa)** god (goddess); **¡Dios mío!** My goodness!; **si Dios quiere** God willing

**diplomático** diplomatic

el **diputado (la diputada)** representative

la **dirección** address, direction; **dirección electrónica o de correo electrónico** e-mail address

**directo** direct

el **director (la directora)** conductor; director

**dirigir** to direct

la **disciplina** discipline

el **disco** record; disk; **disco compacto** compact disc; **disco duro** hard disk

la **discoteca** discotheque

**discreto** discreet

**discriminar (a)** to discriminate (against)

la **disculpa** excuse

**disculpar** to excuse, forgive; **disculparse** to apologize

la **discusión** argument; discussion

**discutir** to discuss; to argue

**diseñar** to design, draw

el **diseño** design, drawing

**disfrutar (de)** to enjoy

**disminuir**  to go down, decrease

la **disputa**  fight, argument

la **distancia**  distance; **larga distancia**  long-distance

**distinguir**  to distinguish

**distinto**  different, distinct, peculiar

la **diversidad**  diversity

la **diversión**  entertainment, diversion

**diverso**  diverse, different; *pl.* several

**divertido**  amusing, funny; amused

**divertir (ie)**  to amuse, entertain; **divertirse**  to have a good time

**dividir**  to divide, separate, part; **dividirse en**  to be divided into

**divorciar**  to divorce; **divorciarse**  to get a divorce

el **divorcio**  divorce

**doblar**  to double; to fold; to turn

el **doble**  double; **aumentar el doble**  to double

la **docena**  dozen

el **doctor (la doctora)**  doctor

el **doctorado**  doctorate

**documentar**  to document

el **documento**  document

el **dólar**  dollar

**doler (ue)**  to hurt, ache; **Me duele la cabeza.**  My head aches.

el **dolor**  pain, ache; regret, sorrow

**doméstico**  domestic; **animal doméstico**  pet

**dominante**  dominating

**dominar**  to dominate, control, rule, master

el **domingo**  Sunday

**dominicano**  Dominican; of the Dominican Republic

**dominico-americano**  Dominican American

**don, doña**  titles of respect or affection used before a first name

**donde**  where

**¿dónde?**  where?; **¿de dónde?**  from where?

**dormido**  asleep

**dormir (ue)**  to sleep; **dormirse**  to fall asleep

el **dormitorio**  bedroom

**dramático**  dramatic

**drástico**  drastic

la **droga**  drug(s)

la **ducha**  shower

**ducharse**  to take a shower

la **duda**  doubt

**dudar**  to doubt

**dudoso**  doubtful, dubious

el **dueño (la dueña)**  owner, proprietor

el **dulce**  sweet, piece of candy; *adj.* sweet; fresh

**durante**  for; during; **¿durante cuánto tiempo?**  for how long?

**durar**  to last; to take (time)

**durmiente: la Bella Durmiente**  Sleeping Beauty

**duro**  hard; difficult

# E

**e**  and (*replaces* **y** *before words beginning with* **i**- *or* **hi**-)

**echar**  to throw (out)

la **ecología**  ecology

el **ecólogo (la ecóloga)**  ecologist

la **economía**  economics; economy

**económico**  economic

el, la **economista**  economist

el **ecoturismo**  ecotourism

el **ecuador**  equator

**ecuatoriano**  Ecuadorian

la **edad**  age; **la Edad Media**  Middle Ages; **¿Qué edad tienes?**  How old are you?; **tener... años de edad**  to be . . . years old

el **edificio**  building; **edificio de apartamentos**  apartment building

**editar**  to publish

la **educación**  upbringing; education

**educado**  brought up; educated; **bien educado**  well brought up; **mal educado**  badly brought up, rude, spoiled

**educar**  to bring up; to educate

**efectivo**  actual, real; **dinero en efectivo**  cash

el **efecto**  effect; **efecto de sonido**  sound effect

**eficiente**  efficient

el **egoísmo**  selfishness

**egoísta**  selfish

**ejecutivo**  executive

el **ejemplo**  example; **por ejemplo**  for example

el **ejercicio**  exercise; **hacer ejercicio**  to exercise

**el**  the; **el que**  he who, the one who

**él**  *subj. pron.* he; *obj. of prep.* him, it; **de él**  (of) his

la **elección**  choice; *pl.* election

la **electricidad**  electricity

**eléctrico**  electric

la **elegancia**  elegance

**elegante**  elegant, stylish

**elegir (i)**  to elect; to choose

el **elemento**  element

**elevar**  to raise, elevate

**eliminar**  to eliminate

**ella**  *subj. pron.* she; *obj. of prep.* her, it; **de ella**  her, (of) hers

**ellos, ellas**  *subj. pron.* they; *obj. of prep.* them; **de ellos (ellas)**  their, (of) theirs

**emailear**  *coll.* to e-mail

**embarazada**  pregnant

**embargo: sin embargo**  however

la **emergencia**  emergency

el, la **emigrante**  emigrant

**emocional**  emotional

**emocionante**  exciting, moving

**emotivo**  emotional

**empeorar(se)**  to become worse

el **emperador (la emperadora)**  emperor (empress)

**empezar (ie)**  to begin, start, initiate

el **empleado (la empleada)**  employee

el **empleador (la empleadora)**  employer

**emplear**  to use; to employ

el **empleo**  employment, job; **la agencia de empleos**  employment agency; **dar empleo**  to employ, hire

la **empresa**  company, business; **administración de empresas**  business administration

**en**  in; into; at; on; **en busca (búsqueda) de**  in search of; **en cambio**  on the other hand, in contrast; **en casa**  at home; **en caso (de) que**  in case; **en cuanto**  as soon as; **en cuanto a**  as far as . . . is concerned; **en la gloria**  in seventh heaven; **en punto**  on the dot; **en realidad**  in reality; **en resumen**  in summary; **en seguida**  at once; **en serio**  seriously; **en síntesis**  in short; **en vez de**  instead of; **en vivo**  live (performance); **pensar en**  to think about

**enamorado (de)**  in love (with)

**enamorarse (de)** to fall in love (with)

**encantador** charming, enchanting

**encantar** to delight, enchant; **Encantado.** Delighted.; Glad to meet you.; **Me encanta(n)…** I love …

el **encanto** enchantment, charm

**encargarse de** to be in charge of

la **enchilada** enchilada (a tortilla wrapped around meat or cheese and served with a rich sauce)

**encima (de)** above, on top (of)

**encontrar (ue)** to find, encounter; **encontrarse con** to meet, run across

la **encuesta** poll

**enemigo** hostile; *n.* enemy

la **energía** energy

**enero** January

**enfermarse** to become ill, get sick

la **enfermedad** illness

la **enfermería** nursing

el **enfermo** (la **enferma**) sick person; *adj.* sick, ill

el **enfoque** focus

**enfrentar** to confront, face

**enfrente de** in front of

el **enlace** link

**enojado** angry

**enojar** to anger; **enojarse** to become angry, get mad

**enorme** enormous

**enriquecer (zc)** to enrich; **enriquecerse** to be enriched; to get rich

la **ensalada** salad

el **ensayo** essay

la **enseñanza** teaching; education; instruction

**enseñar** to teach; to show

**entender (ie)** to understand; to hear

**entero** whole, entire

el **entierro** funeral, burial

la **entomología** entomology, study of insects

**entonces** then; and so

la **entrada** entrance, entry; **el salón de entrada** lobby

**entrado: entrado en años** getting on in years

**entrar** to enter, go or come into; **entrar al chat** to go into a chatroom

**entre** between; among; **entre tanto** in the meantime

el **entremés** appetizer

**entretener (ie)** to entertain

el **entretenimiento** entertainment

la **entrevista** interview

**entrevistar** to interview

**entusiasmado (con)** excited, enthusiastic (about)

**entusiasmarse por** to be (get) enthusiastic about

el **envase (retornable)** (returnable) container

**enviar** to send

la **envidia** envy

**envolver (ue)** to wrap

la **epidemia** epidemic

el **episodio** episode

la **época** age, time

el **equipaje** luggage; equipment

el **equipo** team; equipment

**equivalente** equivalent

**equivocar** to mistake, get wrong; **equivocarse** to be mistaken, be wrong; to make a mistake

la **escalera** stairs; ladder

el **escándalo** scandal

**escanear** to scan

**escaparse de** to escape from, get out of

el **(tubo de) escape** exhaust pipe

la **escena** scene

el **escenario** stage, set

el **esclavo** (la **esclava**) slave

**escoger** to choose, select

**escolar** school

**esconder** to hide

**escribir** to write

**escrito** *p. part. of* **escribir** written

el **escritor** (la **escritora**) writer

el **escritorio** desk

la **escritura** writing

el **escuadrón** squad; **escuadrón de la muerte** death squad

**escuchar** to listen to

la **escuela** school; **escuela primaria** elementary school; **escuela secundaria** high school

el **escultor** (la **escultora**) sculptor

la **escultura** sculpture

**ese, esa** *adj., pron.* that (one)

el **esfuerzo** effort

la **esmeralda** emerald

**eso** *pron.* that; **a eso de** at around (time of day); **Eso es.** That's right.;

**Eso no se hace.** That's not allowed (done).; **por eso** that's why, for that reason

**esos, esas** *adj., pron.* those

el **espacio** space; **espacio en blanco** blank

la **espalda** back

**español** Spanish

**especial** special

la **especialidad** specialty; major

**especializarse en** to major in; to specialize in

**especialmente** especially

la **especie** species; type, kind

**específico** specific

el **espectáculo** show

el **espejo** mirror

la **esperanza** hope

**esperar** to wait for; to hope; to expect; **Es de esperar.** It's to be expected.; **¡No esperaba esto!** I didn't expect this!; **¿Qué esperabas?** What did you expect?

el **espíritu** spirit, soul

**espiritual** spiritual

**espléndido** splendid

**espontáneo** spontaneous

la **esposa** wife

el **esposo** husband; *pl.* husband and wife, spouses

el **esquí** ski

**esquiar** to ski

la **esquina** corner

la **estabilidad** stability

**estable** stable

**establecer (zc)** to establish

la **estación** season; station

el **estadio** stadium

la **estadística** statistic(s)

el **estado** state; status; **estado libre asociado** free associated state; **Estados Unidos** United States

**estadounidense** of or from the United States

la **estampilla** stamp

**estar** to be; **¿Está bien que +** *subjunctive… ?* Is it okay to … ?; **estar cansado** to be tired; **estar de acuerdo con** to be in agreement with; **estar de buen (mal) humor** to be in a good (bad) mood; **estar de visita** to be visiting; **estar despierto** to be alert, awake;

estar por salir (comer)   to be about to leave (eat)

la **estatua**   statue

**este, esta**   *adj., pron.* this (one);
   **Este…**   Uh . . . (hesitation word)

el **este**   east

el **estereotipo**   stereotype

el **estilo**   style; **estilo de vida**   lifestyle

**estimado**   esteemed; dear

**estimulante**   stimulating

**estimular**   to stimulate

el **estímulo**   stimulant

**esto**   *pron.* this (one)

el **estómago**   stomach

la **estrategia**   strategy

**estrecho**   narrow, closed in; *n. m.* straits

la **estrella**   star

el **estrés**   stress (*Anglicism*)

**estricto**   strict

la **estructura**   structure

el, la **estudiante**   student

**estudiantil**   *adj.* student; **la residencia estudiantil**   dorm

**estudiar**   to study

el **estudio**   study; survey

**estupendo**   wonderful, great

**eterno**   eternal

la **etiqueta**   label

**étnico**   ethnic

el **euro**   unit of money in Europe

**europeo**   European

el **evento**   event, happening

**evidente**   evident, obvious

**evitar**   to avoid, keep away from

**evocar**   to evoke

**exacto**   exact; **¡Exacto!**   Right! Precisely!

**exagerar**   to exaggerate

el **examen**   examination, test; **fracasar en un examen**   to fail an exam; **hacer (presentar) un examen**   to take an exam

**examinar**   to examine

**excelente**   excellent

**excepto**   except

**exceso: en exceso**   excessively

**exclamar**   to exclaim

**exclusivo**   exclusive

la **excusa**   excuse

**exigente**   demanding

**exigir**   to demand

la **existencia**   existence

**existente**   existing

**existir**   to exist, be

el **éxito**   success; **tener éxito**   to be successful

**exitoso**   successful

**exótico**   exotic

**expensas: a expensas de**   at the expense of

la **experiencia**   experience

**experimentar**   to experience

el **experto** (la **experta**)   expert

la **explicación**   explanation

**explicar**   to explain

el **explorador** (la **exploradora**)   explorer

**explorar**   to explore

**exponer**   to exhibit

**exportar**   to export

la **exposición**   exhibit

**expresar(se)**   to express (oneself)

**extender (ie)**   to extend

**extenso**   extended; extensive

**externo**   foreign; outer

el **extranjero** (la **extranjera**)   foreigner; *adj.* foreign; **en el extranjero**   abroad

**extrañar**   to miss

**extraño**   strange, odd

**extraordinario**   extraordinary

**extremo**   extreme

**extrovertido**   extroverted

# F

la **fábrica**   factory

**fabuloso**   fabulous, unreal

**fácil**   easy, simple

la **facultad**   school (of a university), department

la **falda**   skirt

**falso**   false

la **falta**   lack; **sin falta**   without fail

**faltar**   to be lacking; **Me falta(n)…**   I need . . .; **¡No faltaba más!**   That's all we need!

la **fama**   fame

la **familia**   family

**familiar**   *adj.* family; *n.* family member

**famoso**   famous

la **fantasía**   fantasy

**fantástico**   fantastic, unreal

la **farmacia**   pharmacy; pharmacology

la **farra**   (*coll., Spain*) party; **montar una farra**   to have a party

**fascinante**   fascinating

**fascinar**   to fascinate

la **fase**   phase

**fatal**   *coll.* horrible, awful

el **favor**   favor; **por favor**   please; **favor de…**   please . . .

**favorito**   favorite

**febrero**   February

la **fecha**   date

la **felicidad**   happiness; *pl.* congratulations

las **felicitaciones**   congratulations

**feliz**   happy; **Feliz fin de semana.**   Have a nice weekend.

**femenino**   feminine

**fenicio**   Phoenician

**fenomenal**   phenomenal, terrific

el **fenómeno**   phenomenon

**feo**   ugly

**ficticio**   fictitious

la **fidelidad**   loyalty

la **fiebre**   fever

**fiel**   faithful

la **fiesta**   party; **día de fiesta**   holiday; **hacer una fiesta**   to have a party

**fijar**   to affix; **fijarse (en)**   to notice

**fijo**   fixed, set

**filmar**   to film

la **filosofía**   philosophy

el **fin**   end; **a fin de cuentas**   in the final analysis; **a fines de**   at the end of; **al fin**   finally; **al fin y al cabo**   in the end (to make a long story short); **fin de semana**   weekend; **poner fin a**   to put an end to; **por fin**   finally

el **final**   end; **al final (de)**   at the end (of); **dejarlo todo para el final**   to leave it all until the end or last minute

**finalizar**   to finalize

**finalmente**   finally

**financiar**   to finance

**financiero**   financial

**fino**   fine

la **firma**   signature

**firmar**   to sign

**firme**   firm; hard

la **física**   physics

el **físico** (la **física**)   physicist; *adj.* physical

**flamenco**   pertaining to Gypsy music

el **flan**   dessert somewhat like a custard

la **flauta**   flute

la **flor**   flower

**folklórico**   folk (music), folkloric

el **fondo de pantalla**   screensaver

**fonético**  phonetic
la **forma**  form; type; shape
la **formación**  education, training
**formar**  to form, make
el **formulario**  form
el **foro de discusión**  chat or
   discussion group
la **foto(grafía)**  photo(graph);
   photography; **sacar fotos**  to take
   pictures
el **fotógrafo (la fotógrafa)**  photographer
**fracasar (en)**  to fail
el **fragmento**  fragment
**francés**  French
la **frase**  sentence, phrase
la **frecuencia: con frecuencia**
   frequently
**frecuente**  frequent
**frente a**  opposite, facing
**fresco**  fresh; cool; **hace fresco**  the
   weather is cool
el **frijol**  bean
el **frío**  cold; **hace frío**  the weather is
   cold; **tener frío**  to be cold
**frito**  fried
la **frontera**  border; frontier
**frustrado**  frustrated
la **fruta**  fruit
el **fuego**  fire; **fuegos artificiales**
   fireworks
la **fuente**  source; fountain
**fuera (de)**  outside (of)
**fuerte**  strong; intense; loud; **el plato**
   **fuerte**  main course
la **fuerza**  force, power
**fumar**  to smoke
**funcionar**  to function; **Esto no**
   **funciona.**  This doesn't work (is out
   of order).
la **fundación**  foundation
el **fundador (la fundadora)**  founder
**fundar**  to found, establish
**furioso**  furious
el **fútbol**  soccer; **fútbol americano**
   football
el, la **futbolista**  soccer player
el **futuro**  future

# G

la **galaxia**  galaxy
el **gallo**  rooster
el **galón**  gallon

el **ganador (la ganadora)**  winner
**ganar**  to earn; to win
las **ganas: tener ganas de** + *inf.*  to feel
   like (doing something)
la **gasolina**  gasoline
**gastar**  to spend (money, for instance)
el **gasto**  expenditure, expense
el **gato**  cat
**general**  general, usual; **por lo general**
   in general, generally
**generalizar**  to generalize
**generar**  to generate
el **género**  gender; genre, type
**generoso**  generous
**genial**  brilliant (having genius);
   *coll.* great
la **gente**  people
la **geografía**  geography
**geográfico**  geographic
el, la **gerente**  manager
el **gesto**  gesture, expression
el **gigante**  giant
el **gimnasio**  gym
la **gira**  tour
**girar**  *(Spain)* to turn
**gitano**  Gypsy
la **gloria: estar en la gloria**  to be in
   seventh heaven
el **gobernador (la gobernadora)**
   governor
el **gobierno**  government
el **golpe**  blow, hit
**gordo**  fat
**gozar (de)**  to enjoy; **gozar de buena**
   **salud**  to enjoy good health
la **gracia**  grace, charm; humor,
   quality of being funny or amusing;
   *pl.* thanks; **el Día de Acción de**
   **Gracias**  Thanksgiving Day;
   **¡Gracias!**  Thank you! Thanks!;
   **Gracias por llamar (venir).**  Thanks
   for calling (coming).
**gracioso**  funny, amusing
el **grado**  degree; grade
**graduarse**  to graduate
**gráfico**  graphic; *n.* graphic
la **gramática**  grammar
el **gramo**  gram
**gran** (*apocope of* **grande**)  great, large;
   **la Gran Bretaña**  Great Britain;
   **gran parte**  a large part
**grande**  big, large; great
el **grano**  grain, bean
**gratis**  free of charge

**gratuito**  free of charge
**grave**  grave, serious
**griego**  Greek
**gritar**  to shout
el **grupo**  group
**guapo**  good-looking
**guardar**  to keep; to put away; to save
   (e.g., files)
**guatemalteco**  Guatemalan
la **guerra**  war
el, la **guía**  guide; **la guía**  guidebook
el **guión**  script
la **guitarra**  guitar
**gustar**  to please, be pleasing to; **Me**
   **gusta(n)...**  I like . . .; **Si gusta...**  If
   you like . . .
el **gusto**  pleasure; taste; **con**
   **mucho gusto**  gladly; **¡Cuánto**
   **gusto de verte!**  How nice to
   see you!; **El gusto es mío.**  The
   pleasure is mine.; **Mucho (Tanto)**
   **gusto.**  Pleased to meet you.; **No**
   **he tenido el gusto.**  I haven't had
   the pleasure.; **¡Qué gusto!**  What a
   pleasure!

# H

**haber**  to have (*auxiliary verb to*
   *form compound tenses*); to be
   (*impersonal*); **haber de** + *inf.*
   to be supposed to, be expected
   to; **había**  there was (were);
   **habrá**  there will be; **hay**  there is
   (are); **hay que** + *inf.* it is necessary
   to, one must (should); **No hay**
   **de qué.**  You're welcome. Don't
   mention it.; **¿Qué hay?**  What's up?;
   What's the matter?; **¿Qué hay de**
   **nuevo?**  What's new?
la **habilidad**  ability; skill
la **habitación**  room
el, la **habitante**  inhabitant
**habitar**  to inhabit, live
**habituarse a**  to get used to,
   accustomed to
el **habla: de habla hispana**  Spanish-
   speaking
**hablador**  talkative
**hablar**  to talk, speak; **hablando**
   **de todo un poco**  to change the
   subject; **¡Ni hablar!**  Don't even
   mention it!

**hace** *(with a verb in the past tense)* ago; **hace dos años** two years ago; **¿cuánto tiempo hace que...?** how long has . . . ?; **hace** + *time period* **que** + *present tense* something has been going on for + *time period*

**hacer** to make; to do; **hacer** + *inf.* to have something done; **hacer buen (mal) tiempo** to be good (bad) weather; **hacer calor (frío, sol, viento)** to be hot (cold, sunny, windy); **hacer cola** to stand in line; **hacerle compañía a alguien** to keep someone company; **hacer deportes** to play sports; **hacer ejercicio** to exercise; **hacer un examen** to take a test; **hacer falta** to be lacking, missing *(often translated as to need)*; **hacer una fiesta** to have a party; **hacer mal a alguien** to harm someone; **hacer un papel** to play a role; **hacer una pregunta** to ask a question; **hacer trampa** to cheat; **hacer uso de** to make use of; **hacer un viaje** to take a trip; **hacerse** + *noun* (or *adj.*) to become; **Eso no se hace.** That's not allowed (done).

**hacia** toward

**hacía: hacía** + *time period* **que** (+ *imperfect*) something had been going on for + *time period*

**hallar** to find

el **hambre** *f.* hunger; **tener hambre** to be hungry

la **hamburguesa** hamburger

**hasta** until; as far as; up to; even; **desde... hasta** from . . . to; **Hasta luego.** See you later.; **Hasta pronto.** See you soon.; **Hasta la vista**. See you.; **hasta que** *conj.* until

**hecho** made; *m. n.* event; fact

el **helado** ice cream

el **helicóptero** helicopter

la **hembra** female

la **herencia** heritage; inheritance

la **hermana** sister

el **hermano** brother; *pl.* brothers, brothers and sisters

**hermoso** beautiful, handsome

el **héroe** hero

la **heroína** heroine

**híbrido** hybrid

el **hidalgo** (la **hidalga**) nobleman (noblewoman)

el **hielo** ice

la **hierba** herb; grass

el **hierro** iron

la **hija** daughter

el **hijo** son; *pl.* children, sons and daughters

**hipotético** hypothetical

**hispánico** Hispanic

**hispano** Hispanic

**hispanoamericano** Hispanic American

la **historia** story; history

el **historiador** (la **historiadora**) historian

**histórico** historic

el **hogar** home

la **hoja** leaf; sheet (of paper)

**¡Hola!** Hello! Hi!

**holandés** Dutch

el **hombre** man; **¡Hombre!** *coll.* Wow! Man! *(used as a form of address for women or men)*

el **hombro** shoulder

**homogéneo** homogeneous, similar

**hondureño** Honduran

**honesto** honest

la **hora** hour; time; **a la hora de irse** when it is (was) time to go; **durante una hora** for an hour; **Es hora de...** It's time to . . .; **hora de partida** time of departure; **No veo la hora** + *inf...* I can't wait to . . .; **¿Qué hora es?** What time is it?

el **horario** schedule, timetable

la **hormona** hormone

la **hostería** inn, hostel

el **hotel** hotel; **hotel de lujo** luxury hotel

la **hotelería** hotel business

**hoy** today; **hoy (en) día** these days, nowadays; **hoy mismo** this very day

la **huelga** strike; **hacer huelga** to be on strike

la **huerta** fruit or vegetable garden

el **hueso** bone

el, la **huésped** guest

el **huevo** egg

**huir** to flee

**humanístico** humanistic

**humano** human

el **humor** humor; mood; **estar de buen (mal) humor** to be in a good (bad) mood

**humorístico** humorous

el **huracán** hurricane

**¡Huy!** Ow!

## I

**ibérico** Iberian

el **ibero** (la **ibera**) Iberian (Spanish or Portuguese)

**iberoamericano** Iberian American

**ida: de ida y vuelta** roundtrip

el **idealismo** idealism

la **identidad** identity

**identificarse (con)** to identify oneself (with)

**ideográfico** ideographic, using symbols

el **idioma** language

la **idiosincrasia** idiosyncrasy

la **iglesia** church

**ignorar** to ignore, not know

**igual** the same; equal; **igual que** the same as

la **igualdad** equality

**igualmente** equally; likewise; **Igualmente.** Same to you. You too.

**ilegal** illegal

**iluminar** to illuminate

**ilustrar** to illustrate

la **imagen** image, picture; **dar una buena imagen** to make a good impression

**imaginar(se)** to imagine; **¡Imagínese! ¡Imagínate!** Just imagine!

**imaginativo** imaginative

**imitar** to imitate

**impaciente** impatient

**impartir** to impart (e.g., knowledge)

**imperativo** imperative, command

**imperfecto** imperfect

el **imperio** empire

el **impermeable** raincoat

la **importancia** importance; **dar importancia a** to consider (something) important; **¿Qué importancia tiene?** So what?

**importante** important

**importar** to matter, be important; to import; **No importa.** It doesn't matter.

la **imposibilidad** impossibility
**imposible** impossible
**impresionante** impressive
**impresionar** to impress
**impresionista** impressionist
la **impresora** printer
**imprimir** to print
**improvisar** to improvise
el **impuesto** tax; *p. part. of* **imponer**
**inca** Inca
el **incidente** incident
**incierto** unsure, uncertain
**incluir** to include
**incluso** including; even
**incómodo** uncomfortable
**incompleto** incomplete
la **incredulidad** disbelief
**increíble** incredible; **¡Qué increíble!**
   How amazing!
**indeciso** indecisive
**indefinido** indefinite
la **independencia** independence
**independiente** independent
**independizarse** to become
   independent, self-sufficient
**indeseable** undesirable
la **indicación** direction, instruction
**indicar** to indicate; to note
**indicativo** indicative
**indiferente** indifferent
**indígena** native; indigenous
**indio** Indian
**indirecto** indirect
el **individuo** individual
**indocumentado** undocumented
la **industria** industry
**inesperado** unexpected
**inexplicable** unexplainable
el **infierno** hell
el **infinitivo** infinitive
la **influencia** influence
**influir** to influence
**informarse** to get information
la **informática** computer science
**informático** *adj.* computer science
el **informe** report
la **ingeniería** engineering
el **ingeniero** (la **ingeniera**) engineer
**ingenioso** ingenious
**Inglaterra** England
**inglés** English
el **ingrediente** ingredient
los **ingresos** income
**iniciar** to initiate, strike up

**inimaginable** unimaginable
la **injusticia** injustice
**injusto** unfair; unjust
**inmediato** immediate
**inmenso** immense
el, la **inmigrante** immigrant
**inmigrar** to immigrate
**innecesario** unnecessary
**innovador** innovative
**innumerable** numerous
**inocente** innocent
**inolvidable** unforgettable
el **insecto** insect
la **inseguridad** insecurity
**insistir en** to insist on
**insociable** unsociable
el **insomnio** insomnia
**insoportable** unbearable
**inspirar** to inspire
**instalar** to install
**instantáneamente** instantaneously
el **instrumento** instrument
**insultante** insulting
**insultar** to insult
el **insulto** insult
**intelectual** intellectual
la **inteligencia** intelligence
**inteligente** intelligent
la **intensidad** intensity
**intensivo** intensive
**intenso** intense
**intentar** to try
**intercambiar** to exchange
el **intercambio** exchange
**interconectar** to interconnect
el **interés** interest
**interesante** interesting
**interesar** to interest; **interesarse** to
   be interested
**interior: venir del interior** to come
   from within
**intermedio** intermediate
**internacional** international
**interpretar** to interpret
**interrogar** to interrogate, question
**interrumpir** to interrupt
**íntimo** intimate, close
**intolerante** intolerant
**introducir (zc)** to introduce
**introvertido** introverted
**inútil** useless
**inventar** to invent
el **invento** invention
el **inventor** (la **inventora**) inventor

el **invernadero** greenhouse
**invertir (ie)** to invest
la **investigación** research; investigation
**investigar** to research
el **invierno** winter
el **invitado** (la **invitada**) guest
**invitar** to invite; to treat
**ir** to go; **ir a** + *inf.* to be going to
   + *inf.*; **ir a pie** to go by foot; **ir de**
   **campamento** to go camping; **ir**
   **de compras** to go shopping; **ir**
   **de paseo** to go for a stroll; **ir de**
   **regreso** to go back; **ir en avión**
   **(tren, barco,** etc.) to go by plane
   (train, boat, etc.); **irse** to go (away),
   leave; **¡Qué va!, ¡Vaya!** Come on
   now!
la **ironía** irony
**irresponsable** irresponsible
la **irritabilidad** irritability
la **isla** island
**islámico** Islamic
el **istmo** isthmus
**italiano** Italian
el **itinerario** schedule
**izquierdo** left; **a la izquierda** on
   (to) the left

# J

**jamás** never, (not) ever
el **jamón** ham
**japonés** Japanese
el **jardín** garden
la **jardinería** gardening
el, la **jefe** (*also* la **jefa**) boss, leader
el, la **joven** young person; *adj.* young
la **joyería** jewelry store; jewelry
**judío** Jewish
el **juego** (type of) game
el **jueves** Thursday
el **juez** (la **jueza**) judge
el **jugador** (la **jugadora**) player
**jugar (ue) (a)** to play (sports, games);
   to gamble
el **jugo** juice
el **juguete** toy
**julio** July
**junio** June
la **junta** junta; board, council;
   meeting
**juntarse** to get together
**junto** together, near

**justificar**  to justify
**justo**  fair, just
la **juventud**  youth

# K

el **kilo(gramo)**  kilo(gram)
el **kilómetro**  kilometer

# L

**la**  the (*f. sing.*); *dir. obj.* her, it, you (**Ud.**); **la de**  that of; **la que**  the one that
**laboral**  work
**laboralmente**  in terms of work
el **laboratorio**  laboratory
el **lado**  side; **al lado de**  next to, next door to; **al otro lado**  on the other side; **de al lado**  next door; **del lado de**  on the side of; **por todos lados**  everywhere
el **ladrón**  thief
el **lago**  lake
**lamentar**  to lament, be sad
**lanzar**  to throw
el **lápiz**  pencil
**largo**  long; **a lo largo de**  along, throughout
**las**  the (*f. pl*); *dir. obj.* them, you (**Uds.**); **las de**  those of; **las que**  the ones (those) that
la **lástima**  pity; **¡Qué lástima!**  What a shame! How unfortunate!
**lastimar**  to hurt, injure; **lastimarse**  to hurt oneself
la **lata**  tin (can); **¡Qué lata!**  *coll.* What a pain!
el **latín**  Latin (language)
**latino**  Latin; Latino
**latinoamericano**  Latin American
**lavar**  to wash; **lavarse**  to get washed, wash up; **lavarse las manos**  to wash one's hands
**le**  *indir. obj.* (to, for, from) him, her, it, you (**Ud.**)
la **lección**  lesson
la **leche**  milk
la **lectura**  reading
**leer**  to read
**legalizar**  to legalize
la **legumbre**  vegetable, legume

**lejos**  far; far away
la **lengua**  language; tongue; **lengua materna**  native language
el **lenguaje**  language, terminology
**lento**  slow
**les**  *indir. obj.* (to, for, from) them, you (**Uds.**)
la **letra**  letter; lyrics; *pl.* letters; literature
**levantar**  to raise; to lift up; **levantarse**  to get up; to stand up
la **ley**  law
**libanés**  Lebanese
la **libertad**  liberty; freedom
**libertar**  to free; to liberate
la **libra**  pound
**libre**  free, at liberty; unoccupied, not in use; **al aire libre**  in the open air; **los ratos libres**  free time
la **librería**  bookstore
el **libro**  book; **libro de texto**  textbook
la **licencia**  license; **licencia de manejar**  driver's license
el **liceo**  high school
el **líder**  leader
**ligero**  light
**limitar**  to limit
la **limosina**  limousine
**limpiar**  to clean (up)
**limpio**  clean
**lindo**  pretty
la **línea**  line; **en línea**  on line
el **lío**  mess, confusion
la **lista**  list
**listo**  ready; clever; **estar listo**  to be ready; **ser listo**  to be clever; to be quick
**literario**  literary
la **literatura**  literature
el **litro**  liter
la **llamada**  call
**llamar**  to call; **llamar la atención**  to get (one's) attention; **llamarse**  to be called or named; **¿Cómo se llama usted?**  What is your name?
la **llave**  key; **cerrar con llave**  to lock
la **llegada**  arrival
**llegar**  to arrive; **llegar a** + *inf.*  to end up; **llegar a ser**  to become; **llegar a tener fama**  to become famous
**llenar**  to fill, fill out
**lleno (de)**  full; filled (with)

**llevar**  to carry; to take; to wear; **llevar una vida feliz**  to have a happy life; **llevarse bien**  to get along well
**llorar**  to cry
**llover (ue)**  to rain
la **lluvia**  rain
**lo**  *dir. obj.* him, it, you (**Ud.**); the (*neuter*): **lo antes posible**  as soon as possible; **lo cual**  which; **lo máximo**  *coll.* the greatest; **lo mejor**  the best thing; **lo mismo**  the same thing; **lo que**  what, that which; **lo siento**  I'm sorry
**loco**  mad; crazy; **estar loco por**  to be crazy about; **volver loco**  to drive (someone) crazy; **volverse loco**  to go crazy
la **locura**  craziness, madness; weakness
el **locutorio**  (*Spain*) small Internet café that often has telephones, usually less expensive than a **cibercafé**
**lógico**  logical, reasonable
**lograr**  to achieve; to obtain; to manage to; to succeed in
**los**  the (*m. pl.*); *dir. obj.* them, you (**Uds.**); **los de**  those of; **los que**  the ones (those) that (who)
la **lucha**  struggle, fight
**luchar (por)**  to fight (for); to struggle
**lucrativo**  lucrative
**luego**  then; afterwards; **luego que**  *conj.* as soon as
el **lugar**  place; **fuera de lugar**  out of place; **tener lugar**  to take place
el **lujo**  luxury; **el hotel de lujo**  luxury hotel
la **luna**  moon
el **lunes**  Monday
la **luz**  light; traffic light

# M

**machista**  (male) chauvinistic
el **macho**  male
la **madera**  wood
la **madre**  mother
**madrileño**  of or from Madrid
la **madrina**  godmother
la **madrugada**  early morning, dawn
**maduro**  ripe; mature

el **maestro** (la **maestra**)   teacher; master

**mágico**   magic, magical

**magnífico**   magnificent

el **mago**   magician; **los (Reyes) Magos** Three Kings, Wise Men

**mailear**   to e-mail

el **maíz**   corn, maize

**majestuoso**   majestic

**mal**   *adv.* badly, poorly; **acabar mal** to have an unhappy ending; **mal educado**   rude, spoiled

el **mal**   evil; **Nunca hizo mal a nadie.**   He never harmed anyone.

**mal, malo**   *adj.* bad, naughty; sick, in poor health; **estar de mal humor**   to be in a bad mood; **hace mal tiempo**   the weather is bad; **¡Menos mal!**   That's a relief! Just as well!

la **maleta**   suitcase

**malgastar**   to waste

**mandar**   to order; to send; to command; **¿Mande?**   *(Mexico)* Pardon?, Sorry?

el **mandato**   order, command

**manejar**   to drive; to manage, handle, speak (a language)

la **manera**   way; **de alguna manera** somehow; **de esta manera**   in this way; **de ninguna manera**   (in) no way; **¡De ninguna manera!**   No way!; **¿De qué manera?**   In what way? How?

la **mano**   hand; **darse la mano** to shake hands; **en manos de**   in the hands of; **hecho a mano**   handmade

**mantener (ie)**   to maintain; to support; to keep

la **mantequilla**   butter

la **manzana**   apple; *(Spain)* block

la **mañana**   morning; *adv.* tomorrow; **de la mañana**   a.m.; **por la mañana**   in the morning

el **mapa**   map

la **máquina**   machine; **a máquina** by machine

el **mar**   sea; ocean

el **maratón**   marathon

la **maravilla**   wonder, marvel

**maravilloso**   wonderful

la **marca**   brand

**marcado**   noticeable, obvious

la **marcha**   march

**marchar**   to go; **marcharse** to leave, depart

el **marido**   husband

**marino**   marine, sea

la **mariposa**   butterfly

el **marisco**   shellfish

**marítimo**   maritime; **la costa marítima** seacoast

el **martes**   Tuesday

**marzo**   March

**más**   *adv.* more; any more; most; *prep.* plus; **ahora más que nunca** now more than ever; **con más razón** all the more reason; **más adelante** farther on; **más bien**   rather; **más de**   + *number* more than...; **más que**   more than; **más o menos** more or less; okay; **más tarde**   later; **más vale**   it is better; **no tener más remedio**   to have no other recourse; **¡Qué ciudad más bonita!**   What a lovely city!; **¿Qué más da?**   So what?

el **masaje**   massage

la **máscara**   mask

la **mascota**   pet

**masculino**   masculine

**matar**   to kill

las **matemáticas**   mathematics

el, la **matemático**   mathematician

la **materia**   subject, field of study

**materialista**   materialistic

**materno**   maternal; **lengua materna** native language

la **matrícula**   registration; tuition

**matricularse**   to register

el **matrimonio**   married couple; matrimony; marriage

**máximo: al máximo**   to the maximum; **lo máximo**   *coll.* the greatest

**maya**   Maya

**mayo**   May

**mayor**   greater; older; **el (la) mayor** the greatest; the oldest; **la mayor parte de**   most of; **los mayores** older people, elders

la **mayoría**   majority

**me**   (to, for, from) me; myself

la **mecánica**   mechanics

**mecánico**   mechanical

la **medianoche**   midnight

**mediante**   by means of

las **medias**   stockings

la **medicina**   medicine

el, la **médico**   (*also* la **médica**) physician; *adj.* medical

la **medida**   measure; measurement; size; **¿Cuál es su medida?**   What size are you?

**medio**   half; middle; average; **la clase media**   middle class; **la Edad Media**   Middle Ages; **media mañana**   in the late morning; **el medio ambiente**   environment; **el Medio Oriente**   Middle East

el **medio**   medium; media; mean(s); **por medio de**   by means of

el **mediodía**   noon

**mediterráneo**   *adj.* Mediterranean

**mejor**   better; best; **lo mejor**   the best part or thing

**mejorar**   to improve; **mejorarse**   to get better

la **memoria**   memory; remembrance; *pl.* memoirs

**mencionar**   to mention, tell

**menor**   smaller; younger; smallest; youngest

**menos**   less; least; except; **a menos que**   unless; **al menos**   at least; **más o menos**   more or less; okay; **menos de**   less than; **¡Menos mal!** That's a relief! Just as well!; **por lo menos**   at least

el **mensaje**   message; **mensaje de texto**   text message

la **mente**   mind; **tener en mente**   to keep in mind

**mentir (ie)**   to lie

la **mentira**   lie

el **menudo**   tripe soup

**menudo: a menudo**   often

el **mercado**   market

la **mercancía**   merchandise

**merecer (zc)**   to deserve

el **merenguero** (la **merenguera**) merengue musician

el **mes**   month; **hace un mes**   a month ago; **el mes pasado**   last month; **por mes**   monthly

la **mesa**   table

el **mesero** (la **mesera**)   *(Latin America)* waiter (waitress)

el **mestizaje**   mixing, combination

**mestizo**   mestizo, Indian and European

la **meta**   goal, aim

**meter**   to put, place

el **método**   method

el **metro**   meter

**mexicano**   Mexican

**mexicano-americano**   Mexican-American

la **mezcla**   mixture

**mezclar(se)**   to mix (become mixed)

**mi, mis**   my

**mí**   *obj. of prep.* me; myself

el **microcuento**   very short story

el **miedo**   fear; **tener (sentir) miedo**   to be afraid

el **miembro**   member

**mientras (que)**   while; **mientras tanto**   in the meantime

el **miércoles**   Wednesday

**mil**   (one) thousand

**militar**   military; *n.* soldier

la **milla**   mile

**millón**   million

**mínimo**   minimum

el **ministerio**   ministry

el **ministro (la ministra)**   minister

la **minoría**   minority

**minoritario**   minority

el **minuto**   minute

**mío(s), mía(s)**   *adj.* my, (of) mine; **el mío (la mía, los míos, las mías)** *pron.* mine; **¡Dios mío!**   My goodness!

**mirar**   to watch, look (at)

la **misa**   mass (religious)

la **miseria**   extreme poverty

**mismo**   same; very; right; **ahora mismo**   right now, immediately; **hoy mismo**   this very day; **lo mismo**   the same (thing); myself, yourself, himself, herself, itself, ourselves, yourselves, themselves

el **misterio**   mystery

**misterioso**   mysterious

la **mitad**   half

la **mochila**   backpack

la **moda**   fashion, style; **estar de moda**   to be in style

el **modelo**   model, style

**moderado**   moderate(d)

**moderno**   modern

**modificar**   to change, modify

el **modismo**   idiom

el **modo**   style; way; mood *(grammar);* **de todos modos**   anyway; **¡Ni modo!**   No way!

el **mole**   spicy Mexican sauce

**molestar**   to bother, annoy

la **molestia**   bother, trouble; **¡Qué molestia!**   What a pain!

**molesto**   upset

el **molino**   mill; **molino de viento**   windmill

el **momento**   moment

la **moneda**   coin

la **monja**   nun

el **monje**   monk

el **mono**   monkey

el **montaje**   setting up

la **montaña**   mountain

**montar: montar a caballo**   to ride horseback, go horseback riding; **montar una farra**   *(coll., Spain)* to have a party

**montón: un montón de**   a lot *(literally,* pile) of

**moralista**   moralistic

**morir (ue)**   to die

el **moro (la mora)**   Moor (referring to North Africans)

la **mortalidad**   mortality

el **mosaico**   mosaic

**mostrar (ue)**   to show

el **motivo**   reason; **por algún motivo**   for some reason

la **motocicleta**   motorcycle

**mover (ue)**   to move

el **móvil**   mobile or cell phone

el **movimiento**   movement

el **mozo (la moza)**   *(Peru, Southern Cone)* waiter (waitress)

la **muchacha**   girl

el **muchacho**   boy; *pl.* children

**mucho**   *adj.* much; a lot; a great deal; very; *pl.* many; *adv.* very much; **muchas gracias**   thanks; **muchas veces**   many times, often; **Mucho gusto.**   Nice to meet you.; **mucho tiempo**   a long time

**mudarse**   to move

el **mueble**   piece of furniture

la **muerte**   death

**muerto**   dead; deceased

la **muestra**   sign; sample

la **mujer**   woman

**mundial**   *adj.* world; **Segunda Guerra Mundial**   Second World War

el **mundo**   world; **todo el mundo**   everybody

la **muralla**   wall

el **músculo**   muscle

el **museo**   museum

la **música**   music

el, la **músico**   musician; *adj.* musical

el **musulmán (la musulmana)**   Muslim

**mutuo**   mutual

**muy**   very

# N

**nacer (zc)**   to be born

el **nacimiento**   birth

**nacional**   national

la **nacionalidad**   nationality

**nada**   nothing; (not) anything; *adv.* not at all; **De nada.**   You're welcome. Don't mention it.

**nadar**   to swim

**nadie**   nobody; no one; (not) anybody

la **naranja**   orange

**narrar**   to relate; narrate

la **natación**   swimming

**natal**   of birth, native

la **natalidad**   birth; **el control de la natalidad**   birth control

**nativo**   native

**natural**   natural; illegitimate

la **naturaleza**   nature

**navegar (por)**   to navigate; **navegar por la Red**   to surf the Web

la **Navidad**   Christmas, Nativity; *pl.* Christmas

**navideño**   Christmas

**necesario**   necessary

la **necesidad**   need; necessity

**necesitar**   to need

**negar (ie)**   to deny

**negativo**   negative

**negociar**   to negotiate, do business

el **negocio**   business; **poner un negocio**   to start a business

la **negrilla**   bold type

**negro**   black; *n.* black person

**neoyorkino**   of or from New York

**nervioso**   nervous

**nevar (ie)**   to snow

**ni**   nor; not even; **¡Ni a la fuerza!**   No way!; **¡Ni a palos!**   No way!; **¡Ni hablar!**   Don't even mention it!; **¡Ni loco(a)!**   No way!; **¡Ni modo!**   No way!; **ni... ni**   neither . . . nor; **¡Ni por todo el dinero del mundo!**   Not (even) for all the money in the world!

la **niebla**   fog; **haber niebla**   to be foggy

la **nieta**   granddaughter

el **nieto** grandson; *pl.* grandchildren
la **nieve** snow
**ningún, ninguno** not one; not any; none, no, neither (of them); **de ninguna manera** by no means, (in) no way; **¡De ninguna manera!** No way!
la **niña** girl
la **niñez** childhood
el **niño** boy; *pl.* children; **de niño** as a child
el **nivel** level; **nivel de vida** standard of living
**no** no; not; **¿no?** right?
la **noche** night; evening; **buenas noches** good night, good evening; **de la noche** p.m.; **de noche** at night; **esta noche** tonight; **por la noche** at night; **toda la noche** all night
la **Nochebuena** Christmas Eve
la **Nochevieja** New Year's Eve
**nocturno** nocturnal, night
**nombrar** to name
el **nombre** name
el **norte** north
**norteamericano** North American
**nos** (to, for, from) us, ourselves
**nosotros, nosotras** *subj. pron.* we; *obj. of prep.* us, ourselves
la **nota** note; grade; **sacar buenas (malas) notas** to get good (bad) grades
**notar** to note; to observe
la **noticia** news, notice; *pl.* news; **¡Qué buena noticia!** What good news!
el **noticiero** news program
la **novedad** (piece of) news
la **novela** novel; **novela de misterio** mystery
el, la **novelista** novelist
el **novenario** nine-day period of mourning
**noveno** ninth
la **novia** girlfriend; fiancée; bride
el **noviazgo** engagement
**noviembre** November
el **novio** boyfriend; fiancé; bridegroom
la **nube** cloud
**nublado** cloudy
**nuestro** *adj.* our, of ours; **el nuestro** *pron.* ours

**nuevo** new; **de nuevo** again; **¿Qué hay de nuevo?** What's new?
la **nuez** (*pl.* **nueces**) nut
el **número** number; size (e.g., shoes)
**numeroso** numerous
**nunca** never, (not) ever
**nupcial** nuptial, wedding
**nutrir** to nourish, feed

# O

**o** or; **o... o** either . . . or
**obedecer (zc)** to obey
el **objeto** object
**obligar** to obligate; to compel
**obligatorio** obligatory
la **obra** work
**observar** to observe
el **observatorio** observatory
**obtener** to obtain
**obvio** obvious; evident
la **ocasión** occasion
el **océano** ocean
**octubre** October
**ocupado** busy; occupied
**ocupar** to occupy
**ocurrir** to occur, happen; to take place
**odiar** to hate
el **oeste** west
**ofender (ie)** to offend
**ofensivo** offensive
la **oferta** offer; **en oferta** on sale; **oferta de trabajo** job offer
la **oficina** office, bureau
**ofrecer (zc)** to offer; to present
**oír** to hear; **¡Oiga!** word used to get someone's attention
**Ojalá (que)...** I wish (that) . . ., I hope that . . .; **¡Ojalá que nos veamos pronto!** I hope (that) we see each other soon!
el **ojo** eye; **¡Ojo!** Take notice!
la **ola** wave
**oler** (present: **huelo, hueles, huele...**) to smell
**olvidar(se) (de)** to forget
**omitir** to omit
la **onda** sound wave; **¿Qué onda(s)?** What's up?
la **opción** option; choice
**opinar** to give an opinion; to think or have an opinion
**oponer(se)** to oppose

la **oportunidad** opportunity
**oportunista** opportunistic
el, la **optimista** optimist; *adj.* optimistic
**opuesto** opposite
la **oración** sentence; prayer
el **orden** order; sequence
la **orden** order, command
el **ordenador** *(Spain)* computer
**ordinario** common, ordinary (can be pejorative)
la **oreja** ear
**orgánico** organic
**organizar** to organize
el **orgullo** pride
**orgulloso** proud
el **origen** origin, source
la **originalidad** originality
**originar** to originate
el **oro** gold
la **orquídea** orchid
la **ortografía** spelling
la **oruga** caterpillar
**os** (to, for, from) you, yourselves
**oscuro** obscure; dark
el **oso** bear
el **otoño** autumn; fall
**otro** another; other; **en otras palabras** in other words; **otra vez** again
el **ozono** ozone

# P

la **Pacha Mama** Andean goddess
la **paciencia** patience
el, la **paciente** patient; *adj.* patient
**pacífico** peaceful
**padecer (zc)** to suffer
el **padre** father; *pl.* parents; **¡Qué padre!** *(Mexico)* Great! How terrific!
el **padrino** godfather; *pl.* godparents
la **paella** paella, Spanish dish of saffroned rice, usually with seafood or chicken
**pagano** pagan
**pagar** to pay (for)
la **página** page; **página personal** personal home page; **página principal** home or main page
el **pago** pay
el **país** country
el **pájaro** bird
el **paisaje** landscape

la **palabra** word; **en otras palabras** in other words

el **palacio** palace

el **palo** stick

el **pan** bread

el **panecillo** roll (bread)

el **panfleto** pamphlet

la **pantalla (táctil)** (touch) screen

los **pantalones** pants, trousers

la **papa** potato

el **papá** dad, papa

el **papel** paper; role; **hacer (tener) un papel** to play a role

el **paquete** package

el **par** pair; couple

**para** for; for the purpose of; in order to; by (a certain time); toward, in the direction of; **estar para** to be about to, to be in the mood for; **para mí** as far as I'm concerned; **para que** so that; **¿para qué?** why?; **para siempre** forever

la **parada** stop

el **parador** government-operated hotel in Spain

el **paraguas** umbrella

el **paraíso** paradise

**parar** to stop

**parcial** partial; **tiempo parcial** part time

**parecer (zc)** to appear; to seem, look like; **¿Qué te parece?** What do you think (about it)?

la **pared** wall

la **pareja** couple; one person of a couple

el **paréntesis** parenthesis

el **pariente** (la **parienta**) relative

la **parodia** parody

el **parque** park

el **párrafo** paragraph

la **parranda** partying; **la noche de parranda** a night of partying

la **parte** part; place; **a todas partes** everywhere; **¿De parte de quién?** On whose behalf? Who is calling?; **en alguna parte** somewhere; **en algunas partes** in some places; **en otra parte** somewhere else; **en/por todas partes** everywhere; **la mayor parte de** most of; **por otra parte** on the other hand; **la tercera parte** one third

el, la **participante** participant

**participar** to participate

el, la **partícipe** participant

el **participio** participle

**particular** particular, special

la **partida** departure

el **partido** political party; game, match

**partir** to part; to leave, depart

el **pasado** past; last; *adj.* past; **el tiempo pasado** past tense, past

el **pasaje** passage; fare, ticket

el **pasajero** (la **pasajera**) passenger

el **pasaporte** passport

**pasar** to pass; to pass along; to spend (time); to happen; **pasar a ser** to become; **pasarlo bien** to have a good time

el **pasatiempo** pastime

la **Pascua** Passover; Easter

**pasear** to take a walk; to stroll; to take for a walk (e.g., a dog)

el **paseo** walk, stroll; drive, ride; **paseo a caballo** horseback ride; **dar un paseo** to take a walk, ride

**pasivo** passive

el **paso** step; pace; **dar un paso** to take a step

el **pastel** pastry; pie; cake

la **pata** foot, leg (of animal)

la **patata** (Spain) potato

**patinar** to skate; **patinar sobre hielo** to ice skate

la **patria** homeland

el **pavo** turkey

la **paz** peace

el **pedazo** piece

el **pedido** request

**pedir (i)** to ask (someone to do something), ask for, request; to order (in a restaurant)

la **pelea** fight; quarrel

**pelear** to fight

la **película** film; movie; **de película** great, super

el **peligro** danger

**peligroso** dangerous

el **pelo** hair; **no verle el pelo** to not see hide nor hair

la **pena** punishment; penalty; sorrow; embarrassment; **No tenga(s) pena.** (Mexico, Central America) No need to be embarrassed.; **¡Qué pena!** What a shame!

el **pendiente** earring

**pensar (ie)** to think; to plan; **pensar en** to think about

la **pensión** small and usually economical hotel that may offer meals; room and board

**peor** worse; worst; **lo peor** the worst thing or part; **Tanto peor.** So much the worse.

**pequeño** small, little

**perder (ie)** to lose; to miss; **perder (el) tiempo** to waste time; **perderse** to get lost; **¡No se puede perder!** You can't miss it!

la **pérdida** loss

el **perdón** pardon; forgiveness; **Perdón.** Pardon.; I'm sorry.

**perdonar** to pardon; to forgive

**perfecto** perfect

el **perfil** profile

el **periódico** newspaper

el, la **periodista** journalist

el **permiso** permission; **Con permiso.** Excuse me.

**permitir** to permit; to allow; **¿Me permite... ?** May I . . . ? Will you permit me to . . . ?

**pero** but

**perpetuar** to perpetuate

el **perro** dog

**perseguir (i)** to pursue; to persecute; to follow

la **persona** person

el **personaje** character (in a film or literary work)

la **personalidad** personality

la **perspectiva** perspective

**pertenecer (zc) a** to belong to

**peruano** Peruvian

**pesado** heavy; tiresome, boring

**pesar** to weigh

**pesar: a pesar de (que)** in spite of (the fact that)

el **pescado** fish

el **pescador** (la **pescadora**) fisherman (fisherwoman)

**pescar** to fish

la **peseta** peseta (unit of money in Spain before the **euro**)

el, la **pesimista** pessimist

el **peso** weight; peso (unit of money); **bajar de peso** to lose weight

la **pesticida** pesticide

la **petición** petition; request

el **petróleo** oil; petroleum

**petrolero** *adj.* petroleum, oil

el **pez** fish

**picante** highly seasoned, hot, spicy

**picar** to mince; to nibble, snack

el **pie** foot; **con el pie izquierdo** with (on) the left foot, left foot first; **ir a pie** to walk; **ponerse de pie** to stand up; **tener... pies de altura** to be ... feet tall (high)

la **piedra** rock, stone

la **piel** skin; fur

la **pierna** leg

la **pieza** room; part

la **pila** battery

la **pimienta** pepper

el **pingüino** penguin

**pintar** to paint

el **pintor** (la **pintora**) painter

**pintoresco** picturesque

la **pintura** painting

la **piñata** papier-mâché figure filled with candies, fruits, and gifts and hung high to be broken by a blindfolded person with a stick

la **piragua** (*Puerto Rico*) snow cone

la **pirámide** pyramid

el **pirata** pirate

la **piscina** swimming pool

el **piso** floor, story

la **pistola** pistol

la **pizarra** blackboard, whiteboard

el **placer** pleasure

**planear** to plan

el **planeta** planet

la **planificación** planning

el **plano** (city) map

la **planta** plant

**plantar** to plant

el **plástico** plastic

la **plata** silver; money

la **plataforma** platform

el **plátano** banana

la **platería** silver work

la **plática** chat

el **plato** dish; plate; **plato fuerte** main course

la **playa** beach

la **plaza** plaza, square; **plaza principal** main square

la **población** population

**poblano** of or from Puebla (a central Mexican state)

**pobre** poor; needy; **¡Pobre de ti!** Poor you!

la **pobreza** poverty

**poco** little (in amount); *pl.* few; *adv.* not very; **en poco tiempo** in a short while; **poco después** shortly afterwards; **un poco** a little (bit)

**poder (ue)** to be able, can; **Podría ser.** Could be.; **Querer es poder.** Where there's a will there's a way.

el **poder** power; authority

**poderoso** powerful

**podrido** rotten

el **poema** poem

la **poesía** poetry

el, la **poeta** poet; *also,* la **poetisa**

el **policía** policeman; *f.* policewoman; police force; police station

**policíaco** police, detective

la **política** politics; policy

el, la **político** politician; *adj.* political; in-law

el **pollo** chicken

el **polo** pole; **polo norte (sur)** North (South) Pole

**poner** to put, place; **poner la mesa** to set the table; **poner un negocio** to start a business; **ponerse** to put on (clothing); **ponerse de acuerdo** to come to an agreement, agree; **ponerse** + *adj.* to become; **ponerse de pie** to stand up

**poquísimo** (*superlative of* **poco**) very little; *pl.* very few

**por** for; because of, on account of; for the sake of; by; per; through; throughout; along; around; in place of; in exchange for; during; in; **darse por vencido** to give up, surrender; **estar loco por** to be crazy about; **estar por** to be in favor of; **por algún motivo** for some reason; **por ciento** percent; **por completo** completely; **por el contrario** on the contrary, however; **por debajo de** underneath; **por desgracia** unfortunately; **por Dios** for goodness sake; **por ejemplo** for example; **por eso** for that reason; **por favor** please; **por fin** finally; **por lo general** generally; **por la mañana (tarde, noche)** in the morning (afternoon, evening); **por medio de** through, by means of;

**por lo menos** at least; **por otra parte** on the other hand; **por primera vez** for the first time; **¿por qué?** why?; **por si acaso** just in case; **por suerte** luckily; **por supuesto** of course; **por lo tanto** therefore; **por temor que** for fear that; **por todas partes (todos lados)** everywhere; **por lo visto** evidently

el **porcentaje** percentage

**pornográfico** pornographic

**porque** because

**portarse** to behave

**portátil** portable; **la computadora portátil** laptop

**porteño** of or from Buenos Aires

**portugués** Portuguese

**poseer** to possess

**posesivo** possessive

la **posibilidad** possibility

**posible** possible; **todo lo posible** everything possible

la **posición** position; status; stance

**positivo** positive

**postal: el correo postal** regular mail; **la tarjeta postal** postcard

el **postre** dessert

la **práctica** practice

**practicar** to practice; to perform

**práctico** practical

**pragmático** pragmatic

el **precio** price; **a precio más bajo** at a lower price; **a precio reducido (rebajado)** at a reduced (lower) price, on sale; **precio fijo** fixed price

**precioso** precious

**preciso** precise, exact; **es preciso que...** it's necessary (essential) that ...

**precolombino** pre-Columbian, before Columbus

la **preferencia** preference

**preferible** preferable

**preferido** favorite

**preferir (ie)** to prefer

la **pregunta** question; **hacer una pregunta** to ask a question

**preguntar** to ask; **preguntarse** to wonder

**prehispánico** pre-Hispanic

el **prejuicio** prejudice

el **premio** prize

la **prensa** press

la **preocupación** worry

**preocupar** to worry, concern, preoccupy; **preocuparse** to worry, be concerned
**preparar** to prepare
la **presencia** presence
la **presentación** presentation; introduction
**presentar** to present; to introduce; **Déjeme presentarme.** Allow me to introduce myself.; **presentar un examen** to take a test
**presente** present
**preservar** to preserve
el, la **presidente** (la **presidenta**) president
la **presión** pressure
**prestar** to lend, loan; **prestar atención** to pay attention
el **prestigio** prestige
el **presupuesto** budget
el **pretérito** preterit
**prevenir (ie)** to prevent
**primaria: la escuela primaria** elementary school
la **primavera** spring
**primer, primero** first; **lo primero** the first thing
el **primo** (la **prima**) cousin
**principal** main
**principio: a principios de** at the beginning of; **al principio** at the beginning
la **prisa** haste; **darse prisa** to hurry; **tener prisa** to be in a hurry
**privado** private
el **privilegio** privilege
**pro** pro, for
la **probabilidad** probability
**probable** probable, likely; **Es probable que no.** That's probably not so; **Es probable que sí.** That's most likely true.
**probablemente** probably, in all likelihood; **Probablemente no.** Probably not.; **Probablemente sí.** Probably.
**probar (ue)** to try, taste; **probarse** to try on or out
el **problema** problem
**procesar** to process
**proclamar** to proclaim
**producir (zc)** to produce
el **producto** product
el **productor** (la **productora**) producer

la **profesión** profession
**profesional** professional
el **profesor** (la **profesora**) teacher, instructor, professor
**profundo** deep, profound
el **programa** program; *pl.* software; **programa informático** computer program
la **programación** programming
**programar** to program
**progresivo** progressive
el **progreso** progress
**prohibir** to forbid, prohibit
la **promesa** promise
**prometer** to promise
**promocionar** to promote
el **pronombre** pronoun
**pronto** soon; fast; **tan pronto como** as soon as
**pronunciar** to pronounce
la **propina** tip
**propio** own
el **propósito** resolution; **a propósito** by the way; **a propósito de...** regarding . . ., talking about
la **prosa** prose
**prosperar** to prosper
el **prosumidor** (la **prosumidora**) prosumer, producer-consumer
**proteger** to protect
**protestar** to protest
**provecho: ¡Buen provecho!** Enjoy your meal!
el **proverbio** proverb
la **provincia** province
**próximo** next, coming
el **proyecto** project
**prudente** prudent, cautious
la **prueba** test, trial; proof
la **psicología** psychology
**publicar** to publish
la **publicidad** publicity, advertising
**publicitario** related to advertising
el **público** public; **un público amplio** wide range of people; *adj.* public
el **pueblo** town; people
la **puerta** door
el **puerto** port
**puertorriqueño** Puerto Rican
**pues** well; because
**puesto** (*p. part. of* **poner**) put, positioned
el **puesto** job, position; stand

la **pulsera** bracelet
el **punto** point; dot; **hasta cierto punto** up to a certain point; **punto de vista** point of view
**puro** pure; total; mere

# Q

**que** *rel. pron.* that, which, who, whom; *adv.* than; **algo que hacer** something to do; **de lo que** than; **del (de la, de los, de las) que** than; **el (la, los, las) que** that, which, who, the one(s) that, he (she, those) who; **lo que** what, that which; *indirect command* may, let, have + *verb*; **no más que** only
**¿qué?** what? which?; **¿para qué?** why? for what purpose?; **¿por qué?** why?; **¿Qué hay?** What's up? What's the matter?; **¿Qué hay de nuevo?** What's new?; **¿Qué importancia tiene?** So what?; **¿Qué más da?** So what?; **¿Qué onda?** *coll.* What's up?; **¿Qué tal?** How's it going?; **¿Qué tal el viaje?** How was the trip?; **¿Y qué?** So what?
**¡Qué... !** What (a) . . . ! How . . . !; **¡Qué barbaridad!** Good grief! How awful!; **¡Qué buena noticia!** What good news!; **¡Qué ciudad más bonita!** What a lovely city!; **¡Qué gusto!** What a pleasure!; **¡Qué va!** Come on now!; **¡Qu'húbole!** (*coll. salutation*) Hi!
**quebrar (ie)** to break
**quedar** to remain, be left; to fit; to go with; **quedar bien (mal)** to fit well (badly); **quedar grande (pequeño)** to be big (small); **quedarse** to stay, remain; to be left (in a state or condition)
la **queja** complaint
**quejarse (de)** to complain (about)
**quemar** to burn; **quemarse** to burn oneself
**querer (ie)** to want, wish; to love; **como quieras** as you like; **querer decir** to mean
**querido** dear; *m.* dear one
el **queso** cheese

**quien, quienes**   who, whom; he (she, they) who, the one(s) who, those who

**¿quién? ¿quiénes?**   who? whom?; **¿de quién?**   whose?

la **química**   chemistry

**quinto**   fifth

**quitar**   to take away; **quitarse**   to take off

**quizá, quizás**   perhaps, maybe

# R

la **raíz** (*pl.* **raíces**)   root

la **rampa**   ramp

la **ranchera**   kind of Mexican music

el **rancho**   ranch

**rápido**   quick, fast, rapid

la **raqueta**   racket

**raro**   rare, strange

el **rato**   short time or while; **un buen rato**   quite a while; **un largo rato** (for) a long time; **los ratos libres** free time

el **ratón**   mouse (computer)

la **raza**   race; **el Día de la Raza**   Columbus Day

la **razón**   reason; **con más razón**   all the more reason; **tener razón**   to be right

**razonable**   reasonable

**reaccionar**   to react

**real**   real, actual; royal

la **realidad**   reality; **en realidad** actually, really, in reality

**realista**   realistic

**realizar**   to realize, bring about (a plan, project)

la **rebaja**   reduction

**rebajar**   to lower, reduce; **a precio rebajado**   at a lower price, on sale

**rebelde**   rebellious

la **recepción**   hotel registration desk

el, la **recepcionista**   receptionist, desk clerk

la **receta**   recipe; prescription

**recibir**   to receive, get

el **recibo**   receipt

el **reciclaje**   recycling

**reciclar**   to recycle

**reciente**   recent

**recíproco**   reciprocal

**recitar**   to recite

**recoger**   to gather, pick up

la **recolección**   gathering

**recomendar (ie)**   to recommend

**reconocer (zc)**   to recognize

**reconocido**   famous

**recordar (ue)**   to remember

**recorrer (la Red)**   to go through, navigate (the Net)

el **recuerdo**   memory; souvenir

el **recurso**   resource

la **red**   network; la **Red**   Net (Internet)

**reducido**   reduced; **a precio reducido** on sale

**reducir (zc)**   to reduce

**reemplazar**   to replace

la **referencia**   reference

**referirse (ie) a**   to refer to; to relate to, concern

**reflejar**   to reflect

**reflexivo**   reflexive

el **refrán**   proverb

el **refresco**   refreshment; drink

el **refugiado** (la **refugiada**)   refugee

**regalar**   to give as a gift

el **regalo**   gift, present

**regatear**   to bargain

el **regateo**   bargaining, haggling

**regio**   (*Colombia*) great, fantastic

**registrarse**   to log in

la **regla**   rule

**regresar**   to return, come back

**regular**   regular; all right

**rehusar**   to decline

la **reina**   queen

el **reino**   kingdom

**reír (i)**   to laugh; **reírse de**   to laugh at

la **relación**   relationship

**relacionado con**   related to

**relacionar**   to relate

**relajar**   to relax; **relajarse**   to relax, become relaxed

**relativo**   relative

**releer**   to reread

**religioso**   religious

el **reloj**   watch

la **remezcla**   mash-up

**remoto**   remote

la **renovación**   renewal

**renovar (ue)**   to renew

**renunciar**   to give up

el **repaso**   review

**repente: de repente**   suddenly

**repetir (i)**   to repeat

el **reportaje**   report

**reportar**   to report

el **reportero** (la **reportera**)   reporter

el, la **representante**   representative

**representar**   to represent

**reproducir (zc)**   to reproduce

el **reproductor**   player (music)

la **república**   republic

**requerir (ie)**   to require

el **requisito**   requirement

la **res**   head of cattle; **carne de res**   beef

**rescatar**   to rescue

la **reserva**   preserve

**reservar**   to reserve

la **residencia**   residence; **residencia estudiantil**   dorm

el, la **residente**   resident

**resolver (ue)**   to solve

el **respecto**   respect, reference; **con respecto a**   with respect (regard) to

**respetar**   to respect

el **respeto**   respect, esteem

la **respiración: tubo de respiración**   snorkle

**responder**   to respond, answer

la **responsabilidad**   responsibility

**responsable**   responsible

la **respuesta**   answer

el **restaurante**   restaurant

el **resto**   rest, remainder

**resuelto** (*p. part of* **resolver**)   solved

el **resultado**   result

**resultar**   to result; to turn out

el **resumen**   summary; **en resumen** in summary

**resumir**   to summarize

**retirarse de**   to retire from

el **reto**   challenge

**retornable**   returnable

el **retrato**   portrait, description

la **reunión**   meeting

**reunir**   to bring together, unite; **reunirse**   to meet

**reventar (ie)**   to break, burst

**revisar**   to check

la **revista**   magazine

**revitalisar**   to revitalize

**revolucionar**   to revolutionize

el **rey**   king; *pl.* king and queen, kings

**rezar**   to pray

**rico**   rich; delicious

**ridículo**   ridiculous

la **rima**   rhyme

el **río**   river

**rítmico**   rhythmic

el **ritmo**   rhythm

la **rivalidad**   rivalry
**robar**   to rob, steal
**rogar (ue)**   to beg, plead, entreat; to request
**rojo**   red
**romano**   Roman
**romántico**   romantic
**romper (con)**   to break (up with)
la **ropa**   clothing
la **rosa**   rose
**rosado**   rosé (wine)
**roto**   broken
el **ruido**   noise
la **ruina**   ruin
**ruso**   Russian
la **ruta**   route
la **rutina**   routine, daily grind
**rutinario**   routine

# S

el **sábado**   Saturday
**saber**   to know; **saber** + *inf.*   to know how to; *preterit* to find out; **¿Qué sé yo?**   What do I know?
el **sabor**   taste; flavor
**sabroso**   delicious
**sacar**   to take out; **sacar una A**   to get an A; **sacar buenas (malas) notas**   to get good (bad) grades; **sacar fotos**   to take photos
el **sacrificio**   sacrifice
**sagrado**   holy
la **sal**   salt
la **sala**   living room; large room; **sala de clase**   classroom
**salado**   salty
el **salario**   salary
la **salida**   exit, way out; **salida del sol**   sunrise
**salir**   to go out, leave (a place); to come out or up (as sun, moon, stars); **salir adelante (con)**   to get ahead, make progress; to manage or cope (with); **salir de**   to go out of; **salir del sistema**   to log off; **salir para...**   to leave for . . .
el **salón**   large room, salon; **salón de entrada**   lobby; **salón de té**   tea room
la **salsa**   sauce; salsa music
el **salsero** (la **salsera**)   salsa musician

la **salud**   health; **gozar de buena salud**   to enjoy good health; **¡Salud!**   Cheers!; Gesundheit!
**saludable**   healthful
**saludar**   to greet, say hello
el **saludo**   greeting, salutation; **¡Saludos a la familia!**   Regards to the family!
**salvadoreño**   Salvadoran
el **salvapantallas**   screensaver
**salvar**   to save, rescue
**san** (*apocope of* **santo**)   saint
la **sandalia**   sandal
la **sangre**   blood
**sano**   healthy
la **santería**   Afro-Caribbean religion
el **santo** (la **santa**)   saint; **santo patrón**   patron saint
**sarcástico**   sarcastic
**satírico**   satirical
**se**   *indir. obj.* (to, for, from) him, her, it, you (**Ud., Uds.**), them; *refl. pron.* (to, for, from) himself, herself, itself, yourself (**Ud.**), themselves, yourselves (**Uds.**), oneself; *recip. refl.* each other, one another
**secar**   to dry
**seco**   dry; unconcerned
el **secretario** (la **secretaria**)   secretary
el **secreto**   secret
**secundario**   secondary; **la escuela secundaria**   high school
la **sed**   thirst; **tener sed**   to be thirsty
**sefardí**   Sephardic
**seguido**   in a row, consecutive; **en seguida**   right away
**seguir (i)**   to follow; to continue, keep on; **seguir adelante, seguir derecho**   to proceed straight ahead; **seguir un curso**   to take a course
**según**   according to; depending on; **según dicen**   as people say; **según su opinión**   in your opinion
el **segundo**   second; second one; *adj.* second
la **seguridad**   security; certainty; **copia de seguridad**   backup file
**seguro**   sure, certain; secure, safe; *n.* insurance
**seleccionar**   to choose
la **selva**   forest, jungle
la **semana**   week; **el fin de semana**   weekend; **la semana que viene**   next week; **Semana Santa**   Holy Week
**semejante**   similar, such (a)

el **semestre**   semester
la **semilla**   seed
**sencillo**   simple, plain; **el cuarto sencillo**   single room
**sentarse (ie)**   to sit down, be seated
el **sentido**   sense; direction
el **sentimiento**   feeling, sentiment
**sentir (ie)**   to feel, sense; to be sorry (for); **¡Cuánto lo siento!**   How sorry I am!, I'm very sorry!; **sentir miedo**   to be afraid; **sentir que**   to be sorry that; **sentirse**   to feel
el **señor** (*abbr.* **Sr.**)   man, gentleman; sir; mister; Mr.; **los señores** (*abbr.* **Sres.**)   Mr. and Mrs.
la **señora** (*abbr.* **Sra.**)   lady, wife; ma'am; Mrs.
**señorial**   stately, majestic
la **señorita** (*abbr.* **Srta.**)   young lady; miss; Miss
**separar**   to separate; **separarse de**   to be separated from
**septiembre**   September
el **ser**   being; **ser humano**   human being
**ser**   to be; **es que**   that's because; **llegar a ser**   to become; **ser de**   to be made of; to be from
la **serie**   series
**serio**   serious; **en serio**   seriously
el **servicio**   service; **¿Está incluido el servicio?**   Is the service/tip included?
la **servilleta**   napkin
**servir (i) (de)**   to serve (as); **servirse**   to help oneself (to something); **¿En qué puedo servirles?**   How can I help you?; **No sirve.**   It's no good.; **¿Para qué sirven?**   What are they good for?; **para servirle**   at your service
el **sexo**   sex
**si**   if; whether; **como si**   as if
**sí**   yes; *reflex. pron.* himself, herself, etc. (*after prep.*)
el **SIDA**   AIDS
**siempre**   always
la **siesta**   midday break, nap; **tomar una siesta**   to take a nap
el **siglo**   century
el **significado**   meaning
**significar**   to mean, signify, indicate
**siguiente**   following; **al día siguiente**   on the following day
la **silla**   chair

el **símbolo** symbol
la **simpatía** empathy
**simpático** nice, likeable
**simultáneamente** simultaneously
**sin** with; **sin embargo** however, nevertheless; **sin igual** unparalleled; **sin que** *conj.* without
**sincero** sincere
**sino** but, but rather; **sino que** + *clause* but rather
el **sinónimo** synonym
la **síntesis** synthesis; **en síntesis** in short
el **síntoma** symptom
la **sirena** siren
**sirio** Syrian
el **sirviente** (la **sirvienta**) servant
el **sistema** system
el **sitio** place, spot; site, location; **los sitios** sights; **sitio web** website
el **SMS** *(Spain)* text message, *abbrev.* for short message system
**sobre** about; over; on top of; **sobre todo** especially
la **sobrepoblación** overpopulation
la **sobrevivencia** survival
**sobrevivir** to survive; to outlive
el **sobrino** (la **sobrina**) nephew (niece)
la **sociabilidad** sociability
la **sociedad** society
la **sociología** sociology
el **socorro** help
el **sol** sun; **al salir el sol** when the sun rises; **haber sol** to be sunny; **tomar sol** to sunbathe
**solamente** only
el, la **soldado** soldier
la **soledad** loneliness; isolation; solitude
**soler (ue)** to do customarily
**solicitar** to seek out, ask for
la **solidaridad** solidarity
el, la **solista** soloist
**solitario** solitary; lone
**solo** alone; lone; single; only; **no solo... sino también** not only . . . but also
**sólo** only
**soltero** unmarried
**solucionar** to solve
el **sombrero** hat
la **somnolencia** drowsiness
el **son** Cuban musical style, precursor of salsa
**sonar (ue)** to ring
el **sondeo** poll

el **sonido** sound
**sonreír** to smile
**soñar (ue) (con)** to dream (about)
la **sopa** soup
**soportar** to put up with, stand; to support
**sor** *(before the name of a nun)* sister
**sorprendente** surprising
**sorprender** to surprise
la **sorpresa** surprise
**sostener** to support, maintain
**sostenible** sustainable
**su, sus** his, her, its, their, your (**Ud., Uds.**)
**suave** soft; mild
**subir** to go up, climb; **subir(se) a** to get in or on; **subir un archivo** to upload a file
el **subjuntivo** subjunctive
**subrayado** underlined
**suceder** to happen; to follow in order
**sucesivo** successive
**sucio** dirty
la **sudadera** sweatshirt
**Sudamérica** South America
**sudamericano** South American
el **sueldo** salary
el **sueño** dream; sleep; **¡Es un sueño!** It's terrific (a dream)!; **tener sueño** to be sleepy
la **suerte** fortune, luck; **por suerte** luckily; **¡Qué suerte!** What luck!
el **suéter** sweater
**sufrir (de)** to suffer (from)
la **sugerencia** suggestion
**sugerir (ie)** to suggest
el **suicidio** suicide
**superlativo** superlative
el **supermercado** supermarket
**supersticioso** superstitious
**suponer** to suppose, assume
**supuesto** supposed; **por supuesto** of course
**sur** south; **América del Sur** South America
**sureste** southeast
**suroeste** southwest
el **sustantivo** noun
la **sustitución** substitution
**suyo(s), suya(s)** *adj.* (of) his, her, of hers, your, of yours (**Ud., Uds.**), their, of theirs; **el suyo (la suya, los suyos, las suyas)** *pron.* his, hers, yours (**Ud., Uds.**), theirs

# T

el **tabaco** tobacco
el **taco** taco, corn tortilla stuffed with cheese, beans, etc.
**táctil: la pantalla táctil** touch screen
la **tagua** kind of tropical nut
**tal** such (a); **con tal (de) que** provided that; **¿qué tal?** How are things?; **¿Qué tal el viaje?** How was the trip?; **tal como** such as; **tal vez** perhaps
**talar** to fell, cut (trees)
el **talento** talent
la **talla** size
el **tallado** carving
**tallar** to carve
**también** too, also
el **tambor** drum
**tampoco** neither, (not) either
**tan** so, such; **tan... como** as . . . as; **tan pronto como** as soon as
**tanto(a, os, as)** *adj. and pron.* so much (many), as much (many); *adv.* as (so) much; **mientras tanto** in the meantime; **por lo tanto** however; **tanto como** as much (many) as; **¡Tanto mejor!** So much the better!; **¡Tanto peor!** So much the worse!
la **tapa** *(Spain)* appetizer
la **tapería** *(Spain)* small restaurant-bar that serves **tapas** (appetizers)
la **taquería** taco restaurant
**tardar en** + *inf.* to take (+ *time period*) to
la **tarde** afternoon or early evening; **Buenas tardes.** *(used from noon until sundown)* Good afternoon.; Good evening.; **de la tarde** p.m.; **por la tarde** in the afternoon
**tarde** *adv.* late
la **tarea** task; *pl.* homework; **tareas del hogar** housework
la **tarjeta** card; **tarjeta de crédito** credit card; **tarjeta postal** postcard
la **tasa** rate; **tasa de cambio** exchange rate
el **tatuaje** tattoo
la **taza** cup
**te** *obj. pron.* to for from you, yourself *(fam. sing)*
el **té** tea

teatral   theatrical

el **teatro**   theater

la **técnica**   technique

la **tecnología**   technology

**tejer**   to weave; to knit

el **tejido**   weaving, textile

la **tela**   fabric

**telefónico**   *adj.* telephone, of the telephone

el **teléfono**   telephone; **número de teléfono**   telephone number; **teléfono inteligente**   smart phone

la **teletutoría**   distance tutoring

el **televisor**   television set

el **tema**   theme, topic, subject; composition; **Cambiando de tema...**   To change the subject . . .

**temer**   to fear

el **temor**   fear

la **temperatura**   temperature

el **templo**   temple

**temporal**   temporary; time (e.g., expression)

**temprano**   early

la **tendencia**   tendency

el **tenedor**   fork

**tener (ie)**   to have; **¿Qué edad tienes?**   How old are you?; **¿Qué importancia tiene?**   So what?; **tener alternativa**   to have a choice; **tener... años**   to be ... years old; **tener buena (mala) suerte**   to have good (bad) luck; **tener calor**   to be hot; **tener celos**   to be jealous; **tener cuidado**   to be careful; **tener la culpa**   to be guilty; **tener derecho a**   to have the right to; **tener dolor de cabeza (estómago)**   to have a headache (stomachache); **tener éxito**   to be successful; **tener frío**   to be cold; **tener ganas de** + *inf.* to feel like (doing something); **tener gracia**   to be funny; **tener hambre**   to be hungry; **tener lugar**   to take place; **tener en mente**   to keep in mind; **tener miedo (de) que**   to be afraid that; **tener pena**   *(Mexico, Central America)* to be embarrassed; **tener prisa**   to be in a hurry; **tener que** + *inf.* to have to (do something); **tener razón**   to be right; **tener sed**   to be thirsty;

**tener sueño**   to be sleepy; **tener vergüenza**   to be ashamed

el **tenis**   tennis

el **tentempié**   snack

la **teoría**   theory

la **terapia física**   physical therapy

**tercer, tercero**   third

el **tercio**   third

la **terminación**   ending

**terminar**   to end, finish

el **territorio**   territory

la **tertulia**   regular meeting of people at a fixed place and time, often for conversation about literary or artistic issues

el **tesoro**   treasure

el **texto**   text; **libro de texto**   textbook

la **textura**   texture

**ti**   *obj. of prep.* you, yourself *(fam. sing.)*

la **tía**   aunt

el **tiempo**   weather; time; tense (grammatical); **a tiempo**   on time; **al mismo tiempo**   at the same time; **¿Cuánto tiempo hace que... ?**   How long . . . ?; **en poco tiempo**   in a short while; **en tiempos pasados**   in times past; **hace buen (mal) tiempo**   the weather is good (bad); **mucho tiempo**   a long time, a great deal of time; **perder (el) tiempo**   to waste time; **¿Qué tiempo hace?**   What's the weather like?; **tiempo pasado**   past tense, past; **tiempo completo (parcial)**   full (part) time; **todo el tiempo**   all the time

la **tienda**   shop, store

la **tierra**   land; earth, soil

**tímido**   shy

**tinto**   red (wine)

el **tío**   uncle; *pl.* aunt and uncle, uncles

**típico**   typical

el **tipo**   type, kind; guy

la **tira cómica**   cartoon, comic strip

**tirar**   to throw; to pull

la **tirolesa**   zip line

**titularse**   to be titled

el **título**   title, degree

la **toalla**   towel

**tocar**   to touch; to play (a musical instrument); to knock

**todavía**   still, yet

**todo**   *adj.* all, entire, whole; complete;

every; *m. n.* everything; **después de todo**   in the end; after all; **por todas partes (todos lados)**   everywhere; **sobre todo**   especially; **todo el día**   all day; **todo el mundo**   everyone, *pl.* all, every; *n.* everyone; **todos los días**   every day

**tolerante**   tolerant

**tomar**   to take; to drink; **tomar asiento**   to take a seat; **tomar una copa**   to have a drink; **tomar una decisión**   to make a decision; **tomar el desayuno**   to have breakfast; **tomar una ducha**   to take a shower; **tomar sol**   to sunbathe

el **tomate**   tomato

el **tono**   (ring)tone

la **tontería**   foolishness; **¡Qué tontería(s)!**   What nonsense!

**tonto**   silly, foolish

el **tormento**   torment

el **toro**   bull

la **toronja**   grapefruit

la **tortilla**   corn or wheat pancake or flat bread *(Mexico)*; omelette *(Spain)*

la **tortuga**   turtle

**torturarse**   to torture oneself

**total**   total, complete; **Total (que)...**   So . . .

el **trabajador (la trabajadora)**   worker; *adj.* hard-working

**trabajar**   to work; **¡A trabajar!**   Get to work!

el **trabajo**   work, job; **cambiar de trabajo**   to change jobs; **el Día del Trabajo**   Labor Day; **la oferta de trabajo**   job offer

**tradicional**   traditional

la **traducción**   translation

**traducir (zc)**   to translate

**traer**   to bring; to carry

el, la **traficante**   trafficker

el **tráfico**   traffic

el **traje**   costume; suit; outfit; **traje de baño**   bathing suit

**trampa: hacer trampa**   to cheat

la **tranquilidad**   tranquility

**tranquilo**   quiet

**transformarse en**   to transform, change into

**transmitir**   to transmit

**transportar**   to transport

el **transporte**   transportation

**tratar**   to treat; **tratar de**   to try to, attempt to; to deal with, be concerned with

**través: a través de**   across, through

el **tren**   train; **en tren**   by train

el **trimestre**   quarter (of the academic year)

**triste**   sad

el **trombón**   trombone

la **trompeta**   trumpet

**tropezar (ie) con**   to bump into

**tu, tus**   your (*fam. sing.*)

**tú**   you (*fam. sing.*)

el **tubo**   tube; **tubo de respiración**   snorkle

el **turismo**   tourism

el, la **turista**   tourist

**turístico**   *adj.* tourist

**turnarse**   to take turns

**tuyo(s), tuya(s)**   *adj.* your, of yours; **el tuyo (la tuya, los tuyos, las tuyas)**   *pron.* yours (*fam. sing.*)

## U

**u**   or (*used instead of* **o** *before a word beginning with* **o**- *or* **ho**-)

**ubicarse**   to be located

**Ud., Uds.**   *abbr. for* **usted, ustedes**

**último**   last; most recent; latest

**único**   unique; only

la **unidad**   unit

**unido**   united; close; **Estados Unidos**   United States

**unir**   to unite

la **universidad**   university, college

**universitario**   *adj.* university, college

el **universo**   universe

**uno (un), una**   one; a, an

**unos, unas**   some; a few; several; **unos + *a number***   about; **unos con otros**   with each other

**urgente**   urgent

**uruguayo**   Uruguayan

**usar**   to use; to wear

el **uso**   use

**usted** (*abbr.* **Ud., Vd.**)   you (*formal*); *pl.* **ustedes** (*abbr.* **Uds., Vds.**)   you (*fam. + formal*)

**usualmente**   usually

el **usuario** (la **usuaria**)   user

**útil**   useful

**utilizar**   to use

la **uva**   grape

## V

la **vaca**   cow; **la carne de vaca**   beef

las **vacaciones**   vacation(s); **estar de vacaciones**   to be on vacation

la **vacilación**   hesitation

**vacío**   empty

**valenciano**   of or from Valencia, Spain

**valer**   to be worth; **más vale**   it is better

**valiente**   brave, valiant

la **valija**   suitcase

**valioso**   valuable

el **valle**   valley

el **valor**   value; courage

**valorar**   to value

**variado**   varied

**variar**   to vary; **variar según**   to vary with or according to

la **variedad**   variety

**varios**   several; various

**vasco**   Basque

el **vaso**   glass

**¡Vaya!**   Come on now!; **¡Que le vaya bien!**   May all go well with you!

el **vecindario**   neighborhood

el **vecino** (la **vecina**)   neighbor

el **vegetariano** (la **vegetariana**)   vegetarian

el **vehículo**   vehicle

la **vejez**   old age

la **vela**   candle

la **velocidad**   speed

el **velorio**   wake, vigil

**vencer (z)**   to overcome, triumph, conquer; **darse por vencido**   to give up, surrender

el **vendedor** (la **vendedora**)   seller, trader, salesperson

**vender**   to sell

**venezolano**   Venezuelan

**venir**   to come; **el año que viene**   next year; **Ven acá.**   Come here.

la **venta**   sale; **a la venta**   for sale; **en venta**   for sale

la **ventaja**   advantage

la **ventana**   window

**ver**   to see; **A ver.**   Let's see; **Bueno, nos vemos.**   Well, see you.; **No veo la hora...**   I can't wait . . .; **Ojalá que nos veamos pronto.**   I hope we see each other soon.; **¡Qué alegría verte!**   How nice to see you!; **Te veo pronto.**   See you soon.; **tener algo que ver con**   to have something to do with

el **verano**   summer

**veras: ¿de veras?**   really?

el **verbo**   verb

la **verdad**   truth; **en verdad**   in fact; **¿verdad?**   right?, isn't that so?

**verdadero**   true, real

**verde**   green; unripe

la **verdura**   vegetable

la **vergüenza**   shame; **tener vergüenza**   to be ashamed

**verificar**   to verify

el **verso**   verse

el **vestido**   dress; **estar vestido de**   to be dressed as

**vestir (i)**   to dress; **vestirse**   to get dressed

el **veterinario** (la **veterinaria**)   veterinarian

la **vez**   (*pl.* **veces**)   time, instance, occasion; **a la vez**   at the same time; **a veces**   sometimes; **alguna vez**   ever, at some time; **algunas veces**   sometimes; **de vez en cuando**   from time to time; **en vez de**   instead of; **muchas veces**   often, many times; **otra vez**   again, once more; **otra vez más**   one more time; **por primera vez**   for the first time; **tal vez**   perhaps, maybe; **una vez**   once

**viajar**   to travel

el **viaje**   trip; **agente de viajes**   travel agent; **¡Buen viaje!**   Have a good trip!; **hacer un viaje**   to take a trip

el **viajero** (la **viajera**)   traveler; **el cheque de viajero**   traveler's check

la **víctima**   victim

la **victoria**   victory

la **vida**   life; **el costo de vida**   the cost of living; **gozar de la vida**   to enjoy life; **llevar una vida feliz**   to have a happy life; **el nivel de**

**vida** standard of living; **la vida familiar** family life; **la vida nocturna** night life

el **video** (*also* **vídeo**) video

la **videocámara** video camera

el **videojuego** video game

**viejo** old, elderly; *n.* old person

el **viento** wind; **hacer viento** to be windy

el **viernes** Friday; **Viernes Santo** Good Friday

el **vino** wine

la **violencia** violence

**violento** violent

la **visita** visit; **estar de visita** to be visiting

**visitar** to visit

la **vista** view; eyesight; **el punto de vista** point of view

el **viudo** (la **viuda**) widower (widow)

**¡Viva... !** Hooray for . . . !, Long live . . . !

**vivir (de)** to live (from)

**vivo** alive; bright; living

el **vocabulario** vocabulary

**volar (ue)** to fly, be in flight

el **volcán** volcano

el **vólibol** volleyball

el **volúmen** volume

la **voluntad** will

el **voluntario** (la **voluntaria**) volunteer

**volver (ue)** to return; **volver a** + *inf.* to do something again; **volverse loco** to go crazy

**vosotros (vosotras)** *subj. pron.* you (*fam. pl.*); *obj. of prep.* you, yourselves

la **voz** (*pl.* **voces**) voice; **en voz alta** out loud

el **vuelo** flight

la **vuelta** trip, tour; **de ida y vuelta** roundtrip

**vuelto** (*p. part. of* **volver**) returned; *m.* change (*e.g. money, from a larger amount*)

**vuestro** *adj.* your; **el vuestro** *pron.* your, (of) yours (*fam. pl.*)

# Y

**y** and; **¿Y qué?** So what?

**ya** already; now; **ya no** no longer; **¡Ya lo creo!** I believe it!

**yo** (*subj. pron.*) I

# Z

la **zanahoria** carrot

la **zapatería** shoe store

el **zapato** shoe

la **zona** zone

# Index

## A

**a (al)**
  + infinitive, 216
  following certain verbs, 296
  personal, 10–11, 165
**acabar**, 216
adjective clauses with
  subjunctive, 165, 207
adjectives
  agreement with nouns, 58
  comparisons of equality, 88
  comparisons of inequality,
    88–89
  demonstrative, 67
  of nationality, 58
  past participles used as, 231–32
  plural of, 58
  position of, 58–59
  possessive, 70
  with **ser** and **estar**, 63–64
  shortened forms of, 59
  superlative of, 93
  used as nouns, 58
admiration, expressing, 55
adverbial conjunctions with
    subjunctive, 168–69, 207
adverbs
  comparisons of equality, 88
  comparisons of inequality,
    88–89
  formation of, with *-mente*, 214
  position of, 214
  superlative of, 93
advice, giving, 204
affirmatives and negatives,
    157–58
agreement, expressing, 154
anger, expressing, 255
apologizing, 275
articles
  definite, 18–19
  gender and number, 17–18
  indefinite, 18–19
  omission of indefinite, 19
asking for something, 229
assistance, offering, 229
**aunque** + indicative or
  subjunctive, 169

## B

bargaining for something, 228
*be* (**ser** and **estar**), 63–64

## C

capitalization, 296
cardinal numbers, 293
  with nouns, 58
commands, 139–41
  indirect, 141
  with *let's*, 141
  with object pronouns, 144
  with reflexive pronouns, 187
  sequence of tenses with, 256
**como si**, 207, 210, 260
comparisons
  of equality, 88
  of inequality, 88–89
  negative after **que**, 89
compound tenses. *See* perfect
    tenses
**con**, following certain verbs, 296
conclusions, drawing, 276
conditional
  formation of, 85–86
  with *if*-clauses, 210
  uses, including conditional of
    probability, 86
conjunctions
  imperfect subjunctive with
    certain adverbial, 207
  indicative vs. subjunctive with
    adverbial, 168–69, 207
**pero** vs. **sino**, 262
  **y** and **e**, **o** and **u**, 262
**conmigo, contigo**, 78
**conocer**
  in preterit, imperfect, 42
  vs. **saber**, 3
contact information,
    exchanging, 7
**cuyo**, 283

## D

days of week and dates, 294–95
**de**
  to express *in* or *of* in
    superlative, 93
  to express *than* in comparisons
    of inequality, 88–89
  to show possession, origin, or
    what something is made of,
    with **ser**, 62
  verbs followed by, 296–97
demonstrative adjectives and
    pronouns, 67
**desde (hace)**, 44
diminutives, 287
directions, asking for and giving, 129
direct object pronouns, 133, 144
disagreement, expressing, 154
disapproval, expressing, 55
disbelief, expressing, 255

## E

**e** for **y**, 262
**el que**, **el cual**, 283
empathy, expressing, 255
**en**, used after certain verbs, 297
**estar**
  distinction between **ser** and
    **estar**, 62–64
  with past participle, 232, 244

with present participle in
progressive tenses, 278–79
vs. **ser** with adjectives, 63–64
excusing oneself, 275

## F

**faltar**, 160–61
fractions, 295
future
formation of, 82–83
use of present tense to express
immediate, 9
uses, including future of
probability, 83

## G

gender, 17–18
good-bye, saying, 31
gratitude, expressing, 254
greetings, 6
**gustar**, 8, 160–61

## H

**haber**, 235–36, 240–41
**hacer**
in time expressions, 44–45
in weather expressions, 211
hesitation, expressing, 275

## I

*if*-clauses, 210, 259–60
imperative. *See* commands
imperfect
contrast with preterit,
40–42
formation, 38
uses of, 38–39
imperfect subjunctive. *See*
subjunctive, imperfect

impersonal expressions
imperfect subjunctive with
certain, 206–07
with indicative, 110, 117
with subjunctive, 109–10
impersonal **se**, 191–93
incomprehension, expressing,
180–81
indicative
with adverbial conjunctions,
168–69
with *if*-clauses, 210, 260
vs. subjunctive, 107, 110, 115,
117, 165, 169, 207, 210,
256–57, 260
indicative, perfect, 235–36
indirect object pronouns,
135–37, 144
infinitives
with adverbial conjunctions,
168–69
after conjugated verbs,
impersonal expressions, 215
after prepositions, 216
use with **al**, 216
use as noun, 216
use with verbs such as **dejar,
permitir, prohibir, hacer,
mandar**, 216
introductions, 7
invitations, making, accepting,
declining, 80–81
irregular verbs, 302–315
**-ísimo**, 93

## L

**lo**
with adjective to express
abstract idea, quality, 284
as object pronoun, 133, 144
**lo que** (as relative pronoun), 284

## M

months of year, 295

## N

negatives, after **que** in
comparisons, 89
negatives and affirmatives,
157–58
nouns
adjectives used as, 58
with cardinal numbers, 58
gender and number, 17–18, 58
numbers, 58, 293–295

## O

**o** changed to **u**, 262
object pronouns
commands with, 144
direct, 133
indirect, 135–36
position in sentences,
136–37
prepositional, 137
**ojalá**, 111
ordinal numbers, 294–95

## P

**para**, 264-66
participles
past, 231–32
present, 278–79
passive voice
compared with active voice,
243–44
with **se** (**se** for passive),
191–93, 244
with **ser** (true passive),
243–44
perfect tenses
indicative, 235–36
subjunctive, 240–41
permission, asking and
giving, 105
**pero** vs. **sino**, 262
personal **a**, 10–11, 165